DROEMER

TIM SOHR

Woanders is' auch scheiße

ROMAN

DROEMER

Besuchen Sie uns im Internet:
www.droemer.de

Redaktion: Antje Steinhäuser
Umschlaggestaltung: ZERO Werbeagentur, München
Umschlagabbildung: plainpicture/Bias; FinePic®, München
Satz: Adobe InDesign im Verlag
Druck und Bindung: CPI books GmbH, Leck
ISBN 978-3-426-51531-0

2 4 5 3 1

Inhalt

Zu geil für diese Welt

SAISON 1993/94 (C-JUGEND)

Männer sind Schweine

SAISON 1994/95 (C-JUGEND)

Herzeleid

SAISON 1995/96 (B-JUGEND)

Jungs, hier kommt der Masterplan

SAISON 1996/97 (B-JUGEND)

Tod im Freibad

SAISON 1997/98 (A-JUGEND)

Schönen Gruß, auf Wiedersehn

SAISON 1998/99 (A-JUGEND)

Für Henning und Jörg

Living life like a comatose
Ego loaded and swallow, swallow, swallow

(Manic Street Preachers – Motorcycle Emptiness)

Prolog

Fischstäbchen

Das klingt jetzt vielleicht nicht besonders lässig, aber ich war ein ängstlicher Junge.

»Ihr Sohn hat sehr lange Wimpern«, sagte der Kinderarzt zu meiner Mutter, »das bedeutet, dass er extrem sensibel ist.«

Ich wusste damals gar nicht genau, was »sensibel« bedeutet, aber es musste etwas Schlimmes sein, denn Mutter strich mir mitfühlend über den Kopf.

Ich war einfach total uncool – nicht so uncool wie die Kinder, die aus den Lamy-Füllerpatronen die Kugeln gesammelt haben, auch nicht so uncool wie Steve Urkel, nein, eher mental. Obwohl ich in der Schule sogar relativ beliebt war: Ich war zwar nicht besonders groß, trug aber auch keine Brille oder ein Pflaster über dem Auge. Meine Noten konnten sich sehen lassen, weshalb sich die coolen Kinder gut mit mir stellten, damit sie bei mir abschreiben konnten, wann immer sie wollten. Meistens hielt ich die Klappe, was auch daran lag, dass ich mir so viele Gedanken machte. Tagelang zerbrach ich mir den Kopf über Dinge, die andere Kinder keine Minute beschäftigt hätte. Das meine ich mit uncool.

Ein Beispiel: Als Mutter mir am Freitagabend einmal verbot, die neue Folge meiner Lieblingsserie *Ein Fall für zwei* zu gucken, und mich stattdessen frühzeitig ins Bett schicken wollte, entbrannte ein fürchterlicher Streit zwischen uns. Ich wollte nicht wahrhaben, dass ich das neueste Abenteuer von Matula verpassen würde. Überhaupt Matula, dieser coole Hund, der noch unter jedem Garagentor hindurchrollte wie ein, äh, cooler Hund, der unter allem hindurchrollt – Matula hatte vieles von dem, was ich gerne gehabt hätte (zum Beispiel Lässigkeit und eine harte Faust), und deshalb war er neben Michael Knight aus *Knight Rider* der TV-Held meiner Jugend. Den Kerl konnte ich doch nicht verpassen!

Mutter war das egal: »Du bist zehn Jahre alt und völlig übermüdet, du gehst jetzt ins Bett!«

Da war nichts zu machen, weshalb ich ihr in meiner hilflosen Wut hinter ihrem Rücken den Mittelfinger – den *Fickfinger,* wie es bei uns in der Schule hieß – zeigte. Eine schlimme Geste, die ich schnell bereute. Wütend stapfte ich noch die Treppenstufen unseres kleinen Reihenhauses in Diepenbusch hinauf, aber kaum in meinem Zimmer angekommen, wandelte sich die Wut über den frühen Zapfenstreich in ein fürchterliches Schuldgefühl.

Ich hatte meiner Mutter den Fickfinger gezeigt! Der Frau, die mich zur Welt gebracht hatte, die sich um mich kümmerte und mich umsorgte in jedem einzelnen Moment unseres mühseligen Provinzalltags, die sich für mich abstrampelte, die mich abgöttisch liebte und immer für mich da sein würde, bis ans Ende aller Tage.

Dieser Frau hatte ich den Fickfinger gezeigt! Was war bloß in mich gefahren?

In den nächsten Tagen quälte mich mein schlechtes Gewissen wie nie zuvor. Ich konnte meiner Mutter kaum noch in die Augen schauen. Sie führte mein seltsames Verhalten wahrscheinlich auf unseren Streit wegen *Ein Fall für zwei* zurück, jedenfalls fragte sie nicht weiter nach und behandelte mich ganz normal – ein wenig kühler und distanzierter vielleicht, aber normal.

Währenddessen arbeitete die Reue in mir. In meinem Bauch kribbelte es wie kurz vor der Achterbahn, mein Mund war

ständig trocken, mein Jungenpuls raste in ungesunde Höhen. Ich begann sogar zu beten, abends vor dem Schlafengehen, weil ich sonst kein Auge zugetan hätte. Das war auch insofern albern, als ich weder getauft war noch eine Kommunion oder Konfirmation vor mir, noch sonst irgendwelche Berührungspunkte mit der Kirche hatte außer dem Schulgottesdienst in der Susannenkirche – den allerdings ganz schön oft: jeden Dienstag um 8 Uhr. Meine Familie war eine ziemlich atheistische Horde, und so wurde ich auch erzogen. Umso lächerlicher, dass ich mich in meiner Scham und meiner Schuld jetzt an den sogenannten *lieben Gott* wandte. Aber zu irgendwas musste der Typ ja gut sein, Amen.
Doch auch die Gebete nahmen mir mein schlechtes Gewissen nicht. Nach über einer Woche beendete ich mein Martyrium schließlich auf die härteste Weise: Ich beichtete meiner Mutter, was ich getan hatte. Dass ich ihr den Mittelfinger gezeigt hatte, nachdem sie mich vor *Ein Fall für zwei* ins Bett geschickt hatte. Sie war gar nicht böse, nein, sie lächelte sogar. Sie fragte mich noch, ob ich denn wüsste, was dieser Finger zu bedeuten habe. Ich zuckte mit den Schultern und schluckte den dicken Kloß in meinem Hals hinunter, und Mutter erklärte es mir ganz ruhig und in aller Ausführlichkeit, wie es ihre Art war.
»Es tut mir leid, Mama«, sagte ich anschließend, und sie streichelte mir über den Kopf, genau wie damals, als der Arzt das mit meinen langen Wimpern gesagt hatte.
Aber auch nach dieser befreienden Beichte wusste ich, dass meine innere Ruhe trügerisch und nur vorübergehend sein konnte. Es war nur eine Frage von Tagen, vielleicht sogar Stunden, bis wieder etwas vorfallen würde, was mich beschäftigen würde, worüber ich mir jeden Abend vor dem Einschlafen den Kopf zerbrechen würde, woran ich jeden Morgen nach dem Aufwachen denken würde. Das konnte alles sein: eine falsche Geste (wie der Mittelfinger), ein Angriff auf mich (wie die Dro-

hung meines Klassenkameraden Viktor, mir die Fresse zu polieren, nachdem ich – aus Versehen! – seinen Kakao getrunken hatte) oder eine schlimme Meldung in den Nachrichten (das Geiseldrama von Gladbeck zum Beispiel, die brennende Rolltreppe in der Londoner U-Bahn-Station King's Cross St. Pancras oder die Flugschaukatastrophe von Ramstein).
Es gab nichts, das mich nicht verrückt machen konnte. Ich kam eigentlich nie zur Ruhe.
Umso wichtiger waren die Eckpfeiler des Alltags, auf die ich mich verlassen konnte. Ich nannte sie Konstanten. Die Konstanten hatten eine beruhigende Wirkung auf mich und sorgten für seltene Entspannung in meinem Kopf, in meinem ganzen Körper.
Zu den Konstanten konnte alles gehören, was immer wiederkehrte und mir deshalb ein Gefühl der Sicherheit gab. Ich wusste, selbst wenn alle Stricke reißen, die Konstanten würden mich nicht im Stich lassen.
Eine dieser Konstanten waren die *TKKG*-Kassetten, die ich mit sechs oder sieben Jahren zu sammeln begann und die ich noch bis ins hohe Teenageralter – selbstverständlich heimlich – zum Einschlafen hörte. Wegen Tarzan, dem Anführer der Bande, hatte ich kurz vor meinem Start bei der Fortuna sogar überlegt, ob ich nicht doch lieber einem Judo-Verein beitreten sollte. Schließlich legte Tarzan, der sich im Laufe der Reihe in Tim umbenennen sollte, mit seinen Judo-Tricks nicht nur reihenweise Verbrecher aufs Kreuz, er beeindruckte damit vor allem seine Freundin, die blonde Gaby Glockner, die ich mir immer ungefähr so hübsch wie meine große Liebe Melanie vorstellte. Tarzan war in jeder Hinsicht ein Vorbild, und *TKKG* war eine Superserie, die ich zum Einschlafen dringender brauchte als die Tatsache, dass meine Kinderzimmertür noch einen Spalt offen blieb, damit Licht aus dem Flur ins Zimmer fiel – auch wenn mich einige allzu spannende Folgen nachhal-

tig traumatisierten. Als Beispiel sei hier nur die ultragruselige Episode Nummer 43 genannt: »Gefangen in der Schreckenskammer«.

TKKG waren die besten Kassetten, da konnten *Fünf Freunde* oder *Die drei ???* einpacken. Ende der Diskussion.

Eine weitere wichtige Konstante waren die Fischstäbchen, die im Kindergarten und auch später im Kinderhort immer freitags auf den Tisch kamen – meistens zusammen mit Kartoffelpüree und Erbsen. Keine Mahlzeit schmeckte mir besser, und als ich nach der sechsten Klasse nicht mehr in den Kinderhort gehen musste, weil mein Vater vorzeitig in Rente ging, nötigte ich ihn weiterhin, mir jeden Freitag ein paar Fischstäbchen auf den Teller zu packen. Die fröhliche Fresse von Käpt'n Iglo sorgte bei mir für eine innere Wärme, die bis heute kein Essen dieser Welt je in einer ähnlichen Intensität in mir auslösen konnte. Ich habe gelesen, dass Fischstäbchen heutzutage als typisches Junggesellengericht gelten – das Lieblingsgericht der männlichen Singles, die wohl nie eine Frau finden werden. Ein Verlierergericht. Keine Ahnung, ob da was dran ist. Mir haben Fischstäbchen jedenfalls meine Kindheit gerettet. Und auch wenn ich sie heute so gut wie nie mehr esse, auch weil sie so ein schlechtes Image haben, bin ich ihnen dafür ewig dankbar.

Eine weitere Konstante war der Freitagskrimi – der erwähnte *Fall für zwei* mit Matula, aber auch *Derrick* oder *Der Alte*. Nie fühlte ich mich geborgener als auf dem Sofa mit meinen Eltern, während die (selbst für einen neun-, zehn-, elfjährigen Jungen) todlangweiligen ZDF-Klassiker liefen. Die Beschäftigung mit diesen Serien beruhigte mich, den nervösen Jungen aus Diepenbusch bei Dortmund, so sehr, dass ich sogar Episodenguides anfertigte: kleine Kladden, in denen ich das Datum der Ausstrahlung sowie den Titel der jeweiligen Folge inklusive kurzer Inhaltsangabe notierte. Die Freitagabende, an denen einmal im Monat das unvermeidliche *Aktenzeichen XY … un-*

gelöst auf dem Programm stand, waren verschenkte Freitagabende, die aber nur eine noch größere Vorfreude auf den nächsten Freitag und den nächsten Krimi schürten.
Sowieso versorgte mich das Fernsehen Anfang der Neunziger noch zuverlässiger mit Konstanten, als es heutzutage überhaupt möglich wäre. Ein weiterer fester Termin neben dem Freitagskrimi war der Sonntagvormittag auf MTV: Die Hitparaden-Clipshow *MTV European Top 20* ersetzte eine musikalische Früherziehung, die spektakulären Musikvideos jener Zeit waren mein Blick über die Grenzen des Landes oder Kontinents hinweg, hinaus in die große weite Welt. In der Videothek meines inneren Auges stehen die Videos zu den unvergesslichen Welthits jener Tage bis heute allzeit auf Abruf bereit: Sinead O'Connor's Träne in *Nothing Compares 2 U,* Slashs Gitarrensolo vor der Wüstenkathedrale in *November Rain,* das Lächeln der bildschönen Shanice in *I Love Your Smile,* das Vintage-Video *Would I Lie To You* von Charles & Eddie, Curtis Stigers' Saxophon in *I Wonder Why,* Michael Jacksons *Black Or White* – die Liste ist so beliebig wie endlos fortsetzbar. Jeden Sonntag von 11 bis 13 Uhr saß ich gebannt vor dem Fernseher und fragte mich, was das wohl für Menschen sein mussten, die Musik von Krachmachern wie Nirvana oder Pearl Jam kauften (das verstand ich erst ein paar Jahre später), oder ob *I Will Always Love You* von Whitney Houston immer noch (wie schon seit gefühlten hundert Wochen) auf Platz 1 der Charts stehen würde.
Sicherer als an diesen Terminen vor dem Fernseher fühlte ich mich tatsächlich nur auf dem Fußballplatz. Denn von meinem ersten Spiel für Fortuna Diepenbusch im Sommer 1991 an gab mir der Fußball mehr Sicherheit als alles andere. Beim Fußball hatte ich nie Angst. Ganz egal, welche Höhen und Tiefen, welche Kämpfe und Dramen, welche Liebe und welcher Hass sich rund um die Bezirkssportanlage am Waldweg abspielten – so-

bald ich auf dem Platz stand und Mokkas Vater das Spiel angepfiffen hatte, spürte ich ein unerschütterliches Vertrauen in meine eigene Stärke. So stark war dieses Gefühl, dass ich schon bald nach meinem Vereinsbeitritt auf die anderen Konstanten verzichten konnte.

Zumindest eine Konstante betreffend, war das auch besser so. Denn Jahre später, in der Halbzeitpause eines ganz schwachen Spiels gegen die Eintracht, machte unser B-Jugend-Trainer Dirk mir meine indiskutable Leistung mit folgenden Worten deutlich: »Du spielst wie ein Fischstäbchenfresser!«

An der Bushaltestelle

Philipp Lahm hat mir die Karriere geklaut. Das wusste ich spätestens nach seinem Traumtor gegen Costa Rica im Eröffnungsspiel der WM 2006 in Deutschland. Natürlich sprang ich zunächst jubelnd auf, brüllte meine Freude in den Frühsommerhimmel und fiel meinen Kumpels um den Hals. Nachdem sich die erste Ekstase gelegt hatte, wurde ich aber für einen Moment nachdenklich. Ich malte mir die nächsten vier Wochen aus, bekam eine Ahnung von der einmaligen, völkerverbindenden, größten Party der Welt, die sich in Deutschland abspielen würde: in meinem Heimatort, auf dem Vereinsgelände von Fortuna Diepenbusch, aber auch hier in Berlin, wo ich inzwischen studierte. Für einen Monat würde die gesamte Menschheit die Melodie von »Love Generation« pfeifen.

Als Philipp Lahm traf, wurde mir klar, dass ich tatsächlich eine Chance gehabt hatte. Eine Chance, die deutsche WM-Geschichte auf heimischem Boden mitzuschreiben, so wie Lahm an diesem 9. Juni. Eine Chance, wie sie alle anderen Linksverteidiger im deutschen Jugendfußball der Neunziger auch gehabt hatten. Eine Chance, meine tollkühnen Bolzplatzfantasien dieser längst vergangenen Jahre zu verwirklichen.

Aber diese Chance hatte ich längst vergeben. Dafür gab es viele Gründe, aber über die Gründe dachte ich in dem Moment, als Lahm traf, nicht nach. Vielmehr dachte ich an meine Zeit bei der Fortuna. An die Zusatzschichten, die ich alleine auf dem kleinen Gummiplatz geschoben hatte, damals, mit elf, zwölf, dreizehn Jahren. Wie ich Freistöße über imaginäre Mauern zirkelte und jubelnd abdrehte. Wie ich unsichtbare Gegenspieler umdribbelte, während ich gleichzeitig kommentierte:

Borowski schnappt sich den Ball, kurz hinter der Mittellinie, vorbei an Cinquecento (ein argentinischer Mittelfeldspieler, den ich mir ausgedacht hatte), *vorbei an Arbelao* (argentinischer Abwehrspieler, ebenfalls ausgedacht), *er täuscht einen Schuss an, schlägt einen Haken und – Toooooooor! Tor durch Borowski! Das 1:0 für Deutschland in diesem Finale von München! Das Olympiastadion bebt, wie ich es selten erlebt habe, meine Damen und Herren ... 1:0 für Deutschland! Karlheinz Borowski, meine Damen und Herren, und man ist ja fast geneigt zu sagen: Wer sonst?!?*

So stellte ich mir das vor, das WM-Finale 2006 gegen Argentinien in Deutschland. Ich konnte damals nicht wissen, dass die WM 2006 tatsächlich in Deutschland stattfinden würde, aber ich rechnete ein paar Jahre voraus, und ich rechnete mir aus, dass ich mit sechsundzwanzig Jahren im besten Fußballeralter sein würde (auch wenn das beste Fußballeralter Anfang der Neunziger noch bei ungefähr dreißig Jahren lag) – und in meinem besten Fußballeralter sollte die WM dann doch bitte schön in Deutschland über die Bühne gehen. Das letzte deutsche Turnier hatte 1974 stattgefunden, und in diesem so unendlich fernen Jahr 2006, so dachte ich, wäre es also mal wieder an der Zeit. Und auch wenn ich mir die Welt des neuen Jahrtausends damals eher so vorstellte wie in Sylvester Stallones Film *Demolition Man,* war ich mir doch sicher, dass sich im traditionsbewussten Fußball nicht allzu viel geändert haben würde: deshalb Argentinien als Endspielgegner (wie 1986 und 1990), deshalb auch das Finale in München (wie 1974).
Nun war es also tatsächlich 2006, es war tatsächlich WM in Deutschland, und es wurde tatsächlich in München gespielt (wenn auch das Eröffnungsspiel und nicht das Finale, und auch nicht im Olympiastadion, sondern in der neuen Arena in Fröttmaning, aber immerhin) – und Lahm machte das erste Tor, der

Startschuss des Sommermärchens und die nächste Stufe in der Weltkarriere des kleinen Außenverteidigers mit der hohen Stimme. Mir war Lahm noch nie ganz geheuer. Er ist der perfekte Profi, glatt und schwer zu greifen. Eigentlich verkörpert er alles, was bei uns im Verein verachtet wurde. Er steht für nichts von dem, was bei der Fortuna wichtig war. Lahm ist sein eigener Pressesprecher und wirkt wie ein Politiker, der sehr viel Wert auf seine Außendarstellung legt und den Journalisten die Allgemeinplätze in die Mikrofone diktiert, die sie von ihm erwarten.
In Diepenbusch wurden dagegen lieber klare Ansagen gemacht, die auch mal weh taten. So wusste ich wenigstens immer, wie ich am Wochenende wirklich gespielt hatte. Wenn ich gut war, bekam ich die gemischte Tüte am Büdchen umsonst. Auch flüchtige Bekannte gratulierten meiner Mutter sonntags beim Bäcker, wenn ich meinen Gegenspieler tags zuvor im Griff gehabt hatte. Dieselben Menschen ließen sie aber auch wissen, wenn sie mit meiner aktuellen Form überhaupt nicht einverstanden waren.

Nie werde ich vergessen, wie ich plötzlich zur Person des öffentlichen Interesses bei uns im Ort wurde: In meiner ersten Saison als D-Jugendlicher bei der Fortuna sah ich im Derby gegen unseren Erzrivalen Viktoria die Rote Karte, wenn auch vollkommen unberechtigt, aber Mokkas Vater führte sich als Schiedsrichter immer besonders streng auf (damals war es üblich, dass der Elternkreis der Heimmannschaft den Schiedsrichter stellte). Im Anschluss an meinen Platzverweis verspielten die Jungs eine 2:0-Führung und verloren am Ende mit 2:3. Am Montag danach wurde ich an der Bushaltestelle von wildfremden Leuten angequatscht: »Wegen Kerlen wie dir steigen wir noch ab«, maulte mich ein Mittvierziger mit Rauhhaardackel an, nur um mir gleich im Anschluss an seine Standpauke einen versöhnlichen Klaps auf den Hinterkopf zu geben: »Wird schon wieder!«

»Junge«, fauchte mich eine ältere Dame an und wedelte dabei mit ihrem Handtäschchen, »du musst dich besser im Griff haben!« Aber auch sie lächelte nachsichtig und tätschelte mir die Wange.

Dann kam Akku, ein quadratisch aussehender Krawall-Albaner, dem in Diepenbusch der Ruf eines gefährlichen Schlägertypen vorauseilte. Er wohnte im Problembezirk am Heußweg, der aus genau zwei Hochhäusern bestand – demselben Problembezirk, in dem auch unser Mittelfeldspieler Martin wohnte. Akku galt als gewalttätig, und mich durchzuckten Blitze, als er sich vor mir aufbaute und seine Hand mit festem Griff in meinen Nacken legte.

»Kalli«, sagte er mit ruhiger Stimme, ich hatte keine Ahnung, woher er meinen Namen kannte, »du kannst froh sein, Malaka.«

Ma-was? Er sah mich an, als erwartete er eine Reaktion. Ich schnappte nach Luft.

»Du kannst froh sein«, hob er wieder an, »dass ich nicht gewettet habe.«

Erst Jahre später sollte ich verstehen, was er meinte.

»Du bist ein guter Junge«, fuhr er fort, »die Fortuna kann sich glücklich schätzen. Aber ab jetzt wird keine Scheiße mehr gebaut! Haben wir uns verstanden?«

Ich nickte, und Akku ließ von mir ab. Dann lächelte auch er und sagte: »Viel Glück am nächsten Samstag!«

Mit der glitschigen Rhetorik eines Philipp Lahm hätte ich Akku nicht kommen dürfen, aber auch der Oma oder dem Typen mit dem Rauhhaardackel nicht. Die wussten alle ganz genau, wie ich gespielt hatte, weil sie sich ihre Meinung selbst gebildet hatten.

Vielleicht hätte ich mich mit dieser fußballerischen und gesellschaftlichen Früherziehung in höheren oder gar professionellen Klassen gar nicht zurechtgefunden, wer weiß. Aber das sind

Fragen, die ich mir erst heute stelle und die zu Beginn der Neunziger keine Rolle spielten. Damals hatte ich noch den Traum von der Nationalmannschaft, und ich hatte auch noch eine Chance auf die WM 2006, zumindest theoretisch. Wie alle anderen Linksverteidiger in allen anderen D-Jugend-Mannschaften des Landes auch.

Begegnungen wie jene an der Bushaltestelle waren entscheidende Momente für mich. Ich lernte, dass die Launen der Leute auch von meinen Leistungen abhängen würden, zumindest ein bisschen. Immer wieder musste ich mich der ehrlichen Kritik aus der Bevölkerung stellen. Vielleicht war die Wirkung meines Spiels nicht vergleichbar mit den Leistungen eines Bundesligaprofis beim BVB oder auf Schalke oder so. Aber die Fortuna war das Aushängeschild unseres Städtchens, von der F-Jugend bis zur Altherrenmannschaft. Zur Fortuna hatte in Diepenbusch jeder eine Meinung und tat sie auch kund, ob an der Bushaltestelle oder beim Bäcker. Mit einem Sieg im Rücken konnten wir uns gegenüber den Nachbarn aus den umliegenden Orten immer besonders gerade machen. Wir konnten diese kurzen Momente des Triumphes gut gebrauchen, denn wir waren ein unscheinbares Städtchen, knapp zwanzigtausend Einwohner auf sieben Quadratkilometern, ländliches Ruhrgebiet, hoher Ausländeranteil, keine Exportschlager außer *Paschke PS* (der Kfz-Werkstatt unseres Vereinspatrons Paschke) und der Fortuna.

»Wenn ihr gegen die Pfeifen gewinnt«, puschte uns Paschke vor den Lokalderbys gegen die direkten Nachbarn von Viktoria gerne, »dann gucken die ein halbes Jahr wie Pimmel ausse Schublade!«

Und wenn uns in späteren Jahren mal wieder ein sogenannter Berater mit einem anrüchigen Angebot eines größeren Vereins vom Waldweg weglocken wollte, machte Paschke uns unmissverständlich klar, was er davon hielt: »Woanders is' auch scheiße!« – Das war allerdings seine Antwort auf so manches.

Vielleicht entstanden meine Träume vom Weltruhm aus diesem Standortnachteil heraus, aus der Position des ewigen Außenseiters, die in der Region bis heute mit der Muttermilch verabreicht wird. Vielleicht waren es aber auch einfach nur die ganz normalen Träume eines jeden Fußballjungen. Vielleicht träumte jeder Linksverteidiger in den Neunzigern von den Weltmeisterschaften 2006, 2010 und 2014. Dann trägt Philipp Lahm heute stellvertretend für uns alle die Binde und führt die Nationalmannschaft aufs Feld. Wenn es so ist, muss ich ganz klar sagen: Wäre er in Diepenbusch groß geworden, wäre er womöglich nicht so ein überragender Fußballer geworden. Aber ein paar bessere Sprüche würde er zwischendurch schon raushauen.

Schweigen ist feige

SAISON 1991/92 (D-JUGEND)

Vorspiel

Radek plusterte sich mit seiner Speckbrust mächtig auf und brüllte im Kasernenhofton los: »Wir begrüßen unsere Gegner mit einem dreifachen Fortu-«, und dann fielen wir alle ein, so laut wir konnten: »-NA!«

»Fortu-«

»-NA!«

»Fortu-«

»-NA!«

Es war das kriegerische Ritual kurz vor dem Anstoß: Am Mittelkreis bauten wir uns in einer Reihe auf, die ganze Elf, von Mannschaftskapitän Radek bis zum Polen. Wir standen da wie die Auswahlmannschaften bei der Nationalhymne, nur eben Nase an Nase mit den Gegenspielern vom DSV 04, denen wir *Full-Metal-Jacket*-mäßig direkt ins Gesicht brüllten. Auf diese Weise ließen wir die Widersacher wissen, was sie in den nächsten sechzig Minuten (im Jugendfußball dauert eine Halbzeit nämlich dreißig Minuten) zu erwarten hatten: einen Gladiatorenkampf bis aufs Blut. Vor meinem ersten Spiel zuckte ich ganz schön zusammen vor so viel martialischer Wucht. Deshalb brüllte ich auch viel zu leise mit, eigentlich war es mehr ein Murmeln, allenfalls ein Blöken in gehobener Zimmerlautstärke.

Mein Gegenspieler, ein – wie sich herausstellen sollte – pfeilschneller Außenstürmer mit Storchenbeinen und Lastwagenfahrerfrisur, war jedenfalls mit allen Abwassern gewaschen und sah mir wahrscheinlich schon bei der Begrüßung an der Nasenspitze an, dass ich neu war. Ich war nun mal elf Jahre alt und konnte meine Angst nicht verbergen.

Der Kapitän der Gastmannschaft, ein drahtiger Rotschopf mit einer Art Dauerwelle, holte tief Luft und legte los: »Ein gutes Spiel wünschen wir euch und uns, den Jungs vom DSV-«, und die Jungs fuhren uns an: »-NULL VIER!«

»DSV-«

»-NULL VIER!«

»DSV-«

»-NULL VIER!«

Das letzte *null vier* kam so laut, dass es mich schüttelte.

Volkan klopfte mit seinen abgewetzten *Reusch*-Torwarthandschuhen dreimal so kräftig in die Hände, dass es wie aus einem alten Teppich staubte, und rief: »Auf geht's, Männer!«

Männer? Wir waren elfjährige Kerlchen, die sich mit Machogesten gegenseitig zu motivieren und den Gegner einzuschüchtern versuchten: ständiges Rotzen und Spucken auf den Boden, ein kurzes Kraulen im Schritt, wuchtige High Five. Die breite Hühnerbrust war in der D-Jugend wichtiger Bestandteil des Kriegstanzes.

Kurz vor Beginn meines allerersten Spiels hatte ich davon allerdings noch keine Ahnung.

Ich schälte mich zitternd aus meiner türkisfarbenen Trainingsjacke und steckte das rote Trikot mit den weißen Zacken vorschriftsgemäß in die rote Hose. Dann richtete ich meine Schienbeinschoner und zog die rot-weißen Ringelstutzen bis über die Knie.

Farblich und im Design erinnerte unsere Ausrüstung fatal an die österreichische Nationalmannschaft, die sich mit einer 0:1-Niederlage gegen die Faröer-Inseln in der EM-Qualifikation ein Jahr zuvor bis auf die Knochen blamiert hatte. Hoffentlich kein schlechtes Omen, dachte ich.

Ich trabte zum Spielfeldrand und drückte meinem Papa die Jacke in die Hand, der mir mit stolzem Blick »Viel Spaß, Junge!« wünschte, obwohl ich Glück oder Mut wahrscheinlich viel besser hätte gebrauchen können.

Von dieser Truppe kriegen wir richtig auf die Socken, befürchtete ich, ballte aber die Fäuste und rief zaghaft: »Kommt schon, Männer!«, als ich zurück auf den Platz sprintete und meine Position auf der defensiven linken Flanke einnahm. Auf dem Weg klatschte ich all jene Mitspieler ab, mit denen ich in der Saisonvorbereitung mehr als drei Worte gewechselt hatte, also Mokka und Bum-Bum. Sie wünschten mir ein gutes Spiel, und es klang aufrichtig, »Gutes Spiel, Bruder!« (Mokka), was für ein paar wertvolle Sekunden eine beruhigende Wirkung auf mich hatte. Die anderen Jungs guckten mich mit dem Arsch nicht an.

Der Anstoß stand jetzt kurz bevor, wir nahmen Aufstellung ein. Ich hatte keine Ahnung, wie Trainer Harald auf die Idee gekommen war, mich als Linksverteidiger einzuplanen, welche Trainingseindrücke ihn dazu bewogen hatten. Vielleicht lag es an meiner linken Klebe, die ich in den Vorbereitungswochen einige Male unter Beweis gestellt hatte. Vielleicht lag es daran, dass ich als Neuling auf dieser Position besonders wenig Schaden anrichten konnte – wie ich schon bald lernte, konnte es im Jugendfußball leicht passieren, dass ein Spiel an den Außenverteidigern komplett vorbeilief (beziehungsweise die Außenverteidiger am Spiel vorbeiliefen) und sie in sechzig Minuten kaum einmal eingreifen mussten. Vielleicht lag es aber auch daran, dass die linke defensive Flanke bisher vom dicken Micha abgedeckt wurde – und dass der Trainer den dicken Micha als Schwachstelle ausgemacht hatte, war mir schon in den ersten Trainingseinheiten aufgefallen.

»Mit Verlaub«, flüsterte Harald hinter vorgehaltener Hand, »der Micha ist nicht der Schnellste und nicht der Hellste!«

Micha saß deshalb neben unserem Serben Sinisa als Ersatzspieler auf der Bank und biss in seinen *Raider*-Riegel, der neuerdings *Twix* hieß, aber trotzdem immer noch von allen *Raider* genannt wurde, weshalb wir auch Micha *Raider* riefen. Micha wirkte nicht unglücklich im Wartestand, sondern rief mit vollem Mund aufs Feld: »Los jetzt, Männer!«

Es herrschte eine brodelnde Atmosphäre auf der Anlage. Um kurz vor dem Anpfiff ein bisschen runterzukommen, ließ ich den Blick zum Spielfeldrand wandern und schätzte die Zuschauerzahl: Es waren mindestens fünfzig Leute. Die Eltern natürlich, unsere und die der Gäste: Nil-rauchende Vokuhila-Väter, die in ihrem jeweiligen Sohn das größte deutsche Talent seit Pierre Littbarski sahen, und Mütter mit Minipli und Sonnenbrillengesichtern, die sich köstlich über das Kampfgebaren ihrer Kinder amüsierten. Außerdem schauten ein paar Jungs aus der E-Jugend zu, deren eigenes Spiel vor ein paar Minuten auf dem Nebenplatz zu Ende gegangen war. Platzwart (und Vereinswirt) Manni war in seinem verwaschenen Iron-Maiden-T-Shirt auch da, aber das war nichts Besonderes – ich wusste zu dem Zeitpunkt nur noch nicht, dass er auch in den nächsten Jahren keines unserer Heimspiele verpassen würde.

Auch Paschke kreuzte wie immer Sekunden vor Spielbeginn auf, und wie immer zog er alle Blicke auf sich. Mit seinem pastellfarbenen, bedenklich spannenden T-Shirt unter der gefälschten Versace-Jacke, den aufgerollten Ärmeln, der gebügelten, taillierten Leinenhose, den schnürlosen Lederschuhen ohne Socken und dem Dreitagebart sah er aus wie ein aus dem Leim gegangener Don Johnson. Auf seinem kugelrunden Glatzkopf spiegelte sich die Sonne an diesem heißen Augusttag. Zur Feier des Saisonstarts hatte er sich eine besonders dicke Zigarre angesteckt, die in seinem Mundwinkel steckte und auf und ab tanzte. Es sah fast so aus, als würde die Zigarre aus seinem mächtigen gelben Oberlippenbart herauswachsen.

Auch Paschke presste noch schnell einen Anfeuerungsruf heraus: »Heute will ich wat sehen, Männer! Matze, auch von dir – sieh zu, datte ne Bude knipst, woll!«
Wie peinlich für Matze, dass sein Vater ihm vor versammelter Mannschaft noch einen mitgab. Aber Matze tat so, als würde er von dem Torschuss-Auftrag gar nichts mitbekommen. Er stand mit dem Polen am Anstoßpunkt und fixierte den Ball – einen Etrusco Unico, den offiziellen Ball der Fußball-WM 1990 in Italien, der im Training immer der mit Abstand begehrteste Ball im Netz war. Wenn Harald nach dem Warmlaufen und den Dehnübungen endlich die ersehnte Ansage »Jeder einen Ball!« machte, stürzten alle so schnell wie möglich auf das Netz mit den Bällen, um den Etrusco abzustauben. Nicht nur, weil er leicht und weit flog und schnieke aussah, sondern auch, weil die meisten anderen Trainingsbälle aus steinhartem Leder gefertigt und schwer wie Medizinbälle waren. Alleine im Training habe ich mir deshalb im Laufe der Jahre unzählige Male die Zehen gebrochen.
Mir war in diesen Sekunden nichts egaler als der Ball. Ich zitterte und zappelte, und mein Herz pochte in meinen Schläfen. Ich hatte eine Scheißangst. Aber ich atmete tief durch und schabte mit den Stollen über die staubtrockene Asche, bis ich von einer kleinen Wolke umhüllt war.
»Kommt jetzt, Männer!«, murmelte ich und starrte auf den Boden. Und dann pfiff Mokkas Vater an.

Im Vereinsheim

Die erste Frage ist immer die nach dem Freibier. Damals wie heute. Woher der Name kommt, wollen die Leute wissen. Ich sage immer, dass der Verein doch gar nicht Fortuna Freibier heißt, sondern Fortuna Diepenbusch.

Jaja, sagen die Leute dann, das wüssten sie auch, aber irgendwoher müsse das mit dem Freibier schließlich kommen.

Also packe ich die Geschichte von Patron Paschke aus. Mit seiner Kfz-Werkstatt *Paschke PS* unterhielt er gleich zwei Filialen, eine bei uns in Diepenbusch und eine in Dortmund, der nächstgrößeren Stadt. *Paschke PS* war unser Trikotsponsor, und Paschkes Sohn Matze unser Mittelstürmer. Nach jedem Spiel, in dem Matze traf – und der Junge traf oft, wie sich das für einen Mittelstürmer gehörte –, lud Paschke ins Vereinsheim und spendierte eine Runde Freibier nach der anderen, auch für die Gastmannschaft. Legendäre Gelage, bei denen mit der Zeit jeder von uns seinen ersten Vollrausch erlebte. Daher der Spitzname *Fortuna Freibier,* so was spricht sich schließlich rum, und es halten sich bis heute Gerüchte, dass gegen Matze Paschke das ein oder andere Mal nicht mit letzter Härte verteidigt wurde.

Auch in meinem ersten Spiel überhaupt, gegen den DSV 04, hatte Matze eine Unachtsamkeit der Gästeabwehr eiskalt ausgenutzt und das goldene Tor erzielt. Wir hatten 1:0 gewonnen, nicht zuletzt weil ich den pfeilschnellen Außenstürmer mit den Storchenbeinen und der Lastwagenfahrerfrisur trotz meiner rasenden Nervosität gut um Griff hatte. Bereits im ersten Spiel hatte ich gemerkt, dass ich auf dem Fußballplatz so gut war, dass es keinen Grund für meine übliche Ängstlichkeit gab. Ich hatte einfach Lust zu kicken. Ein unvergleichliches Gefühl, das all die Jahre anhalten sollte.

Im Vereinsheim, das eine Kneipe namens *Fortuna-Klause* war, gab es Freibier auf Paschkes Deckel. Die Stimmung war ausgelassen. Die Wolken der unzähligen HB, Ernte 23 oder Reval, die hier geraucht wurden, hingen je dreißig Zentimeter unter der Decke und über unseren Köpfen wie eine Nebelwand. Frank und ich saßen auf zwei Barhockern neben dem Tresen, mit unseren Strohhalmen schlürften wir Cola aus Glasflaschen und beobachteten das Treiben: wie die Skatrunde um Michas Vater Ralle hinten am Ecktisch laut zeternd Karten kloppte; wie Paschkes Frau in Trance zu den Klängen des Scorpions-Schunklers »Send Me An Angel« über die winzige Tanzfläche schwofte, die Zigarette mit abgespreiztem kleinem Finger in der einen Hand, den Cognacschwenker in der anderen; und hinter der Theke kam Manni mit dem Zapfen kaum nach – er schmiss den Laden an diesem frühen Samstagabend alleine (obwohl am Wochenende normalerweise Manuela mithalf, eine Studentin mit riesigen Brüsten, die Traumfrau unserer gesamten Mannschaft) und füllte die Krüge im Sekundentakt mit Dortmunder Kronen ab. Zwischendurch servierte er leckere hausgemachte Frikadellen oder schmierte Mettschnittchen für alle. Oben in der Ecke flimmerte stumm der Fernseher, aber ich hatte ob der zahllosen neuen Eindrücke kaum einen Blick übrig für *Anpfiff* mit Ulli Potofski, wo der letzte DDR-Meister Hansa Rostock gerade einen Traumeinstand in der gesamtdeutschen Bundesliga feierte. Das flackernde Licht der Mattscheibe brachte allerdings etwas optisches Leben in die mit gelb-braunem Schummerlicht gemütlich beleuchtete Bude, deren Einrichtung in Eiche Rustikal und mit viel Gelsenkirchener Barock alle Brauntöne dieser Welt zu einem trostspendenden Farbenspiel zusammenfügte. Durch die dunkelbeigen Vorhänge fiel außerdem kaum Tageslicht ein. In der *Fortuna-Klause* wurde die Welt noch ausgesperrt.

Ich wartete auf meinen Papa. Er war direkt nach Ende des Spiels losgefahren, um meine Mutter von ihrem Lambada-Tanzkurs in Dortmund abzuholen.

»Kannst dich so lange in die *Klause* setzen, wenn du fertig bist mit Duschen«, hatte er mich angewiesen, als ich schwitzend vom Platz in seine Arme getrabt war, »in einer Stunde bin ich zurück!«

»Ahlenfelder für alle!«, rief Paschke, der mit bebender Zigarre im Mundwinkel am Kopfende der Theke stand und Wirt Manni mit knackigen Ansagen dirigierte. Hinter dem Tresen flitzte Manni mit unruhigem Silberblick – sein rechtes Auge war angeblich nach einer Teenagerschlägerei starr geblieben – hin und her, in der *Klause* war er genauso fleißig und zuverlässig wie bei seinen Aufgaben als Platzwart. Sein Iron-Maiden-Shirt war inzwischen großflächig verschwitzt.

»Ahlenfelder für alle!«, wiederholte Manni, um Paschke zu bedeuten, dass er die Bestellung registriert hatte. Ein Ahlenfelder war in der *Klause* das Herrengedeck: ein Bier und ein Malteser, frei nach der trinkfreudigen Bundesliga-Schiedsrichterlegende Wolf-Dieter Ahlenfelder, der sich unsterblich machte, als er die erste Halbzeit des Bundesliga-Spiels Werder Bremen gegen Hannover 96 im Jahre 1975 – leicht angeheitert – bereits nach zweiunddreißig Minuten abpfiff.

»Mensch, Manni«, rief Paschke und ruderte hektisch mit den Armen, »komm ma ran hier getz, sonst klatscht et – aber kein Beifall!«

Manni ließ die Gläser stehen und eilte zum großen Zampano an den Thekenkopf.

»Samma«, seufzte Paschke entgeistert, »wat is denn los mit dir? Wo is meine Kanne? Mann, ey, ich hab Brand, Manni! Verstehst du, wat ich dir sage? Also machs du mir ma bitte pronto ne schöne Krone? Du weiß doch: Die schönste Blume is immer noch die Pilstulpe!«

»Na, klaro«, nuschelte Manni mit einer für seinen Körperumfang etwas zu hohen Stimme, »null Problemo, ich war doch schon dabei ...«
»Du wars doch schon dabei?«, wiederholte Paschke, nahm die Zigarre für eine Sekunde aus dem Mund und wandte sich kopfschüttelnd an die Tresenvögel neben ihm: »Er war doch schon dabei, sagta! Wat weiß ich denn, wat in dem sein Hundehirn vor sich geht ...«
Die Tresenvögel lachten, Paschke lachte lauter. Sein Kopf wurde ganz rot, das war trotz Schummerlicht deutlich zu erkennen.
»Wo is überhaupt dat Mäusken?«, rief er noch und meinte Manu. »Wieder mal krank, dat Zuckermäusken? Oder wat?«
Zu den ersten Klavierklängen des Roxette-Hits *Listen To Your Heart* wankte ein Pärchen auf die Tanzfläche, das offenbar schon ein paar Ahlenfelder intus hatte. Der Mann, ein dünner, aber durchtrainierter Enddreißiger mit Stiernackenspoiler und knallbunter Bodybuilderbuxe, packte die Frau, eine gertenschlanke Blondine mit hochtoupierten Haaren und Sonnenbanksoul, ambitioniert am Hintern, beide verschmolzen zu einem schwülen Klammerblues. Und Marie Fredriksson schmetterte dazu mit viel Weltschmerz in der Stimme ihre Schwedenschnulze: *Listen to your heart, when he's calling for you ...*
Ich beugte mich hinüber zum wortkargen Frank, der finster in den Rauchernebel lugte, und versuchte ein Gespräch.
»Was sind das denn für Vögel?«, rief ich, weil es ziemlich laut war, und zeigte auf das turtelnde Tanzpaar.
»Das sind meine Eltern, du Honk«, fauchte Frank.
Ich zuckte zusammen.
»Ach«, machte ich, um meinen fürchterlichen Schreck zu überspielen.
Frank drehte sich zu mir, seine Augen verengten sich zu kleinen Schlitzen, aber immerhin sah mir der unnahbare Kerl zum ers-

ten Mal überhaupt in die Augen. Frank hatte abenteuerliche Akne. Schlimme Krater und weißgelbe Pusteln wuchsen wild und flächendeckend auf seinem Gesicht.
»Hast du da ein Problem mit, du Spaten?«, zischte er.
»Nein, nein«, antwortete ich hektisch, »kein Problem, gar kein Problem, gar keins.«
Ich klammerte mich an meine kleine Cola-Flasche und fragte mich, wann mein Papa bloß endlich zurück sein würde.
Um uns herum lautstarke Trinksprüche aus zahlreichen Kehlen – gerufen, gelallt, gegrölt oder mit Bundeswehrbetonung gebrüllt:
»Prost, hömma!«
»Wohlsein!«
»Zur Mitte, zur Titte, zum Sack, zack, zack!«
»Stößchen!«
»Prostata!«
»Auf mich!«
»Zicke zacke zicke zacke hoi hoi hoi!«
»Prost, ihr lieben Sorgen, ihr könnt mich mal bis morgen!«
Es war ein unablässiges Klirren und Klimpern.
Roxette kamen inzwischen zum Höhepunkt: *And there are voices that want to be heard, so much to mention but you can't find the words …*
Auf der Tanzfläche rieben sich Franks Eltern noch etwas leidenschaftlicher aneinander. Ich konnte es kaum fassen, dass das tatsächlich Franks Eltern sein sollten. Wie peinlich musste das für ihn sein!
»Deine Eltern sind cool«, sagte ich, um irgendwas zu sagen.
Frank sah mich an wie eine Krankheit. »Was bist du eigentlich für ein Otto?«
»Also, äh, weil meine Eltern tanzen nie zusammen«, schob ich schnell hinterher und dachte dabei nur: Zum Glück! Zum Glück tanzen meine Eltern nie zusammen.

Frank würdigte mein Gesabbel mit keiner weiteren Reaktion. Roxette waren fertig und wurden von Kate Yanai abgelöst: *Summer Dreaming (Bacardi Feeling)*, der allgegenwärtige Song jenes langsam zu Ende gehenden Sommers, eine Melodie, zu der sich alle in der *Klause* bis auf die Bahamas träumten, obwohl es auch in diesem Jahr wieder nur bis Rimini reichte. Als Franks Eltern die Tanzfläche verließen, erspähten sie ihren Sohn und kamen zu uns herüber.
»Boah ey, geil ey«, sagte Franks Vater und wischte sich ein paar Schweißtropfen von der Stirn.
»Wann fahren wir endlich nach Hause?«, schmiss Frank ihm sogleich missmutig entgegen.
»Mensch, Fränkie«, sagte sein Vater und wuschelte ihm dabei rabiat durch die stacheligen Mecki-Haare, »hömma, der Papa und die Mama wollen doch noch ein Bierchen trinken!«
Frank zog eine Flappe. »Immer wollt ihr noch ein Bierchen trinken!«
»Hast du da ein Problem mit?«, fragte seine Mutter und versuchte dabei fürsorglich zu klingen, aber ihr Krächzen klang trotzdem nach Kreide.
»Komm, Angelika, lass mal«, sagte Franks Vater, »lass den Jungen meckern, hömma, der hat immer was zu meckern!«
»Nein, Dieter«, sagte Franks Mutter mit Nachdruck, »wenn der Fränkie da ein Problem mit hat, dann müssen wir da drüber reden.«
Sie sah ihrem Sohn ernst ins Gesicht: »Fränkie? Willst du vielleicht noch 'ne Cola?«
Fränkie nickte beleidigt.
»Anstatt dass du dich mal freust«, fuhr Franks Vater seinen Sohn vorwurfsvoll an, »dass ihr heute gewonnen habt, hömma. Du müsstest doch mit Lametta werfen, wenn du mal ehrlich mit dir bist, Fränkie! Mann, ey, dein Gegenspieler hat doch keine Sonne gesehen! Du bist doch Karussell gefahren mit

dem! Das war ein absoluter Spitzenauftritt von dir! Ü-ber-ragend!«
Frank schaute seinen Vater nicht an, sondern glotzte stur auf den Kachelboden und machte keinen Mucks.
»Du hast keinen Grund, so eine Fresse zu ziehen, du Knackwurst«, sagte Franks Vater etwas hilflos, und erst jetzt nahm er auch mich zum ersten Mal wahr.
»Ach, guck an«, staunte er, »der Neue! Hab dich gar nicht bemerkt!«
»Ich bin der Karlheinz«, sagte ich höflich.
»Kalli!«, rief er amüsiert. »Welches Kind heißt denn heutzutage noch Karlheinz, hömma?«
Da hatte er recht, kein Kind hieß Karlheinz, außer mir. Das hatte ich meiner Mutter zu verdanken. Schon ihr Großvater hieß Karlheinz, und ihr Vater auch. Leider war Opa ein paar Jahre vor meiner Geburt, mit Anfang fünfzig, an einem Schlaganfall gestorben.
»Er hätte dich so toll gefunden«, sagte meine Mutter immer, »und du ihn auch.«
Also hatte sie mich Karlheinz genannt. Mein Vater hatte nichts dagegen. Wahrscheinlich war ihm schon damals alles egal.
»Ich bin der Dieter«, sagte Franks Vater. »Na, du Flitzpiepe, du hast doch einen klasse Einstand gehabt heute, oder was? Du bist ja so'n richtiger Pfeil!«
Ich zuckte mit den Schultern.
»Was kriegst du denn so 'ne rote Birne, hömma?«
Ich zuckte mit den Schultern. Franks Mutter kam mit der neuen Cola zurück.
»Angelika«, rief Dieter und zeigte mit dem Finger auf mich, »guck mal, unser'n kleinen Flügelflitzer ist auch hier.«
»Ach was.« Franks Mutter strahlte mich an, in ihren Augenwinkeln kleine Krähenfüße, und reichte mir ihre Hand. Sie hatte ganz dünne, ganz lange Finger und dicke blaue Adern auf dem Handrücken.

»Ich bin Angelika«, sagte sie. »Wo sind denn deine Eltern?«
Ich griff nach ihrer Hand und wollte antworten, aber Franks Vater fiel mir ins Wort: »Das ist der Kalli, hömma!«
»Der Kalli«, wiederholte Angelika und nickte anerkennend. »Schöner Name!«
»Den Namen müssen wir uns merken«, sagte Franks Vater, »der hat was drauf!«
»Herzlich willkommen bei Fortuna Freibier, Kalli!«, sagte Franks Mutter und lachte laut, und Franks Vater lachte mit, und Frank starrte weiter auf den Boden, und ich versuchte ein Lächeln.
»Apropos«, sagte Franks Vater, als sie sich wieder eingekriegt hatten, »soll ich noch mal zwei holen, oder was?«
Er grinste zu uns herüber, zwinkerte und sagte: »Fürs weibliche Wohl muss schließlich gesorgt sein!«
Franks Mutter nickte: »Aber zwei Ahlenfelder!«
»Das ist meine Frau!«, rief Franks Vater triumphierend, zog sie zu sich heran und gab ihr einen tiefen Zungenkuss. Ich konnte nicht weggucken. Er gab ihr noch einen knallenden Klaps auf den Hintern und verschwand zur Theke.
»Manni, machst du uns noch zwei, hömma?«, hörte ich ihn noch rufen.
Ich drehte mich zu Frank und fragte: »Heißt das nicht eigentlich *leibliches Wohl?*«
Frank guckte stumpf. »Häh?«
»Na, er hat *weibliches* Wohl gesagt«, stotterte ich, »aber es heißt doch: Fürs *leibliche* Wohl muss gesorgt sein!«
»Lass mich in Ruhe, du Krüppel«, nuschelte Frank.
In dem Moment betrat mein Vater das Lokal und versuchte, sich durch die dichten Schwaden einen Überblick zu verschaffen. Aber er musste nicht lange nach mir suchen, weil ich sofort von meinem Hocker aufsprang, Frank und seine Mutter grußlos zurückließ und Papa in die Arme stürzte.

»Hey, hey, hey«, rief er lachend, »du hier und nicht in Hollywood?«

Sein Blick wanderte einmal quer durch die Klause. »Na, wie ist die Stimmung hier so?«

Fast das ganze Lokal sang inzwischen lauthals mit, starker Ruhrgebietsakzent inklusive: *What I'm feelin', it's never been so easy …*

»Ich will nach Hause, Papa«, sagte ich und zog ihn am Ärmel. »Jetzt sofort.«

Die Regeln der Kabine

Die Kabine ist für jede Fußballmannschaft ein besonderer Ort, um den sich Geheimnisse und Mythen ranken, die nur dem innersten Zirkel der Vereine vorbehalten sind. Niemand lässt sich gerne in die Karten schauen. Nicht umsonst bügeln genervte Fußballer die unverschämtesten Fragen nach Interna bevorzugt mit einer Phrase ab, die jedem Journalisten ruck, zuck das Maul stopft: »Das bleibt in der Kabine!«

In der Kabine wird gebrüllt und geschimpft, gelacht und getanzt, manchmal sogar geweint – alles abhängig von der Erfolgslage. Viele Vorgänge sind ausgesprochen intim, und damit meine ich noch nicht einmal das Rudelduschen nach dem Training oder Spiel. Fußballer sind sensibel, jeder braucht eine persönliche Ansprache, im Erfolgsfall wie in der Niederlage. In der Kabine wird die verletzliche Fußballerseele – denn ganz egal, ob harte Schale: Der Kern ist immer weich, sonst würden auch nicht so viele Elfmeter verschossen – gehegt und gepflegt. Unter einer Dunstglocke aus Jungenschweiß, Axe-Alaska-Deo und Allgäuer Latschenkiefer wurde in unserer Kabine der Grundstein gelegt für alles, was anschließend auf dem Platz passierte.

Unser Trainer Harald wusste genau, wie er jeden von uns anzupacken hatte. Harald Engler, als großer Clint-Eastwood-Fan in Fortuna-Kreisen nur *Dirty Harry* genannt, war ein Fußballtrainer, wie man ihn sich im Ruhrpott damals vorstellte. Das Motto des Kumpeltyps lautete: »Ein dreckiges Trikot ist gut für die Seele!« Und mit seinem eindrucksvollen Nackenspoiler sah die straßenköterblonde Kante in all den Jahren bis zu seinem Rücktritt 1995 aus wie ein Spieler von Hansa Rostock aus der Saison 1991/92. Hauptberuflich war Harald stolzer Besitzer der Kneipe *Hohes Ross* in Dortmund, wo er auch selbst häufig hinter der Theke stand – außer an den Trainingsabenden dienstags und donnerstags sowie samstags, denn Samstag war Spieltag. Harald trug immer einen knallbunten Trainingsanzug der Marke Erima, der in seiner Neonfarbenpracht bereits dem Augenkrebs-Outfit ähnelte, das ein paar Jahre später Bundesliga-Geschichte schreiben sollte als Faber-Trikot des VfL Bochum. Haralds Anzug war allerdings noch einen Tacken hässlicher und sah in seiner ganzen psychedelischen Pracht so aus, als hätte ein LSD-Junkie seine Gedanken auf ihm erbrochen.

In meiner Debütsaison behandelte Harald mich wie ein rohes Ei, weil er schnell merkte, dass ich eigentlich viel zu schüchtern und unsicher war, um mich in dieser rauhen Umgebung durchzusetzen. Auf dem Platz sah er aber auch, dass ich über einen feinen Fuß, gute Übersicht und mehr Talent als die meisten Mitspieler verfügte. Meine Mannschaftskameraden nahmen da schon deutlich weniger Rücksicht auf mich.

In der Kabine erlebte ich von Anfang an viel Verstörendes: wie Frank nach dem Aufstiegsdrama von 1994 mit der blanken Faust ein Loch in die Wand des Vereinsheims schlug; wie Goran an guten Tagen unter der Dusche stets seinen – wie wir ihn nannten – Schwanztanz aufführte, der mich heute entfernt an den über zwei Jahrzehnte später populär gewordenen »Gangnam Style« erinnert; wie Mokka auf seinem Handtuch regelmäßig gen Mekka betete; oder wie Paschke vor Wut über unsere Last-Minute-Schlappe gegen Viktoria in die Kabine gestürmt war und unseren Trainer Harry anfuhr, ob sich »der feine Herr Dörty Hähry« denn nicht mal einen etwas seriöseren Trainingsanzug zulegen wolle, denn: »Bunt macht balla-balla!« – ein Affront, den sie erst auf der Freibier-Party (Hattrick Matze) nach dem nächsten Heimspiel eine Woche später mit einigen Ahlenfeldern aus der Welt schafften.

An den schroffen Ton gewöhnte ich mich schnell, auch wenn es noch dauern sollte, bis ich genug Selbstvertrauen hatte, meine eigenen Pimmelwitze zu reißen. Schlimmer war, dass ich als Neuzugang alle Verarschungsrituale über mich ergehen lassen musste, die bei der Fortuna dazugehörten – von denen mich jeder einzelne kalt und unvorbereitet erwischte, auch wenn sie mir im Rückblick allesamt fast wie ein Klischee vorkommen. Nach dem allerersten Training war gleich meine Uhlsport-Tasche verschwunden, was ich erst bemerkte, als ich nass und nackt aus der Dusche kam. Lachend zeigten die Jungs mit dem Finger auf mich, den Trottel ohne Handtuch und Klamotten. Ich hielt die Hände vor meine Eier und quälte mir ein Schmunzeln zurecht, hatte aber sofort panische Angst, nackt nach Hause gehen zu müssen.

»Ganz ... also, ganz lustig«, stotterte ich, »aber wo ist denn meine Tasche?«

Was für eine überflüssige Frage. Ich wurde immer unruhiger.

»Schnauze, du Spacko!«, rief Frank in seiner typischen Wortwahl.

»Mach mal deinen Kopf zu«, maulte Martin trocken. Ausgerechnet Martin, vor dem ich ohnehin am meisten Angst von allen hatte. Nicht wegen seiner Glubschaugen, sondern weil er im einzigen Problembezirk unseres Städtchens (die beiden besagten Hochhäuser am Heußweg) wohnte. Woher ich das wusste? Vor dem Training hatte er die Kabine betreten wie ein Cowboy seinen Saloon und mit triumphierender Geste gerufen: »Ich komme vom Heußweg und ficke euch alle!«

»Das macht der Martin, dings, immer«, hatte mein südkoreanischer Spind- und Sitznachbar Bum-Bum mir daraufhin zugeflüstert und dazu eine beschwichtigende Handbewegung gemacht.

»Vielleicht hast du nur vergessen, wo du die Tasche hingestellt hast«, feixte Kapitän Radek, und ich war mir nicht sicher, ob er das ernst meinte. Die anderen Jungs schmunzelten in sich hinein, würdigten mich aber keines Blickes.

Was für eine beschissene Situation. Richtig peinlich, aber so richtig.
»Sie stand genau hier«, versuchte ich eine feste Stimme und zeigte auf meine Reebok-Pumps, die hatten sie mir seltsamerweise gelassen. Dabei waren diese Schuhe so ziemlich mein prestigeträchtigster Besitz. In meiner Tasche war dagegen nicht mehr als ein Handtuch, ein Diesel-Only-The-Brave-Shirt, beige Bermudashorts und eine Feinripp-Unterhose mit Eingriff zu holen. Elementare Ausrüstung allerdings, wenn man nicht nackt in Reebok-Pumps nach Hause spazieren wollte.
»Das ist ja ominös«, sagte Matze, aber nicht, weil er sich für mein Problem interessierte, sondern weil er gerne komische Wörter benutzte.
»Immer Kasala mit den Neuen«, sagte selbst der grimmig guckende Artur, und alle lachten. Artur sagte nur ganz selten etwas, aber wenn, dann lachten gleich immer alle, vielleicht vor Schreck. Seine Stimme war von einer seltsamen, eintönigen Melancholie durchzogen, die fast hypnotisch wirkte. Außerdem hatte er einen irren Blick, bei dem ich nicht einschätzen konnte, ob er aggressiv oder unsicher war. *Kasala* war übrigens innerhalb der Mannschaft ein gängiger Begriff für unnötigen Ärger, Stress, Unruhe.
Ich fragte noch ein paarmal halbherzig in die Runde, wo meine Tasche abgeblieben sei, dann gab ich auf und hockte mich schmollend auf die Plastikbank, genau an die Stelle, wo ich meine Tasche vor dem Training abgestellt hatte.
Neben mir trocknete sich Bum-Bum ab, der sich an der Häme der anderen nicht beteiligte. Hektisch zog er sich sein Chevignon-T-Shirt über und setzte seine Fischaugenbrille auf, mit der er aussah wie ein verrückter Erfinder. Trotzdem trug er nur während Training und Spiel Kontaktlinsen, sonst immer die riesige Brille. Er sagte, er habe acht (8!!!) Dioptrien, weil er als kleiner Junge eine Augenentzündung hatte, die zunächst nicht

erkannt und anschließend falsch behandelt wurde. In der Mannschaft wurde er nur *Vierauge* gerufen, was damals noch ein einigermaßen kreativer Spitzname war. Ganz schief und krumm saß die Brille jetzt auf Bum-Bums Nase, als er sein nasses Handtuch in seinem Rucksack verstaute. Bum-Bum schien die Aktion unangenehm zu sein, aber offen für mich Partei ergreifen konnte er ja nun auch nicht, weshalb er mich krampfhaft ignorierte.

»Weißt du, wo meine Tasche ist, Bum-Bum?«, fragte ich und baute auf sein Gewissen, aber er zuckte nur mit den Schultern.

»Komm schon, Bum-Bum.«

Noch mehr Schulterzucken.

»Bum-Bum!« Ich nannte ihn nie *Vierauge.*

In meinem Kopf nur apokalyptische Gedanken: Herzlichen Glückwunsch, Kalli, die Mannschaft hat überhaupt keinen Bock auf dich und zeigt dir ihre Ablehnung, indem sie dich nackt in die freie Wildbahn schickt. Ich würde meine Reebok-Pumps schon so lange aufpumpen müssen, bis ich einfach davonfliegen würde.

Ich nahm das alles sehr persönlich und hatte keine Hoffnung mehr, dass die Tasche noch auftauchen würde.

Das war mein erstes und mein letztes Training, schwor ich mir, während ich den anderen beim Ankleiden zusah. Scheiß auf die WM 2006, scheiß auf die Weltkarriere als Rekordtorjäger! Wie sollte ich hier jemals Anschluss finden? In diesem asozialen Umfeld würde ich mich niemals durchsetzen! Hier würden sie mich für mein Leben brechen. Ich wollte nur nach Hause und nie mehr wiederkommen.

Als der Rest der Mannschaft sich bereits grußlos auf den Heimweg gemacht hatte, schulterte auch Kapitän Radek seine Sporttasche. Er hatte eine natürliche Autorität, er beeinflusste mich und uns mit seiner Körpersprache, seinem Gesichtsausdruck, ohne jemals aggressiv zu wirken. Es reichte, damit auch die schwierigsten Fälle wie Martin oder Goran auf ihn hörten. Bei uns in der Kabine hat jeder nur geschaut, ob der Kapitän da ist. Radek trat einen Schritt auf mich, das nackte und verängstigte Elend, zu und zwinkerte aufmunternd, als er mir die Schlüssel für einen Spind überreichte.

»Da ist deine Tasche drin«, sagte er und musterte mich prüfend: »Hauptsache, du bist nicht beleidigt!«

Mit diesem Satz brachte er die vielen goldenen Kabinenregeln, die ich während des Martyriums meiner ersten Saison noch lernen sollte, auf den Punkt: Hauptsache, nicht beleidigt sein!

Ich lachte unsicher auf. »Ha! Beleidigt? Wer? Ich?!?«

Er zwinkerte mir noch mal freundlich zu und sagte: »Kleiner Scherz, da muss hier jeder durch!«

»Na klar«, gab ich müde zurück.

»Du nimmst uns das nicht krumm, oder was?«

Ich schüttelte den Kopf und machte eine wegwischende Handbewegung. »Also bitte!?!«

Er lächelte nur und sagte: »Bis Donnerstag, Kalli!«

Er hatte mich tatsächlich *Kalli* genannt. Wahnsinn.

»Ja klar«, sagte ich hastig, »bis Donnerstag!«

Kein Gegner

Wie gesagt«, Micha hob den Zeigefinger, »ich habe da so meine Befürchtungen.«

Micha sagte ständig *wie gesagt,* auch wenn vorher keiner irgendwas gesagt hatte.

»Was denn für Befürchtungen, Raider?«, rief Goran. »Wir fahren da hin und machen die glatt, da brauchen wir gar nicht mehr weiter drüber reden.«

Wir saßen im nagelneuen Honda Civic von Michas Vater. Der Fahrer war natürlich Michas Vater Ralf, der bei uns auf der Anlage nur Ralle gerufen wurde. Ralle rauchte eine Reval nach der anderen, trotz geöffneten Fahrerfensters war kaum noch Sauerstoff im Auto, aber keiner sagte was, wir nahmen es einfach hin, weil wir es gar nicht anders kannten. Unsere Väter rauchten alle, ständig, im Auto und überall.

Auf dem Beifahrersitz saß Micha, obwohl er, wie wir alle, erst elf Jahre alt war. Ich saß hinten in der Mitte, ziemlich eingequetscht zwischen den beiden Erzfeinden Goran und Sinisa.

»Darum geht es mir doch gar nicht«, sagte Micha mit großer Gemütlichkeit und drehte sich zu uns um: »Du weißt doch ganz genau, was ich meine, Goran!«

Goran winkte ab und sagte: »Goran hat keine Angst, Alter!«

Wir waren auf dem Weg zum ersten Auswärtsspiel der Saison, meinem ersten Auswärtsspiel überhaupt, bei der TuS. Ich konnte damals noch nicht wissen, wie absurd die Konstellation bei uns in der Karre wirklich war: Goran und Sinisa zusammen auf so engem Raum, das sollte nur wenige Wochen später schon völlig ausgeschlossen sein. Beide kamen aus Jugoslawien, Goran aus Split, Sinisa aus Vukovar, aber Sinisas Eltern waren Serben, und da lag das Problem zwischen den beiden. Ich verstand die Zusammenhänge damals nicht, aber ich wusste, dass sich Goran und Sinisa wegen des Kriegs hassten. Klar, Goran war Kroate und Sinisa war Serbe, und auf dem Balkan wurden zu jener Zeit blutige Schlachten geschlagen, so viel hatten wir alle mitbekommen. Trotzdem verstand ich die gegenseitige Abneigung nicht so ganz, denn beide wohnten nicht nur seit ihrer frühesten Kindheit in Deutschland, für mich waren sie sich auch ziemlich ähnlich. Nicht äußerlich, da sahen die Schlackse mit ihren Frisuren aus wie die Typen aus *Wayne's World,* Goran wie Wayne, also Mike Myers, Sinisa wie der blonde Garth, also Dana Carvey. Aber beide waren sehr stolz, im Training durfte man sie lieber nicht tunneln oder sonst irgendwie austricksen, da konnten sie ganz plötzlich ganz schön böse werden – Goran allerdings mehr als Sinisa, er war wie eine Gasflasche, bei der man ständig Angst haben musste, sie könnte explodieren. Er konnte sehr aggressiv werden. Aber zum Glück vertrugen sich unsere beiden Jugos an diesem Vormittag, als ich zwischen ihnen saß – besser gesagt: Sie ignorierten sich.

»Wie gesagt, bei der TuS weiß ich wirklich nicht«, legte Micha nach. Ich hatte keine Ahnung, wovon er sprach, denn soweit ich wusste, war die D-Jugend der TuS das schlechteste Team der Region, klassisches Kanonenfutter.

»Für Goran ist die TuS kein Gegner«, tönte Goran und klappte den Medizinkoffer, den er auf dem Schoss hatte, auf und zu und auf und zu.

»Eben«, sagte Micha und lachte, »genau davor habe ich doch Schiss: dass sie kein Gegner ist!«

»Im wahrsten Sinne des Wortes«, pflichtete Ralle seinem Sohn bei.

Sinisa schmunzelte. Im Gegensatz zu mir wusste er offenbar, wovon hier die Rede war. Sowieso waren Sinisa und Micha die dicksten Kumpel. Sie waren die Bankdrücker der Mannschaft, das verband sie. Micha saß fast immer draußen, Sinisa häufig.

So war auch unsere Fahrgemeinschaft zustande gekommen: Micha und Sinisa fuhren immer mit Michas Vater im Honda Civic. Und Goran und ich hatten in keiner anderen Karre mehr Platz gefunden, weil wir die Außenseiter der Truppe waren. Goran, weil er so aggro war, und ich, weil ich neu war.

»Hast du das Eisspray dabei?«, fragte Sinisa, während Goran den roten Koffer mit dem weißen Kreuz gedankenverloren auf und zu und auf und zu und auf und zu klappte.

»Na klar«, sagte Micha.

»Sonst muss sich Raider ja auch um nix anderes kümmern«, sagte Goran und lachte wie der Teufel. Als er den Deckel wieder aufklappte, sah ich die Dose mit dem Eisspray, die neben einer ranzigen Mullbinde das einzige Utensil in unserem Medizinkoffer war. Als Ersatzmann war Micha unser Dr. Müller-Wohlfahrt, der mit dem Köfferchen auf den Platz sprintete, sobald einer von uns verletzt in der Asche lag. Ein dicker Müller-Wohlfahrt mit kurzen, roten Haaren und Sommersprossen, der einen Verband an die Schürfwunde legte oder ein bisschen mit dem Eisspray herumsprühte, wobei das mit dem Eisspray so eine Sache war: Irgendwie war die Sprühdose ständig kaputt, und statt Eis spritzte nur kaltes Wasser heraus wie aus einer Gießkanne – bei einer brennenden Wunde zwar besser als nichts, aber eben auch kein Eis. Innerhalb der Mannschaft wurde das Eisspray deshalb nur *Wasserzerstäuber* genannt.

»Jetzt hör mal auf, die ganze Zeit mit dem Koffer rumzumachen«, mahnte Micha.

»Echt, ey«, sagte Sinisa.

»Ich mach doch gar nix«, keifte Goran zurück und klappte den Koffer aus Prinzip noch ein paarmal auf und zu und auf und zu und auf und zu.

»Ich hätte schon Bock, dass wir denen heute schön einen reinwemmsen«, sagte Micha, obwohl klar war, dass er als Bankdrücker nicht viel dazu beitragen würde.

»Kommt ganz darauf an«, sagte Sinisa und wuschelte durch seine blonde Mähne.
»Jetzt wartet doch erst mal ab, Männer«, sagte Ralle mit, nun ja, väterlicher Stimme.
Was kommt worauf an, fragte ich mich, aber nicht laut, denn das wäre mir viel zu peinlich gewesen.
»Ist die TuS wirklich so schlecht, wie alle sagen?«, traute ich mich stattdessen zu fragen, aber keiner antwortete. Nach ungefähr zehn extrapeinlichen Sekunden würdigte Michas Vater mich doch noch mit einer Reaktion: »Ich sag mal so: Es gibt bessere Mannschaften in der Liga.«
»Ach so«, krächzte ich, weil in der Stille nach der Frage mein Hals ganz trocken geworden war.
Michas Vater war ein netter Mann, das wusste ich schon vorher. Bei uns in Diepenbusch war er der Direktor der Sparkasse und deshalb stadtbekannt. Er war sicher einer der reichsten Leute im Ort, mal abgesehen von Paschke, aber er ließ es nicht raushängen. Er war immer höflich und hielt allen Frauen die Tür auf, so dass meine Mama manchmal zu meinem Papa sagte: »Vom Herrn Häuser könntest du dir auch mal eine Scheibe abschneiden!«
Aber Papa lachte immer nur: »Der Häuser ist doch genauso ein Weichei wie sein Sohn!«
»Micha ist kein Weichei«, sagte ich dann, »er ist halt nur ein bisschen dicker.«
Jedenfalls kam Michas Vater bei den Frauen in Diepenbusch gut an. Meine Mutter, die *Glücksrad*-Guckerin, verglich ihn immer mit Peter Bond, weil er dem Moderator so ähnlich sah.
Während ich mit meinen Gedanken abschweifte, schwiegen die anderen, und ich spürte, wie vor allem Goran, der rechts neben mir kauerte und mit dem Zeigefinger einen Penis auf das staubige Fenster malte, immer unruhiger wurde.

»Geht's euch gut dahinten?«, rief Ralle an einer roten Ampel und drehte sich kurz zu uns um, die Zigarette zwischen den Zähnen.

»Goran hat Bock«, sagte Goran und klatschte in die Hände. »Ich bin jetzt schon am Gasgeben!«

»Jetzt mach hier mal nicht so viel Kasala«, stutzte Sinisa ihn zurecht.

Als wir die Anlage der TuS erreichten, ließ Michas Vater die Reifen kurz quietschen, als wollte er ankündigen: Wir sind da!

»Dann wollen wir mal gucken, ne?«, murmelte er und parkte, mit der flachen linken Hand das Lenkrad lässig kreisend, den Wagen.

Als wir ausstiegen, ließ Micha den Blick über die ziemlich verwaiste Anlage kreisen. Ganz hinten bolzten ein paar kleine Kinder auf einem Gummiplatz. Von der gegnerischen Mannschaft keine Spur. Auf dem einzigen Ascheplatz steckte ein Schild im Sand: *Platz gesperrt.*

»Nee, ne?«, ächzte Sinisa. »Ist jetzt nicht wahr, oder?«

»Wie gesagt«, sagte Micha, »ich war mir von Anfang an nicht so sicher.«

Die Stimmung im Auto sank blitzartig auf den Tiefpunkt. Ich verstand überhaupt nichts mehr.

Der Manta der Schöners war schon da, er war, wie ich schnell feststellen sollte, immer der erste Wagen am Platz. Der Fuchsschwanz wedelte im Spätsommerwind, über die gesamte Breite der Heckscheibe prangte ein fetter Kenwood-Aufkleber. Lässig lehnte Dieter an seiner Karre und rauchte eine Zigarette, in der linken Hand eine Dose Kronen. Dieter trank eigentlich immer Alkohol, tagsüber Bier, abends auch härtere Sachen. Trotzdem wirkte er fit, er war ein kleiner, drahtiger Typ.

»Mensch, Ralle«, rief er heiser, als er uns sah, »da seid ihr ja endlich, hömma!«

Die beiden Männer umarmten sich heiß und innig und schlugen sich dabei mehrmals kräftig auf den Rücken.
»Geil, dass du da bist, hömma.«
»Geil, dass du da bist.«
»Willst du auch 'ne Kanne?«, fragte Dieter und hielt Ralle seine Dose unter die Nase.
»Danke dir, mein Lieber«, Ralle schüttelte den Kopf, »aber später.«
Er zündete sich erst einmal die nächste Zigarette an und bekam einen schlimmen Hustenanfall. Mehrmals spuckte er aus.
»Der lebt noch«, sagte Ralle grinsend, als er mit dem Finger auf seinen gelbgrünen Auswurf zeigte, der jetzt auf dem Asphalt herumglibberte. Dieter lachte dreckig.
Auf der Motorhaube hockten die vier Jungs, die bei Dieter im Manta mitgefahren waren: Frank natürlich, unser Kapitän Radek, dazu Matze und Artur. Während Artur und Frank gewohnt missmutig durch die Gegend guckten, schienen sich Radek und Matze köstlich zu amüsieren.
»Es ist Zahltag, du Fettsack!«, rief Matze, laut lachend, und versuchte dabei, unsere Abwehrkante Radek kräftig durchzuschütteln, was ihm aber kaum gelingen wollte – kein Wunder, Radek war ein Baum mit Brüsten, fast einen Kopf größer und eine Schulter breiter als der Rest der Mannschaft, und Matze war ein kleiner Stürmerfloh.
Dieter zeigte mit seinem gelben Raucherdaumen auf die Jungs und erklärte uns: »Die Jungs haben schon gewettet, dass die TuS nicht kommt …«
»Wie jetzt?«, schoss es aus mir heraus, ohne darüber nachzudenken.
»Die TuS kommt nicht«, wiederholte Dieter und schnippte seine Kippe auf den Boden.
»Zu ihrem eigenen Heimspiel?«, fragte ich.

Dieter nickte. »Der Trainer war eben kurz da und hat seine Mannschaft entschuldigt, die waren zu wenige Leute, angeblich alle krank.«
»Magen-Darm«, rief Matze höhnisch, »von wegen! Die hatten die Buxe voll!«
»Sag ich doch«, sagte Dieter und lachte, »Magen-Darm!«
»Und wo ist der Trainer jetzt?«, fragte ich.
Radek winkte ab: »Der ist längst wieder abgedampft.«
»Abdampfen«, murmelte der wortkarge Artur und zog eine Fresse, »abdampfen könnten wir so langsam auch mal wieder.«
Wie immer, wenn Artur etwas sagte, lachten alle. Außer Frank.
»Jetzt können wir auch noch auf die anderen Autos warten, du Schwachmat«, blaffte er Artur an, aber der tat so, als fühlte er sich nicht angesprochen.
»Ey, Fränkie«, rief Dieter, »passt du wohl auf deine Wortwahl auf!« Dieter gab sich große Mühe, empört zu klingen, konnte sich aber ein Lächeln nicht verkneifen. Er lächelte ihn mit weitgereistem Blick an, so stolz, wie nur ein Vater seinen Sohn anlächeln kann.
»Ist doch wahr«, maulte Frank.
»Vorsicht«, rief Matze und lachte, »Metallica hat wieder gute Laune.«
Wegen seiner Pickel und der schlechten Gesichtshaut wurde Frank innerhalb der Mannschaft nur *Metallica* gerufen, in Anlehnung an den von böser Akne gezeichneten Metallica-Frontmann James Hetfield.
»Pass bloß auf, du Wichser!«, drohte Metallica unserem Knipser.
»Fränkie!«, rief Dieter noch einmal, diesmal etwas autoritärer. Artur glotzte derweil nur dumm rum und zuckte gelegentlich mit den Schultern. Ihm war wirklich alles egal. Mit seinem runden Gesicht und seinen Stofftierhaaren sah er aus wie ein

Monchhichi, aber hinter der knuddeligen Fassade verbarg sich ein missmutiger Motzkopf.
»Ich kann warten«, sagte Radek und zog den Gameboy aus seiner Mizuno-Sporttasche.
»Du sollst hier nicht zocken«, sagte Matze, »sondern mir die zwei Mark auszahlen, um die wir gewettet haben. Das ist doch wohl Ehrensache, du Psycho.«
Wenn Matze *Psycho* sagte – und er benutzte das Wort häufig, als Beleidigung oder Adjektiv –, klang es immer wie *Zücho.*
»Na sicher«, warf Dieter ein, »Spielschulden sind Ehrenschulden!«
»Vielleicht kommen die Gegner ja noch«, sagte Radek und grinste, während die Tetris-Melodie einsetzte.
»Hast du nicht zugehört?«, sagte Matze. »Unsere Gegner sind heute verhindert.«
»*Be*hindert vielleicht«, sagte Radek und lachte laut.
»Alter, die haben wirklich abgesagt?!?«, meldete sich Goran zu Wort, als hätte er die Sachlage gerade erst verstanden.
»Sag' ich doch«, wiederholte Dieter, geduldig wie immer.
Goran pfefferte den Medizinkoffer auf den Asphalt. »Diese Wichser!«
»Ey!«, rief Micha. »Pass auf den Koffer auf!«
»Du Spasti!«, nuschelte Frank in Gorans Richtung.
Aber Goran kickte den Koffer mit Schmackes ins Gebüsch. »Goran ist sauer!«
»Was soll das, Alter?«, rief Sinisa.
»Halt's Maul, du Serbe!«, zischte Goran ihn an, und Sinisa trollte sich kopfschüttelnd, weil er meistens der Klügere war, der nachgab.
»Nicht dass der Wasserzerstäuber das Zeitliche segnet«, sagte Matze und lachte. *Das Zeitliche segnen.* Woher er bloß immer diese Wichtigtuerwörter hatte. Sein Papa Paschke redete schließlich auch nicht so. Im Gegenteil.

Dieter drehte sich zu mir. Ihm lag meine Integration wirklich am Herzen, das machte ihn mir trotz aller offensichtlichen Schwächen sympathisch.

»Bei schlechten Vereinen kommt das hin und wieder vor«, erklärte er, »dass die am Spieltag keine Mannschaft an den Start bringen …«

»Letzte Saison haben die von uns zehn Stück gekriegt«, rief Radek dazwischen, »da hätte ich an deren Stelle auch kein Bock mehr auf die Fortuna.«

Matze gab Radek eine flache Hand auf den Hinterkopf: »Halt die Backen und rück die Kohle raus, Mann!«

Ich hatte wieder was gelernt. Die TuS war für uns kein Gegner. Im wahrsten Sinne des Wortes.

Brigitte Nielsen

Ich kann nicht behaupten, dass ich mich in meiner ersten Saison bei der Fortuna wohl fühlte. Kein Wunder: Meine Mannschaftskameraden – bis auf meine beiden Freunde Mokka und Bum-Bum – wechselten lange kaum ein Wort mit mir. Außerdem setzte ich mich unter Druck wie ein Wahnsinniger, weil ich es allen zeigen wollte. Jede Woche, eigentlich sogar in jedem Training, gab es Momente, in denen ich am liebsten alles hingeworfen hätte.

Aber ich hatte diesen Traum …

Borowski schnappt sich den Ball, kurz hinter der Mittellinie, vorbei an Cinquecento (ein argentinischer Mittelfeldspieler, den ich mir ausgedacht hatte), *vorbei an Arbelao* (argentinischer Abwehrspieler, ebenfalls ausgedacht), *er täuscht einen Schuss an, schlägt einen Haken und – Toooooooor! Tor durch Borowski! Das 1:0 für Deutschland in diesem Finale von München! Das Olympiastadion bebt, wie ich es selten erlebt habe, meine Damen und Herren … 1:0 für Deutschland! Karlheinz Borowski, meine Damen und Herren, und man ist ja fast geneigt zu sagen: Wer sonst?!?*

… von der WM 2006, ihr wisst schon, und den wollte ich mir nicht so leicht nehmen lassen. Immerhin kehrte nach einigen Monaten etwas Routine ein, ich lebte den Alltag eines Jugendfußballers, in dem die Wochen immer ähnlich abliefen. Damit meine ich nicht nur den Dreisatz

Dienstag Training
Donnerstag Training
Samstag Spiel,

sondern auch die Begleitumstände: Ich gewöhnte mich daran, nach dem Training mit den Ersatzspielern Micha und Sinisa die Bälle einzusammeln.

Ich gewöhnte mich an unsere Väter, an Dieter und Ralle und Mokkas Vater Mohammed, die immer nett zu uns waren – außer an Spieltagen, wenn weder wir noch die gegnerischen Teams von ihren haarsträubenden Pöbeleien verschont blieben (ausgenommen Mokkas Vater, der bei unseren Heimspielen in der Regel als Schiedsrichter zum Einsatz kam). Mein Papa war nicht fanatisch genug, um dieser Clique anzugehören, er fuhr auch nicht auswärts mit, sondern stand nur bei Heimspielen am Spielfeldrand. Das war aber auch in Ordnung, weil ich mir trotzdem sicher sein konnte, dass er stolz auf mich war. Außerdem gab er mir nie das Gefühl, ihm irgendetwas beweisen zu müssen.

Ich gewöhnte mich auch an die Marotten innerhalb unserer Truppe, an unseren Kabinen-DJ Frank aka Metallica zum Beispiel. Wie bereits erwähnt, war er ein ziemlich miesgelaunter Kollege, der für jeden eine Beleidigung übrig hatte, aber wenn er vor und nach den Spielen in der Kabine seinen Ghettoblaster von Grundig aufdrehte und die Dusche mit Chart-Hits wie *I Wanna Sex You Up* von Color Me Badd oder *Ring Ring Ring* von De La Soul volldröhnte, hatte er mehr Spaß als der Rest der Mannschaft zusammen. Auch wegen dieser menschlichen Regungen hatte ich bald keine Angst mehr vor Frank, genauso wenig wie vor dem wilden Martin vom Heußweg – irgendwann wurde mir klar, dass auch die harten Jungs meine Kollegen waren, solange wir in derselben Mannschaft spielten und ich auf dem Platz so gut ablieferte. Das konnte mir auch im Alltag nicht schaden. Ich wusste, dass ich mich auf sie verlassen konnte, wenn es darauf ankam. Auch wenn sie mir abseits des Platzes nicht allzu viel Beachtung schenkten.

In der Kabine übte ich mich weiterhin in einer Zurückhaltung, die man auch als pathologische Schüchternheit bezeichnen konnte. Dabei staunte ich über einige meiner Mannschaftskameraden mehr als über andere: Über den Polen zum Beispiel, unseren zweiten Stürmer, der allerdings als Knipser nicht so effektiv war wie Matze. Der Pole hieß ebenfalls Martin, aber einen Martin hatten wir ja schon. Er trug im Nacken die modisch fragwürdige Zündschnur (im Mannschaftskreis liebevoll *Polackenschwänzchen* genannt) zur Frisur, wie so viele Polen damals, aber er beeindruckte mich weniger mit Äußerlichkeiten als mit seinen besonders trockenen Sprüchen, die er im Minutentakt raushaute. Nicht umsonst galt der Pole als Schöpfer der legendären Redewendung, mit der wir uns auf und neben dem Platz zu gelungenen Aktionen gratulierten: »Hat der Sahne!«

Mit dem Polen wäre ich gerne so richtig befreundet gewesen. Mit unserem Torwart Volkan dagegen nicht unbedingt, aber er brachte mich trotzdem regelmäßig zum Schmunzeln. Nicht dass er so schlagfertig gewesen wäre wie der Pole, aber dafür war er doppelt so eitel wie der Rest der Mannschaft, und das schon mit elf Jahren! Vor und nach jedem Spiel war er ewig damit beschäftigt, sich die Strähnen seines voluminösen Mittelscheitels im richtigen Winkel in die Stirn zu legen. Auf dem Platz wirkte es bei jedem seiner Hechtsprünge, als würde er darauf achten, besonders geschmeidig abzurollen, um seine Frisur nicht durcheinanderzubringen. In der Kabine hatte er für jeden von uns ein paar Tipps parat, was unsere Haare oder unser Outfit betraf (ein paar Jahre später sollten diese Tipps noch eine große Rolle spielen). Volkan war allenfalls ein durchschnittlicher Torwart, trotzdem verpasste er keine Minute auf dem Platz – kein Wunder, schließlich hatten wir nur ihn. Die wenigen Male, die er in all den Jahren ausfiel, wurde er von Micha oder Sinisa mehr schlecht als recht ersetzt.

Heute habe ich unseren Torwart Volkan vor allem aufgrund zweier Anekdoten in Erinnerung: Wegen meines Vaters, der mich vor ein paar Jahren, als wir das EM-Halbfinale 2008 zwischen Deutschland und der Türkei schauten, allen Ernstes fragte, ob es sich beim türkischen Nationaltorhüter Volkan womöglich um unseren Volkan handeln könnte.

Und wegen meiner Mutter. Sie erlebte während meiner ersten Saison bei der Fortuna eine seltsame Wandlung. Vielleicht lag es daran, dass meine (drei Jahre jüngere) Schwester Julia (sie hatte Glück und wurde nicht nach ihrer Oma benannt) und ich »aus dem Gröbsten heraus waren«, wie man bei uns im Westen sagt. Längst gingen wir beide in die Schule, meine Schwester außerdem zum Ballett und ich zur Fortuna. Mutter hatte also rund um ihren vierzigsten Geburtstag zum ersten Mal seit über einem Jahrzehnt wieder ein bisschen Zeit für sich. Davon bemerkte ich eigentlich gar nicht so viel. Ich registrierte zwar, dass sie plötzlich viel lauter Musik hörte und dabei schief mitsang und dass sich zwischen ihren All-Time-Favoriten Tina Turner, Rod Stewart und Sting plötzlich auch die New Kids On The Block mischten, aber ich dachte, das sei normal. Dass sie sich am Elternabend in der Schule zur Klassenpflegschaftsvorsitzenden wählen ließ, machte mich ebenso wenig stutzig wie ihr Lambada-Tanzkurs in Dortmund. Ist halt so, dachte ich.

Erst nach ihrem Friseurbesuch sah ich Mutter plötzlich mit ganz anderen Augen, aber mit ganz anderen.

Es war der letzte Vorrundenspieltag, ich weiß es noch genau, Mitte Dezember 1991. Ein Samstagvormittag, draußen fiel der erste Schneeregen, und Mutter kam mit einer weißblondierten Kurzhaarfrisur nach Hause – hinten und an den Seiten fast so kurz rasiert wie ich, oben und vorne zu wilden Spikes durcheinandergestrubbelt. Sie sah aus wie ein sehr schwuler Mann, und was das Allerschlimmste war: Sie sah überhaupt nicht mehr aus wie meine Mutter! Papa amüsierte sich köstlich, aber ich bekam einen Riesenschreck.

»Was ist mit deinen Haaren passiert?«, schrie ich sie an.
»Gefallen sie dir?«, säuselte Mutter, als würde sie eine rhetorische Frage stellen. Sie strahlte über das ganze Gesicht. Wenige Menschen in der Geschichte der Welt waren mit ihrem Haarschnitt jemals glücklicher als meine Mama an diesem Dezembersamstag 1991. Und der Schock in meinen Augen schien ihr nur Bestätigung.
Auch Papa gefiel die Frisur offenbar, er legte die Hand in Mamas Nacken und drückte ihr einen feuchten Kuss auf.
»Du siehst aus wie Brigitte Nielsen«, sagte er.
»Danke«, sagte Mutter und kicherte, »du Schleimer.«
»Wer ist Brigitte Nielsen?«, fragte ich, aber meine Eltern beachteten mich nicht.
Wenig später klingelte es an der Tür. Das musste Mokka sein, er holte mich vor jedem Training und jedem Spiel ab – und heute stand das Hinrundenfinale auf dem Programm, ein Heimspiel gegen die Borussia. Ich stürzte zur Tür, um zu vermeiden, dass Mutter mit ihrer peinlichen Frisur womöglich Mokka begrüßte. Was würde er bloß von ihr denken, Mokkas Mutter trug schließlich immer Kopftuch, auch zu Hause. Ich schlüpfte in meine Fußballschuhe von Lotto und rief, schon halb aus der Tür, zurück in die Wohnung: »Ich bin dann jetzt weg, tschöhöö …«
»Bis später«, hörte ich Mutter noch aus der Küche rufen, »ich freue mich …«
Ich schlug die Tür zu und hatte keine Ahnung, worauf sie sich freute.
Auf dem Weg zu unserer Bezirkssportanlage am Waldweg fragte ich Mokka: »Weißt du, wer Brigitte Nielsen ist?«
Mein marokkanischer Freund, unser Denker und Lenker im zentralen Mittelfeld, dessen Lockenkopf im Regen wie immer ein bisschen aussah wie eine Pflanze im Aquarium, grinste und sagte: »Brigitte Nielsen? Das ist doch eine Pornodarstellerin, Bruder!«

Was ich damals noch nicht ahnte: Mokka wusste eigentlich gar nicht so viel, aber er wusste immer alles besser. Das wurde mir aber erst viel später bewusst, da war es schon zu spät. Da waren wir längst beste Freunde.

»Ein Pornostar?«

Das Wort *Pornostar* jagte mir damals, ähnlich wie das Wort *Sex,* einen wohligen Schauer über den Rücken, weil es aus einer anderen Welt stammte, von der ich noch keine Ahnung hatte – eine geheimnisvolle, verruchte, extrem aufregende Welt.

»Die kommt immer so'n bisschen billig rüber«, sagte Mokka, »aber ich glaube, die ist voll pervers.«

Er machte ein wichtiges Gesicht. *Pervers* war Mokkas Lieblingswort, er benutzte es ständig, und es konnte bei ihm von voll geil bis ekelhaft alles Mögliche bedeuten.

Ich fragte nicht weiter nach. Heutzutage würde jeder Elfjährige einfach sein Smartphone zücken und bei Wikipedia nachsehen:

*Brigitte Nielsen, *15. Juli 1963 in Rødovre, Dänemark; eigentlich Gitte Nielsen, ist eine dänische Schauspielerin, Model und Sängerin usw.*

Aber damals hatte ich immer noch keine Ahnung, wer diese Brigitte Nielsen denn nun eigentlich war.

Etwa eine Stunde später standen wir auf dem Platz, und nachdem wir unseren Gegner, die Borussia, mit einem dreifachen

»Fortu-«

»-NA!«

»Fortu-«

»-NA!«

»Fortu-«

»-NA!«

begrüßt hatten und unsere Positionen eingenommen hatten

(ich natürlich hinten links), ließ ich den Blick schweifen, wie ich es kurz vor dem Anpfiff immer machte, um die Zuschauerzahl zu schätzen (circa vierzig Leute, für die Witterungsverhältnisse eine ordentliche Zahl) und um meinem Papa kurz zu winken. Ich hätte es lassen sollen. Zwar stand Papa auf seinem Stammplatz, also auf Strafraumhöhe des hinteren Tores – ein paar Meter neben unserer Ersatzbank, auf der Micha und Sinisa bereits Platz genommen hatten und ihre Raider, äh, Twix futterten. Er winkte mir zu, aber ich konnte nicht zurückwinken, so starr war ich vor Schreck, denn neben ihm stand Mama, und sie winkte noch hektischer. Seit ich ein Fortune war, hatte sie sich kein einziges Mal hier auf der Anlage blicken lassen, was für mich völlig in Ordnung war. Fußball war, damals zumindest, Männersache, und außer Frau Paschke und Angelika Schöner und Manuela, unserer Tresentraumfrau im Vereinsheim, verirrte sich kaum eine Vertreterin der Weiblichkeit an den Waldweg. Und jetzt stand meine Mutter am Rand, ihre weißen Haare leuchteten grell wie das Flutlicht im Dezembernebel. Es war so unfassbar peinlich, dass ich für einen Moment sogar Angst hatte, gelähmt zu sein. Ich malte mir aus, wie der kleine Flügelflitzer der Borussen, der mit der Andi-Möller-Gedächtnisfrisur, mir Knoten in die Beine spielen würde, weil ich mich vor Scham kaum bewegen konnte. Ich wollte im Boden versinken. Ich wusste, dass die anderen Väter beim Anblick meiner Mutter dachten: Hömma, die alte Borowski sieht ja aus wie Brigitte Nielsen!

Was für eine Blamage-Aktion!

»Los getz, Männer!«, röhrte Paschke vom Spielfeldrand. »Seht zu, datta inne Pötte kommt, vadorrey noch ma! Sonst gibbet nen kräftigen Tritt im Arsch!«

»Kommt schon, Männer«, rief auch unser Trainer Harald, »denkt dran, was wir besprochen haben! Frank, Kalli, BumBum: immer schön eng an euren Männern bleiben! Mokka,

Goran, Martin: nicht so viel fummeln! Und Pole: immer schön ruhig bleiben vor der Kiste!«

»Auf geht's, Männer!«, rief Radek noch, und dann pfiff Mokkas Vater auch schon an.

Ich lieferte trotz meines Schockzustands eine ordentliche erste Halbzeit ab, der Flügelflitzer mit der Möller-Matte machte keinen Stich gegen mich, so dass er sich ein paarmal vor lauter Frust nur mit dem Ellenbogen wehren konnte. Bis auf ein kleines Veilchen trug ich aber keine Blessuren davon, und sowieso bemerkte ich während eines Spiels fast nie irgendwelche Schmerzen – das Adrenalin!

Trotzdem stürmte die wasserstoffblonde Frau zur Halbzeit auf meinem Weg in die Kabine hinter mir her und zog mich am Trikot. »Schatz, Schatz«, zischte sie hektisch, »jetzt bleib doch mal eben stehen ...«

Ich drehte mich widerwillig zu ihr um und sagte mit fester Stimme: »Was willst du, Mama?«

Ich konnte sie kaum angucken mit ihren hässlichen Haaren. Sie machte ihr besorgtes Gesicht, dabei zog sie immer so eine leichte Schnute: »Mein Süßer, du hast ja ein ganz blaues Auge!«

Ich fuhr mir hastig über meine Wange: »Ach, das ist doch gar nichts ...«

»So geht das aber nicht.« Sie streichelte mir über den Kopf, bis ich ihr auswich. »Das Kerlchen knöpfe ich mir vor, von wegen Ellenbogen ausfahren und so ... wir sind hier doch nicht in der Bronx!«

In der Bronx? Ich griff nach ihrem fuchtelnden Arm: »Mama! Hör jetzt auf damit! Was willst du überhaupt hier?«

Sie sah mich mit großen Augen an. »Ich hatte doch versprochen, dass ich mir auch mal ein Spiel von dir anschaue ...«

Jetzt erinnerte ich mich wieder an ihre Ankündigung vom Frühstückstisch, es musste schon ein paar Wochen her sein: »Spätestens im Dezember gucke ich auch mal zu!«

»Aber warum ausgerechnet heute?«, fragte ich sie, und weil ich es mir nicht verkneifen konnte, fügte ich hinzu: »Warum ausgerechnet mit dieser Frisur? Du siehst aus wie Brigitte Nielsen!«

Aber sie lächelte nur und fuhr sich durch die Haare: »Findest du auch?«

»Ich muss jetzt in die Kabine«, sagte ich und rannte los.

In der zweiten Halbzeit spielte Andi Möller noch aggressiver gegen mich, er foulte mich in nahezu jedem Zweikampf, so dass Mutter am Spielfeldrand tobte und immer wieder aufs Feld rief: »Der gehört vom Platz gestellt! Das ist doch asozial, so was!«

Ihr Gezeter war mir ganz und gar nicht recht, sie lenkte damit nur noch mehr Aufmerksamkeit auf sich und ihre fürchterliche Frisur. Als ob eine Fußballmutter, die ihren Sohn vor der Härte auf dem Spielfeld beschützen möchte, nicht schon peinlich genug wäre.

Zu allem Überfluss erzielte Andi Möller kurz vor Schluss auch noch den unverdienten 2:2-Ausgleich. Obwohl ich ihn laufen gelassen hatte, machten mir die Jungs in der Kabine anschließend keinen Vorwurf. Sie machten sich lieber über die Frisur meiner Mutter lustig.

»Habt ihr Roxette gesehen?«, fragte Goran und erklärte überflüssigerweise: »Deine Mutter meine ich, Kalli!«

Er lachte wie Ernie von Ernie und Bert.

»Das war doch nicht Roxette, Alter«, sagte Radek, »das war Brigitte Nielsen!«

Alle prusteten los. Brigitte Nielsen, na klar, hahaha. Ich hätte gerne mal gefragt, ob hier eigentlich irgendjemand eine Ahnung hatte, wer Brigitte Nielsen überhaupt war.

Erst als Volkan aus der Dusche kam, beruhigten sich die gutgelaunten Gemüter ein wenig. Wie immer stellte sich unser türkischer Torwart vor den Spiegel und modellierte seine hand-

tuchtrockenen Haare, als er den Satz sagte, den ich ihm nie vergessen werde: »Also, ich finde die Frisur von deiner Mutter richtig gut, Kalli!«
Er meinte es ganz ernst und fügte hinzu: »Kurz und blond, das ist doch voll modern! Ich wäre froh, wenn meine Mama solche Haare hätte. Aber die trägt immer nur Kopftuch, Alter!«
Und weil Volkan in Stilfragen schon damals immer richtiglag, hatten die Jungs plötzlich keinen Spaß mehr an ihren Sprüchen. Ich war zwar nicht Volkans Meinung und hielt die Haare meiner Mutter immer noch für hässlich und peinlich. Aber ich war froh, dass sich meine Mannschaftskameraden nicht mehr über sie lustig machten.
Am nächsten Tag fasste ich mir ein Herz und flehte Mutter an, bitte nie wieder auf die Anlage zu kommen.
»Hatte ich sowieso nicht vor«, sagte sie zum Glück. »Bei euch auf dem Platz wird doch nur getreten und gekloppt. Das ist ja wie bei den Wikingern. Nee, also ganz ehrlich, so was kann ich mir nicht lange angucken.«

Ein Mann sieht Rot

Wenn es in meinen acht Jahren bei der Fortuna nur ein Spiel gab, das wichtiger war als alle anderen, das alles verändert hat, das meine Jugendfußballkarriere in ein Davor und ein Danach aufteilt – dann war es das Derby-Rückspiel bei Viktoria in meiner Debütsaison 1991/92. Wir hatten das Hinspiel nicht nur mit 3:0 gewonnen, sondern unseren Gegner aus dem Nachbarort dabei auch phasenweise vorgeführt. Viktoria brannte auf die Revanche auf ihrer Anlage, die mit einem prächtigen Rasenplatz ausgestattet war, dem einzigen Rasenplatz der Liga. Sosehr alle ascheplatzgestählten Gastmannschaften den Rasenkick bei Viktoria auch genossen, bedeutete er doch einen großen Heimvorteil: Der Ball sprang anders, das Spiel wurde viel schneller. Zu Hause war Viktoria deshalb auch noch ungeschlagen, wir waren also gewarnt. Und es ging gut los für uns, wir konterten die übermotivierten Gastgeber zweimal schulbuchmäßig aus und führten nach einer Viertelstunde durch Tore von Matze und dem Polen mit 2:0.

»Hat der Sahne!«, rief Volkan aus seinem Strafraum dem glänzend aufgelegten Polen über den ganzen Platz zu. Der Pole bedankte sich mit dem erhobenen Daumen. Die Stimmung innerhalb unserer Truppe war einwandfrei, kein Wunder bei dem Spielstand.

Die hitzige Atmosphäre am Spielfeldrand kühlte sich trotz der klaren Verhältnisse aber nicht ab. Es ging ziemlich feindselig zu, unsere Väter lieferten sich wilde Wortgefechte mit den Hausherren. Paschke, der pro Saison immer nur zu einem Auswärtsspiel – jenem bei Viktoria – mitfuhr, provozierte die Viktoria-Verantwortlichen mit Sprüchen wie seinem Lieblingszitat aus *Kir Royal:* »Ich scheiß' euch so was von zu mit meinem Geld …«

Und uns auf dem Platz rief er zu: »Haut rein getz, Männer! Heute ist ein guter Tag für Geschichte zum Schreiben! Wenn ihr gegen die Pfeifen gewinnt, gucken die ein halbes Jahr wie Pimmel ausse Schublade!«
Die Viktoria-Fans konterten mit der Schmähmelodie, die auf fremden Plätzen gerne gegen uns angestimmt wurde:
»Immer nur besoffen, und den Arsch offen, so scheiße seid nur ihr: Fortuna Freibier!«
Selbst unser Trainer Harald, mit seinem regenbogenfarbenen Erima-Trainingsanzug sonst ein bunter, aber lässiger Hund auf der Bank, rauchte eine Zigarette nach der anderen und beschwerte sich immer wieder lautstark über die harte Spielweise der Heimmannschaft. Mokkas Vater war kurzfristig an der Pfeife eingesprungen (weil der Stammschiedsrichter aus dem Kreise der Viktoria-Väter tags zuvor einen Herzinfarkt erlitten hatte), und er hatte ungewohnte Probleme, das Spiel in den Griff zu kriegen. Wir Spieler merkten das, denn für überforderte Schiedsrichter hatten wir ganz feine Antennen, und so entwickelte sich ein Kreislauf: Verärgert über den Rückstand und angetrieben von ihren Rachegelüsten, setzten sich die Viktoria-Spieler mit überhartem Einsatz zur Wehr, während wir mit der Führung im Rücken und im Gefühl des sicheren Derby-Doppelerfolgs immer arroganter über den Platz gockelten. Das konnte nicht lange gutgehen. Tat es auch nicht: Die Revanchefouls von Goran und Martin hatte Mokkas Vater noch großzügig übersehen (gerade diesen beiden Problemkindern ließ er auch bei unseren Heimspielen immer besonders viel durchgehen), doch als ich mich kurz nach Beginn der zweiten Halbzeit zu einem bösen Ellenbogen gegen den Kehlkopf meines nickeligen 1-Meter-75-Gegenspielers hinreißen ließ, der sich daraufhin röchelnd auf dem Boden wälzte, konnte Mokkas Vater nur noch schulterzuckend (»Tut mir leid, Kalli«) den Roten Karton zücken. Andernfalls hätten die aufgebrachten Viktoria-Eltern sich wohl in einen

Lynchmob verwandelt und den Platz gestürmt, um uns mit ihren imaginären Mistgabeln auf den Scheiterhaufen zu treiben. Dazu wäre es um ein Haar trotzdem gekommen, im wahrsten Sinne des Wortes *um ein Haar,* denn als ich, noch voller Wut und Wahnsinn, direkt neben meinen am Boden liegenden Gegenspieler auf den Rasen spuckte, verfehlte ich seinen Kopf nur um Zentimeter. Als ich vom Platz trabte, belegten erwachsene Familienväter mich, den elfjährigen Jungen, mit Schimpfwörtern, die ich noch nie zuvor gehört hatte. Sie hatten hochrote Köpfe und Schaum im Mundwinkel, und wahrscheinlich war es nur Glück oder Zufall oder beides, dass sie mich nicht tätlich angriffen. Der einzige Schlag, den ich abbekam, war Paschkes aufmunternder Klaps auf meinen Hinterkopf.

»Samma, wer hat dir denn in'n Kopp gekackt?«, fragte er mich leise, um gleich darauf mit beschwichtigender Geste zur aufgebrachten Meute zu sprechen: »Man muss ihn so nehmen, wie er ist, woll.« Er lächelte wie ein Freund zu seinen Feinden: »Ein ganz Sensibler, normal!«

Anschließend trottete ich in die Kabine, denn die Stimmung am Spielfeldrand war viel zu aggressiv, um sich dort noch länger aufzuhalten. Durch den offenen Spalt der Kabinentür verfolgte ich die restlichen zwanzig Minuten des Spiels wie ein Kiebitz.

Was soll uns schon passieren, dachte ich, das 2:0 schaukeln die Jungs auch zu zehnt nach Hause, dafür brauchen sie mich nicht. Als Viktoria aber schon kurz darauf der Anschlusstreffer gelang, bekam ich es mit der Angst zu tun: Was, wenn hier doch noch irgendwas passieren würde?

Mein Ansehen in der Mannschaft war schließlich immer noch kaum vorhanden. Ich wurde geduldet, aber obwohl ich Woche für Woche mehr als passable Leistungen auf einer der undankbarsten Positionen ablieferte, konstant wie keiner sonst, nahm mich niemand so richtig ernst.

Meine Zweifel zementierten sich, als kurz vor Schluss der Ausgleich fiel.
Was würden sie wohl mit mir machen, wenn das Ding doch noch verlorenginge, dachte ich. Ich würde mich abmelden müssen, meinen Traum von der WM 2006 könnte ich endgültig begraben.
Ich wurde immer hektischer, mein Herz schlug mir in den Ohren. Es machte mich wahnsinnig, dass ich nicht mehr eingreifen konnte. Als Volkan in der Nachspielzeit eine Flanke unterlief wie Toni Schumacher im WM-Finale 1986, köpfte mein 1-Meter-75-Gegenspielerarschloch den 3:2-Siegtreffer. Die Väter von Viktoria stürmten im Siegesrausch den Platz, meine Mitspieler ließen sich fassungslos auf den Rasen fallen, was sie sich auf einem Ascheplatz wohl verkniffen hätten.
Das war's, dachte ich, am Waldweg kannst du dich nicht mehr blicken lassen. Nie wieder.
Ich schämte mich und überlegte, wie ich meinem Papa die Schmach beibringen konnte: »Papa, es ist was passiert, beim Auswärtsspiel, bei Viktoria, und deshalb werde ich schon am Dienstag nicht mehr am Training teilnehmen. Ich melde mich ab.«
»Ach Quatsch«, würde mein Papa sagen, »was kann denn schon passiert sein!?«
»Ich habe die Mannschaft im Stich gelassen«, würde ich antworten.
»Das passiert den besten Männern«, würde mein Papa entgegnen, »Franz Beckenbauer zum Beispiel, der war der König der Eigentore! Oder, besser gesagt, der *Kaiser* der Eigentore …«
»Du verstehst es nicht, Papa!«
Mein Entschluss stand fest. Ich konnte meinen Mitspielern nie wieder in die Augen sehen. Als ich so auf der Plastikbank in der Kabine kauerte und das Gesicht in meinen Händen vergrub, musste ich mich konzentrieren, um nicht auf der Stelle loszuheulen.

Du kannst hier jetzt nicht rumflennen, dachte ich, die Jungs kommen gleich vom Platz. Aber ich hätte nur zu gerne.
Radek kam als Erster in die Kabine, als Kapitän ging er auch hier voran. Vielleicht hatte die Mannschaft ihn auch bloß vorgeschickt, dachte ich kurz, um mir meine sofortige Suspendierung unter vier Augen mitzuteilen.
Er pfefferte seine Stutzen in die Ecke und rief: »So eine Scheiße, Mann!«
Ich zuckte zusammen. Ich wollte mich entschuldigen, aber meine Kehle war wie zugeschnürt. Ich schluckte schwer. Radek baute sich vor mir auf. Ich traute mich kaum, zu ihm aufzuschauen.
»Kalli«, sagte er mit fester Stimme, »guck mich an!«
Ängstlich hob ich den Kopf. Er grinste. Er grinste!
»Geile Aktion mit dem Lulatsch«, sagte er und wuschelte meine nassgeschwitzten Haare kräftig durcheinander, »der hat so was von genervt, meine Fresse! Das war ganz richtig so, dass du dem einen auf den Deckel gegeben hast.«
Ich traute meinen Ohren nicht, da stürzten auch schon Goran und Martin in die Kabine, sie fluchten und zeterten, wie immer.
»Ich sag's dir«, Martin hob den Zeigefinger, »der Volkan ist behindert, Alter!«
Goran ballte die Fäuste: »Goran ist so angepisst, verfickte Hurenscheiße!«
Aber ihre Mienen erhellten sich, als sie mich sahen.
»Kalli«, rief Martin und bot mir die Hand zur hohen Fünf an, »astreine Aktion, Alter!«
Ich schlug ein und spürte, wie ich dabei strahlte.
»Wie du den umgewemmst hast!«, rief Goran voller Verzückung.
»So ist richtig«, fügte Martin an, »direkt umhauen, wenn der dir blöd kommt!«

Er klopfte mir anerkennend auf die Schulter. Auch die anderen Jungs gratulierten mir ausnahmslos, von Frank, der mir ein – für seine Verhältnisse euphorisches – »Nicht schlecht, nicht schlecht, du Kackpille« an den Kopf warf, bis zu meinem Kumpel Mokka, der meine Tätlichkeit natürlich »voll pervers, Bruder!« fand.

Ich konnte es nicht fassen. Meine Rote Karte machte mich im Mannschaftskreis zum Mann. An diesem Samstag begann meine Karriere bei der Fortuna.

Ich hab' geträumt von dir

SAISON 1992/93 (D-JUGEND)

Saisonvorbereitung

Zum Start der Saisonvorbereitung 1992/93 trommelte Trainer Harald die Mannschaft im Vereinsheim zusammen. Es war Mitte Juli, und die brütende Hitze verwandelte die schlecht belüftete *Fortuna-Klause* in eine Dampfsauna. Wir schwitzten wie die Schweine, ich war nasser als nach jedem Training. Aus den Boxen knarzte wie so oft »Reim«, das Debütalbum von Matthias Reim, das in der *Klause* längst ein Klassiker war. Hinten wischte Manni gerade mit einem feuchten Lappen den Tresen und die Zapfanlage sauber. Harald bestellte sich eine Pommes Schranke, also mit Ketchup und Mayo. Dann schob er ein paar Tische zusammen, damit es den Eindruck machte, als würden wir alle gemeinsam an einer großen Tafel Platz nehmen. Der Trainer stellte sich ans Kopfende, fuhr mit beiden Händen durch seinen Nackenspoiler und schlug dann gleich zu Beginn seiner Ansprache mit der flachen Hand auf den Tisch.

»Männer«, sagte er, »herzlich willkommen zur Saison Zweieneunzichdreieneunzich!«

Natürlich trug er seinen Papageien-Anzug, schließlich stand anschließend die erste Trainingseinheit nach der kurzen Sommerpause auf dem Programm. Wir waren vollzählig, bis auf Kapitän Radek und den Polen, die noch nicht von ihrem sechswöchigen Heimaturlaub aus Danzig zurück waren – die beiden hatten ihre Wurzeln sogar im selben Stadtteil (Oliva) und waren unabhängig voneinander als kleine Jungs mit ihren Fami-

lien in Diepenbusch gelandet. In Diepenbusch, ausgerechnet! Die Welt war schon damals klein, auch ohne Internet und Google und Facebook und Twitter und WhatsApp und so.
Harald sprach in großen Gesten, ständig fuchtelte er mit den Armen umher, von seinen nassen Nackenhaaren tropfte der Schweiß: »Erst mal Glückwunsch, Männer! Ich sag's euch ganz ehrlich, die letzte Saison habt ihr richtig schön Alarm gemacht, ihr habt euch, auf gut Deutsch, den Arsch aufgerissen, und ich bin mit Platz 7 mehr als zufrieden, ganz klar!«
Er hielt inne, um uns kurz zu applaudieren, und wir applaudierten zurück und grölten dazu ein paar aufmunternde Ansagen durcheinander:
»Sauber!«
»Astrein!«
»Schönes Ding!«
»Du aber auch, Harald!«
»Hat der Sahne!«
»Auf geht's, Männer!«
Harald lachte: »Jetzt macht hier mal nicht so viel Kasala, Männer!«
Er beschwichtigte uns mit jener Handbewegung, mit der Stefan Raab noch über zwanzig Jahre später sein johlendes Studiopublikum zur Räson – oder *Resong,* wie Patron Paschke sagen würde – bringt. Wir verstummten auf der Stelle.
»Summa summarum schreit das natürlich nach Belohnung, was ihr im letzten Jahr geleistet habt, ganz klar. Aber dazu komme ich später noch. Erst mal soll es hier um die neue Spielzeit gehen!«
Eine Belohnung? Sofort waren wir alle hoch konzentriert und neugierig, ein Raunen zog sich durch die Reihen. Neben mir fing Bum-Bum an, unruhig auf seinem Stuhl herumzurutschen, an den Rändern seiner Brille hatte sich Kondenswasser gebildet.

»Eine Belohnung«, nuschelte er, »wie geil.«
Was würde das wohl für eine Belohnung sein? Ein Rasenplatz? Neue Kabinen? Ein Etrusco-Unico-Ball für jeden von uns? Spannend.
»Ich möchte eure Ziele wissen«, sagte Harald. »Jetzt mal ganz ehrlich unter uns Pastorentöchtern: Was wollt ihr in der neuen Saison erreichen?«
Auch mit dieser Frage sorgte er für kollektive Unruhe. Wieder wurde durcheinandergesabbelt.
»Manuela!«, bellte Artur wie am Stammtisch, und alle lachten.
»Ein Klappmesser!« (Martin)
»Wie gesagt: Ficken!« (Micha)
»Goran will ein Bier!« (Goran)
»Dass Metallica bessere Mucke auflegt!« (Volkan)
»Halt die Fresse, Türke!« (Frank)
Ich will endlich Stürmer werden und tausend Tore schießen, dachte ich.
»Also, ich weiß, dass Radek bei Tetris endlich die Rakete schaffen will!« (Mokka)
Alle lachten. Wir waren ein alberner und überhitzter Haufen, aber bei gefühlten sechzig Grad in der verqualmten *Klause* war das auch kein Wunder. Harald bekam uns nicht in den Griff, und zu seinem Unglück kam nun auch noch Manni mit seinen dicken Caterpillar-Boots an unseren Tisch geschlurft, um dem Trainer seine Pommes-frites-Schale zu bringen.
»Hier, du Pommespieker«, feixte Manni. Der kugelbäuchige Kauz, der eigentlich Manfred Kwiatkowski hieß, war Wirt und Platzwart und gute Seele der Fortuna, aber er wurde ständig nur verarscht. Jeder drückte ihm einen Spruch, sogar die F-Jugendlichen und die Bambinis. Eigentlich muss es für ihn die Hölle gewesen sein, an einen Tisch mit der kompletten D-Jugend zu treten. Aber er schien sich zu freuen, wie er sich immer über alles zu freuen schien.

»Manni, du alte Pissnelke!«, rief Frank. »Was guckst du so schräg, hast du wieder ’n Ei am Wandern?«

Manni strahlte nur selig wie ein Dummkopf.

»Hast du hinter der Theke wieder schön an dir rumgespielt?«, rief Matze. »Pass bloß auf, sonst gibt das bloß wieder ’ne Hodentorsion!«

Tatsächlich war Manni in der vergangenen Saison an den Hoden operiert worden, sie hatten sich verdreht oder so was, wir wussten es nicht genau und wollten es auch nicht genauer wissen. Aber wir mussten Witze darüber machen.

»Was wollt ihr trinken, Männer?«, fragte Manni und strahlte ungerührt.

Sofort schrien alle wieder durcheinander.

»Ein Ahlenfelder!«

»Kronen, Kronen, Kronen!«

»Goran will ein Bier!«

»Schnaps!«

»Schön paar Pinnchen Schaps!«

»Schnappes heißt das!«

Harald hatte seine Pommes schon fast aufgegessen. Er liebte Pommes, manchmal stand er sogar vor dem Spiel mit einem Schälchen in der Kabine und hielt seine Mannschaftsansprache mit halb vollem Mund. Aber jetzt steckte er die gelbe Plastikgabel in die restliche rot-weiße Matschepampe, die vor ihm auf dem Tisch stand, und schlug abermals auf den Tisch, diesmal mit der Faust: »Schluss mit lustig jetzt!« Dann fragte er Manni freundlich: »Machst du den Wemmsern mal den Stiefel fertig?«

Was für einen Stiefel? Wollte er uns alle feuern?

»Na klaro«, sagte Manni und grinste nur, »null Problemo.«

»Mach hinne, Manni«, rief Martin, nur um ein bisschen Ärger zu machen.

»Ich brauch wirklich was zu saufen«, rief Volkan, »es ist viel zu heiß in dem Puff hier!«

Mit *was zu saufen* meinte unser Torwart natürlich keinen Alkohol, sondern Softdrinks, Cola, Fanta, Sprite.
»Was für einen Stiefel?«, nuschelte Artur, nachdem er für einen Moment aus seinem Wachkoma hochgeschreckt war.
»Mann, ey, jetzt wartet mal ab!«, sagte Harald mit fester Stimme, langsam genervt.
Manni zeigte sich unbeeindruckt und rieb mit der flachen Hand über seinen Bauch, auf dem sein schwarzes Tote-Hosen-T-Shirt (»Bis zum bitteren Ende«, das Motiv mit dem Adler, der Klassiker) bedenklich spannte: »Alles paletti? Oder sonst noch was, Männer?«
Alles paletti und sonst nix mehr, und als sich Manni trollte, konnte ich sehen, wie Sturzbäche des Schweißes aus seinen beigen Bermudashorts an seinen unbehaarten Schweinswaden herab in die Stiefel liefen.
Können wir nicht mal ein Fenster aufmachen?, wollte ich fragen, bemerkte aber gerade noch rechtzeitig, dass alle Fenster längst weit offen standen.
Es folgte eine kurze Fragerunde: Harald stellte jeden von uns zur Rede. Er fragte abermals, was wir uns für die kommende Spielzeit erhofften. Diesmal blieben wir alle ernst, und es kam heraus, dass wir besser abschneiden wollten als Platz sieben.
»Ganz klar!«, sagte Harald und steckte sich zufrieden die letzte Pommes in den Mund.
Platz sechs aufwärts war die Maßgabe, und mit ein bisschen Glück würden wir sogar an den beiden Aufstiegsrängen schnuppern können. So der allgemeine Tenor.
»Männer«, sagte Harald anschließend, »wir haben viel vor, so muss das auch sein!«
Er schien sehr zufrieden mit der Bestandsaufnahme und unserer Motivation.
»Du kommst gerade richtig«, rief er fröhlich, als Manni wieder an unsere Tafel trat. In der Hand hielt unser dicker Wirt ein

riesiges Gefäß, eine Art Vase in Form eines Stiefels, Fassungsvermögen geschätzt: zwei Liter.
»Darf ich vorstellen, das ist unser Spezi-Stiefel«, rief Harald, als Manni das Riesengerät auf den Tisch stellte. Für einen Moment verschlug es uns tatsächlich die Sprache. Harald grinste.
»Was für'n Stiefel?«, fragte Sinisa, der bisher nur gedankenverloren an seinem Twix herumgeknabbert hatte.
»Damit ihr auf den Freibier-Partys auch mal was zu saufen habt«, rief Harald fröhlich und zwinkerte Manni zu, woraufhin dieser auf die Musikanlage zusteuerte. »Schön Cola und Fanta gemischt, oder wie ihr wollt.«
»Zur Mitte, zur Titte«, rief Manni von hinten und lachte unbeholfen.
»Na los«, rief Harald, »jetzt jeder einen Schluck aus dem Spezi-Stiefel, aber zackig!«
Schüchtern setzte jeder von uns den Stiefel an, nippte an der Brause und reichte dann an seinen Nebenmann weiter. Ein großes Geschlabber, das schnell für noch mehr gute Laune sorgte.
Harald grinste: »Den Stiefel füllen wir ab sofort nach jedem Sieg mit lecker Spezi ab, dann treffen wir uns alle hier in der *Klause,* die ganze Mannschaft, keine Ausreden – und dann macht der Stiefel die Runde!«
Heute nennt man so was teambildende Maßnahme oder so ähnlich. Bei Fortuna Diepenbusch hieß das einfach Spezi-Stiefel.
»Das war jetzt die beschissene Belohnung?«, fragte Frank wenig begeistert.
»Natürlich nicht«, rief Harald wie ein Animateur und schnippte mit den Fingern zu Manni herüber, »dreh mal den Leierkasten auf, Manni!«
Und Manni drehte auf. Immer noch Matthias Reim.

»Ach du Scheiße!«, seufzte Bum-Bum neben mir, für seine Verhältnisse eine Wortwahl ungekannt derben Ausmaßes.
»Viel zu spät und immer wieder lass' ich dich dann gehen«, testosteronte Reim aus den Boxen.
»Männer«, rief Harald feierlich, »nur zur Info: Nächste Woche Freitag machen wir einen Mannschaftsausflug nach Dortmund! Aber ausnahmsweise mal nicht ins Westfalenstadion …«

Stimmen wie richtige Kerle

1992 war ein ganz besonderes Jahr für den Fußball. Der VfB Stuttgart wurde in einem der spannendsten Zieleinläufe der Bundesliga-Geschichte am letzten Spieltag der Saison durch ein Kopfballtor von Guido Buchwald in Leverkusen deutscher Meister, knapp vor Borussia Dortmund und Eintracht Frankfurt.

Die deutsche Nationalmannschaft verlor bei der EM in Schweden im Finale sensationell mit 0:2 gegen die fröhlichen Dänen, die an der Endrunde überhaupt nur teilnehmen durften, weil das sportlich qualifizierte Jugoslawien nach dem Ausbruch des Balkankrieges von der UEFA kurzfristig ausgeschlossen wurde.

Die Einführung der Rückpassregel veränderte das Spiel für immer. Sie sorgte bei fußballerisch weniger begabten Torhütern wie unserem Volkan für schlimme Anpassungsschwierigkeiten und letztendlich dafür, dass es Schnapper wie Volkan heute, über zwanzig Jahre später, fast gar nicht mehr gibt. Sie wurden längst durch die vielzitierten *mitspielenden Torhüter* ersetzt.

Aber weniger diese konkreten Einträge in die Geschichtsbücher machen das Jahr 1992 so legendär und zukunftsweisend: Vielmehr wurde damals in allerlei bunter Hinsicht das Fundament für ein neues Zeitalter des Fußballs gelegt, für den Fußball, wie wir ihn heute kennen – das globale Spektakel, das gesellschaftliche Großereignis. Es waren die Grundsteine für eine Moderne, von der wir damals in Diepenbusch noch nicht die leiseste Ahnung hatten. Grundsteine wie die Gründung der Champions League und der englischen Premier League. Außerdem die Premiere der SAT.1-Fußballshows *ran* und *ranissimo,* die zumindest in Deutschland die Berichterstattung für immer veränderten. Und in England veröffentlichte ein gewisser Nick

Hornby sein Buch *Fever Pitch,* das die Proletensportart Fußball auch als Leidenschaft für die Intellektuellen gesellschaftsfähig machte. So wurden Trends gesetzt, die sich in den folgenden Jahren noch verstärken und immer weiter entwickeln sollten.

Der Fußball wurde langsam, aber sicher Pop – und auch im Pop wurde anno 1992 fleißig Geschichte geschrieben. Nirvana stießen mit ihrem Album *Nevermind* den immer wunderlicher werdenden Michael Jackson und sein ungefährliches *Dangerous* von der Spitze der amerikanischen Album-Charts, Grunge wurde zum weltweiten Phänomen. Schier unglaublich aber, was darüber hinaus für eine Fülle an unglaublichen Platten erschien, von denen ich damals noch gar nichts mitbekam, die ich aber im Laufe meiner Pubertät nach und nach entdeckte und die mir teilweise bis heute noch die Welt bedeuten – die große weite Welt, von der ich in meiner Diepenbuscher Jugend so viele Lichtjahre entfernt war: das Debüt von Rage Against The Machine, *Dirt* von Alice In Chains, *Blind Melon, Angel Dust* von den unsterblichen Faith No More, HipHop-Klassiker von Dr. Dre *(The Chronic)* und den Beastie Boys *(Check Your Head), Blood Sugar Sex Magik* von den Red Hot Chili Peppers und natürlich *Automatic For The People* von R.E.M.! Was für Meilensteine! Und alle Jahrgang 1992!

Abgesehen von diesen Meisterwerken kann ich heute endlich zugeben, dass *It's My Life* von Dr. Alban in jenem Jahr meine erste (Maxi-)CD überhaupt war (zusammen mit *End Of The Road* von Boyz II Men). *It's My Life* und *Rhythm Is A Dancer* von Snap sind die beiden Hits, die bis heute wie keine anderen als Signatur für ein ganzes Jahrzehnt funktionieren – auch 2014 noch keine Neunziger-Party ohne diese Chartstürmer. Trotzdem erzählte ich jahrelang herum, meine erste Platte sei die *Smells Like Teen Spirit*-Single von Nirvana gewesen. Schon früh ahnte ich nämlich, dass ein bisschen Rock 'n' Roll in der

Biografie gut fürs Image ist. Den meisten meiner Mannschaftskameraden war Popmusik damals aber noch relativ egal – Authentizität hin oder her. Nur unser Kabinen-DJ Frank kaufte sich ständig neue Platten und Kassetten. Trotz seines Spitznamens Metallica hörte er am liebsten harten HipHop, natürlich Dre und N.W.A., die auch unseren bösen Buben Martin und Goran ganz besonders gut gefielen, obwohl ich mir sicher war, dass sie keine Zeile verstanden. Allen anderen war es damals noch nicht bewusst oder aber egal, dass der richtige Musikgeschmack als Coolness-Faktor und wichtiger Baustein zur Persönlichkeitsbildung funktionierte.

Dafür konnten wir alle das erste Album von Matthias Reim auswendig mitsingen, ob wir wollten oder nicht, denn in der *Fortuna-Klause* wurde die Platte auch zwei Jahre nach Erscheinen immer noch rauf und runter gespielt. Paschke und Harald waren große Fans des Schlagerstars aus Korbach. Paschke hatte auf irgendeiner Freibier-Party sogar mal einen Song von Reim kurz anhalten lassen und zur versammelten Mannschaft gesprochen: »Von den seine Stimme könnta euch alle noch 'n Scheibchen abschneiden! Dat is' noch 'ne Stimme wie 'n richtigen Kerl!«

Deshalb kam die Belohnung, mit der Harald uns für die letzte Saison feiern wollte, nicht wirklich überraschend: Es war ein Freitagabend Ende Juli, als er die ganze Mannschaft, die Eltern und andere Fortuna-Verantwortliche wie Paschke oder Manni ins *Hohe Ross* einlud, seine Kneipe in Dortmund. Es fühlte sich allerdings kaum wie eine Belohnung an, denn wir als Mannschaft hatten eigentlich keine Lust auf eine Erwachsenenparty mit unseren Eltern. Die Eltern hatten aber natürlich umso mehr Lust auf ein gemeinsames Besäufnis in einer anderen Kneipe als der ewig gleichen *Klause*. Und immerhin durften wir alle so lange aufbleiben, bis unsere Eltern genug hatten – anders wären wir ja auch gar nicht nach Hause gekommen. Wir waren hier schließlich in Dortmund und nicht in Diepenbusch. Mein persönlicher Vorteil war, dass Mama und Papa keine Lust auf ein feuchtfröhliches Gelage hatten, sie gingen ohnehin nur ganz selten gemeinsam aus. Sie waren also zu Hause geblieben und hatten deshalb meine Erziehungsberechtigung für eine Nacht auf Mokkas Vater übertragen. Weil Mokkas Vater nie auch nur einen Tropfen Alkohol trank, hatte Mama auch keine Bedenken. Ich war also alleine unterwegs, sozusagen.

Der Abend im *Hohen Ross* begann unspektakulär. Während sich die Eltern geschlossen an der Theke aufgestellt hatten, hinter der Harald trotz seines Geburtstags höchstpersönlich die Biere zapfte, zogen sich Mokka, Bum-Bum und ich schnell in die hinterste Ecke der Kneipe zurück, um an unseren Colas zu nippen und das Treiben zu beobachten. Wir hingen eigentlich immer zu dritt ab, weil sich sonst niemand mit uns befasste: Bum-Bum und ich waren viel zu schüchtern, und Mokka war mit seinen moralischen Standards für die Hallodris unserer Truppe eine schlimme Spaßbremse. So gerieten Abende wie dieser zu einer entsprechenden Tortur für uns. Alle fünf Minuten kam Mokkas Vater an unseren Tisch und fragte, ob wir noch eine Cola wollten. Mit seinen zopflangen Haaren sah er schon damals aus wie die schlechten Comedians von heute, die ständig Türkenwitze reißen, weil sie selbst Türken sind. Zuerst nutzten wir seine ständige Fragerei aus, aber nach der vierten Cola sagte Mokka irgendwann: »Papa, ist gut jetzt!«

Daraufhin hatten wir erst mal unsere Ruhe. Aus unserer Rückzugsecke lugten wir in den Rauchernebel und guckten uns das Geschehen an wie einen Film.

Es gab nämlich viel zu sehen im *Hohen Ross,* die Einrichtung zum Beispiel. Eigentlich sah es hier genauso aus wie im Vereinsheim, nur dass Harald seine Kaschemme mit einigen eingerahmten Tittenpostern (Samantha Fox, Kim Basinger, Heather Thomas – Bilder, die jedem von uns bis heute ins Gedächtnis eingebrannt sind) und Leuchtreklamen von Jägermeister oder London-Kondomen aufgepeppt hatte. So anrüchig, wie es im fahlen Rotlicht des *Hohen Ross* aussah, und so exzessiv, wie dort geschimpft und gesoffen wurde, war diese Bar ganz sicher kein jugendfreier Ort und trotz der elterlichen Aufsicht für unsere elf- bis zwölfjährige Truppe völlig ungeeignet. Mokka, Bum-Bum und mir war das schon damals klar, wir fühlten uns eingeschüchtert von der verruchten und verrauchten Atmosphäre. Einigen Mitspielern ging es da aber ganz anders. Die wilde und gefährliche Fraktion um Goran, Martin, Frank und Artur verzog sich ständig vor die Tür oder auf die Toilette, wo sie heimlich ein paar Marlboro rauchten und mit Bier und Kleinem Feigling herumexperimentierten. Ich wusste Bescheid, ich hatte sie dabei erwischt – und Verschwiegenheit schwören müssen. Nicht mal Mokka und Bum-Bum erzählte ich davon, so einschüchternd hatten vor allem Goran und Martin auf mich eingeredet. Lange vor Bushido benahmen sie sich wie eine Gang kleiner Bushidos: derselbe dunkle Blick, dieselbe Breitbeinigkeit, dieselbe Halbstärke. Damals wäre ich trotzdem gerne ein Mitglied ihrer Clique gewesen. Aber ich wurde nicht gefragt. Also versuchte ich, ihnen zumindest als Geheimnisträger keine Schande zu machen. Und überhaupt: Sollen sie doch saufen und rauchen, dachte ich, bis sie schwarz werden, mir doch egal.

Das andere Mannschaftsdrittel bildete an unserem Nebentisch die harmlosere Fraktion um Kapitän Radek, Volkan, der Pole, Matze und unsere Bankdrücker Micha und Sinisa. Sie waren zwar auch cool (und dabei vor allem ein bisschen witziger als Goran und Konsorten), aber nicht so krass drauf wie die Bushidos, was teilweise an den besseren Elternhäusern lag.

Die letzte Fraktion bildeten dann wir, die Schweiger.

»Ich hätte heute lieber, dings, *Mega Drive* gezockt«, sagte Bum-Bum, »ich bin fast durch mit *Sonic.*«

Auch Mokka wäre lieber woanders gewesen: »Die Kacke hier ist doch echt scheiße!«
»Wie sagt Paschke immer«, sagte ich und schmunzelte, »woanders is' auch scheiße! Ich weiß gar nicht, was ihr habt.«
Bum-Bum winkte ab: »Und ich weiß gar nicht, was wir, dings, was wir hier machen. Welchen Sinn hat dieser Abend?«
Bum-Bum hinterfragte grundsätzlich immer alles. Meistens im stillen Kämmerlein, nur bei Mokka und mir nahm er kein Blatt vor den Mund.
»Ganz im Ernst«, fuhr er fort, »Harald hat den Abend doch nie im Leben für uns organisiert. Das ist ganz klar eine, dings, Veranstaltung für die Erwachsenen, auf der wir nur geduldet werden. Hier geht es doch nicht um uns.«
»Meinst du, Bruder?«, fragte Mokka. »Und wenn schon, mir auch egal.«
Gemeinsam mit unseren Mannschaftskameraden hatten wir nur das Warten auf den eigentlichen Knaller des Abends, nämlich den Auftritt des Matthias-Reim-Coversängers Mark Bein. Mark Bein war Haralds Kumpel und Stammgast am Tresen im *Hohen Ross*. Obwohl hier offiziell unsere Saison gefeiert wurde, hatte Harald den Sänger natürlich vor allem für sich selbst, für Paschke und die Eltern organisiert. Schließlich war Matze Reim mit seinen Hits die größte Nummer in der *Klause*. Und Mark Bein war wirklich kein Unbekannter bei uns in der Gegend, das mussten wir Harald zugestehen: Er hatte sich nicht lumpen lassen.
»Der heißt doch nicht wirklich, dings, Mark Bein, oder?«, fragte Bum-Bum und zupfte an seiner feuchten Fischaugenbrille.
Matze bekam die Frage am Nachbartisch mit und drehte sich zu uns, dem Trotteltisch: »Wieso nicht? Du heißt doch auch *Vierauge*, oder nicht?«
Großes Gejohle bei der coolen, aber ungefährlichen Fraktion. Bum-Bum versuchte ein Lächeln und grunzte unsicher.

»Dich habe ich nicht gefragt«, nuschelte er, so dass Matze es diesmal nicht hören konnte.
Der Kerl hieß wirklich Mark Bein. Seit Monaten tingelte der Schlagersänger durch die Kneipen der Region und feierte umjubelte Auftritte. Sein Repertoire setzte sich aus den besten Songs der beiden Matthias-Reim-Alben *Reim* und *Reim 2* zusammen, den Dauerbrennern im Vereinsheim. Damit war natürlich ausgelassen-angesoffene Stimmung garantiert.
Optisch war Bein eine Art dunkelhaariger Doppelgänger seines großen Idols: Er trug toupierte Mähne wie Reim, helle Jeans wie Reim, Lederweste wie Reim, und er bediente sich auf der Bühne derselben Gesten wie Reim – die geballte Faust, der ausgestreckte Jon-Bon-Jovi-Griff ins Nichts, die Cowboy-Pose mit dem leicht wippenden Bein. Mit anderen Worten: Bein war Reim, nur brünett statt blond. Die Dicke-Eier-Pose beherrschte er nicht viel schlechter als das Vorbild. Auch seine Slogans, mit denen an den Litfaßsäulen des Ruhrgebiets seine Konzerte beworben wurden, kannte bei uns in der Gemeinde längst jeder:
Mark Bein geht durch Mark und Bein!
oder
Ich mach mir meinen Reim auf Matthias!
Dazu grinste Bein breit und mit erhobenem Daumen von der Säule. Voll peinlich.
Gegen 21 Uhr 30 betrat Mark Bein im *Hohen Ross* die winzige Live-Bühne, auf denen sich sonst Karaoke-Sänger oder die Ruhrpott-Punkband Eisenpimmel (deren T-Shirt unser Manni am heutigen Abend trug) die Ehre gaben. Aber letztendlich war Bein ja auch nichts anderes als ein Karaoke-Sänger. Wir jubelten ihm alle zu, weil wir natürlich längst nicht zynisch genug waren, um keine Begeisterungsfähigkeit zu entwickeln. Tatsächlich ging mir der Sound von der ersten Minute an durch, tja, Mark und Bein. Die Instrumentalversionen der Reim-Songs

kamen vom Band, und Bein sang dazu live, das war eine annehmbare Kombination, fand ich. Er hatte eine gute Stimme, und ich bekam eine leichte Gänsehaut. Auch schon wieder peinlich, irgendwie.
Vor der kleinen Bühne drängelten sich die Eltern und tanzten und schunkelten und grölten ausgelassen mit. Die Stimmung war überragend. Dieter und Ralle lagen sich dort ebenso selig in den Armen wie Mokkas Vater und Manni, Harald und Paschke. Ich fand es inzwischen fast schade, dass meine Eltern nicht dabei waren.
Neben mir konnte Bum-Bum kaum an sich halten. Bei jedem Refrain reckte er die Faust in die Luft oder hüpfte wild herum, und immer wieder drehte er sich mit glänzenden Augen zu mir und rief: »Jetzt macht schon mit, Leute! Geben wir den, dings, Erwachsenen, was sie sehen wollen!«
Ich musste schmunzeln. Ausgerechnet Bum-Bum. Auch die coolen Jungs vom Nebentisch amüsierten sich köstlich über unseren sonst so schüchternen Südkoreaner, sie zogen *Vierauge* aber freundlicherweise nicht auf. Davon hätte sich Bum-Bum wahrscheinlich auch nie wieder erholt.
Nach rund fünfundsiebzig Minuten voller Hits wie *Doch da war mehr, Ich hab' geträumt von dir* oder *Ganz egal (wie wir das Ding auch dreh'n)* folgte der Höhepunkt des Auftritts, und der Höhepunkt hieß Harald. Der hatte bis dahin vor allem die Frauen vor der Bühne mit festem Griff um die Hüften angetanzt, aber jetzt wollte er mehr. Mit Schlagseite torkelte unser Trainer auf die Bühne, legte den Arm um seinen Kumpel Bein, und zusammen fielen sie, mit Stimmen wie richtige Kerle, in den Hit ein, der noch gefehlt hatte: *Ich ziehe durch die Straßen bis nach Mitternacht, ich hab' das früher auch gern gemacht …*
Und so weiter. Harald fuhr sich durch die Haare wie ein Weltstar. Auch die Meute vor der Bühne sang so leidenschaftlich

mit, als hätte sie den Text selbst geschrieben: *Sieben Bier, zu viel geraucht, das ist es, was ein Mann so braucht …*

»Sind sieben Bier viel?«, fragte Bum-Bum und machte ein skeptisches Gesicht.

Mokka zuckte mit den Schultern. »Keine Ahnung, Bruder.«

»Dann hätte Paschke aber schon jetzt mehr als genug«, sagte ich.

»Dieter auch«, sagte Mokka.

»Ralle auch«, sagte Bum-Bum, der inzwischen genug Veitstänze aufgeführt und wieder erschöpft neben uns Platz genommen hatte.

»Ralle auch«, wiederholte ich amüsiert, und wir lachten über Michas Vater, der wie ein trunkener Tanzbär vor der Bühne hin und her torkelte und sich an seiner heruntergerauchten Reval gleich die nächste ansteckte.

Martin und Goran machten sich derweil einen Spaß daraus, von der Theke, an der ohne Rampensau Harald der Betrieb kurzfristig eingestellt war, Erdnüsse auf die beiden Sänger zu werfen. Wir kicherten darüber aus sicherer Entfernung, besonders als Martin mit einem gezielten Wurf eine Erdnuss genau in Mark Beins offenen Mund versenkte. Der Stargast musste daraufhin seinen Gesangspart kurz unterbrechen und husten. Martin erntete dafür einen bösen Blick des Sängers, während der besoffene Harald schon gar nichts mehr mitbekam und den letzten Refrain mit geschlossenen Augen und ausgebreiteten Armen schmetterte: *Verdammt, ich lieb' dich, ich lieb' dich nicht …*

Martin machte sich währenddessen hinter dem verwaisten Zapfhahn zwei Kronen klar, eine für sich und eine für Goran. Sie stießen mit den Pilstulpen an und kippten das Bier in einem Zug. Ihr anschließendes Rülpsen übertönte sogar die letzten Klänge von Reim und Bein. Martin und Goran waren, auch dank ihrer geheimen Alkoholvorräte, schon ziemlich gut drauf.

Und sie konnten sich alles erlauben, waren sie an diesem Abend doch (abgesehen von mir) die einzigen Jungs, deren Eltern nicht dabei waren. Und sie erlaubten sich alles.
Harald bekam den Schabernack, den sie trieben, noch von der Bühne aus mit. Schlagartig probierte er einen nüchternen Blick und rief ins Mikrofon: »Martin! Goran! Ihr Ganoven! Finger weg von meinem Zapfhahn!«
Harald stolperte breitbeinig zur Theke und verscheuchte die Jungs vom Ausschank. Martin und Goran lachten sich kaputt.
»Was soll das?«, fragte Bum-Bum und spielte an seinen Brillengläsern herum, als wollte er sie schärfer stellen.
»Die haben echt Eier«, murmelte Mokka.
»Zu dicke Eier«, sagte ich und sollte recht behalten.
Mark Bein trat an die Theke und packte Martin von hinten an der Schulter, aber ganz und gar nicht so lustig wie in der *Polonäse Blankenese* von Gottlieb Wendehals, die kurz vor Beins Auftritt noch für Stimmung im *Hohen Ross* gesorgt hatte.
Blitzartig drehte Martin sich um und machte sich gerade. Er war zwar erst zwölf, aber schon einen Meter siebzig groß und damit auf Augenhöhe mit Mark Bein.
»Was willst du denn?«, fauchte Martin mit unfassbarem Selbstbewusstsein und zog eine arrogante, angewiderte Fresse.
»Vorsicht, Freundchen!«, entgegnete Bein und fuhr sich durch die Löwenmähne. »Die Nummer mit der Erdnuss, da ist aber mal ruckizucki eine Entschuldigung fällig, ne?«
Martin prostete ihm mit leerem Bierglas und süffisantem Lächeln zu, woraufhin Bein ihm eine schallende Ohrfeige verpasste. Das hätte er besser lassen sollen. Innerhalb einer Sekunde lief Martins Gesicht knallrot an, roter als unsere Auswärtstrikots, und dann zog er Bein das Bierglas einmal quer durchs Gesicht. Das Glas zersplitterte. Bein schlug die Hände vor sein Gesicht.

»Du Ficker!«, brüllte Martin ihn an. »Ich komme vom Heußweg, du Ficker, und ich ficke dich und deine Scheißfamilie, du dummer Ficker!«
Bein nahm die Hände weg, sein ganzes Gesicht war voller Blut, alles rot. Auch Martins Hände bluteten, aber es schien ihm egal zu sein. Harald sprang mit seinen einen Meter neunzig zwischen die kleingewachsenen Streithähne und hielt sie trotz offensichtlicher Gleichgewichtsprobleme auseinander.
»Lass gut sein, Jungs«, lallte er, »was soll das denn?«
»Ihr seid doch alle asozial!«, rief Ralle und rauchte hektisch.
Paschke stapfte auf die Bühne und griff nach dem Mikro: »Getz is hier abba ma langsam Schluss mit die Fisimatenten, hömma! Könnt ihr nich einfach einen saufen wie normale Leute?«
Es war wohl das erste und letzte Mal, dass keiner auf Paschke hörte.
»Ruhe im Kartong!«, rief er noch, aber dann gab er auf.
Bein kochte und zeigte mit dem Finger auf Martin: »Das wirst du büßen, Freundchen!«
Martin machte eine breite Brust und bedeutete Bein: *Komm doch her, wenn du dich traust!* Dabei tänzelte er auf der Stelle. Der Typ war völlig verrückt, kein Zweifel mehr.
»Kinder«, rief Harald und klang ein bisschen verzweifelt, »ist doch gut jetzt!«
»Irgendwie ist das hier wie im, dings, im Kino, oder?«, sagte Bum-Bum. »Wie im Wilden Westen.«
»Wir sind in Dortmund«, sagte Mokka. »Das *ist* der Wilde Westen!«
Wir lachten.
Mokkas Vater stürzte zu uns an den Tisch und fragte hektisch: »Alles in Ordnung bei euch, Männer?«
»Wonach sieht es denn aus, Papa?«, gab Mokka frech zurück.
Mokkas Vater streichelte seinem Sohn über den Lockenkopf: »Nicht dass euch noch was passiert.«

»Hier hinten sind wir in Sicherheit«, sagte ich.
»Na, wenn das so ist«, sagte Mokkas Vater, und seine Gesichtszüge entspannten sich etwas, »aber falls ...«
Mokka legte den Zeigefinger auf die Lippen seines Vater: »Shhh, Papa, ich will nichts verpassen! Martin geht voll pervers ab ...«
Mark Bein tastete sein Gesicht ab, erst jetzt schien ihm das ganze Blut bewusst zu werden.
»Körperverletzung!«, schrie er. »Ich ruf' die Polizei!«

Das Eisspray

Meine Mutter regte sich fürchterlich auf, als sie von den Vorfällen im *Hohen Ross* Wind bekam. Das Problem war, dass sie es aus der Zeitung erfahren musste. Am Tag nach der Feier hatte ich es ihr noch erfolgreich verschwiegen, aber montags brachten die *Ruhr-Nachrichten* dann eine kleine Meldung über den Polizeieinsatz. Als Mama mich zur Rede stellte, erzählte ich ihr alles: dass Goran und Martin betrunken waren; dass besonders diese beiden gerne mal ein bisschen herumpöbelten, was normalerweise aber kein Weltuntergang war; dass Martin diesmal leider völlig die Sicherungen durchgebrannt waren; dass Paschke aber noch am selben Abend »konsequente Konsequenzen« für die Anstifter angekündigt hatte; und dass deshalb alles gut werden und so was sicher nicht mehr vorkommen würde.

Meine Mutter machte sich wenig aus meinen Beschwichtigungsversuchen. Stattdessen raufte sie sich immer wieder ihren blonden Brigitte-Nielsen-Schopf, aus dem die Färbung zum Glück langsam herauswuchs.

»Das ist ein Verhalten wie bei Asozialen«, sagte sie kopfschüttelnd und bemühte sich, all ihre Verachtung in die Silben *a* und *so* und *zial* zu packen. »Diese Leute sind nicht der richtige Umgang für dich, so was rieche ich doch von hier bis Herne. Ich will nicht, dass du mit Typen wie diesem Martin zu tun hast!«

»Mama«, sagte ich, »ich habe mit Martin doch gar nichts zu tun. Außerdem war es gar nicht so schlimm, wie es in der Zeitung steht. Mark Bein hat auch keine Anzeige erstattet oder so was. Wir klären das alles intern.«

Sie schlug mit der flachen Hand auf den Küchentisch und wurde lauter: »Lüg mich nicht an!«

Wir saßen beim Frühstück, mein Vater war auch dabei, aber er schwieg wie immer. Er versuchte, sich hinter seinem grauen, ritterlichen Sean-Connery-Bart förmlich zu verstecken.

»Mir ist doch nichts passiert«, sagte ich, wusste aber nicht, ob das wirklich ein beruhigendes Argument war.

»Na, herzlichen Glückwunsch!«, sagte meine Mutter, die längst richtig in Fahrt war. Das Problem war, dass ich ihre Bedenken nachvollziehen konnte, schließlich ging es bei der Fortuna nicht zimperlich zu. Wie in der Kabine gesprochen wurde, wie hart bei uns im Training ausgeteilt wurde, wie *a-so-zial* wir auf gegnerischen Plätzen regelmäßig von Zuschauern, Eltern oder Gegenspielern behandelt wurden – das alles konnte einer Mutter zu Recht einige Sorgen bereiten.

Das Gute war, dass sie nur einen kleinen Teil der ganzen Wahrheit kannte: Zu Hause hielt ich mich mit Anekdoten rund um die Fortuna zurück, außerdem kam meine Mutter nie auf die Anlage. Mein Vater ließ sich zwar regelmäßig bei den Heimspielen blicken, aber er hatte keine feinen Antennen für die Schwingungen am Waldweg. Väter haben allgemein keine feinen Antennen und sehen ihre Söhne im Fußballzirkus, egal ob D-Jugend oder A-Nationalmannschaft, egal ob Gurkenliga oder Champions League, immer durch eine ganz andere Brille als alle anderen, nämlich durch die rosarote.

Hätte Mama gewusst, wie rustikal es bei uns hinter den Kulissen wirklich zuging, hätte sie mich sofort aus dem Verein genommen. Aber so zögerte sie, um ihren Sohn nicht dauerhaft in die Schmollecke zu drängen.

»Du gehst vorläufig nicht zum Training«, sagte sie trotzdem.

In mir zog sich alles zusammen. »Mama! Wir haben morgen unser erstes Saisonspiel, im Pokal gegen Tannenhof! Da darf ich auf keinen Fall fehlen!«

Gegen Tannenhof – oder Tuntenhof, wie sie bei uns in der Mannschaft hießen – hatten wir noch was gutzumachen, nachdem wir im letzten Jahr im Pokal-Viertelfinale im Elfmeterschießen an ihnen gescheitert waren (ausgerechnet die obercoolen Goran und Martin hatten verschossen). Diesmal mussten wir direkt in der ersten Runde gegen sie antreten. Ein Heimspiel am Abend, unter der Woche, vielleicht sogar bei Flutlicht (obwohl es in diesen Sommertagen noch viel zu lange hell war) – ich war schon heiß wie Frittenfett, die ganze Truppe war geil auf das Spiel. Den Tuntenhofern wollten wir es zeigen.

»Was sind eigentlich Tunten?«, hat Bum-Bum mich einmal gefragt und dabei nervös an seiner Brille herumgefingert.

Als Antwort habe ich ihn nur ausgelacht, obwohl – oder vielleicht gerade weil – ich es auch nicht so genau erklären konnte.

»Dann muss die Mannschaft wohl ohne dich auskommen«, bestätigte meine Mutter ihre Absicht, mich vorläufig nicht mehr an den Waldweg zu lassen.

»Mama!«, schrie ich sie so verzweifelt an, wie zwölfjährige Jungen eben ihre Eltern anschreien: irgendwie schrill, aber gleichzeitig mit einer düsteren Bockigkeit.

Mutter drehte sich zu meinem Vater, der hoch konzentriert das flüssige Gelb seines weichgekochten Eis mit einem kleinen Löffel aus dem Becher kratzte. Einige Tropfen verfingen sich dabei in seinem Vollbart.

»Sag du doch auch mal was!«, fuhr sie ihn an.

Er blickte für einen Moment zu ihr auf: »Was soll ich dazu sagen?«

»Was soll ich dazu sagen«, äffte Mutter ihn nach, *»was soll ich dazu sagen?* Na was wohl: dass dein Sohn vorläufig nicht mehr zur Fortuna geht und sich erst mal gründlich überlegt, ob diese Leute, diese *Pro-le-ten,* noch der richtige Umgang für ihn sind!«

»Aber ich«, stotterte ich, »aber ... natürlich sind die der richtige Umgang für mich, ey!«

»*Ey, ey!*«, äffte sie mich mit verzogenen Mundwinkeln nach. Sie war jetzt in Fahrt.
Ich war erschüttert. »Was soll das denn von dir jetzt hier?«
»Lass den Jungen doch morgen gegen Tannenhof mitspielen«, sagte mein Vater mit besonnener Stimme zu meiner Mutter, »er freut sich doch so sehr darauf.«
Meiner Mutter war wirklich unwohl bei dem Gedanken, mich zurück zur Fortuna gehen zu lassen. Das hier war keine Show, nein, das waren ernsthafte Sorgen um meine physische und psychische Gesundheit. Sie hatte zu viel gehört und gesehen. Da half auch mein hartnäckiger Hundeblick nicht viel.
»Das sind nicht die richtigen Freunde für meinen Sohn«, motzte meine Mutter, aber zum Glück mischte sich bereits ein resignierender Unterton in ihre Stimme.
»Mama«, sagte ich ernst, bevor ich mich kurz räuspern musste, »ich kann mich wehren. Wirklich. Und außerdem sind die anderen Jungs gar nicht so gefährlich, wie du hier tust. Es geht wirklich alles ganz entspannt ab bei uns.«
Sie winkte ab. »Mach doch, was du willst!«
Dann drehte sie sich zu meinem Vater und guckte ihn böse an: »Du hast Nerven, mein Lieber! Du hast wirklich Nerven!«
Ich hatte es geschafft: Im Gegensatz zu Martin, der von Paschke und Harald für die ersten zehn (!) Saisonspiele suspendiert wurde (aber mittrainieren durfte), lief ich am nächsten Tag gegen Tannenhof auf.
Ich hätte es besser gelassen.
Denn die Fußballgötter hatten sich gegen uns, gegen Fortuna Diepenbusch verschworen. Dass es tatsächlich noch zu hell für die herrliche Flutlicht-Atmosphäre war, ließ sich gerade noch verkraften. Aber nach ungefähr dreißig Sekunden lagen wir bereits in Rückstand. Ausgerechnet mein Gegenspieler, ein wendiger Flügelflitzer namens Sam, hatte unseren Abwehrverbund wie ein paar Pappkameraden ausgetanzt und zum Abschluss

auch noch Volkan getunnelt. Sam war ein senegalesischer Edeltechniker, der von seinem Trainer, einem kleinen Fettwanst mit Boxergesicht, ständig *schwatte Perle* gerufen wurde.

»Spiel ihn kurz, schwatte Perle«, rief der Fettwanst zum Beispiel.

Oder wenn Sam mit dem Ball frei vor unserem Tor auftauchte: »Komm, mach ihn glatt, schwatte Perle, mach ihn glatt!«

Oder an Sams Mitspieler gerichtet: »Die schwatte Perle is' frei, ker!«

So ging das die ganze Zeit. Schwatte Perle, schwatte Perle, schwatte Perle.

Sam war einer der wenigen Gegenspieler in der Liga, mit denen ich mich ganz gut verstand. Er spielte fair und war immer für einen Small Talk zu haben, und damit meine ich echten Small Talk, keinen hinterfotzigen *Trash Talk* wie »Klaut deine Mutter noch in der Altkleidersammlung?«, wie er sonst so üblich war. Nach guten Aktionen gratulierten Sam und ich uns manchmal sogar gegenseitig. *Respekt, mein Lieber!* Dumm nur, dass er gegen mich stets besser aussah als ich gegen ihn. Sams Spielweise lag mir nicht. Deshalb hatte ich das 0:1 auch nicht verhindern können. Obwohl ich zu den schnellsten Spielern unserer Truppe gehörte, lief ich Sam hinterher wie der Coyote dem Road Runner.

Fortan versuchten wir also, eher verzweifelt als strukturiert, den 0:1-Rückstand umzudrehen.

»Mensch, Männer«, rief Paschke an der Seitenlinie, »ihr werdet doch wohl vor den Schweinepriestern getz nicht katapultier'n!«

Aber wir rannten herum wie ein aufgescheuchter Hühnerhaufen. Von hinten versuchte Libero Radek uns die Nervosität zu nehmen.

»Ruhig!«, rief unser Kapitän immer wieder und es klang wie: »RUUUUUUUUUUUUUUUUUUUUUUJIIIIIIIIIIIIIIIIIIIIIIIIII IIIIIIIIICH!«

Aber auch in der Halbzeitpause gab Trainer Harald uns keinen tauglichen Plan mit auf den Weg.
»Weniger lange Bälle«, sagte er nur. Aber gegen die Tannenhofer Abwehr kamen wir mit Klein-klein auch nicht weit.
So zogen sich unsere brotlosen Bemühungen hin bis zur letzten Minute der regulären Spielzeit.
»Ruhig!«, rief Radek immer wieder, doch sosehr er sich auch aufplusterte, es half nicht.
Dann verlor Goran – der im Gegensatz zu Martin wegen der Vorfälle im *Hohen Ross* nicht suspendiert worden war – einen rustikalen Zweikampf im Mittelfeld, und den Tannenhofer Konter schloss Sam, der mir einmal mehr entwischt war, zum 0:2-Endstand ab. Wir protestierten, weil Goran einen fiesen Schlag aufs Knie abbekommen hatte und in der Höhe des Mittelkreises immer noch am Boden lag. Mit schmerzverzerrtem Gesicht hielt er sich an seinem Schienbein fest und starrte auf das getroffene Knie.
»Der Wichser hat mein Kreuzband kaputtgemacht«, schrie er immer wieder, natürlich völlig übertrieben. »Mein Kreuzband, verdammt!«
Micha kam mit dem Medizinkoffer auf den Platz gerannt und wollte Gorans Knie hilfsbereit mit dem Eisspray behandeln. Goran riss ihm die Dose aus der Hand und sprühte lieber selbst. Tropfen für Tropfen träufelte es aus der altersschwachen Dose. Ein Trauerspiel.
»Verpiss dich mit dem Wasserzerstäuber«, fluchte Goran.
»Mensch, Balkan«, rief Paschke – er nannte Goran und Sinisa der Einfachheit halber manchmal *Balkan* –, »dat tropft ja wie'n alten Mann!«
Währenddessen wurde Mokkas Vater, der Schiedsrichter der Begegnung, von unserem Kapitän Radek und von Frank bedrängt.
»Schiri«, fuhr Radek ihn an und baute sich dabei mit seiner breiten Brust so auf wie seinerzeit Toni Schumacher vor Walter Eschweiler, »das war klares Foul an Goran!«

Tatsächlich war es ungewöhnlich, dass Mokkas Vater ein Foul an Goran nicht gepfiffen hatte. Häufig genug schien er Goran nämlich bei umstrittenen Entscheidungen aus Bequemlichkeit, und ein bisschen auch aus Angst, recht zu geben, um einen weiteren Ausraster unseres heißblütigen Jugoslawen zu verhindern.
»Du willst ein Vater von uns sein?«, wurde Goran deshalb gleich persönlich. Das Eisspray musste trotz der Tröpfchen wahre Wunder gewirkt haben, denn Goran konnte plötzlich wieder stehen und stürzte mit hochrotem Kopf humpelnd auf Mokkas Vater zu. Der zuckte sofort zusammen.
»Benimm dich, Goran!«, sagte er, eher nervös als autoritär.
»Goran benimmt sich, wann er will!«, rief Goran und schubste Radek – den dicken Radek! – zur Seite und fuchtelte mit der Spraydose vor dem Gesicht von Mokkas Vater herum.
»Warum verarschst du Goran?«, zischte er dann. »Warum verarschst du die Fortuna?«
Aber Mokkas Vater zog die Entscheidung durch. Er pfiff das Spiel auch nicht noch einmal an. Tannenhof hatte uns auf eigenem Platz den Schneid abgekauft. Kein weiteres Pokalspiel für uns in dieser Saison! Dabei war es doch erst Juli!
Fassungslos schlichen wir vom Platz, während die Tannenhofer jubelnd in ihre Kabine rannten, aus der kurz darauf *Jump* von Kris Kross dröhnte. Sie hatten sich ihre eigene Stereoanlage mitgebracht, diese Penner. Keiner konnte den Text, aber alle sangen in Kauderwelsch mit: *Jump, jump, the Mac Dad will make you jump, jump ...*
Im Laufe der Jahre wurde bei uns in der Mannschaft jeder noch so bescheuerte Trend nachgemacht, wenn er nur lange genug auf MTV oder später auf VIVA zu sehen war – ob es Reebok-Pumps (zum Beispiel ich), strähnige Haare (fast alle) oder später dann *Pulp-Fiction*-Sprüche (vor allem die Gangster in unserem Team) waren. Eigentlich ein Wunder, dass keiner

von uns je in umgedrehten Baggy Pants oder anderer, verkehrt herum getragener Kleidung wie Kris Kross in die Kabine spaziert kam.
Währenddessen schallte es weiter aus der Gästekabine: *'Cause I'm the miggida miggida miggida Mac Daddy.*
Spring, jubel, gröl, freu! Ätzend, wenn man so was mit ansehen muss.
Auf dem Weg in die Kabinen kam Sam noch kurz auf mich zu, wir schlugen ein und umarmten uns kurz: »Gut gespielt, Kalli!«
Er hatte sich meinen Namen gemerkt. »Du auch, Sam!«
Beinahe hätte ich ihn *schwatte Perle* genannt.
In der Kabine herrschte weniger Wut als Niedergeschlagenheit. Bum-Bum hockte auf meinem Platz und starrte in die Leere. Volkan ließ seine Handschuhe achtlos auf den Boden fallen und stapfte noch in voller Torwartmontur unter die Dusche. Aber alle blieben ruhig. Erst Goran sorgte für den Zorn.
Er kam ein paar Minuten später als der Rest, weil er noch in der Schiedsrichterkabine mit Mokkas Vater diskutiert hatte, worauf Mokka nur meinte: »Glaub mir, Bruder, ich hoffe bloß, er packt Papa nicht an ...«
Goran kochte, als er die Kabine betrat, laut in seiner Heimatsprache fluchend. Seinem Knie schien es schon wieder gutzugehen, jedenfalls humpelte er nicht mehr.
»Hier wird man nur verarscht in diesem Puff!«, brüllte er und schleuderte die Eisspraydose mit voller Wucht quer durch den Raum. Leider zielte er nicht auf eine Stelle an der Wand, auf einen Spind oder sonst wohin, nein, er warf ziemlich unkontrolliert und traf mich deshalb mitten im Gesicht, genauer gesagt: am Auge.
Es war ein Schmerz, wie ich ihn bis dahin noch nie gespürt hatte, ein wasserfallartiger Schmerz, der vom Auge ausgehend durch meinen Kopf rauschte: hinter die Stirn, durch die Nase,

bis in die Haarspitzen. Ich schrie laut auf – das lauteste Geräusch, das ich in der Kabine jemals gemacht hatte – und schlug die Hände vor mein Gesicht.
»Scheiße, Goran!«, rief sogar der geschockte Bum-Bum sofort auf, bevor er sich um mich kümmerte.
»Alles okay?«, fragte er und guckte betreten.
»Geht schon«, sagte ich, als der Schmerz nach ein paar Sekunden ganz langsam nachließ.
»Lass mal sehen«, sagte Kapitän Radek kurz darauf und griff nach der Hand, mit der ich mein Auge verdeckte.
Inzwischen war auch Trainer Harald in die Kabine gekommen. Er erkundigte sich, was passiert war, und inspizierte sogleich mein Auge.
»Ganz klar«, murmelte er wie ein echter Arzt, »das gibt ein schönes Veilchen! Mensch, Männer, ihr müsst euch mal ein bisschen am Riemen reißen, ey!«
»Pervers, Bruder!«, hörte ich Mokka aus dem Hintergrund. Es klang, als wäre er stolz auf meine Nehmerqualitäten.
»Voll psycho!«, meinte auch Matze.
Goran entschuldigte sich freiwillig, noch bevor Harald ihn dazu verdonnern konnte. Mit einer kurzen Umarmung war die Sache geklärt, auch wenn ich immer noch etwas benommen war. Aber wie hätte ich Goran auch böse sein können? Hätte ich ihm etwa auf die Fresse hauen sollen? Ich hätte keine Chance gegen ihn gehabt.
»Vielleicht ein bisschen Eisspray aufs Auge?«, rief Artur aus seiner Ecke, und alle lachten laut auf, sogar ich.
Zurück zu Hause, versuchte ich meiner Mutter aus dem Weg zu gehen.
»Wie schön«, rief sie süffisant, aber etwas voreilig, »dass du noch heile bist …«
Krampfhaft vermied ich jeglichen Blickkontakt. Das ging allerdings nur ein paar Sekunden gut, bis es ihr zu lange dauerte

und sie mich zum obligatorischen Begrüßungsküsschen nötigte. Wenn ich von draußen kam, egal woher, ließ sie mich nie ohne Begrüßungsküsschen vor den Fernseher. Als sie mein Auge sah, fiel ihr vor Schreck das Wasserglas aus der Hand. Es fiel mit einem stumpfen Knall auf den Parkettboden, ohne zu zersplittern.

»Schon gut, Mama«, sagte ich. »Es ist nicht so, wie es aussieht.«

Im Porsche

In den folgenden Tagen arbeitete es in mir. Dafür gab es mehrere Indizien:

1. Ich konnte kaum drei Sätze mit meiner Mutter wechseln, ohne dass sie mir so sehr auf die Nerven ging, dass ich sie anpflaumte, sie zurückfauchte, wir uns anbrüllten. Wenigstens resignierte Mutter irgendwann insofern, dass sie mir die Fortuna nicht mehr untersagte. Auszureden versuchte sie mir mein Hobby, das ich irgendwann zu meinem Traumberuf machen wollte, aber weiterhin.
2. Eines Morgens wachte ich mit komplett verklebter Pyjamahose auf. Ich hatte mich im Schlaf komplett eingesaut. Das Sperma, und es war wirklich sehr viel Sperma, war teilweise schon getrocknet. Ich musste mich doch sehr wundern. Sollte das etwa mein erster sogenannter *feuchter Traum* gewesen sein? Ich hatte den feuchten Traum immer für eine Legende gehalten, für eines dieser Dr.-Sommer-Themen, das genauso unrealistisch war wie: *Ich kann nicht mit meiner Freundin schlafen!* Das machte mich immer ganz wahnsinnig: Wie zur Hölle konnte es da draußen irgendwelche Trottel geben, die bei einem Mädchen keinen hochkriegten? Wie tief kann man denn bitte schön sinken? Mir konnte so was nicht passieren, so viel war sicher. Nur war mit mir leider noch nie ein Mädchen zum Beischlaf bereit gewesen, und ich konnte mir beim besten Willen nicht vorstellen, dass es jemals so weit sein könnte. Trotzdem war es nicht mehr zu leugnen: Inzwischen dachte ich eigentlich ständig an Mädchen. Wenn ich nicht gerade an Fußball dachte.
3. Das schlechte Spiel gegen Tannenhof motivierte mich zu Extraschichten. Nicht nur nach jedem Training blieb ich länger auf der Anlage, feilte an meiner Technik und machte Tor-

schusstraining, manchmal auf dem Asche- und manchmal auf dem Gummiplatz, manchmal mit Volkan, meistens ohne Torwart – nicht selten kam ich darüber hinaus auch an trainingsfreien Tagen an den Waldweg, ganz alleine, aber hoch motiviert. Es machte mir großen Spaß, einfach ein bisschen herumzudribbeln, zu bolzen, den Ball hochzuhalten, und natürlich immer mal wieder ein paar imaginäre Momente der zukünftigen Fußballgeschichte schon mal im Voraus durchzuspielen:

Borowski schnappt sich den Ball, kurz hinter der Mittellinie, vorbei an Cinquecento (ein argentinischer Mittelfeldspieler, den ich mir ausgedacht hatte), *vorbei an Arbelao* (argentinischer Abwehrspieler, ebenfalls ausgedacht), *er täuscht einen Schuss an, schlägt einen Haken und – Toooooooor! Tor durch Borowski! Das 1:0 für Deutschland in diesem Finale von München! Das Olympiastadion bebt, wie ich es selten erlebt habe, meine Damen und Herren … 1:0 für Deutschland! Karlheinz Borowski, meine Damen und Herren, und man ist ja fast geneigt zu sagen: Wer sonst?!?*

Auf dem Fußballplatz vergaß ich alle Ängste und Sorgen. Und ich wollte einfach jeden Tag ein bisschen besser am Ball werden, immer besser, immer besser, immer besser, denn ich wusste: ohne einen starken Willen keine WM 2006!

An einem Montag, nach einer dieser Extraschichten außerhalb des regulären Trainingsbetriebs, verließ ich gerade die verwaiste Anlage am Waldweg und wollte mich zu Fuß auf den Weg nach Hause machen, als ich Paschke vom Parkplatz rufen hörte.

»Ker, Kalli«, rief er, und ich war erstaunt, dass er meinen Namen kannte. Klar, ich war seit über einem Jahr im Verein, er verpasste kein Heimspiel, und ich war Leistungsträger, aber bisher hatte er mich nie persönlich angesprochen. Und gegenüber Leuten, die mich noch nie beim Namen genannt hatten, kam ich mir unsichtbar vor.

»Na, du alte Hundelunge«, sagte er, »haste ma wieder bissken rumgebolzt?«

Ich nickte stumm.

»Du siehs aus wie Mike Tyson«, sagte er und zeigte auf mein dickes Auge. Ich versuchte ein Lächeln. Er erzählte, dass er gerade von der Wochenendabrechnung aus der *Klause* kam, und bestätigte ein gutes Geschäft: Die Eltern, die Ersten Mannschaften und die Alten Herren hatten anscheinend mal wieder gut gesoffen.

»Soll ich dich mitnehmen?«, fragte er. »Willze nach zu Hause?«

Ich zuckte mit den Schultern.

»Na komm, du Komiker, steig ein! Geht auf meinen Deckel!«

Ich wusste nicht, was er mit seinem Deckel meinte, aber er hatte mich überzeugt. Paschke fuhr Porsche.

»Mein Auto, dat is wie mein Baby«, hatte er mal angesoffen auf einer Freibier-Party erzählt und dabei in seinem extrabreiten Ruhrgebietsslang noch jedes *i* betont, »dat is nich nur verdammt heiß, dat hat auch mehr Power wie 'ne Frau. Ich kann euch dat nur empfehlen: Wenn ihr im Porsche mit zweihundert Sachen über die Bahn brettert, dann kriegt ihr nicht nur die Mütter, sondern auch die Töchter! Aber lasst dat ma lieber nich meine Olle hören …«

Woraufhin *seine Olle* Marion, die damals direkt neben ihm am Tresen der *Klause* gesessen hatte, sich nur ein müdes Lächeln abrang.

Ich durfte vorne sitzen, aber ich war ja auch schon zwölf. Man saß so tief in Paschkes Auto, ganz anders als bei Papa. Ich fühlte mich, als würde ich fast auf der Straße hocken. Beim Fahren zog Paschke seine Mütze ab, aber die Zigarre blieb im Mund.

Er hielt sie mit seinen Zähnen fest. Sie brannte überhaupt nicht, was ich irgendwie komisch fand. Der Bart an seiner Oberlippe war gelber als sonst, hier, aus der Nähe, in der Sonne.

»Ich wohne in der Gärtnerstraße«, sagte ich wie ein Roboter.

»Weiß ich doch«, sagte er, »ich kenn doch dein Vatta.«

In den kleinen Straßen der Dreißiger-Zonen beschleunigte er ständig für ein paar Meter auf sechzig oder sogar siebzig Stundenkilometer. Ich fand das total cool.

Zwischendurch grinste er zu mir herüber und zischte durch seine Zähne: »Mein Lappen ist eh gerade weg. Neunenzwanzich Stukis zu viel war ich untawegs, drüben in Dortmund. Aber hier in Diepenbusch mach ich mir keine Skrupel, da kenn ich alle Beamten. Die Spasemacken soll'n mir bloß nich blöd kommen, dann könn die ihre Karre sonstwo repariern lassen, aber nich mehr bei mir inne Werkstatt! Da können die ma gucken, ich sach, da können die sich gehackt legen!«

»Die sollen sich mal nicht so anstellen«, sagte ich hohl.

»Weisse wat«, hob Paschke an, »dat Einzigste, worauf du achten muss, is, wenne vonne Straße abkomms: Niemals aufn Baum gucken, wenne vonne Straße abkomms, dann fährse nämlich dagegen. Hamse mir im Sicherheitstraining vom ADAC gesacht. Dat is die goldene Regel, wenne gerne schnell fährs. Mehr musse nich wissen. Mehr kannse auch nich verhindern, weil du immer auch auffe Fähigkeiten von den anderen Verkehrsteilnehmern drauf angewiesen bist. Wenn da einer mal nich guckt und im falschen Moment ausschert, dann gute Nacht, Johanna!«

Er lachte heiser und drehte das Autoradio auf. *WDR 2*. Es lief *Lena,* der letzte Hit von Pur.

»Wenn der Himmel mir jetzt auf den Kopf drauf fällt«, sang Hartmut Engler, »bist du die Einzige, die noch zu mir hält ...«

»Ker, wat singt der für 'ne Scheiße, samma«, fluchte Paschke

und fummelte hektisch am Sendersuchknopf herum, »da krisse doch die Pimpanellen bei der Zauberflöte!«
Ich guckte angestrengt aus dem Fenster. Wir fuhren durch den Ort, vorbei am Taubenzüchterverein und an der Schrebergartensiedlung, die mir immer so friedlich und gemütlich und einfach schön vorkam, dass es mich jedes Mal ärgerte, weil Mama und Papa hier kein Häuschen hatten. Sie fanden so eine Siedlung spießig und wollten mit den Laubenpiepern nichts zu tun haben. Das wiederum fand ich ziemlich spießig.
»Wie geht dat denn deinen Eltern?«, fragte Paschke plötzlich. »Alles im Lack?«
»Wieso?«, fragte ich skeptisch.
»Ich dachte nur«, beeilte er sich, »dat ganz Schlimmste is ja, wenn et nich läuft.«
Er druckste rum, als wüsste er was, was ich nicht weiß. War mir aber egal. Mein Papa sagte immer, der Paschke sei schon eine Laberbacke, aber ganz nett.
»Ich find dat gut, hömma«, preschte Paschke in die unangenehme Pause hinein, »dat du ständig aum Platz anzutreffen bis. Von nix kommt nix, und bei dein Talent musse wirklich zusehen, datte wat draus machs. Du bis so'n feiner Fuß, dat hab ich mein Lebtach noch nich erlebt. Aber dat hab ich schon bei deine Pemiere bei uns ganz genau geseh'n.«
»Ja?«, murmelte ich. »Weiß nicht.«
»Samma«, rief er in gespielter Empörung, »aber sicha musse wat draus machen! Ich hab schon so viele Kerls wie dich vor die Hunde geh'n seh'n, dat war'n Kerls mit Talente, da fall'n dir die Augen aus'm Kopp! Aber wat war Ambach? Entweder sindse an ihre Faulheit verreckt, oder sie ham dat Saufen angefangen, oder sie ham nur noch wild rumgevögelt – oder wat weiß denn ich, wat die alle für Scheiße gebaut haben! Fußball war jedenfalls plötzlich nur noch vierte Geige. Und später, wennse dann A-Jugend sind oder erste Mannschaft, dann

kommse alle zu mir und betteln ummen Job bei mir inne Werkstatt – nix gegen meine Werkstatt, ker, aber dat war'n die gleichen Kerls, die et zu'n Profis hätten schaffen können! Ich will getz hier kein Moralpastor spiel'n, weil ich bin auch immer für Humor! Dat Leben is eins der härtesten, sag ich immer, und da muss man auch ma Spass inne Backen haben. Aber du muss auch fokessiert bleiben! Oder wat meinst du, wie ich meine Werkstatt aufgezogen hab? Bestimmt nich aum faulen Arsch! Deshalb sag ich dir dat doch: Malocher musse sein! Und bei Kerls wie dir, da geht mir dat Herz auf, hömma! Genau wie bei mein Matze!«

»Ich will später zum BVB«, sagte ich.

»Na siehste!«, rief BVB-Fan Paschke so begeistert auf, dass ihm die Zigarre aus dem Mundwinkel in seinen Schoß fiel, wo er sie einfach liegen ließ. »Da hasse mit wenich Worte alles gesacht. Hauptsache nich zu den Blauen, sag ich mein Matze auch immer! Ich sach dir, ich hab zwar gut kacken, weil ich war immer schon zu fett für Fußball, wonnich! Aber einer wie du, der darf sein Talent nich so inne Tonne kloppen wie die ganzen ander'n Spezialisten!«

Wir bogen in die Gärtnerstraße ein. Als er mit quietschenden Reifen vor unserer Haustür hielt, sagte er: »So, du Experte, Endstation, alles aussteigen!«

Ich bedankte mich hastig, hüpfte aus dem Auto und wetzte Richtung Haustür.

»Ey, Kalli«, rief er mir noch hinterher, »willze ma'n Witz hör'n?«

Ich drehte mich zu ihm um und zuckte mit den Schultern.

»Wie viele Fans passen ins Stadion von Sheffield, hömma?«, fragte er.

»Weiß nich'.«

Er grinste breit: »Vierzichtausend un'n paar Zerquetschte!«

Einmal Star und zurück

Meine schwache Leistung gegen Tuntenhof zum Saisonstart im Pokal blieb die Ausnahme. Vielleicht war die Saison 1992/93 sogar die beste Spielzeit meiner Karriere, denn ich fing mich nach dem Fehlstart nicht nur, ich lieferte auch kein einziges schlechtes Spiel mehr ab. Vor allem offensiv setzte ich plötzlich Akzente, die im Weltfußball von Außenverteidigern erst ein gutes Jahrzehnt später regelmäßig zu sehen waren: Ich dribbelte die linke Seite runter bis zur Grundlinie und schlug dann scharfe Flanken (alleine Matze legte ich so mindestens zehn Treffer auf!), oder ich machte es wie später Philipp Lahm und zog am Strafraumeck nach innen, wo ich mit meinem schwächeren, aber immer noch guten rechten Fuß den Ball direkt aufs Tor zirkelte. Einen Treffer erzielte ich auf diese Weise zwar leider nicht, was mich zunehmend nervte, aber mein offensives Selbstbewusstsein steigerte sich dennoch von Spiel zu Spiel. Und defensiv hatte ich meine Gegenspieler ohnehin im Griff, weil ich fast immer kleiner, wendiger und gedankenschneller als sie war. Eigenlob stinkt, aber 1992/93 war ich wirklich eine Klasse für mich. Goldene Zeiten. Auch als Mannschaft erreichten wir unser hochgestecktes Ziel, besser als im Vorjahr abzuschneiden, und landeten in der Endabrechnung gar auf Rang 5.

Theoretisch hätte ich also so zufrieden sein können wie selten, aber es war auch nicht alles gut. Meine Mutter gab weiterhin keine Ruhe: Sie beobachtete mein Verhalten ganz genau, überwachte meine Manieren, achtete auf meine Ausdrucksweise und hinterfragte jede Schramme.

»Fußball ist kein körperloses Spiel«, sagte ich ihr immer, aber das blaue Auge nach dem Tuntenhof-Debakel hatte Mutter nachhaltig traumatisiert. Natürlich hatte sie mir die (wahre)

Geschichte, wie es passiert war, nicht geglaubt. Sie war sich sicher, dass einer meiner Mit- oder Gegenspieler mir ins Gesicht geschlagen oder getreten hatte. Ich sah ja auch so aus, mit meinem dicken, blau-roten Triefauge, das erst zweieinhalb Wochen später wieder einigermaßen verheilt war. In jenen Tagen guckte ich aus der Wäsche wie das bulgarische Rauhbein Trifon Iwanow, das knapp zwei Jahre später mit seinem verbrauchten Gesichtsausdruck im Panini-Album der WM 1994 zu einer Legende der Hässlichkeit werden sollte.

Meine Mutter kannte weder Trifon Iwanow noch irgendwelche anderen Fußballspieler außer ihrem Sohn – und den hätte sie lieber gestern als heute aus dem Verein genommen und stattdessen zum Ballett oder wenigstens auf den Tennisplatz geschickt. So musste ich sie vor jedem Training und jedem Spiel überreden, manchmal sogar ein bisschen anbetteln, überhaupt an den Waldweg zu dürfen. Nicht selten sprang mein Vater mir mit beschwichtigenden Worten zur Seite – er war ziemlich stolz auf mich und meine guten Leistungen, er registrierte meine fantastische Entwicklung und sah mich in seinen Träumen ganz bestimmt schon im Kader von Dortmund, Duisburg, Bochum oder Schalke, in einem der Tempel des Ruhrpotts: im Westfalenstadion, Wedaustadion, Ruhrstadion oder Parkstadion. Oder wenigstens im Lohrheidestadion von Wattenscheid.

Auch ich war zufrieden mit den Leistungen, die ich Samstag für Samstag, aber auch im Training konstant ablieferte. Weiterhin blieb ich nach Ende der Einheiten noch eine halbe Stunde länger und übte Freistöße, Weitschüsse und Flanken. Ich hatte das Beste gemacht aus meiner undankbaren Linksverteidiger-Position, und ich interpretierte meine Rolle sehr viel spektakulärer als Bum-Bum auf der rechten Seite, weil ich ständig an meinen offensiven Fähigkeiten arbeitete. Insgeheim liebäugelte ich aber immer noch mit einem Wechsel auf eine Position weiter vorne, zentrales Mittelfeld, zum Beispiel, oder natürlich – noch besser – Stürmer. So gut wie der Pole, der alte Chancentod, war ich mindestens.

»So gut wie der Pole bist du mindestens«, sagte Dieter eines Samstagabends im Spätnovember in der *Klause* zu mir, während Boris Becker im Fernsehen in einem epischen ATP-WM-Halbfinale gegen das kroatische Aufschlagmonster Goran Ivanisevic kämpfte. »Der alte Chancentod.«

»Meinst du ehrlich?«, fragte ich vorsichtig nach.

»Jetzt nerv' nich' rum«, fauchte Dieter, »ich will Boris gucken!«

Das war in den Neunzigern wahrscheinlich der am häufigsten verwendete Ausdruck in der *Klause: Boris gucken.*

»Heute Boris gucken, wonnich!«

»Erst mal Boris gucken!«

»Ich will lieber Boris gucken!«

Während Becker das Match in drei brutalen Sätzen für sich entschied, dachte ich weiter über meine eigene Karriere nach. Auch unseren Mittelfeldstrategen Artur und Mokka stand ich in Sachen Technik und Übersicht in nichts nach, so sah ich das zumindest.

Das Einzige, was mir fehlte, war die Chance, mich zu beweisen.

Doch dann lernte ich, dass ich lieber vorsichtig sein sollte mit dem, was ich mir wünschte.

Denn plötzlich bekam ich meine Chance.

Es war Ende Januar 1993, als uns das Verletzungspech heimsuchte. Zunächst brach sich unser Torwart Volkan den kleinen Finger. Eigentlich ein ziemlich fatales Handicap für einen Schnapper, aber Volkan spielte trotzdem – mit nur einem Handschuh, einer kleinen Butterbrottüte um den Gipsfinger, und noch etwas zaghafter in seinen Bewegungen, als wir es von ihm ohnehin schon gewohnt waren. Er hechtete jetzt in der, gerade erst von *ran* und Reinhold Beckmann eingeführten, Superzeitlupe.

Auch Frank hatte Pech. Unser Metallica zog sich bei unglücklichen Zweikämpfen in zwei aufeinanderfolgenden Spielen jeweils eine fette Platzwunde am Kopf zu. Ein ziemliches Blutbad war das, aber immerhin musste er nur getackert werden und nicht genäht.

Entscheidend für meine Ambitionen waren aber zwei andere Verletzungen. Im Spiel gegen Alemannia bekamen es sowohl Matze als auch der Pole plötzlich am Oberschenkel: beide Muskelfaserriss. Vor dem nächsten Spiel stand unser Trainer Harald also vor der schwierigen Aufgabe, den kompletten Sturm umbauen zu müssen, obwohl er keine weiteren gelernten Stürmer im Kader hatte. Bankdrücker Micha war eindeutig zu langsam für die Spitze, sodass Harald sich ziemlich schnell auf Sinisa festlegte. Der war zwar auch nicht schnell, aber dafür inzwischen fast 1 Meter 80 groß (mit knapp dreizehn Jahren!) und deshalb theoretisch ein guter Abnehmer für meine Flanken. Aber aus diesen Flanken wurde nichts, denn am Tag des nächsten Heimspiels gegen den VfL nahm Harald mich kurz vor der Mannschaftsbesprechung beiseite und eröffnete mir die Neuigkeit, die ich kaum fassen konnte: »Kalli, du spielst heute im Sturm, ganz klar!«

Ganz klar? Am liebsten wäre ich sofort jubelnd abgedreht. Stürmer! Im Heimspiel! Gegen die komischen Vögel vom VfL! Würde sich etwa doch noch alles zum Guten wenden?

»Du machst da vorne mal schön ein bisschen Unordnung«, sagte Harald.

Er redete auf mich ein, lobte mich für meine Offensivaktionen auf links und sagte, dass er auf meine Beidfüßigkeit und Dribbelstärke gegen die hüftsteife VfL-Abwehr baue. Völlig zu Recht, dachte ich bei mir. Er sagte außerdem, dass ich nur aufgrund meiner außergewöhnlichen Fähigkeiten eine Notlösung sei und mir keine Sorgen machen müsse, nicht bald wieder nach links hinten auf meine angestammte Lieblingsposition zurückkehren zu dürfen.

Lieblingsposition? Nie hatte ich woanders spielen wollen als im Sturm! Endlich bekam ich die Gelegenheit, meine wahren Qualitäten zur Aufführung zu bringen. Ich wusste, dass ich bei entsprechender Leistung nicht unbedingt auf links zurückkehren würde müssen. Zwar war Matze als Mittelstürmer natürlich unumstritten, nicht nur wegen seines Vaters Paschke, sondern auch, weil er einer der zuverlässigsten Knipser der ganzen Liga war. Aber der Pole, sosehr ich ihn und seine Sprüche auch mochte, wackelte gewaltig. In den Wochen vor der Verletzung hatte er eine Großchance nach der anderen verballert und sich noch torungefährlicher präsentiert als sonst. Ich wusste, dass Harald schwer genervt war von so viel Schlampigkeit und Unkonzentriertheit, und dass er ihn deshalb auf dem Kieker hatte. Es lag also an mir, die Zwangspause des Polen zu nutzen. Und ganz offensichtlich traute Harald es mir zu, auch wenn er den Polen weder vor mir noch vor der versammelten Mannschaft grundsätzlich in Frage gestellt hätte.

»Für den Polen geht heute unser Kalli in den Sturm«, verkündete Harald in der Kabinenansprache vor dem Spiel. »Dabei bleiben wir, bis Martin wieder fit ist!«

»Aber ich bin doch fit!«, protestierte der andere Martin und grinste doof.

»Ich meine den Polen«, entgegnete Harald ernst, denn bei den Besprechungen kurz vor dem Spiel stand er ausnahmsweise nicht auf Klamauk. »Wie auch immer, ganz klar: Kalli ist heute unser zweiter Stürmer neben Sinisa!«

Auf diese Worte ging ein Raunen durch unsere Reihen. Damit hatte niemand gerechnet.

»Sieh an, der Kalli«, flachste Volkan, »noch ist Diepenbusch nicht verloren.«

»Wieso denn ausgerechnet der Kalli?«, fragte Artur, was ich ziemlich unpassend fand. Trotzdem lachten natürlich alle. Aber wieso denn nicht ich? Artur konnte echt ein Kameradenschwein sein.
»Der Kalli kann das«, sagte Harald und machte eine Handbewegung, als wollte er alle Zweifel wegwischen, »ganz klar. Ich sag's euch ganz ehrlich: Defensiv, offensiv, der bekommt das alles unter ein Dach!«
Ganz klar. Meine Brust war breit.
Das wird dein Nachmittag, dachte ich, das ist der Moment. Das ist der Moment, an dem du einmal hängst, wenn du irgendwann zurückdenkst.
»Geh da raus und fick sie alle!«, kumpelte Martin mich nach der Besprechung noch schnell von der Seite an. Ausgerechnet Martin, aber seit seinem Ausraster im *Hohen Ross* und der darauffolgenden langen Sperre verhielt er sich irgendwie ruhiger, zahmer, kameradschaftlicher. Vielleicht bildete ich mir das auch nur ein. Seine aufmunternden Worte und das Schulterklopfen taten mir jedenfalls trotzdem gut. Ich wollte rausgehen und sie alle ficken.
Als ich auf den Platz lief, fühlte ich mich für ein paar Sekunden, als könnte ich fliegen. *Air Borowski,* wie Air Jordan oder Air Riedle oder wenigstens Air Bäron. Ich war mir vollkommen sicher, in diesem Spiel mindestens ein Dreierpack zu schnüren.
»Der Kalli mitta Neun aum Rücken«, rief Paschke mir vom Spielfeldrand hinterher, schließlich gehörte die Neun sonst seinem Matze, »getz geht's aber los, samma!«
Er wollte aufmunternd klingen, glaube ich zumindest. Mich konnte ohnehin nichts aus der Fassung bringen. Heute war ich Stürmer. Mir schossen tausend Möglichkeiten durch den Kopf, wie ich jubeln würde, wenn ich nun – als Stürmer – mein erstes Tor zu feiern hätte: mit dem Lothar-Matthäus-Finger, dem Jürgen-Klinsmann-Hüpfer oder der Stefan-Kuntz-Säge.

Auf jeden Fall würde ich jubelnd abdrehen. Jubelnd abdrehen ist im Leben die Lösung für alle Probleme. Nach der knochenharten Mathe-Arbeit – einfach jubelnd abdrehen. Wenn die Kaline dir 'nen Korb gibt – trotzdem jubelnd abdrehen. Wenn die Kohle knapp wird – jubelnd abdrehen.

Wenn es bloß so einfach wäre.

Wir begrüßten unseren Gegner mit einem dreifachen

»Fortu-«

»-NA!«

»Fortu-«

»-NA!«

»Fortu-«

»-NA!«,

und der VfL zog mit einem dreifachen

»Vau-eff-«

»-ELL!«

»Vau-eff-«

»-ELL!«

»Vau-eff-«

»-ELL!«

nach. Innerlich raste ich vor Aufregung, ich wollte einfach losrennen, stürmen. Sinisa und ich standen am Anstoßpunkt im Mittelkreis bereit. Ich hatte die Sohle auf den Etrusco Unico gelegt und ließ den Blick noch einmal schweifen, während die Jungs ihre Positionen einnahmen. Trotz der Kälte waren rund vierzig Zuschauer da. Es hatte deutlich unter null Grad, und unsere heißen Atem machten so viel Dampf wie sonst nur die Raucher in der *Klause*.

»Kommt jetzt, Männer!«, rief Radek und rieb seine Hände aneinander, als ob er sich an einem Lagerfeuer wärmte.

»Ich will wat sehen getz, Männer!«, rief Paschke, der sich eine Pudelmütze über den Glatzkopf gezogen hatte und hektisch auf seiner Zigarre herumkaute.

Ich drehte mich um zu meinem Vater, der auf seinem Stammplatz stand und den grauen Bart tief in seinem karierten Schal vergraben hatte.
Er hob beide Daumen und sah dabei unglaublich stolz aus. Ich wusste, er glaubte an mich. Auch als Stürmer.
Dann pfiff Mokkas Vater endlich an.
Was soll ich sagen? Manchmal läuft es im Leben beinahe genauso, wie man es sich vorher ausgemalt hat. Aber manchmal liegt die Betonung auf *beinahe*.
Bei aller Bescheidenheit: Ich lieferte eine Riesenpartie. Ich ließ die VfL-Abwehr stehen wie Hütchen im Training, ich dribbelte und grätschte und feuerte aus allen Lagen: Gewaltschüsse, Schlenzer, flach und plaziert, Innenseite, Vollspann, alles.
Besonders den anderen Ersatzstürmer Sinisa, der mit seiner wehenden *Wayne's-World*-Matte unbeholfen über das Spielfeld stakste, stellte ich in den Schatten. Wir dominierten die Begegnung nach Belieben, auch weil ich vorne den allzeit anspielbereiten Wirbelwind markierte.
»Hat der Sahne!«, riefen mir die Kollegen immer wieder zu. Mir gelang einfach alles.
Nur das verdammte Tor wollte nicht fallen. Wir rannten an, Goran verballerte sogar einen Elfmeter (nach Foul an mir!), aber bis zur vorletzten Minute harrte meine Weltklasseleistung ihrer Krönung. Dann schickte Mokka mich mit einem seiner zahlreichen Zuckerpässe auf halblinks, ich tankte mich in den Strafraum, tunnelte meinen dicklichen Manndecker, der vor Schreck auf den Hosenboden fiel, und lief jetzt alleine auf den Torwart zu, der den Winkel zwar geschickt verkürzte, aber mir dadurch einen Pass nach innen ermöglichte, wo Sinisa auf Höhe des Fünf-Meter-Raums alleine vor dem leeren Tor wartete und nur noch einzuschieben brauchte.
1:0! Ein später, aber hochverdienter Sieg, der für einen wahren Jubelorkan am Waldweg sorgte. Wir hatten ein Offensivfeuer-

werk abgebrannt, das wussten die Leute zu schätzen. Bei uns im Ruhrgebiet hat man eben viel übrig für einen langen Atem und für alles hart Erarbeitete.

Die Generalprobe für das brisante Derby am nächsten Wochenende gegen Viktoria war gelungen, auch dank einer überragenden Leistung von mir.

Für mich hatte es zunächst keinen faden Beigeschmack, dass ich meine Leistung nicht mit einem Tor krönen konnte. Sicher hätte ich es alleine versuchen können, aber Sinisa stand besser – und das Tor gehörte mir trotzdem zu mindestens fünfundsiebzig Prozent, keine Frage. Außerdem war mir klar, dass es mit so einer Leistung nicht mehr lange dauern konnte bis zu meinem ersten Treffer im Fortuna-Trikot.

Auch Sinisa wusste das. Nach dem Spiel nahm er mich auf dem Weg in die Kabine in den Arm.

»Kalli«, sagte er atemlos vor Freude und Erschöpfung, »dieses Spiel werden wir nie vergessen …«

Ich bemerkte, wie seine Stimme bebte, und blickte ihm in sein nasses Gesicht. Ich war mir nicht sicher, ob sich ein paar Tränen unter den Schweiß gemischt hatten.

Sinisa faltete die Hände zusammen und ließ den Kopf in den Nacken fallen. Dann stammelte er etwas in seiner Heimatsprache und bekreuzigte sich, bevor er sich wieder zu mir drehte: »Das Tor habe ich meinem Opa und meinem Stiefbruder in Vukovar gewidmet! Danke für die Vorlage, Kalli!«

»War ein geiles Match«, sagte ich und nickte.

Er hustete und legte den Arm abermals um meine Schulter.

»Das hier ist die beste Zeit unseres Lebens«, sagte er jetzt wieder mit fester Stimme, »glaub mir!«

Ich glaubte ihm.

»Wir sollten froh sein«, sagte er noch, »dass wir hier sind und nicht woanders.«

»Zum Beispiel in Jugoslawien?«, fragte ich.

»Jugoslawien gibt es zwar nicht mehr«, sagte er und nickte, »aber genau das meinte ich.«

Den Sieg feierten wir ausgelassen. Schon in der Kabine kreiste der Spezi-Stiefel zum Soundtrack von Bon Jovi *(Keep The Faith)* und Captain Hollywood Project *(More And More)*. Später im Vereinsheim hielt Paschke eine Rede auf die Qualität einer Fußballmannschaft, die immer nur so schwach sei wie ihr schwächstes Glied. Bei *Glied* lachten wir alle.

»Im Ernst, Männer«, rief Paschke und hob sein Glas, »ich bin schon ganz schön angezündet, aber is doch klar wie Kloßbrühe: Eine geile Truppe, dat is, wat ihr seid! Habt ihr schomma 'nem nackten Mann in die Tasche gepackt? So muss sich unsan Harald heute gefühlt haben mit den ganzen Lazarett, ker! Aber wat macht unsan Harald? Er zaubert unsan Flitzpiepe hier«, er zeigte mit dem Finger auf mich, und alle jubelten, »von links hinten inne Spitze! Unsan Flitzpiepe! Wie ab der geht! Wie Gas der gibt! Aber auf die Idee musse ersma kommen – und dat is Trainertum vom Allerfeinsten, ey!«

Am folgenden Montag traf ich Akku an der Bushaltestelle. Er legte die Hand in meinen Nacken und lächelte mit der Sanftmütigkeit eines Geistesgestörten. Ich hatte nicht ganz so viel Angst vor ihm wie sonst. Ich fühlte mich einfach zu wohl in meiner Stürmerhaut.

»Kalli«, sagte er, »da habt ihr aber noch mal Glück gehabt am Samstag.«

Ich wusste inzwischen, dass er jedes Wochenende Geld auf uns wettete. Ich wusste nicht, wo und welche Summen und wie das bei uns in Diepenbusch überhaupt funktionieren sollte, aber er ließ mich regelmäßig wissen, was er von unserer Leistung im Allgemeinen und meiner Leistung im Besonderen hielt.

»Malaka«, sagte er, »du bist ein guter Stürmer, wer hätte das gedacht?«

Er lächelte, und seine weißen Zähne strahlten in der kalten Morgensonne. Eigentlich lächelte er ziemlich häufig, auch wenn er es nur selten so meinte.
»Ja, also«, stammelte ich, denn trotz meines neuen Selbstbewusstseins schlackerten mir in Akkus Gegenwart auf Dauer immer noch die Knie, »danke. War ganz gut, ja. Ja.«
Ich fragte mich schon seit geraumer Zeit, wie er immer so gut über unsere Spiele informiert sein konnte. Ich hatte ihn am Waldweg nämlich noch nie gesehen, obwohl ich mir das Publikum doch vor dem Anpfiff immer ganz genau anguckte. Vielleicht versteckte er sich im Gebüsch oder so.
»Aber gut«, sagte er, »nächste Woche Viktoria!«
Er reichte mir die Hand, fixierte mich und kniff seine dunklen Brauen zu zwei Halbmonden zusammen: »Ich bin gespannt, Malaka.«
»Joa«, ächzte ich, »ich auch ...«
Dann machte sich Akku vom Acker. Er nahm nie den Bus, er schlenderte immer nur wie zufällig und immer zur gleichen Zeit an der Haltestelle vorbei. Ich hatte mir schon oft überlegt, montags einen Bus später oder früher zu nehmen, nur um ihm nicht zu begegnen. Aber das wäre auffällig gewesen, und ich hätte vor der nächsten Begegnung mit ihm nur noch mehr Bammel gehabt.
Bis zum nächsten Wochenende ritt ich mit der Erinnerung an meine Leistung auf einer Euphoriewelle, die einfach nicht brechen wollte. Es war einfach alles geil. Sogar in der Schule, die ich sonst nur in gelangweiltem und/oder komatösem Zustand ableistete, drehte ich auf. Ich beteiligte mich so angeregt am Unterricht, dass Herr Pianka, unser Klassenlehrer, mich am Freitag nach der letzten Stunde zur Seite nahm und fröhlich fragte, ob bei mir alles in Ordnung sei. Wie immer stank er nach Alkohol, ich tippte auf Korn. Herr Pianka sah immer aus wie ein heruntergekommener Säufer, alle fanden ihn ekelhaft,

aber er war immer klar im Kopf und der netteste Lehrer von allen.
»Aber natürlich«, flötete ich, »warum fragen Sie, Herr Pianka?«
»Du wirkst wie ausgewechselt«, sagte er. Wenn meine Mutter das wüsste, dachte ich, wie gut mir so ein Spiel wie am letzten Samstag tut, dann würde sie nicht immer so ein Theater machen wegen der Fortuna.
»Es geht mir einfach gut«, sagte ich.
Pianka lachte, dass ihm die Schuppen aus den grauen Haaren auf sein blaues Jackett rieselten. Herr Pianka hatte schneeflockengroße Schuppen, die sich im Nacken und auf den Schultern wie auf einem Bergwipfel anhäuften. Außerdem hatte er kleine Schuppen in seinem Oberlippenbart. »Tust du mir einen Gefallen, Junge? Lässt du es dir bitte weiter so gutgehen?«
Das war leider zu viel verlangt. Im Derby gegen Viktoria reichte es am nächsten Wochenende nur zu einem schmeichelhaften 0:0. Ich machte keinen Stich im Sturm, ich spielte wirklich schlecht. Es war eines dieser Spiele, in denen von der ersten bis zur letzten Minute überhaupt nichts funktioniert – weder bei mir noch beim Rest der Mannschaft. Mit dem Unentschieden waren wir gut bedient.
Ich hatte meine einmalige Chance als Stürmer vertan. Ich hatte die Chance vertan, den Polen zu verdrängen. Ich hatte die Chance vertan, das erste Tor meiner Karriere zu erzielen. Mein kurzer Durchbruch hatte ein jähes Ende genommen.
Am Montag danach steuerte Akku an der Bushaltestelle direkt auf mich zu. Er legte die Hand in meinen Nacken, und mir wurde ganz schwindlig vor Schreck.
»Malaka«, sagte er und lächelte fies, »ich danke dir.«
»Wofür?«, ächzte ich.
»Fürs Unentschieden«, sagte er. »Ich wusste, dass du keine zwei Spiele hintereinander so aufdrehst. Also habe ich mal null null getippt. Und siehe da …«

Malaka, dachte ich! Was für eine Frechheit! Wieso *wusste* er bitte schön vorher, dass ich keine zwei Spiele so aufdrehen würde? Das konnte doch keiner wissen! Damit hatte doch noch nicht einmal ich selbst gerechnet! Was für eine Frechheit!

»Ach so ... na, das freut mich.«

Er klapste mir auf die Wange. »Bis nächste Woche, Malaka.«

»Ja, na klar«, stotterte ich, »tschööhööö.«

Am darauffolgenden Wochenende gegen den FC waren Matze und der Pole wieder fit, ich kehrte zurück auf links hinten, Sinisa saß wieder mit einem Twix in der Hand auf der Bank. Ich wusste jetzt, wie schnell es gehen kann. Gegen den FC trafen Matze und Mokka zum 2:1-Sieg. Ich spielte auf meiner alten Position viel unspektakulärer als noch in den Wochen vor meinem kurzen Durchbruch.

In der Schule fragte Herr Pianka mich ein paar Tage später erneut, ob alles in Ordnung sei – diesmal mit sorgenvoller Miene.

»Aber natürlich«, seufzte ich, »warum fragen Sie, Herr Pianka?«

Zu geil für diese Welt

SAISON 1993/94 (C-JUGEND)

Alicia

Mein erstes Mädchen hieß Alicia Silverstone. Sie war die Erste, mit der es mir wirklich ernst war. Ich begegnete ihr irgendwann im Herbst 1993 zum ersten Mal. Sie war im Fernsehen, ich hockte davor. Sie spielte die Hauptrolle in zwei Musikvideos der amerikanischen Rockband Aerosmith. Die Songs, *Cryin'* und *Amazing,* waren verdammt gute, Blues-lastige Hardrock-Songs (auch wenn ich solche Kategorisierungen damals natürlich noch nicht vornahm), aber sie wurden erst durch ihre Videos so legendär, dass ich mich bis heute fast fotografisch an sie erinnere.

In *Cryin'* haute Alicia ihrem untreuen Freund auf die Schnauze, ließ sich ein Tattoo auf die Brust stechen, den Bauchnabel piercen, und am Schluss sprang sie Bungee von einer Highway-Brücke. Die letzte Szene direkt nach dem Sprung, wie sie am Seil über den vorbeirasenden Autos baumelt und ihrem von oben herunterstaunenden Ex den Fickfinger zeigt, wurde zur Ikone.

Ich verliebte mich sofort in Alicia. Aus der *Bravo* erfuhr ich, dass sie knackige vier Jahre älter war als ich, was ich schon mal total geil fand – keine Ahnung, warum. Schließlich hatte ich keinerlei Erfahrung und wäre ihr – diesem wilden, zügellosen, verruchten Ding – überhaupt nicht ebenbürtig gewesen. Ich war schließlich nicht Goran, der seinerzeit schon hin und wieder auf ältere Mädchen zusteuerte und ihnen seinen Stan-

dardspruch »Ich bin Goran – und wie geht deine Hose auf?« vor den Latz knallte.
Wäre ich Alicia damals mit meinen dreizehn Jahren tatsächlich irgendwie, irgendwo, irgendwann einmal begegnet, ich wäre wahrscheinlich schreiend davongelaufen. In der Realität wäre sie viel zu viel Frau für mich gewesen. Aber dem Pornokino in meinem Kopf war das total egal.
Als sie mir wenig später im Clip zu *Amazing* erneut lüsterne Blicke zuwarf, war meine Wiedersehensfreude entsprechend groß. In ultraknappen Jeansshorts und weißem Tanktop wartete sie in der Wüste auf eine Mitfahrgelegenheit und schwitzte dabei leicht – ich weiß nicht, ob ich in meinem Leben jemals etwas Schwüleres, etwas Heißeres gesehen habe als Alicia in *Amazing*. Im Video ließ sie sich von einem Typen mit Motorrad aufgabeln und machte anschließend so wild und hemmungslos mit ihm herum, dass in meinen Augen sogar die Skydiving-Szene über dem Canyon am Schluss verblasste. Nicht selten kam ich beim Anblick dieses Jahrhundertclips so vorzeitig wie der ansonsten sehr beneidenswerte Kerl, auf dessen Schoß sie saß und der während der Kussszene im Video – höchst symbolisch, versteht sich – vor Erregung seinen Softdrink verschüttete.
Es war die Zeit, in der wir die Vorzüge von Videorekordern entdeckten. Im Nachtprogramm der Privatfernsehsender liefen in den Neunzigern noch (leicht entschärfte) Hardcore-Pornos, in denen schwitzende Schnurrbartträger vor Vergnügen jauchzende Vollweiber von hinten nahmen. Vom *Schulmädchen*-Report oder von den bayerischen Bumsklamotten à la *Unterm Dirndl wird gejodelt* mit Peter Steiner und Konsorten mal ganz zu schweigen.
Alles hatte jedoch mit *Basic Instinct* begonnen. Der Thriller von Regisseur Paul Verhoeven war eines der ganz großen Filmereignisse des Jahres 1992. Im Mittelpunkt der medialen Be-

richterstattung standen die – angeblich ungeheuerlichen – Sexszenen der beiden Hauptdarsteller Sharon Stone und Michael Douglas. Ich las jeden *Basic-Instinct*-Artikel, den ich in die Finger kriegen konnte. Die *BILD* berichtete, dass der Sex von Stone und Douglas angeblich nicht gespielt war, sondern echt. Richtiger, purer Sex! Unglaublich. Darüber hinaus drehte sich alles um eine besonders scharfe Szene, in der Sharon Stone während eines Verhörs die Beine übereinanderschlägt und den Polizeibeamten (und den Kinozuschauern!) einen Blick auf ihre Muschi erlaubt. Der ganze Hype heizte mich unglaublich an. Unsere Deutschlehrerin Frau Kampmann fragten wir damals in einem anderen Zusammenhang, wann sie das letzte Mal mit ihrem Freund im Kino gewesen sei (wir machten uns damals immer wieder gerne einen Spaß daraus, die jüngeren Lehrer mit privaten Fragen zu löchern). Frau Kampmann sah gut aus, sie war groß, mit braunen Locken, einem breiten Becken und riesigen Brüsten, und sie war sehr jung im Vergleich zu allen anderen Lehrern, Anfang dreißig höchstens. Aber das Beste an ihr waren eindeutig ihre Brüste, genau wie bei Manuela.

Mein Klassenkamerad Viktor sagte eines Tages über Frau Kampmann: »Mich fasziniert an ihren Möpsen, dass sie echt groß sind. Das einzige Negative ist, dass sie ein bisschen hängen.«

Damit brachte er es auf den Punkt.

»In *Basic Instinct*«, antwortete Frau Kampmann allen Ernstes auf unsere Kinofrage, und ich werde ihr verschmitztes, beinahe diabolisches Lächeln für den Rest meines Lebens nicht mehr vergessen.

Auf die Nachfrage, wie ihr der Film gefallen habe, sagte sie nur: »Ihr habt auf jeden Fall etwas verpasst …«

Wahnsinn, diese Frau Kampmann! Ich wette, alle Jungs in der Klasse waren in dem Moment ganz scharf auf sie.

Auch bei uns in der Mannschaft war *Basic Instinct* das beherrschende Thema, lange vor dem legendären Pamela-Anderson-Poster, das über Jahre in unserer Kabine hing. Keiner von uns hatte *Basic Instinct* gesehen, aber alle wollten unbedingt.
»Mein Papa geht mit mir ins Kino«, kündigte Goran zwar immer mal wieder großspurig an, doch daraus wurde dann irgendwie doch nie was.
Volkan verstand den Wirbel um Sharon Stone nicht (»Die Alte ist doch schäbig wie die Nacht!«), aber wir verstanden den sonst so geschmackssicheren Volkan nicht. Sharon Stone war superheiß!
»Ich werde später auch Schauspieler«, versprach Martin derweil mit seinen großen Glubschaugen, voller Neid auf Michael Douglas, »dann ficke ich einfach auch alle geilen Weiber!«
Etwa ein Jahr später erschien *Basic Instinct* endlich auf Video. Eine Raubkopie ging bei uns in der Mannschaft herum, jeder durfte das Band, das Frank von seinem Vater geliehen hatte (Dieter Schöner erlaubte seinem Sohn einfach alles!), einmal mit nach Hause nehmen. Es erforderte viel Fingerspitzengefühl, während des Verhörs im richtigen Moment den Pausenknopf zu drücken. Aber es lohnte sich allemal. Sharon Stones Muschi war die erste Muschi, die ich in meinem ganzen Leben gesehen habe.
Gut fünfzehn Jahre später guckte ich mir den Film, den ich damals nur zu den heißen Szenen vorgespult hatte, etwas weniger hormongesteuert noch einmal an. Dabei stellte ich fest, dass die heißkalte Sharon Stone nicht nur wegen der Sexszenen eine der erotischsten Vorstellungen der Hollywoodgeschichte abgeliefert hatte (Wie sie redete! Wie sie sich bewegte!! Wie sie rauchte!!!). Vor allem aber musste ich anerkennen, dass es sich bei *Basic Instinct* um einen hochspannenden, handwerklich überragend gemachten Thriller handelt, der jedem Test der Zeit standhält.

Fast jeder in unserer Mannschaft pflegte – vor den Eltern streng geheim gehaltene – Archive mit VHS-Kassetten, auf deren Rücken wir zur Tarnung *Roseanne* oder *Parker Lewis* notierten. Stattdessen fanden sich auf den Bändern natürlich ausschließlich Wichsprogramme, von denen ich viel lernte: *Hot Desires* 1–7 (oder wie Mokka es immer aussprach: *Hot Désirées*), *Night Heat* oder *Spiele der Lust*. Ich saugte diese Filme förmlich auf. Es war auch die Zeit, in der ich mir endlich beibrachte, wie ich mir mit der Hand und selbstbestimmt einen runterhole, anstatt mich wie ein gestrandeter Fisch auf der Matratze bis zum Höhepunkt zu reiben oder einfach nur völlig unerwartet aus einem feuchten Traum zu erwachen.
Meine Clique bestand damals aus Mokka, Bum-Bum und mir, und unser beliebtester Zeitvertreib war das Kekswichsen, das Mokka sich bei der Clique seiner älteren Brüder abgeguckt hatte. Wir trafen uns immer bei mir, weil ich in unserem Reihenhaus einen großen Spielkeller hatte, in dem eine Modelleisenbahn und ein Fernseher mit Videorekorder und Super Nintendo standen. Hier hatten wir unsere Ruhe, die anderen wohnten schließlich nur in kleinen Wohnungen. Jeden Sonntagvormittag oder -nachmittag kamen Mokka und Bum-Bum also zu mir in den Keller. Meiner Mutter erzählten wir, dass wir die Basketballsendung *Jump Ran* (mit dem lässigen Lou Richter) auf SAT.1 guckten (vormittags) oder Mario Kart und NHL 94 spielten (nachmittags). Stattdessen sichteten wir das Material, das ich in den beiden Nächten zuvor heimlich aufgenommen hatte. Auf den Couchtisch vor uns legten wir drei Kekse, meistens Spritzgebäck (kein Gag!), einen für jeden. Ich schmiss einen der Filme an, wir ließen die Hose bis zu den Knien runter und begannen zu schrubben. Wer als Erster seinen Keks vollgewichst hatte, war der Gewinner. Der Verlierer, meistens Mokka, musste die Kekse der anderen essen. Es war eine Zeit, in der jeder Samenerguss für uns ein absolutes Wun-

der unserer ganz persönlichen Natur darstellte und jeder Orgasmus ein so unbeschreibliches Gefühl, das man am liebsten für immer, mindestens aber fünfmal hintereinander erleben wollte. Innerhalb einer Stunde spritzten wir mehrmals ab, zwischendurch verglichen wir voller Bewunderung unsere wunden Schwänze. Bum-Bum, dem beim Wichsen immer die Brille beschlug, hatte den kleinsten, aber bei ihm kam am meisten raus, Mokka hatte den längsten, ich den dicksten. Jeder hatte also seine Qualitäten. So konnte glücklicherweise kein Neid aufkommen.

»Pervers dicker Schwanz«, staunte Mokka, »nicht schlecht, Bruder.«

»Sagt mal ehrlich«, sagte Bum-Bum irgendwann, »glaubt ihr wirklich, dings, dass die Erwachsenen genauso ficken wie die Leute in den Filmen?«

»Halt's Maul und spritz auf dein Gebäck«, fuhr Mokka ihn an, und wir lachten.

Ich fragte mich, mit was für abartigen Spielchen sich wohl Kerle wie Goran oder Martin die Zeit vertrieben, wenn schon wir – Mokka, Bum-Bum und ich –, die schüchternsten, bravsten und unscheinbarsten Vertreter unserer Truppe, regelmäßige Kekswichsorgien veranstalteten.

Aber zurück zu Alicia: Niemand sah in Karohemd, zerfetzten Hosen und klobigen Doc Martens seinerzeit so atemberaubend sexy aus, auch nicht Winona Ryder, und niemand wirkte gleichzeitig so gelangweilt und so geil wie sie. Noch während der *Heavy Rotation* von »Amazing« auf MTV und VIVA war ich ihr hoffnungslos verfallen.

Doch schon kurz darauf traf ich Melanie, und alles wurde anders.

Alicia machte zunächst weiter wie bisher, spielte auch im nächsten Aerosmith-Clip *Crazy* im Frühjahr 1994 eine höchst laszive Rolle an der Seite von Liv Tyler, der Tochter des Aerosmith-Sängers Steven Tyler. Später wurde sie ein begehrter Jungstar mit ihrer Rolle in dem Kultfilm *Clueless,* außerdem gab sie das Batgirl in *Batman und Robin.* Heute ist sie Tierschutzaktivistin und mit dem Sänger einer unbekannten Rockband verheiratet. Sie ist immer noch eine mittelgroße Nummer in Hollywood, aber ich fand sie nie wieder so rattenscharf wie auf dem Motorrad in *Amazing.* Sie wird für immer mein erstes Mädchen bleiben, damals, in der Saison 1993/94.

Mit 14

Plötzlich feierten wir Partys. Wir holten alles nach, was wir uns auf den Freibier-Partys jahrelang verkniffen hatten, während wir brav am Spezi-Stiefel nuckelten.

»Wenn wir feiern gehen, bleibt nix mehr trocken«, rief Martin gerne.

In Mannschaftsstärke stürmten wir Geburtstage von Möchtegern-*Beverly-Hills-90210*-Cliquen, auf denen oft eigentlich nur einer von uns offiziell eingeladen war. Oder Unterstufenpartys, auf denen ohne uns nur Klammerblues zur Kelly Family getanzt worden wäre. Wir waren so beliebt wie gefürchtet, weil es mit uns nicht langweilig wurde und weil wir für gute Laune sorgten, aber manchmal eben auch was zu Bruch gehen konnte. Na gut, fast immer.

Irgendwo als Gang aufzukreuzen, fand ich super. Sich über die anderen Jungs zu definieren war ein geiles Gefühl. Wir tauchten zu zehnt in einer Kneipe auf, und alle wussten genau: Die gehören zusammen. Das war ein Riesenspaß.

Meistens bildeten wir mitten auf der Tanzfläche einen sogenannten *Türkenkreis* (der Name war natürlich mal wieder eine Kreation des Polen), und nacheinander musste jeder von uns in die Mitte des Kreises und abliefern: Tanzen, breaken, Purzelbaum – je bescheuerter die Moves, desto besser, während der Kreis kräftig anfeuerte und »Go, Ali, go, Ali!« grölte. Diese Art der Tanzflächenvereinnahmung hatten wir uns in der Bahnhofsdisco von Diepenbusch bei Akku und seinen Gangsterkollegen abgeguckt.

Wenn wir mit der Fortuna unterwegs waren, galt die Hierarchie innerhalb der Mannschaft nicht mehr viel, am Glas oder am Joint oder an der Bong waren wir alle gleich, sogar Bum-Bum und ich gehörten dazu, nur Mokka trank keinen Tropfen

Alkohol: »Aus religiösen Gründen«, wie er ständig ungefragt betonte. Wir vermuteten, sein strenggläubiger Vater hätte ihm die Zunge abgehackt, wenn Mokka angesoffen nach Hause gekommen wäre. Manche vermuteten auch ganz andere Beweggründe für Mokkas Abstinenz.

»Bist du schwul?«, fragte Martin ihn irgendwann. »Oder warum trinkst du nichts?«

Unsere Hierarchie war im Nachtleben weitestgehend außer Kraft gesetzt, trotzdem spielte jeder seinen Part, man konnte die Uhr danach stellen: Frank hockte missmutig an der Theke und soff und beleidigte jeden, der ein Gespräch mit ihm anfangen wollte; Bum-Bum wurde mit jedem Tropfen Alkohol wilder und ekstatischer auf der Tanzfläche, außerdem plapperte er plötzlich wie ein Wasserfall und stockte dabei gar nicht mehr so krass – die ganze Mannschaft hatte große Freude an dem sonst so stillen Vertreter unserer Truppe, während ich mich manchmal fast ein bisschen für ihn schämte; der Pole hatte nichts als Spaß in den Backen, spielte jedem einen Streich (Strohhalm klauen, Zigarette falsch herum anzünden, Eiswürfel in den Ausschnitt packen) und spritzte zu später Stunde mit dem Bier herum wie ein Formel-1-Gewinner; und dass Martin zu fortgeschrittener Stunde irgendeinen Fremden (nie einen von uns!) anpöbelte, danach konnten wir die Uhr stellen.

Ich war wahrscheinlich der Unauffälligste, denn obwohl ich viel trank, viel rauchte und ab und zu auch an der Bong am Start war, hatte ich mich ganz gut im Griff. Ich war zwar klein, aber ich vertrug ganz schön viel. Vielleicht lag das auch daran, dass ich diese Nächte so sehr genoss, den warmen Rausch, den Rauch, das Rastlose, alles war so neu und intensiv und so viel besser als nüchtern. Vor allem Melanie, die Ultrabrutalschöne, die damals auch ständig unterwegs war und auf allen Partys von allen angehimmelt wurde, weil sie so wunderschön war, weil sie der Himmel war, weil sie das perfekte Wesen war. Sie war groß, fast so groß wie ich, trotzdem zart, fast zerbrechlich, hatte lange Beine und dünne blonde Haare, ein Trichtergesicht wie Kate Moss, einen Hintern wie eine Hockeyspielerin, einen spitzen Mund und Porzellanhaut. Ihre Brüste schienen eine perfekte Handvoll zu sein, und ihr bereits erwähnter extrem niedlicher Arsch war knackiger als ein Pink-Lady-Apfel. Sie ging in die 7a, ich in die 7b, und ich zog ernsthaft in Erwägung, einen Klassenwechsel zu beantragen, um ihr endlich näher zu sein, sie endlich jeden Tag zu sehen, sie endlich ansprechen zu können. Ich ärgerte mich, dass sie nicht eine Stufe unter mir war – dann hätte ich einfach sitzenbleiben können.

Melanie setzte sogar ungeschriebene Gesetze außer Kraft: Sie war so atemberaubend, dass sie von den anderen Jungs nicht hinter ihrem Rücken zum Sexobjekt degradiert wurde. Keiner redete in Phrasen wie »Über die würde ich gerne mal drüber« oder »Die würde ich gerne mal durchziehen« über sie, ihre Aura war zu respekteinflößend. Sie hatte zu viel Klasse. Und sie war so schön, dass uns die Augen tränten. Ich wusste, dass alle anderen Jungs genau so scharf auf sie waren wie ich, aber keiner sagte was.

Aber nicht nur dank Melanie fühlten sich die Partys in Diepenbusch an wie ein Traum, wie in Trance. Die Nächte jener Zeit waren zu vergleichen mit dem perfekten Spiel auf dem Fußballplatz. Auf einer guten Party, mit der richtigen Musik, schien die Welt so viel größer und weiter als sonst. Ich merkte, dass es so viel mehr gab als Fußball und die Fortuna und Diepenbusch, viel mehr als Fischstäbchen und die *MTV European Top 20*. Es war die wichtigste Erkenntnis meines Lebens. Meine Konstante war jetzt, dass es keine Konstante mehr gab, dass ich keine Konstanten mehr brauchte. Im Gegenteil: Alles glänzte so schön neu.

Und die Musik, sie ging mir durch alle Glieder, vom Kopf bis in den Schwanz! Es war die Zeit von *What Is Love* (Had-

daway), von *All That She Wants* (Ace of Base), von *No Limit* (2 Unlimited, mit dieser unglaublich scharfen, großbusigen Sängerin), von *Somebody Dance With Me* (DJ Bobo), von *Saturday Night* (Whigfield), von *United* (Prince Ital Joe feat. Marky Mark), von *Eins Zwei Polizei* (Mo-Do) oder auch von *I'd Do Anything For Love (But I Won't Do That)* (Meat Loaf, für den obligatorischen Klammerblues zwischendurch).
Fürchterliche Songs, aber ich bekomme noch heute eine nostalgische Gänsehaut, wenn ich diese Musik höre. Vielleicht lag es daran, dass ich inzwischen vierzehn war. In einer Folge der amerikanischen TV-Serie *Criminal Minds* heißt es, dass der Mensch die Musik nie wieder so intensiv wahrnimmt wie mit vierzehn. Deshalb ist unsere Lieblingsmusik für immer jene Musik, die wir mit vierzehn gehört haben.
Als Lieblingsmusik würde ich die oben genannten Songs zwar nicht gerade bezeichnen, aber wie gesagt: nostalgische Gänsehaut. Und es gab 1994 auch noch ein paar andere Kracher, zuvorderst natürlich Green Day und The Offspring – die neue Punkrock-Doppelspitze aus den USA. Ohne die Superhits *Basket Case* und *Self Esteem* ist bis heute keine bierselige Pogo-Party perfekt – damals erst recht nicht. Die schlichten Bretter sorgten für ein wenig durchgedrehte Entspannung bei all dem schwermütigen Gitarrengeschrammel von Bands wie Pearl Jam (1994: *Nothingman*) oder Soundgarden (1994: *Black Hole Sun*), ohne Zweifel ebenso großartige Gruppen. Aber solange eine Gitarre im Spiel war, war ich inzwischen ohnehin nicht mehr zu halten, egal ob Pearl Jam oder Green Day oder Aerosmith. Sogar die Vorzüge von Nirvana hatte ich längst lieben gelernt.
Ich liebte Punk und Grunge und Metal, einfach harten Rock. Ich liebte es, auf der Tanzfläche wie ein Flummi hin und her zu hüpfen und dabei in Ekstase auf der Luftgitarre zu spielen. Heute gibt es sogar Weltmeisterschaften im Luftgitarrespielen,

aber damals in Diepenbusch war das noch meine Erfindung: Zigarette im Mundwinkel wie Slash, leicht gebeugte Haltung und ein paar ordentliche Riffs und Soli mit der imaginären Fender Stratocaster auf Gürtelhöhe gespielt – fertig war die perfekte Pose. Besonders, wenn ich betrunken war, spielte ich mich auf der Luftgitarre regelmäßig in einen Rausch, so dass sich meine Mannschaftskameraden immer lustig machten über mich. Auch meine Haare waren den Igeljahren endlich entwachsen und wurden länger und fettiger. Bald darauf trug ich sogar einen Zopf.

Ich war wirklich kein Tänzer, aber wenn ich die Luftgitarre umhängen hatte, machte ich stets eine ziemlich gute Figur auf der Tanzfläche.

Das wusste ich spätestens nach der Party im JuZ am Heußweg, dem zwielichtigen Heimatghetto von Martin. Im JuZ, das sich im Keller eines der beiden Hochhäuser am Heußweg befand, trafen sich einmal im Jahr alle Jahrgangsstufen aller weiterführenden Schulen aus Diepenbusch zur legendären Sause *JuZ und Dollerei,* die dafür berüchtigt war, dass dort alle Dämme brachen.

Es begab sich auf meiner allerersten *JuZ und Dollerei,* als ich zum unvermeidlichen Kuschelstandard *Nothing Else Matters* von Metallica (der Band, nicht unserem DJ Frank …) einen astreinen Auftritt an der Luftgitarre hinlegte, während sich um mich herum schmusende Pärchen in den Armen lagen. Ich war betrunken genug, dass es mir egal, meine Performance aber gleichzeitig leidenschaftlich war – eine ziemlich unwiderstehliche Kombination, wie sich herausstellen sollte. Denn als die letzten Akkorde der Ballade verklungen waren und der Rausschmeißer *Return To Innocence* von Enigma einsetzte, klopfte mir ein zarter Zeigefinger von hinten auf die Schulter. Ich drehte mich um, und mein Herz setzte kurz aus, nur um anschließend im Schweinsgalopp weiterzuspringen.

Ich hatte Melanie seit Stunden nicht mehr gesehen, hatte gedacht, sie wäre längst nach Hause gegangen. Vorher hatte ich sie selbstverständlich kaum aus den Augen gelassen und mich doch einmal mehr nicht getraut, sie anzusprechen.
Jetzt stand sie plötzlich vor mir mit ihren großen grünen Augen und ihrem verschmitzten Gesichtsausdruck, der ihre Lippen ganz dünn, aber nicht weniger küssenswert erscheinen ließ, und sie sagte: »Darf ich auch mal auf deiner Luftgitarre spielen?«
Und dazu lächelte sie so umwerfend und selbstbewusst, wie sie nur lächeln konnte, weil sie ganz genau wusste, was für einen geilen Spruch sie gerade gebracht hatte.

In Amiland

Woanders is' auch scheiße«, predigte Patron Paschke immer.
Warum denn in die Ferne schweifen, in Diepenbusch hatten wir doch alles, was wir zu einem guten Leben brauchten. Wir hatten die Fortuna, hübsche Mädchen (Melanie!), intakte Elternhäuser (ich zumindest), und mit Dortmund war die nächste Großstadt nur einen Katzensprung entfernt. In Dortmund hatten wir alles, was es in Diepenbusch nicht gab: Discos, dreispurige Straßen, das Westfalenstadion, solche Sachen.
Aber es gab natürlich auch Ausnahmen. Orte, die eine andere Hausnummer waren als Diepenbusch. Im Frühjahr 1994 kehrte Familie Schöner – Frank und seine Eltern Dieter und Angelika – nach den Osterferien von einer dreiwöchigen USA-Rundreise zurück. Die USA waren sowieso das Größte! Vielleicht lag es daran, dass kein Land der Erde für die Bewohner eines Dorfes wie Diepenbusch die große, weite Welt besser repräsentierte als die (damals noch von Bill Clinton regierten) Vereinigten Staaten. Alles, was aus den USA kam, schien stärker, spektakulärer, visionärer, geiler, weiter entwickelt als die provinziellen Pendants aus Deutschland: die Fernsehsendungen, die Filme, die Klamotten, die Coolness, die Sprache, einfach alles. Sogar der Sport: Gebannt verfolgten wir im Fernsehen die Berichterstattung aus den amerikanischen Profiligen, das knallharte Eishockey der NHL auf dem Sportkanal, den brillanten Basketball der NBA im DSF, dazu American Football und Baseball, die allerdings wegen schwieriger Regeln und langweiliger Spielverläufe nur vorgetäuschtes Interesse bei uns hervorriefen (was wir natürlich nie zugegeben hätten, denn die USA und ihre Kultur zu beleidigen wäre einer Gotteslästerung gleichgekommen). Längst waren wir alle gut ausgestattet mit

Fanartikeln, wir trugen Baseballkappen der New York Yankees (gerne auch verkehrt herum), viel zu große Football-Trikots der Dallas Cowboys (bevorzugt jenes von Running-Back-Superstar Emmitt Smith, der sein Team damals Jahr für Jahr zum Superbowl führte) und spacige Michael-Jordan-Schuhe von Nike. In unseren Outfits sahen wir aus wie Clowns. Außerdem tauschten wir sogenannte Trading Cards von Upper Deck, die es im Zuge des kurzen NBA-Booms Mitte der Neunziger bis nach Deutschland geschafft hatten, eine Art amerikanische Version von Panini. Hier wurde Chris Webber gegen Grant Hill getauscht, Legenden-Karten von Larry Bird gegen jene von Magic Johnson, ein Shaquille O'Neal gegen fünf Point Guards aus Miami, Milwaukee oder Minnesota.

Wir hörten vermehrt Rap von der Ostküste, Kabinen-DJ Frank aka Metallica und unsere Gangster-Fraktion um Goran und Martin hatten die jungen HipHop-Durchstarter wie Nas, The Notorious B.I.G., 2Pac oder den Wu-Tang-Clan für sich entdeckt, entsprechend dröhnten in jenen Tagen Hits wie *Life's A Bitch, Juicy, Dear Mama* oder *Protect Ya Neck* durch die Kabine, während Goran dazu in der Dusche seinen Schwanztanz aufführte und wir anderen Jungs betont lässig mit dem Kopf nickten, während wir uns die Eier einseiften. Mitrappen (wie noch bei Kris Kross) konnte keiner, die Texte waren selbst für unser übliches Kauderwelsch zu anspruchsvoll.

Wir alle liebten Amerika, ohne jemals dort gewesen zu sein. Bis die Schöners den Schritt über den großen Teich als Erste wagten. Vater Dieter hatte nach eigener Aussage mehrere Jahre gespart, um seiner Frau und seinem Sohn die Reise ihres Lebens zu spendieren. Sie brachen Mitte März auf und kamen in der ersten Aprilhälfte zurück, die kompletten Osterferien verbrachten sie in den Staaten. Ihre Reise führte sie von New York über Philadelphia (seinerzeit weltberühmt als Schauplatz des Hollywood-AIDS-Dramas *Philadelphia* mit Tom Hanks und

Denzel Washington) und Chicago bis an die Westküste (San Diego, Los Angeles, ein Abstecher nach Las Vegas, anschließend San Francisco). Warum ich mich noch so genau an die Route einer Reise erinnern kann, an der ich überhaupt nicht teilgenommen habe? Weil mir (wie allen anderen Mannschaftskameraden auch) damals noch Monate danach von dieser Reise erzählt wurde: von Frank, der aus Malibu ein riesiges Poster von Pamela Anderson im roten *Baywatch*-Anzug mitgebracht hatte, das er eines Tages bei uns in der Kabine an die Wand klebte; aber auch von Franks Vater Dieter, der fortan auf jeder Freibier-Party mit Anekdoten »aus Amiland«, wie er stets sagte, aufwartete.

Mit offenen Mündern lauschten wir den Geschichten aus dem gelobten Land. Ich erinnere mich noch genau an einen Abend in der *Klause,* nach dem Heimspiel gegen den DFC (2:0, zweimal Matze). Die Mitspieler waren längst weg, die Freibier-Party fast vorbei, hinter der Theke räumten Manni und Manuela bereits auf. Nur Dieter saß noch am Tresen, rauchend und ein Ahlenfelder vor sich. Ich saß in rund zwei Meter Sicherheitsabstand neben ihm auf meinem Hocker und wartete darauf, dass mein Papa mich endlich abholen würde. Weil Mama aber zur Stunde noch einen kleinen Auftritt mit ihrer Lambada-Truppe auf einer brasilianischen Großraumparty in den Westfalenhallen zu absolvieren hatte, kam Papa nicht gleich.

Den ganzen Abend hatte ich Manni und Manuela, aber vor allem Manuela, beim Zapfen zugeschaut, doch langsam hielt ich es nicht mehr aus. Ich wollte auch ein Bier!

Ich war inzwischen eigentlich jedes Wochenende volltrunken, aber hier in der *Klause* wollte ich mir nichts anmerken lassen. Weil meine Mannschaftskameraden alle längst weg waren, hatte ich immerhin den Spezi-Stiefel für mich.

Auch Manuela hielt ich langsam nicht mehr aus. Seit Stunden starrte ich sie an. Klar, ich war in Melanie verliebt, und vielleicht ging da sogar bald was zwischen uns, ich hatte ein gutes Gefühl. Aber Manuela war eine Frau, von der man den Blick nicht wenden konnte. Fand auch der angetrunkene Dieter, der sie mit wachsender Penetranz und unerschütterlichem Selbstvertrauen ansprach.

Wobei Dieters Geschichten aus den USA wirklich spannend waren. Und an jenem Abend packte er plötzlich die Sache mit dem Gewitter aus. Ich bin nicht der Typ für die ganz großen Töne, aber ich kann guten Gewissens behaupten, dass diese Anekdote mein Leben verändert hat.

»Ey, aber die Gewitter in Amiland«, raunte Dieter und guckte dabei Manuela an, »da geht nix drüber!«

Manuela legte den Lappen, mit dem sie in kreisenden Bewegungen über die Theke gewischt hatte, beiseite und beugte sich zu Dieter herüber. Es war kein Wunder, dass er sie die ganze Zeit anstarrte, während er seine Geschichten erzählte. Kein Mann konnte bei Manuelas Dekolleté weggucken. Jede Sekunde drohten die gewaltigen Brüste aus ihrem riesigen Ausschnitt zu fallen, wobei der Ausschnitt wahrscheinlich gar nicht so riesig war, bloß Manuelas Brüste so groß, dass sie jeden Ausschnitt riesig wirken ließen, beinahe sprengten. Manuelas spezieller Sex-Appeal, gerade für die älteren Stammgäste in der *Klause,* war die Tatsache, dass sie viel zu jung aussah für einen derartigen Busen. Sie war achtzehn, klein (die meisten von uns in der Mannschaft waren größer als sie) und gertenschlank, kindliches Gesicht, aber diese riesigen Brüste ... leicht nachzuvollziehen, dass sie in all den Jahren als Sexsymbol am Waldweg galt. Nicht nur mangels Konkurrenz.

»Erzähl!«, hauchte Manuela, denn sie hatte es drauf, jedem der anwesenden Männer das Gefühl zu geben, gerade ihn und seine Geschichten besonders interessant zu finden. Es ging hier schließlich auch ums Trinkgeld. Dieter raffte es nicht, oder es war ihm egal, oder er ging ihr nur zu gerne auf den Leim. Jedenfalls steckte er sich eine Zigarette an, inhalierte bis zum Krächzen, pfiff den Rauch unter die Decke und hob an: »Diese Gewitter, hömma, ich weiß gar nicht, wie ich die am besten beschreiben soll …«

Er hielt kurz inne, Manuela lehnte sich ein paar Zentimeter weiter nach vorne und drückte die Brüste zwischen ihren Oberarmen noch ein wenig fester zusammen.

»… zum Beispiel dieses Gewitter in Chicago, hömma, eines Abends, so gegen 23 Uhr, Geli und Fränkie-Boy schon am Pennen, weil wir den ganzen Tag *sightseeing* am Machen waren … egal, jedenfalls färbte sich der Himmel über *The Loop* in ein gleißendes Orange. Plötzlich brodelte die Stadt noch mehr als sonst. Die Luft flirrte wie in *Jurassic Park,* als sich die Dinosaurier erstmals nähern, kennst du die Szene?«

Dieter konnte richtig bildgewaltig werden.

»Als würden sich die Spannungen der ganzen Stadt zusammenbrauen, um sich kurz darauf zu entladen. Das war Apokalypse jetzt, ey.«

Fast philosophisch faselte er daher, sobald er besoffen war und eine Frau beeindrucken wollte.

»Der Regen, die Blitze und der Donnerhall, der daraufhin folgte, waren mit keinem Erlebnis zu vergleichen, was ich jemals zuvor in meinem ganzen Leben erlebt hatte, hömma. Im Verlauf des Gewitters wurde es eher sogar noch heißer und feuchter. Und ich stand nackt auf dem Balkon meines Hotelzimmers und starrte in den Weltuntergang! Es hätte mich nicht wirklich überrascht, wenn sich die Erde plötzlich aufgetan und die ganze Stadt verschluckt hätte. Und was machen Geli und Fränkie-Boy? Pennen seelenruhig weiter, hömma! Wie die Leichen.«

Er lachte laut und heiser auf. »Hömma, glaubst du das?«

Manuela rang sich ein Lächeln ab, aber ich sah ihr an, dass sie die Story nicht besonders beeindruckend fand.

»Das ist echt ganz schön beeindruckend«, sagte sie mit ihrem strahlenden Lächeln, bevor sie mit dem Lappen wieder Kreise über den Tresen zog.

»Da kamen zwanzig Blitze auf ein Donner!«, setzte Dieter noch einen drauf, er war jetzt in Fahrt. Mich hatte er bereits überzeugt. Ich hatte eine Gänsehaut. Ich wollte plötzlich nirgendwo anders sein außer in Chicago, in Amerika, in *Amiland*. Für mich war das Gewitter, von dem Dieter erzählte, die Metapher einer Welt, in der ich leben wollte. Natürlich war das albern, denn ich hatte schon bei den harmlosen Gewittern in Diepenbusch eine Höllenangst. Einmal täuschte ich sogar Durchfall vor, um bei einem Spiel gegen den DSV während eines drohenden Gewitters nicht auflaufen zu müssen. Stattdessen durfte Micha ran. Ich blieb derweil lieber in der Kabine und futterte seine Twix-Riegel weg.

Natürlich gab es damals auch in Deutschland eine große Stadt mit beeindruckenden Gewittern, nämlich Berlin. Aber ich mochte Berlin nicht. Auf mich hatte Berlin so eine abschreckende Wirkung wie New York City auf Homer Simpson. Was bei mir, wie bei Homer, mit Kindheitserinnerungen zusammenhing, die ich mit dieser Stadt verband. Damals waren wir mindestens einmal im Jahr in Berlin gewesen, meistens in den Oster- oder Herbstferien, und hatten die drei Schwestern meines Vaters, also meine Tanten, besucht, die seit Kindertagen und immer noch in Zehlendorf wohnten. Mein Vater war gebürtiger Berliner, aber Anfang der Sechziger, kurz nach seinem Abitur, hatte er den Westen der frisch geteilten Stadt in Richtung Nordrhein-Westfalen verlassen – der Liebe und des Jobs wegen. Trotzdem konnte er nicht oft genug die sechs Stunden Autofahrt von Diepenbusch in seine Heimatstadt auf sich nehmen –, und meine Schwester und ich mussten natürlich mit. Auf mich, den ängstlichen Jungen, übte Berlin immer einen morbiden Brechreiz aus. Mich widerte die Tristesse der Transitstrecke an; die Hochhäuser von Neukölln, die mich immerhin an amerikanische Ghettos aus dem Fernsehen erinnerten; die Größe der Stadt und die Tiefe ihrer Abgründe. Von der familiären Atmosphäre, wie ich sie aus Diepenbusch und dem Rest des Ruhrgebietes kannte, war hier nichts zu spüren. Die Leute waren zwar ähnlich direkt und unfreundlich in ihren Ansagen, schienen aber keinerlei Herz zu haben, so kam mir das zumindest vor. Der Moloch hatte sie hart gemacht.

Einmal hatte mir ein Penner in der U-Bahn direkt vor die Füße gekotzt und mich anschließend ausgelacht, weil ich an diesem Hochsommertag nur Sandalen trug. Danach hatte er mit großen Augen und diabolischem Grinsen zu den Haltestellendurchsagen den Mund bewegt wie eine Kaulquappe, jedoch ohne einen Ton von sich zu geben:

Nächster Halt: Oskar-Helene-Heim.

Nächster Halt: Onkel Toms Hütte.

Nächster Halt: Krumme Lanke. Endstation.

Ich hatte solche Angst vor diesem Penner, ich war wie gelähmt.

Bei anderer Gelegenheit bestellte ich beim Bäcker ein normales Brötchen. Die Verkäuferin berlinerte mich, den achtjährigen Jungen, an: »Watt willste haaam?«

Ich zeigte auf die normalen Brötchen in der Auslage.

»'ne Schrippe willa haaam, der kleene Scheißa«, blökte sie, »na sach det doch, Mensch. Bei uns in Balin heeßt dat Schrippe, vastehße?«

Die anderen Kunden kicherten. Ich wäre fast zerbröselt vor Beschämung und schickte fortan auch für die kleinste Cola immer meinen Vater vor.

Am lebendigsten ist aber die Erinnerung an eine Taxifahrt in Berlin. Ich war zehn Jahre alt, als Papa und ich uns zum Flughafen Tegel fahren ließen, wo wir meine Tanten aus dem Rhodos-Urlaub abholen wollten. Der Taxifahrer war ein Türke, in seinem Wagen roch es nach Rauch, aber auch ein bisschen süßlich, wie Früchtetee.

»Ich bin der Mahmud«, verkündete er uns zu Beginn der Fahrt.

Auf dem Weg zum Flughafen ließ er uns ungefragt an seiner Weltsicht teilhaben. Ungerührt von der Tatsache, dass auf der Rückbank ein zehnjähriger Junge saß, beschimpfte er die anderen Verkehrsteilnehmer lauthals als Schwuchteln.

»Hast du keinen Blinker, du Schwuchtel?«

»Lass mich vorbei, du Schwuchtel!«

»Fahr zu, du Schwuchtel!«

»Mein Lieber«, unterbrach Papa ihn irgendwann, »muss das sein?«

»Was denn?«, fragte Mahmud.

»Na diese Ausdrücke!«, rief Papa.

Für einen Moment war Ruhe.

Schließlich wurde Mahmud konkreter: »Wusstet ihr, dass Schwule sich auch den Arsch lecken?«

Mein Papa zuckte zusammen.

»Entschuldigung«, rief Papa entsetzt, »aber da hinten sitzt mein kleiner Sohn, und der möchte so was nicht hören.«

Tatsächlich hatte ich so was damals noch nicht gehört, es war vor meiner Zeit bei der Fortuna. Aber Mahmud interessierte Papas Einwand nicht.

»Die lecken sich das Arschloch aus«, wiederholte er mit Ekel und Entsetzen in der Stimme. »Perverse Schweine sind das.«

»Mein Sohn sitzt da hinten«, wiederholte Papa mit ruhiger, fester Stimme.

»Das kann nicht schaden«, sagte Mahmud, »wenn er Bescheid weiß. Je früher die Kinder Bescheid wissen, desto besser.«

»Das kannst du mal lieber mir überlassen«, erwiderte Papa etwas lauter, »worüber mein Sohn Bescheid zu wissen hat und worüber nicht.«

»Hast du Angst, dass dein Sohn schwul wird?«, fragte Mahmud. Ich hatte keine Ahnung, wie er darauf kam. Warum sollte ich schwul werden? Und warum sollte mein Papa Angst davor haben? Papa drehte sich zu mir um: »Kalli, halt dir die Ohren zu!«
Wenig später knöpfte Mahmud sich die Frauen vor: »Sie sind die schlimmsten Fahrgäste. Sie wollen alle nur das eine.«
»Das ist ja kaum zu glauben«, rief mein Vater. »Was machst du denn hier für Fässer auf, Alter?«
Es war komisch, Papa so zu erleben. Er bot Mahmud die Stirn, er machte sich richtig gerade. So hatte ich ihn noch nie erlebt. Am Küchentisch ging er jeder Diskussion mit Mama lieber aus dem Weg, um seine Ruhe zu haben.
Dann legte Mahmud richtig los: »Gestern habe ich eine Frau gefahren. Sie kam von irgendeinem Empfang im Kongresszentrum. Sie war alleine und wollte ins *Hilton*. Die ganze Fahrt fragte sie mich, ob sie schön sei. Sie war wirklich sehr attraktiv, aber, nun ja, ich bin verheiratet und so …«
Er zuckte mit den Schultern, als resignierte er vor seinem grauen Dasein. Dann fuhr er fort: »Als wir am Hilton ankamen, wollte sie mir hundert Mark geben, damit ich mit ihr aufs Zimmer gehe. Das ist kein Scherz!«
Ich konnte mir nicht vorstellen, dass dieser hakennasige Sonderling mit seinen porösen Lippen tatsächlich so eine unwiderstehliche Wirkung auf irgendeine Frau haben könnte. Aber ich fand Mahmuds Ansichten wahnsinnig spannend und erhoffte mir in meiner kindlichen Neugier mehr davon. Und ich wurde nicht enttäuscht.
»Es gibt da diese Frau«, fuhr Mahmud fort. »Sie wohnt in der Dirschauer Straße in Friedrichshain. Jeder Fahrer kennt sie. Sie ruft jeden Donnerstagabend an und bestellt ein Taxi. Ich schwöre: Fahrer stehen den ganzen Abend am Telefon und warten auf ihren Anruf. Ich nicht, ich bin ein netter Mann – könnt ihr meine Frau fragen.«

»Warum warten die Fahrer auf einen Anruf von dieser Frau?«, fragte Papa genervt.

»Sie sagt dem Kollegen: Lass das Taxameter laufen, bring eine Flasche Sekt mit – nebenan ist ein Spätkauf – und komm hoch zu mir. Sie schläft mit dem Fahrer, bezahlt ihn und schickt ihn fort. Sie weiß inzwischen ganz genau, was eine Stunde kostet.«

Papa drehte sich zu mir um und warf mir einen Blick zu, mit dem er mir bedeuten wollte, dass ich dem Kerl kein Wort glauben durfte.

»Halt dir am besten die Ohren zu!«, sagte er schon wieder.

»Ist schon gut«, sagte ich, aber das wollte er natürlich nicht hören.

»Ich wusste gar nicht, dass ihr Taxifahrer eure eigenen Groupies habt«, sagte Papa, wieder an Mahmud gerichtet, und es klang, als wollte er ihn verarschen. Papa wollte diesen Horrortrip nur noch irgendwie über die Runden bringen, das konnte ich spüren. Er hatte es leise und laut versucht, mit Autorität und mit der kalten Schulter, und jetzt eben mit Humor.

»So sind die Frauen«, zog Mahmud sein Fazit der Geschichte.

»Also lässt du schön die Finger von deinen Fahrgästen?«, fragte Papa.

»Wenn sie mir dumm kommen, kann ich mich wehren. Letzte Woche hatte ich einen Fahrgast – Geschäftsmann, weißt du, geschniegelter Typ –, und er fragte mich, ob ich manchmal Probleme mit Gästen bekommen würde, die nicht zahlen wollen. Ich sagte ihm: ›Nein, denn wenn du nicht zahlst, dann hast du ein Problem!‹ ...« Mahmud hielt inne, holte einen Revolver aus seiner Jackeninnentasche und legte ihn hinter sein Lenkrad auf das Armaturenbrett, »... ›dann schieße ich dir in den Kopf und nehme mir all dein Geld – und schon hast du bezahlt.‹ So einfach ist das nämlich.«

Er lachte laut auf. Papa legte die Stirn in Falten.

»Du hättest ihn sehen sollen«, rief Mahmud voller Stolz. »Wie dumm er geguckt hat! Den Rest der Fahrt hat er seine Schnauze gehalten, der Pisser.«

Er hielt an einer roten Ampel und drehte sich grinsend zu mir um. »Alles in Ordnung da hinten, kleiner Mann?«

Ich nickte hektisch.

»Darfst du so eine Knarre überhaupt besitzen?«, fragte Papa skeptisch, aber Mahmud antwortete nur mit einem abschätzigen Laut.

»Du bist echt ein Vogel«, nuschelte Papa in seinen Bart, und ich fand das unheimlich lässig. *Du bist echt ein Vogel!* Voll cool.

Kurz darauf fuhren wir am Flughafen vor. Mahmud stellte den Motor ab. Papa reichte ihm einen Schein, sagte »Stimmt so« und schnallte sich ab, als Mahmud ihn plötzlich am Kragen packte und ganz nah an sein Gesicht heranzog.

»Pass mal auf, du deutscher Penner«, zischte er, »wenn du glaubst, du kannst mich verarschen, muss ich dir leider eine Lektion erteilen …«

Tastend griff er nach seiner Pistole und hielt sie Papa an die Schläfe. Papa war so gelähmt vor Schock, dass er nichts mehr sagen konnte. Mit weit aufgerissenen Augen gab er röchelnde Laute von sich.

»Was ist denn passiert?«, versuchte ich nachzufragen, verschluckte dabei aber vor Angst beinahe meine Zunge.

»Halt die Fresse, du Kind!«, brüllte Mahmud und zeigte mit der Pistole in meine Richtung, die Hand immer noch an Papas Hals. Es klang angewidert, wie er *Kind* sagte. Eigentlich sagte er es gar nicht, er spuckte es aus.

»Nicht den Jungen!«, rief Papa. »Nicht den Jungen, du Arschloch!«

Ich dachte kurz darüber nach, einfach aus dem Auto zu springen. Wir standen direkt am belebten Haupteingang von Tegel,

überall standen wartende, rauchende Menschen – was hätte Mahmud schon machen sollen? Vielleicht Papa als Geisel nehmen? Andererseits war diesem Wahnsinnigen alles zuzutrauen, genau wie all den anderen Wahnsinnigen in dieser Stadt.
»Neunzig Pfennig Trinkgeld, du Pisser?«, fauchte Mahmud meinem Vater voller Verachtung ins Gesicht. »Du geiziger deutscher Wichser!«
Er gab ihm eine Ohrfeige. Ich fragte mich, ob Mahmud *geizig* oder *deutsch* für das schlimmere Schimpfwort hielt.
Ich nahm meinen ganzen Mut zusammen und brüllte: »Lassen Sie meinen Vater in Ruhe!«
»Ist gut, Junge!«, ächzte Papa.
»Nichts ist gut!«, rief ich mutig.
Ich hatte eine Scheißangst und zitterte am ganzen Körper. Es war die Zeit, in der ich ohnehin immer Angst hatte, Angst vor allem und jedem, aber das hier war eine ganz spezielle Nummer. Ich sprang über meinen Schatten. Mahmud sah mich an, kräuselte seine Lippen, dann gluckste er. Als er ansetzte, etwas zu sagen, öffnete plötzlich eine alte Dame die hintere Tür auf der Fahrerseite. Blitzartig ließ Mahmud von Papa ab und steckte die Pistole verkrampft in seinen Hosenbund.
»Entschuldigung«, sagte die Dame und steckte den Kopf in den Wagen, »wird dieses Taxi frei?«
»Ja«, nickte ich heftig, »na klar! Steigen Sie ein.«
Der Schock hatte Papas Kopf hochrot gefärbt. Mit weit aufgerissenen Augen starrte er die Oma an.
»Nun steigen Sie schon ein!«, brüllte er der alten Frau entgegen.
»Junger Mann«, wandte sich die Oma nun an Mahmud, »fahren Sie mich bitte nach Kreuzberg? In die Manteuffelstraße.«
»Natürlich«, antwortete Mahmud knapp. Auch er schien überrumpelt.

»Steig aus!«, forderte Papa mich mit Nachdruck auf, und wir stolperten aus dem Wagen. Mahmud startete den Wagen. Ich wünschte der Oma eine gute Fahrt und stieg aus. Mit durchdrehenden Reifen fuhr das Auto los. Hoffentlich lässt er die Alte leben, dachte ich. In Berlin war ich mir da nicht so sicher. Hier schien mir alles möglich.

Papa und ich haben nie wieder über diese Taxifahrt gesprochen. Wir standen vor dem Haupteingang des Flughafens, mein Herz raste, mein Papa atmete schwer. Erschöpft legte er die Hand auf meinen Kopf und wuschelte mir durchs Haar.

»Vor solchen Typen musst du dich in Acht nehmen«, ächzte er, »immer und überall. Weißt du, Junge, Westernhagen hat recht: Der Mensch ist leider nicht naiv, der Mensch ist leider primitiv. Aber ist ja noch mal gutgegangen.«

Und genau so fühlte sich das damals an: Es wird alles noch mal gutgehen, dachte ich, solange Papa bei mir ist.

Ich dachte aber auch: In Berlin sollten wir es vielleicht nicht noch mal darauf anlegen. Das Einzige, was mir an Berlin gut gefiel, war der Geruch der U-Bahn, bis ich irgendwann feststellte, dass jede U-Bahn jeder Weltstadt genau gleich riecht.

Und auch wenn Berlin schon Mitte der Neunziger mit seiner Radikalität, seinen Gewittern und Grausamkeiten von allen deutschen oder europäischen Metropolen einer US-Großstadt am nächsten kam, wäre ich, alleine aufgrund meiner zahlreichen Traumata, nie und nimmer dorthin gezogen. Außerdem: Warum sich mit etwas zufriedengeben, das dem Original ähnlich ist? Warum dann nicht gleich das Original?

Für mich waren die amerikanischen Gewitter, diese gewaltigen, unheimlichen Gewitter, von denen Dieter erzählte, von genau jener Bedingungslosigkeit, die ich mir für mein Leben wünschte. Keine halben Sachen. Ich wollte wohnen, wo der

Winter klirrend kalt, der Sommer brüllend heiß und jeder Wirbelsturm ein Weltuntergang war. Ich wollte nicht auf halber Flamme brennen, mein Leben sollte lodern.

Kurz darauf holte mein Vater mich endlich ab. Auf dem Weg nach Hause redete ich kaum ein Wort. Ich dachte nach. Vielleicht war woanders doch nicht so scheiße, wie Patron Paschke immer behauptete.

Die Mädchen der Fortuna

Ich hatte inzwischen immer Kondome dabei. Nicht dass ich One-Night-Stands gehabt hätte, nicht dass ich überhaupt schon Sex gehabt hätte. Aber die Gummis füllten mein Portemonnaie mit unendlich viel Potenzial auf. Das gab mir ein gutes Gefühl, ein Gefühl, dass da noch einiges auf mich zukommt. Ein Gefühl von Zukunft, ein Gefühl von Abenteuer. Das ganze Leben sollte ein Abenteuer sein, da war ich mir inzwischen ganz sicher. Alles andere war nur Zeitverschwendung.

Ich hatte also ein Portemonnaie voller Kondome, aber die anderen hatten die Mädchen. Goran zum Beispiel, er hatte zwar noch keine Freundin, knutschte aber auf irgendwelchen Partys regelmäßig mit verschiedenen Mädchen herum. Es ging das Gerücht, dass die rothaarige (und als reichlich hemmungslos verschriene) Katja aus meiner Parallelklasse unserem Goran in der Silvesternacht 1993/94 auf der Party im *JuZ* einen geblasen hatte. Einen geblasen! Wenn ich Katja irgendwo begegnete, starrte ich fortan immer nur auf ihren Mund und bekam gleichzeitig einen Ständer. Sie hatte keinen besonders großen Mund, aber dicke, schwulstige Lippen, mit denen sie ein bisschen verrucht aussah. Hatten diese Lippen wirklich an Gorans Schwanz herumgesaugt? Irgendwann hatte sich Matze getraut, das Thema in der Kabine anzusprechen.

»Kann Katja eigentlich gut blasen?«, hatte er Goran gefragt, ganz so, als wäre er selbst ein Experte auf dem Gebiet.

Goran lachte nur und antwortete: »Goran ist Gentleman, und ein Gentleman genießt und schweigt!«

»Pfft«, machte Sinisa, »ein Kroate ist kein Gentleman, ein Kroate ist ein Verbrecher!«

Zum Glück überhörte Goran den Spruch seines serbischen Intimfeindes, schließlich verging ohnehin kaum noch ein Training, ohne dass die beiden Heißsporne aneinandergerieten. Aber da konnte Goran noch so still schweigen wie ein Gentleman: Ich war mir sicher, dass die Gerüchte stimmten, denn Katja galt als abenteuerlustig, und Goran hatte als vorlauter Bad Boy einen Schlag bei den Mädchen, um den ich ihn beneidete.
»Wenn sie schon bläst«, fragte Martin, »warum hast du die Pussy dann nicht gebumst, du Pimmel?«
Goran zuckte mit den Schultern. »Nächstes Mal ...«
»Ha!«, rief Martin und zeigte mit dem Finger hämisch auf Goran. »Also hat sie dir wirklich einen geblasen, jetzt ist es raus, du Schwachkopf! Von wegen Gentleman ...«
Martin hielt sich den Bauch vor Lachen, und wir lachten alle mit. Goran warf sich das Handtuch über die Schulter und stapfte wütend in die Dusche.
»Der war gut, du Sack«, rief sogar Frank anerkennend in Richtung Martin.
»Wenn der so gut war«, gab Martin zurück, noch ganz außer Atem vor lauter Lachen, »dann kannst du mir ja zur Belohnung endlich die Pamela geben ...«
Wie bereits erwähnt, zierte *Baywatch*-Nixe Pamela Anderson neuerdings, in ihren roten Badeanzug gegossen, die Tür in unserer Kabine.
»Wat hat die Alte für zwei Oschis!«, staunte sogar Paschke jedes Mal, wenn er uns besuchte. Es war wahrscheinlich das schärfste Poster, das wir alle je gesehen hatten, und Martin, dem Bescheidenheit ein Fremdwort war, bettelte Frank ständig an, das Ding mit nach Hause nehmen zu dürfen. Aber Frank schüttelte stets nur amüsiert den Kopf.
»Das Poster ist für die ganze Mannschaft, du Arschgeige«, sagte er dann, »du musst dir schon vor unser aller Augen einen drauf runterholen ...«

Wir lachten dreckig.
»Irgendwann nehme ich das Poster einfach mit«, sagte Martin trotzig, und das glaubte ich ihm sofort, »da könnt ihr überhaupt nichts gegen machen ...«
»Dann wissen wir wenigstens sofort, wer es war«, konterte Frank. »Außerdem wird das Poster bei euch am Heußweg doch eh nur geklaut, bei euch wird doch mehr geklaut als am Dortmunder Hauptbahnhof ...«
Die Kriminalität im Schatten der Heußweg-Hochhäuser war in der Tat legendär.
Patron Paschke sagte immer: »Am Heußweg mach ich im Auto immer die Knöppe runter!«
Auch wenn wir uns sicher waren, dass Paschke mit seinem Porsche stets einen großen Bogen um den Heußweg machte.
»Meine Leute am Heußweg brauchen kein Poster von Pamela«, gab Martin zurück, »die gucken lieber richtige Pornos!«
Das waren die Kabinenthemen zu jener Zeit, in der wir unsere ersten Mädchengeschichten erlebten: Pimmel, Pamela, Pornos. Eine richtige Freundin hatte damals zunächst allerdings nur der Pole, was mich nicht wunderte, war er doch der coolste und witzigste Typ in unserer Truppe. Bis auf sein Polackenschwänzchen im Nacken sah er auch ganz gut aus, groß, blaue Augen, kurze schwarze Haare, gewisse Ähnlichkeit mit dem heutigen Stürmerstar Robert Lewandowski, den seinerzeit logischerweise noch keiner kannte. Aber heute muss ich immer, wenn ich Robert Lewandowski sehe, an den Polen denken.
Das pikante Detail: Der Pole war mit Sila, der ein Jahr älteren Schwester unseres Torwarts Volkan, zusammen. Sila war auch eine dieser absoluten Traumfrauen, auf die wir alle schon immer heimlich scharf waren. Klein, Knackarsch, kakaofarbene Haut. Lange, glatte, dunkle Haare, schwarze Augen, mit ihren fünfzehn Jahren schon eine vollendete orientalische Schönheit. Sila war eher ruhig und wahnsinnig nett, sie strahlte mit ihrer

dunklen, aber trotzdem sehr weiblichen Stimme diese spezielle Wärme aus, wie so viele türkische und griechische Mädchen. Eine Wärme, die schnell zur Hitze werden konnte, was wir damals aber allenfalls ahnen konnten.
Volkan beobachtete die Beziehung zwischen seiner Schwester und dem Polen argwöhnisch. Seine Familie war ihm fast so heilig wie seine Frisur. Er wusste zwar, dass der Pole ein guter Junge war, jedenfalls die beste Partie, die sie innerhalb unserer Truppe hätte finden können. Aber er wusste auch, dass wir alle keine Chorknaben waren, auch der Pole nicht. Wer sich bei Fortuna Diepenbusch durchsetzen wollte, brauchte Rückgrat, er musste einstecken und austeilen können. Die wenigsten schafften es, wie ich, primär über Leistung. Meistens musste man darüber hinaus auch eine große Fresse haben und ein bisschen Arschloch sein, um nicht unterzugehen.
Verhindern konnte Volkan die Beziehung aber natürlich nicht, und außerdem schienen Sila und der Pole vollkommen glücklich. Davon konnte ich mir sogar ein eigenes Bild machen, und das kam so: Melanie und ich traten ein wenig auf der Stelle, wir waren ein paarmal zusammen ausgegangen, ins Kino (*Sister Act 2* mit Whoopi Goldberg) und zu McDonald's. Aber geküsst hatten wir uns immer noch nicht.
Eines Freitagnachmittags rief Melanie dann bei mir zu Hause an. Leider ging meine Mutter ans Telefon, die mir immer sehr fremd wurde, sobald sie mit Freunden von mir telefonierte, und – wie ich nun zu meinem Leidwesen feststellen musste – mit Freundinnen erst recht.
»Hallo, liebe Melanie«, flötete sie wie eine besonders begeisterungsfähige Call-Center-Agentin, »wie schön, von dir zu hören. Geht's dir gut?«
Ich starrte Mama an, wie sie mit gefrorenem Lächeln Melanies Antwort lauschte, die wahrscheinlich »Ja, ganz gut, und Ihnen, Frau Borowski?« lautete.

»Alles bestens, danke«, säuselte meine Mama, »aber du willst sicher lieber mit Kalli sprechen, oder? Hier kommt er …«

»Ja, vielen Dank«, sagte Melanie wahrscheinlich.

»Tschüs, meine Süße«, setzte Mama noch einen drauf und reichte mir mit grellem, falschem Grinsen den Hörer. Ich konnte nicht begreifen, warum sie zu meinen Freunden immer so übertrieben freundlich sein musste. Auch bei Mokka oder Bum-Bum zog sie regelmäßig so eine Show ab. Voll peinlich. Das glaubte ihr doch kein Mensch, dass sie sich so sehr über Anrufe oder Besuche für mich freute. Irgendwann habe ich ihr das mal gesagt.

»Wenn jemand für dich anruft«, hatte sie daraufhin nur kühl erwidert, »dann freue ich mich nun mal, und das lasse ich mir von dir bestimmt nicht verbieten, mein Schatz.«

Da war nichts zu machen. Sie streichelte mir mal wieder über den Kopf.

Jedenfalls rief Melanie an, um mich zum Polen einzuladen. Melanie war nämlich die beste Freundin von Sila, und offensichtlich hatten die beiden Mädchen sich eine Art Doppel-Date überlegt, obwohl sie es selbst nie so bezeichnet hätten: Der Pole, Sila, Melanie und ich würden einen gemeinsamen Videoabend beim Polen verbringen und *Ein unmoralisches Angebot* mit Robert Redford und Demi Moore gucken. Ich zögerte keine Sekunde mit meiner Zusage. Und so lagen wir nur ein paar Stunden später zu viert auf dem 1,60-mal-2-Meter-Bett des Polen: Der Pole und ich ans Gestell gelehnt, vor uns die jeweilige Herzdame mit dem Rücken an unserer Brust, den Kopf an unsere Schulter gelegt. Melanies Hintern rieb sich bei der kleinsten Bewegung an meinem Schritt, was mir eine stundenlange Erektion bescherte.

Draußen, hinter dem geschlossenen Fenster hier oben im fünften Stock, ging langsam die blutorangerote Frühlingssonne hinter den erblühenden Wipfeln des Diepenbuscher Forsts unter. Drinnen sorgte das Schlierenlicht der Lavalampe für kuschelige Atmosphäre.

Eine Lavalampe?

»Die habe ich von meiner Schwester geliehen«, erklärte der Pole und wurde ein bisschen rot.

Falls das alles ein bisschen zu kitschig klingt, kann ich nur sagen: Es war nicht kitschig, es war einfach *genau so,* genau so wunderschön, genau so romantisch, wahrscheinlich der romantischste Nachmittag, den ich je erlebt habe.

Der Film plätscherte vor sich hin.

»Ist wohl eher ein unmoralisches Sonderangebot«, spottete der Pole.

Trotzdem tat die Geschichte genau das, was sie tun sollte – sie regte eine hitzige, aber amüsierte Diskussion unter uns an: Würdest du, und wenn ja, für wie viel?

Im Film bietet der Milliardär John Gage (Robert Redford) dem klammen Architekten David Murphy (Woody Harrelson) eine Million Dollar für eine Nacht mit Murphys Frau Diana (Demi Moore).

»Jeder Mensch ist käuflich«, behauptete der Pole trocken, »es kommt nur auf die Summe an.«

Empört pfiff Sila sich eine schwarze Strähne aus der Stirn und sagte: »Alter, ich nicht!«

»Ich auch nicht?«, stimmte Melanie ein, ließ es aber wie eine Frage klingen, weil sie immer alles wie eine Frage klingen ließ – ich weiß nicht, ob aus allgemeiner Unsicherheit oder aus Geselligkeit, also um einfach sicherzugehen, dass das Gespräch nicht verebbte.

»Doch, ihr auch«, erwiderte der Pole.

»Du sagst das nur, weil du Pole bist?«, sagte Melanie.

»Das hat doch mit Pole nichts zu tun«, sagte der Pole, »das ist einfach eine Tatsache.«

»Meinen Körper könnte keiner kaufen«, sagte Sila trotzig.

»Hallo?«, fiel Melanie ein. »Meinen auch nicht?«
»Und wenn der *Playboy* euch eine Million bieten würde?«, fragte der Pole und grinste.
Sila tippte sich an die Stirn: »Erstens würde der *Playboy* mir keine Million bieten ...«
»Da wäre ich mir aber nicht so sicher«, sagte der Pole, immer breiter grinsend.
»... und zweitens würde mein Papa mich umbringen«, fügte Sila an, »und Volkan auch!«
»Ich bin voll auf deiner Seite, Schatz«, sagte Melanie.
Sila warf ihr einen Luftkuss zu: »Danke, Schatz.«
Sie nannten sich gegenseitig immer *Schatz*. Immer.
Ich mischte mich ein: »Aber die Frage ist doch: Würdest *du* es machen? Du alleine, aus einer freien Entscheidung heraus, unabhängig von Volkan oder deinem Vater?«
Sila schüttelte den Kopf. »Nie im Leben! *Never ever!*«
»Ich auch nicht«, sagte Melanie. »Ich bin doch nicht bekloppt!«
»Also, ich würde es machen«, sagte der Pole.
»Ja, klar«, sagte Sila, »aber dich würde der *Playboy* ganz sicher nicht fragen!«
»Hundert Punkte, Schatz!«, sagte Melanie und lachte. Wir lachten alle, auch der Pole. Auch deshalb mochte ich ihn so gerne, weil er so gut über sich selbst lachen konnte.
Mit meiner linken Hand hielt ich Melanies linke Hand wie einen wertvollen Schatz, mit der rechten Hand kraulte ich ihren Nacken. Ich registrierte jeden ihrer Atemzüge, jeden Herzschlag, jedes Zucken. Ich fühlte mich eins mit ihr, ich erlangte an diesem Nachmittag einen vollkommenen Zustand.
Als der Film vorbei war, war es bereits halb zehn am Abend, und Melanie musste um zehn zu Hause sein. Wir verabschiedeten uns also – Küsschen links, Küsschen rechts, »Tschüs, Schatz«, »Hab dich lieb, Schatz!« –, während Sila noch beim

Polen blieb. Sie war schließlich ein Jahr älter und musste erst um elf zu Hause sein. Bei der Verabschiedung an der Wohnungstür zwinkerte der Pole mir zu, und ich weiß nicht, ob er mir viel Erfolg für den Heimweg wünschen wollte oder ob er andeutete, dass bei ihm und Sila jetzt noch so einiges gehen würde. Wahrscheinlich meinte er beides. Wir klatschten uns ab und herzten uns wie bei einer Auswechslung.

»Schlaft gut, ihr Süßen«, rief der Pole uns durch das Treppenhaus hinterher und lachte dabei, wie meistens. In der Freizeit schien er sogar noch mehr zu lachen als in der Kabine oder beim Training. Er war wirklich ein guter Typ, vielleicht würden wir dank Melanie und Sila sogar Freunde, dachte ich, das wäre cool. Das hatte ich mir eigentlich schon immer gewünscht, mehr mit dem Polen zu tun zu haben.

Natürlich brachte ich Melanie nach Hause, nicht nur, weil sie nur ein paar Blocks entfernt wohnte, sondern weil ich jede Sekunde mit ihr inhalieren wollte. Außerdem, da bin ich ehrlich, hoffte ich endlich auf den ersten Zungenkuss von ihr.

Auf dem Heimweg schwiegen wir lange, wir schienen beide überwältigt vom emotionalen Rausch des Nachmittags. So lange waren wir uns noch nie so nah gewesen. Ich konnte mein Glück kaum fassen. Ich federte. In mir sprudelte es. Ich griff nach ihrer Hand, und wir liefen die Straße entlang wie ein richtiges Pärchen. Ich war stolzer als ein Katalane.

Irgendwann geriet Melanie aber doch ins Erzählen, sie erzählte mehr von sich als je zuvor, und zwar starken Tobak: dass ihr Vater an Krebs im Endstadium erkrankt war. Die Familie hatte ihn bereits zum Sterben nach Hause geholt. Er war gerade mal Anfang fünfzig, ein Pilot bei der *LTU*, und Melanie sagte, dass für sie schon vor der Erkrankung ihres Vaters feststand, was sie später mal werden würde: Pilotin bei der *LTU*.

Eine Pilotin, dachte ich, als Frau – gibt es das überhaupt? Aber ich ließ mir nichts anmerken, sondern nickte und sagte, wie

cool ich das fände, wenn sie Pilotin werden würde. Fand ich auch wirklich. Sie erzählte von einem Ausbildungshalbjahr, das die angehenden Piloten in Arizona ableisten müssten. Ich schlug vor, sie zu begleiten, wenn es so weit wäre.
»Wir könnten auf einer Ranch leben«, sagte ich, »wie Cowboy und Cowgirl.«
Sie schmunzelte und sagte: »Das wäre doch schön?«
»Ich will die ganze Welt mit dir sehen«, sagte ich dann beinahe reflexartig, jedenfalls ohne vorher darüber nachzudenken, was ich da eigentlich sagte, denn das war schließlich ganz schön dick aufgetragen. Aber ich meinte es genau so.
Melanie lächelte. Dann schwiegen wir wieder für eine Weile. Kein unangenehmes Schweigen, sondern total vertraut.
»Ich liebe meinen Vater«, sagte Melanie irgendwann, als wir nur noch ein paar Meter von ihrer Haustür entfernt waren, »aber vielleicht wäre es besser, wenn er bald endlich stirbt?«
Ich wusste, dass sie sich auf seine Erlösung bezog, aber ich musste trotzdem schlucken.
Sie nahm mein Gesicht in beide Hände, zog mich zu sich herunter und drückte mir mit ihren dünnen, spitzen Lippen einen festen, innigen Kuss auf den Mund, ohne Zunge zwar, aber trotzdem überwältigend. Kein Kuss, von dem ich in der Kabine erzählen konnte, aber einer für die Seele. Ein Kuss, an den ich mich für immer erinnern würde.
»Danke für den Nachmittag«, hauchte sie noch, bevor sie durch das Gartentor glitt, wobei ihr rotes Blumenkleid ein wenig nach oben geweht wurde.
Als sie den kleinen Pfad, der zu ihrer Haustür führte, in ihren ausgelatschten *Airwalks* hinauftänzelte, hüpfte ihr Pferdeschwanz im Takt der Schritte. Ich entdeckte den riesigen Baumstumpf im Vorgarten. Er musste hier bereits seit Jahrhunderten Wurzeln geschlagen haben, so dick und von so riesigem Durchmesser war er. Nur der Baum fehlte.

»Was ist denn da passiert?«, fragte ich und zeigte auf den Stumpf.
Melanie drehte sich um, während sie den Schlüssel ins Schloss steckte. »Da ist der Blitz eingeschlagen«, sagte sie seltsam kühl, »vor einem halben Jahr ungefähr?«
»Wow«, machte ich.
Sie winkte ab. »Wir können von Glück reden, dass der Baum nicht auf unser Haus, sondern auf die Straße gekracht ist.«
Ich sah mich um und nickte: »Das stimmt, hier ist ja kaum Verkehr.«
Melanie lebte in einer dieser typischen Diepenbuscher Siedlungen unweit der Schrebergärten, verkehrsberuhigter Bereich, Spielstraße, jeder ein eigenes kleines Häuschen mit Vorgarten vorne und richtigem Garten hinten. Hier konnte man Hund und Katze noch frei herumlaufen lassen.
Melanie zuckte mit den Schultern. »Man sagt doch, dass dort jemand stirbt, wo der Blitz einschlägt?«
Davon hatte ich noch nie gehört. Ich musste schon wieder schlucken. Melanie winkte mir noch einmal kurz zu, zupfte den verrutschten Träger ihres Kleidchens zurecht und ging rein.
»Ich bin wieder da«, hörte ich sie noch mit fester, stolzer Stimme durchs Haus rufen, nachdem die Tür ins Schloss gefallen war.

Der letzte Spieltag

Die Saison verlief seltsam. Weniger für die Mannschaft als für mich persönlich: Weil ich inzwischen fast nur noch an Mädchen dachte, an Alkohol, an Partys und daran, was es auf der Welt noch so alles zu erleben gab, an die Unendlichkeit der Möglichkeiten, träumte ich immer seltener meinen alten Traum, ihr wisst schon:

Borowski schnappt sich den Ball, kurz hinter der Mittellinie, vorbei an Cinquecento (ein argentinischer Mittelfeldspieler, den ich mir ausgedacht hatte), *vorbei an Arbelao* (argentinischer Abwehrspieler, ebenfalls ausgedacht), *er täuscht einen Schuss an, schlägt einen Haken und – Tooooooooor! Tor durch Borowski! Das 1:0 für Deutschland in diesem Finale von München! Das Olympiastadion bebt, wie ich es selten erlebt habe, meine Damen und Herren … 1:0 für Deutschland! Karlheinz Borowski, meine Damen und Herren, und man ist ja fast geneigt zu sagen: Wer sonst?!?*

Stattdessen kreisten meine Gedanken um Melanie, um Amerika und um die Frage, ob *Nevermind* oder doch *In Utero* (oder, wie manche Wichtigtuer behaupten, gar die *Bleach*) das bessere Album sei, denn inzwischen hatten mich Nirvana restlos überzeugt. Und zwar ausdrücklich nicht, weil sich Kurt Cobain ein paar Wochen zuvor eine Kugel in den Kopf gejagt hatte, nein, ich fand ihn schon vorher großartig, im Gegensatz zu diesen ganzen Trittbrettfahrern, die gerade alle das MTV *Unplugged in New York*-Album rauf und runter hörten, dabei pseudo-melancholisch in ihren an der Zimmerdecke aufgeklebten Sternenhimmel glotzten und ihren Kajal verschmierten. Im Gegensatz zu allen anderen fand ich die *Unplugged in*

New York immer wahnsinnig langweilig. Bei Nirvana ging es um Wut und Welthass und Verzweiflung, es musste laut und leidenschaftlich sein, verzerrt und verstörend. Das funktionierte für mich einfach nicht ohne Strom.

Aber egal, denn trotz meiner Ablenkung und Unkonzentriertheit wurde immer noch Fußball gespielt (das war und ist bis heute übrigens der größte Trost, den der Fußball der Welt spendet: dass er einfach immer da ist, der ständigste aller Begleiter) – und das sogar ziemlich erfolgreich: Meine fachfernen Interessen hinderten mich nicht daran, Woche für Woche ordentliche Leistungen auf den Platz zu bringen. Als Mannschaft waren wir in jenem Jahr ohnehin über jeden Zweifel erhaben, als hätten uns die ganzen Mädchengeschichten erst so richtig motiviert: Nach dem guten fünften Platz der letzten Saison gehörten wir in dieser Saison durchgehend zum Spitzentrio, standen einen Spieltag vor Saisonschluss sogar auf Platz 2, nur einen Punkt hinter Tabellenführer Alemannia. Zum Aufstieg in die Sonderliga berechtigte aber nur der erste Platz. Es stand uns also ein packendes Saisonfinale ins Haus, denn zum ersten Mal ging es für uns am letzten Spieltag noch so richtig um die Wurst. Hallo? Wir standen kurz vor dem Aufstieg! Wir würden aufsteigen!!! Vielleicht.

Am letzten Spieltag empfingen wir die Durchschnittstruppe vom FC, während Tabellenführer Alemannia bei den Arschgeigen von Viktoria ranmusste. Damals gab es noch die Zwei-Punkte-Regel, weshalb für uns an jenem Samstag schon alles passen musste: Alemannia musste bei Viktoria verlieren, und wir mussten den FC am Waldweg vom Platz schießen. Alles andere als leichte Voraussetzungen, aber wir waren verdammt zuversichtlich, jeder von uns. Für Pessimismus hatten wir in unseren Leben noch zu wenig erlebt.

Trainer Harald versprach uns mal wieder eine ganz besondere Sause im *Hohen Ross* für den Fall, dass wir aufsteigen würden.

»Ach, du Scheiße«, stöhnte Frank, »schon wieder Matze Reim oder was?«
»Diesmal aber der echte!«, setzte Artur noch einen drauf.
Alle lachten, auch Harald.
»Männer«, schwor Radek uns kurz vor Spielbeginn in der Kabine ein, als wir unseren Kreis bildeten (der Kreis war neu, Radeks Erfindung), »wir gehen jetzt da raus, hauen die Patienten weg, und dann hoffen wir auf Viktoria! Aber zuerst – und darauf kommt es an! – geben wir alle Vollgas, ist das klar? Heute will ich von jedem noch ein paar Meter extra sehen, haben wir uns verstanden?«
»Die will ich auch sehen«, fiel Martin ihm ins Wort, »vor allem von dir, du Fettsack ...«
Er lachte, wir alle lachten, aber Radek fing sich schnell wieder.
»Auch von mir«, sagte er, »gar keine Frage! Ich will diesen Aufstieg, genau wie ihr ihn wollt – und ich werde dafür kämpfen bis zum letzten Tropfen ...«
»Was für'n Tropfen?«, fragte Matze.
»Einen edlen Tropfen?«, fragte Artur und alle lachten.
»Blut, Schweiß, Tränen«, zählte Radek auf, »mir egal!«
»Jawoll«, brüllte Goran, ganz aufgepeitscht von Radeks martialischer Ansprache, »auf geht's, Männer!«
Der Pole klatschte in die Hände und brüllte: »Kommt schon, Männer!«
Sogar Bum-Bum, in der Kabine sonst immer der große Schweiger, rief: »Los jetzt, Männer! Lasst uns, dings, den Aufstieg klarmachen!«
Und dann brüllten wir alle zusammen, auf drei: »Hat der Sahne!«
Ich bekam eine Gänsehaut (oder *Gänsepelle,* wie es in Diepenbusch heißt). Der große Zusammenhalt innerhalb unserer Mannschaft, mit dem wir in dieser Saison manche durch unseren Lebenswandel hervorgerufene körperliche Schwächephase

wettgemacht hatten, manifestierte sich in diesem Kabinenmoment kurz vor dem Spiel, er wurde nahezu physisch spürbar.
Es gab noch keine Handys, was die Informationslage, speziell bei so einer dramatischen Konstellation am letzten Spieltag, massiv erschwerte. Patron Paschke hatte sich deshalb etwas einfallen lassen. Er hatte Manni auf die Anlage von Viktoria geschickt und ließ ihn den Zwischenstand alle zehn Minuten in die *Klause* telefonieren. Von dort stürzte Manuela mit bebendem Busen an den Spielfeldrand und erstattete Paschke Bericht. Paschke vermittelte uns daraufhin mit ein paar knackigen Gesten den Stand der Dinge. Manchmal brüllte er den Zwischenstand auch einfach lauthals rein: »Immer noch null null!«
Live-Ticker in analogen Zeiten.
Die Stimmung war ohnehin grandios, es schien, als würden alle fest damit rechnen, dass es heute richtig was zu feiern geben würde. Selbst meinen Vater habe ich an der Seitenlinie nie so hektisch herumzappeln sehen wie an diesem Nachmittag im Mai.
Die erste Viertelstunde unseres Spiels gestaltete sich jedoch zäh.
»Getz gebt ma Galle, ker!«, rief Paschke uns von der Seitenlinie immer wieder zu. Wir waren konzentriert, fokussiert und grundsätzlich gut drauf, trotzdem wollte zunächst nicht viel zusammenlaufen. Bis uns ein Abwehrspieler des FC in die Karten spielte und unserem Matze im Strafraum von hinten in die Kniekehle trat. Elfmeter für uns, Rot für den Abwehrspieler, der sich bei Mokkas Vater, unserem Schiedsrichter, so sehr darüber aufregte, dass ihn mehrere Mitspieler vom Feld eskortieren mussten. Dort wartete bereits Paschke auf den Rotsünder und blaffte ihn an: »Bist du behindert oder was?«
Der FC-Rabauke hatte sich immer noch nicht eingekriegt und zeigte Paschke im Vorbeigehen den Mittelfinger, bevor er eilig

in Richtung Gästekabine verschwand. Ein Zwischensprint wie von Frank Rijkaard im WM-Achtelfinale 1990, nachdem er Rudi Völler in die Locken gerotzt hatte.

»Samma!«, schimpfte Paschke ihm hinterher. »Ob du behindert bist, hab ich dich gefragt, du Heiopei!?«

»Vorsicht!«, kam es aus dem Pulk des Gästeanhangs zurück, möglicherweise der Vater des Rabauken. »Immer schön geschmeidig bleiben, sonst hat dein Arsch gleich Kirmes! Du schreist hier rum, dabei hast du selbst noch nie die Kugel hochgehoben!«

Wie immer überhörte Paschke die Ermahnung souverän. Erfreulicherweise galt für ihn das Motto: Wer austeilt, muss auch einstecken können. Er zielte gerne unter die Gürtellinie, erwartete aber von seinen Gegnern dieselben Nehmerqualitäten, die ihn auszeichneten. Paschke war es wichtig, dass man sich nach dem Spiel an der Theke der *Klause* beim Ahlenfelder noch in die Augen schauen konnte.

Jedenfalls hatte Paschke jetzt Öl ins Feuer gegossen. Der FC-Anhang stimmte das alte Lied an: *»Immer nur besoffen, und den Arsch offen, so scheiße seid nur ihr: Fortuna Freibier!«*

Wir ließen uns davon aber nicht ablenken.

Den fälligen Elfmeter verwandelte Artur mit der ihm eigenen Humorlosigkeit. Von da an lief es für uns, und wir zeigten eine unserer besten Saisonleistungen. Am Ende hatten wir den FC tatsächlich von der Anlage gefegt: 5:0! Da sangen die FC-Fans allerdings schon lange nicht mehr.

Jetzt hing alles vom Ergebnis zwischen Viktoria und der Alemannia ab. Nach dem Abpfiff rannten wir geschlossen zu Paschke an den Spielfeldrand, aber der zuckte nur mit den Schultern.

»Jetzt sagen Sie schon, Herr Paschke!«, hakte Kapitän Radek ungeduldig nach.

»Vor zehn Minuten war's noch null null«, sagte er und legte die Zigarre zwischen den Lippen ab, »aber seitdem hat sich

Manuela nicht mehr blicken lassen. Ich würd' vorschlagen, wir legen uns jetzt alle ne Zarette au'm Zahn und warten ab …«
Wir wussten, was wir zu tun hatten, und stürmten Richtung Vereinsheim. Keine Zeit für eine Zigarette, sondern ab in die *Klause,* egal, wie verschwitzt wir auch waren!
Manuela stand hinter dem Tresen und hatte den Telefonhörer am Ohr. Als sie uns kommen sah, setzte sie ein Lächeln auf, konnte ihre Anspannung dadurch aber nicht verbergen.
»Das sieht, dings, nicht gut aus«, flüsterte Bum-Bum mir zu.
»Also, Manu, sag an: Wat is Ambach getz?«, rief Paschke mit hochrotem Jupp-Heynckes-Kopf.
Ansonsten waren wir alle mucksmäuschenstill, keiner sagte ein Wort, wir waren zu aufgeregt.
Ich versuchte, aus Manuelas schönem Gesicht zu lesen. Ihre Augen waren weit aufgerissen, aber leer. Sie sah aus, als wäre ihr ein Schreck durch die Glieder gefahren.
»Alles klar, Manni«, sprach sie in den Hörer, »ja … genau … da kann man nix machen … bis später, tschökes!«
Manuela hängte auf und tat sich schwer, in unsere gespannten Gesichter zu gucken. Sie verschränkte die Arme vor der Brust und rieb sich mit den flachen Händen über ihre volltätowierten Oberarme.
»Und?«, drängte Paschke. »Mach ma'n Satz, Manu!«
Unsere Erwartungshaltung schien sie zu belasten, weshalb sie sich kurz fasste, als würde sie ein Pflaster mit einem Ruck von einer haarigen Hautstelle reißen.
»1:0 für die Alemannia«, sagte sie, »das Spiel wurde gerade abgepfiffen.«
Sicher, unsere Chance war nicht besonders groß gewesen. Die Wahrscheinlichkeit, dass sich die Alemannia den Aufstieg noch nehmen ließ, musste von vornherein als niedrig eingestuft werden. Anders gesagt: Akku hatte sicher keine großen Summen auf uns gesetzt. Trotzdem war die Enttäuschung in diesem

Moment greifbar und größer als alles, was wir bis dahin als Mannschaft erlebt hatten. Ein paar von uns sackten einfach zu Boden, auf die Knie, und vergruben die Gesichter in ihren Händen.

»So eine Scheiße!«, brüllte Paschke kurz und laut auf, bevor er hinter die Theke ging und sich selbst einen Ahlenfelder fertig machte (mit doppeltem Malteser, versteht sich).

Frank schlug vor Frust mit der blanken Faust gegen die Wand und damit ein Loch in die Holzverkleidung. Eine Aktion wie von Mel Gibson als Martin Riggs in *Lethal Weapon,* Splitter flogen durch die Luft.

Richtige Wut wollte aber bei keinem von uns aufkommen. Wir wussten, wir hatten alles gegeben, wir hatten eine grandiose Saison gespielt. Am Ende fehlte uns ein bisschen Glück, ein bisschen Konstanz, ein bisschen Erfahrung, ein bisschen von allem. Aber als Mannschaft würden wir zusammenbleiben und in der nächsten Saison wieder angreifen. Wir waren im besten Jugendfußballeralter, und unser Teamgeist war noch nie besser gewesen. Womöglich gehörte die Zukunft uns.

In der Gegenwart erklärte Paschke die außerordentliche Freibier-Party zum Saisonabschluss mit sofortiger Wirkung für eröffnet. Besser noch: »Männer, getz zieht ma nich so ne Flappe, sonst krieg ich noch Herzrhythmusbeklemmungen! Klar, heute wär ein schöner Tag gewesen für Geschichte zum Schreiben. Aber wir sind hier nich in Mailand oder Batzelona! Und dat Leben is nun mal nich nur Pommes und Disko! Hömma, ihr habt eins a mit Sternchen abgeliefert, also Köppe hoch getz! Komm, ich geb ma wacker 'ne Runde Ahlenfelder aus für jeden, der Bock hat! Als Muntermacher, wonnich!«

Leichtes Johlen, einige von uns klatschten.

»Hat der Sahne«, rief der Pole müde.

»Find ich famos von dir, Dad«, rief Matze in der gewohnt ungewöhnlichen Wortwahl.

»Ihr müsstet ja nich gleich euern Eltern stecken«, sagte Paschke. »Also das mit dem Schnaps, mein ich. Ich will halt nur nich, dat ihr hier weiter rumsteht wie die Orgelpfeifen.«
Wir winkten fröhlich ab. Von da an ging es bergauf mit der Stimmung, und wir schmiedeten große Pläne für die nächste Saison.
Am Montag fragte Akku mich an der Bushaltestelle: »Was war los, Kalli?«
»Ich weiß auch nicht«, sagte ich, »wir haben alles gegeben ... hast du etwa auf uns gewettet?«
»Quatsch«, er lachte auf, »ich bin doch kein Hans-guck-in-die-Luft! Ich meine, was mit dir los war, Malaka! Die ganze Saison über!«
»Wovon redest du?«
»Na ja«, sagte er und holte tief Luft, »du hast zwar ganz gut gepöhlt, richtig hohes Niveau. Aber ich hätte mehr von dir erwartet. Du hast das Zeug zum richtig Guten! Aber diese Saison bist du irgendwie nicht von der Stelle gekommen, als wärst du nie so wirklich bei der Sache ...«
Ich war erstaunt. Eine perfekte Analyse. Ich fragte mich zwar immer noch, wie und wo er unsere Spiele verfolgte, denn am Waldweg hatte ich ihn nach wie vor noch nie gesehen. Aber dass er sie verfolgte, daran bestand längst kein Zweifel mehr. Natürlich hatte ich den ständigen Partys, der schlechten Ernährung – in jenem Jahr hatte ich neben den gewohnten Revierdelikatessen Mafiatorte (Pizza), Gummiadler (Brathähnchen) und Ruhrpott-Carpaccio (Currywurst) auch noch den Döner für mich entdeckt – und meiner Notgeilheit Tribut zollen müssen. Wer weiß, wie gut ich erst gewesen wäre ohne diese Laster?
Den anderen Jungs, aber auch Paschke und dem Trainer hatten meine Leistungen keinen Anlass zur Sorge gegeben. Schließlich hatte ich mich trotzdem mehr als solide eingebracht. Einen

Stillstand in meiner Entwicklung hätten sie allerdings durchaus feststellen können. Stattdessen spricht mich Akku an der Bushaltestelle darauf an, ausgerechnet Akku! Ausgerechnet Akku hatte meine Krise aufgedeckt.

Ich machte eine wegwerfende Handbewegung und lächelte.

»Nee, Akku, keine Ahnung, was du meinst. Ich war wirklich die ganze Zeit zu zweihundert Prozent auf die Fortuna fokussiert!«

Männer sind Schweine

SAISON 1994/95 (C-JUGEND)

Das Zigarettenschwein

An die Saison 1994/95 habe ich strahlende Erinnerungen. Sie begann im Jahrhundertsommer 1994 und endete zu Beginn des Jahrhundertsommers 1995. Und auch dazwischen passierte eine ganze Menge.

An die Fußball-WM 1994 in den USA erinnere ich mich heute kaum noch, was einerseits an der Zeitverschiebung, andererseits an der sportlichen Magerkost liegt, die damals geboten wurde. Die deutsche Viertelfinal-Niederlage gegen Bulgarien (Yordan Letchkov vom HSV!) habe ich weitestgehend verdrängt, und das 0:0-Finale zwischen Brasilien und Italien ist wahrscheinlich bis heute das langweiligste WM-Endspiel aller Zeiten, trotz der Dramatik um Roberto Baggio und seinen verschossenen Elfmeter.

Wenn ich heute an die WM 1994 denke, fallen mir vor allem zwei Namen ein: Stefan Effenberg, der den deutschen Fans nach dem 3:2-Vorrundensieg gegen Südkorea den Mittel- beziehungsweise Stinkefinger zeigte, woraufhin Bundestrainer Berti Vogts ihn nach Hause schickte. Im folgenden Achtelfinale besiegte Deutschland die Belgier ebenfalls mit 3:2, woraufhin die *BILD*-Zeitung mit der Siegerpose des Doppeltorschützen Rudi Völler titelte und der Zeile: »Ja, Rudi! Diesen Finger wollen wir sehen!«

Und Andrés Escobar, der kolumbianische Verteidiger, dem im Spiel gegen die USA ein Eigentor unterlief, das die 1:3-Niederlage sowie das Vorrunden-Aus seiner Mannschaft einleitete. Nur anderthalb Wochen später wurde Escobar vor einer Bar in Medellin mit sechs Schüssen getötet. Der Täter Humberto Munoz Castro war Vasalle, Bodyguard und Fahrer mehrerer mächtiger Drogenbosse. Bis heute ist sein Motiv nicht endgültig geklärt, aber es wird vermutet, dass er entweder als enttäuschter Fan oder als Auftragsmörder der kolumbianischen Wettspielmafia handelte. Mich als Verteidiger erschütterte damals jedenfalls nachhaltig, dass ein Eigentor auf höchstem Niveau derart existenzielle Folgen haben konnte. Ich empfand die Geschichte als derart gruselig, dass ich nicht mehr sicher war, ob ich wirklich Fußballprofi werden wollte. War eine WM gar wichtiger als ein Menschenleben? Und wenn ja, galt das auch in Deutschland?

In Kolumbien ticken die Uhren einfach anders, tröstete ich mich irgendwann und schob meine Sorgen beiseite.

In der Fußballbundesliga begannen die großen Jahre von Borussia Dortmund. Die Truppe von Ottmar Hitzfeld war zwar schon 1992 nur haarscharf am Meistertitel vorbeigeschrammt und hatte 1993 das Finale des UEFA-Cups erreicht (wo man Juventus Turin allzu deutlich mit 1:3 und 0:3 unterlegen war), aber erst 1995 krönte sich die goldene Generation um Matthias Sammer, Jürgen Kohler, Karl-Heinz Riedle, Lars Ricken, Julio Cesar, Stéphane Chapuisat, Michael Zorc, Stefan Reuter, Andreas Möller und Stefan Klos mit der ersten Meisterschaft (ein Erfolg, der mit der Titelverteidigung 1996 und dem Champions-League-Sieg 1997 sogar noch übertroffen werden sollte). In Diepenbusch war die Freude über die Erfolge des BVB naturgemäß groß, Dortmund war nur einen Steinwurf entfernt und der BVB (mit seinem Westfalenstadion, das bei uns nur *Tempel* genannt wurde) somit auch irgendwie unser zweiter Heimatverein neben der Fortuna.

Auch das Kino hinterließ mit gleich zwei ganz unterschiedlichen Meisterwerken eindrucksvolle Erinnerungen. In *Speed* heizten Keanu Reeves und Sandra Bullock im sprengstoffbeladenen Linienbus, dirigiert von Bösewicht Dennis Hopper, durch Los Angeles – in einer atemberaubenden Geschwindigkeit, die den Titel zum Programm und den Film zum modernen Actionklassiker machte (auch wenn Homer Simpson der Name des Films ein paar Jahre später ums Verrecken nicht mehr einfallen wollte und er vermutete, der Film heiße *The Bus That Couldn't Slow Down* ...). Mokka, Bum-Bum und mich presste es während der Vorführung im alten Lichtburg-Kino von Diepenbusch jedenfalls vor Adrenalin ganz fest in unsere Sessel. Vielleicht brachte aber auch die Flasche Kaliskaya-Wodka, die wir in den Saal geschmuggelt und in Rekordzeit, mit Orangensaft in Pappbechern gemischt, gelehrt hatten, unsere Nervensysteme zum Glühen.

In einem ganz anderen Genre stolperte Tom Hanks in der Rolle seines Lebens als *Forrest Gump* durch die amerikanische Nachkriegsgeschichte. Wie kein zweites Hollywoodwerk steht *Forrest Gump* mit seiner Weisheit, seiner Melancholie, seiner Dramatik und seinem Humor für den überlebensgroßen Anspruch, den die Traumfabrik noch in den Neunzigern an sich und sein Publikum stellte. Kaum ein Film lieferte so viele Zitate, die trotz fortschreitender Abgeschmacktheit (»Das Leben ist wie eine Schachtel Pralinen ...«) in den allgemeinen Sprachgebrauch übernommen wurden. Ganz klar, dass es die Geschichte vom simplen Sympathieträger sogar bis an den Waldweg schaffte: Radek war mal wieder mit einigen Pfunden zu viel aus dem Sommerurlaub zurückgekehrt und schaffte es in der Hinrunde auch nicht, sich auf sein Wettkampfgewicht herunterzutrainieren. Unser ohnehin schon kompaktester und langsamster Spieler kam plötzlich überhaupt nicht mehr hinterher, schleppte sich keuchend über den Platz und verlor fast jedes Laufduell. Dass er trotzdem unverzichtbar für uns blieb, lag an seiner Position als Libero, auf die damals auch im Profifußball häufig die laufschwächeren Altersvorsitzenden eines Teams versetzt wurden, und seiner fantastischen Fähigkeit, ein Spiel zu lesen – er war seinen Gegenspielern im Kopf fast immer den entscheidenden Schritt voraus, den er deshalb auf dem Platz gar nicht mehr gehen musste.

Trotzdem zogen wir ihn natürlich auf mit seiner mangelnden Fitness: Als *Forrest Gump* im Herbst 1994 in den deutschen Kinos startete und wir den Film binnen weniger Wochen alle gesehen hatten, riefen wir Radek fortan beim Warmlaufen und bei jedem Zwischensprint ein hämisches »Lauf, Forrest, lauf!« hinterher. Unser Kapitän nahm den Spott sportlich. Er wusste natürlich, dass der Spaß in erster Linie von großem Respekt vor ihm als Persönlichkeit geprägt war. Und von Respekt davor, wie er trotz seines Handicaps derart Einfluss auf unser Spiel nehmen konnte.

Und ich? Ich fing so richtig mit dem Rauchen an. Ich kaufte mir jetzt regelmäßig eine Schachtel Camel Filter, ziemlich starkes Seemannsgras für einen Grünschnabel wie mich, aber ich mochte es. Außerdem suchte ich, zusammen mit den anderen Rauchern unserer Mannschaft (Mokka, Volkan, Goran, Martin, Micha, Frank), nach fast jedem Training die Anlage am Waldweg nach weggeworfenen Zigarettenkippen ab, an denen noch genug dran war, um sie zu Ende zu rauchen. Es war stets ein großer Wettbewerb, wer die meisten Kippen sammelte. Meistens hatte Goran die Nase vorn, der hier deutlich mehr Ehrgeiz entwickelte als üblicherweise auf dem Fußballplatz. Am Ende wurde die Beute aber ohnehin brüderlich unter allen Sammlern aufgeteilt.

Schnell überstieg mein Konsum jedoch das nötige Budget, schließlich ist es für einen Vierzehnjährigen nicht besonders realistisch, täglich den Gegenwert einer Zigarettenschachtel aufzutreiben. Zum Glück entdeckte ich auf dem Speicher zur selben Zeit ein riesiges lilafarbenes Schwein aus Pappmaché, in dem mein Papa seit Jahrzehnten, seit den Sechzigern oder so, Fünf-Mark-Stücke sammelte. Mein Papa sammelte sowieso alles, wie ein Hamster, und seit er frühpensioniert war, sogar noch mehr, Bierdeckel zum Beispiel, auch komplette Jahrgänge von Tageszeitungen. Seine gesammelten Schätze hortete er auf dem Dachboden, sehr zum Entsetzen meiner Mutter: »Wer soll das alles aufräumen, wenn du tot bist?«, sagte sie immer, was mein Vater, wie so vieles, als persönliche Beleidigung auffasste.

»Wenn ich tot bin«, wiederholte er mit traurigem Lächeln. »Du kannst es wohl kaum erwarten, oder?«

Ich konnte mir die Sammelleidenschaft meines Vaters auch nicht erklären, erst recht nicht, warum er ausgerechnet zigarettenautomatgerechte Fünfer-Münzen hortete, schließlich rauchte er nicht und hatte auch noch nie geraucht. Aber das Schwein war meine Rettung, denn aus unerklärlichen Gründen klaffte in seinem Rücken ein Loch, groß genug, dass ich problemlos hineingreifen und mich je nach Bedarf an den Heiermännern bedienen konnte. Und der Bedarf war groß. Irgendwann plagte mich ein rasend schlechtes Gewissen, weil ich über Monate fast täglich fünf Mark aus dem Schwein entwendet hatte.

Eines Tages merkt Papa das, befürchtete ich, so wird es kommen, das kann gar nicht anders sein.

Trotzdem konnte ich es nicht lassen, ich brauchte schließlich meine Fluppen. Umso ärgerlicher für mich, dass Papa nach einigen Monaten unfreiwilligem Zigarettensponsoring plötzlich aus heiterem Himmel die Idee hatte, das Schwein zu schlachten. Wie kommt er darauf?, fragte ich mich. Ahnte er womöglich etwas?

Ich konnte nur hilflos zusehen, wie meine Quelle versiegte. Es stellte sich heraus, dass sich Fünf-Mark-Stücke im Wert von mehreren tausend D-Mark, an die genaue Summe kann ich mich leider nicht mehr erinnern, in dem Schwein befanden.

»Das ist doch absolut unglaublich«, stammelte mein Vater ob dieser Summe, »das ist unmöglich, das gibt es nicht, das *kann nicht sein!*«

Ich schluckte. »Was ist denn los, Papa?«, hakte ich vorsichtig nach.

»Ich hätte nie im Leben gedacht«, sagte er, »dass so viel Geld in dem Schwein ist! Das ist ja ein Vermögen! Ich hatte insgeheim gehofft, dass es für eine kleine vierstellige Summe reichen könnte, aber *so viel* – daran hätte ich in meinen kühnsten Träumen nicht zu denken gewagt!«

Das erste Mal

Melanie und ich gingen inzwischen seit geraumer Zeit miteinander. Ich war so verliebt in sie, ich drohte zu zerbersten.

Wie bereits erwähnt, hatte sie die bezaubernde Angewohnheit, die Stimme gegen Ende ihrer Sätze zu heben, sodass aus ihrem Mund fast alles wie eine Frage klang. Es verlieh ihr, zusammen mit ihren großen, staunenden Augen, die Aura eines neugierigen, lebenslustigen Mädchens, das von der Welt alles wissen wollte – womit ich mich sehr gut identifizieren konnte. Ich fühlte mich ihr seelenverwandt.

Melanie schielte leicht, nicht immer, aber manchmal, wenn sie ihre Gedanken schweifen ließ, ging ihr linkes Auge ein wenig auf Wanderschaft. Kaum merklich zwar, aber wenn du so verliebt bist, wie ich es war, fällt es dir jedes Mal auf. Ihr Schielen sah auch nicht komisch aus, im Gegenteil eher süß, ein bisschen sexy sogar, jedenfalls so gut, dass ich froh war, dass sie der kleinen Melanie damals als kleines Mädchen das Auge nicht mit einem Pflaster abgeklebt hatten. Jetzt, mit vierzehn, war der leichte Silberblick bereits ihr Markenzeichen – ein Schönheitsfehler, der eben kein Fehler war. Wie Cindy Crawfords Muttermal oder Vanessa Paradis' Zahnlücke.

Auch Melanie war total verliebt in mich, glaube ich. Sie kam sogar hin und wieder zu unseren Heimspielen, guckte zu und feuerte mich an. Für mich ein klarer Beweis, wie wichtig ich ihr war. Denn damals fanden die Mädchen, auch Melanie, den Fußball noch sterbenslangweilig. Nicht so wie heute, wo beim Public Viewing auf dem Friedensplatz in Dortmund längst genauso viele Kalinen in Kriegsbemalung rumtanzen wie bierbesoffene Jungs.

Vielleicht war Melanie aber auch nur wegen Sila regelmäßig am Waldweg, denn Sila hatte Ahnung vom Fußball und war interessiert und wollte ihren Polen spielen sehen.
In der Mannschaft kam das natürlich durchwachsen an, dass der Pole und ich plötzlich unseren eigenen, zuckersüßen Fanclub hatten. Die ganze Truppe platzte vor lauter Teenagertestosteron aus allen Nähten, jeder dachte den ganzen Tag nur an Pamela Anderson, an die Pornos auf Kabel 1 oder an die unzähligen hübschen Mädchen in Diepenbusch (warum gab es eigentlich ausgerechnet in Diepenbusch so viele wunderschöne und begehrenswerte Mädchen?).
Die anderen Jungs konnten nur schwer akzeptieren, dass ausgerechnet der Pole und ich die Ersten waren, die richtige Freundinnen hatten. In jedem Training waren unsere Beziehungen das große Thema. Und natürlich drehte sich alles um die eine große Frage.
»Hast du deine Fotze schon gefickt?«, fragte Frank gewohnt uncharmant.
»Fotze sagt man nicht«, murmelte Bum-Bum.
»Stimmt nicht ganz, Vierauge«, sagte Frank und lachte, »in deinem Fall müsste es heißen: Fotze *kriegt* man nicht!«
Gelächter bei manchen.
»Ach, hol du dir doch lieber mal schön einen auf das Pamela-Poster runter!«, konterte ich für meinen Kumpel, weil ich mir Widerworte im Mannschaftskreis inzwischen ab und zu erlaubte.
Gelächter bei den meisten. Auf diesem Niveau ging es in der Kabine zu, dem Polen und mir blieb nichts anderes übrig, als zu schweigen.
Aber natürlich trieb uns die große Frage nach dem ersten Mal ebenso um. Mit einem großen Unterschied: Melanie war vor mir bereits mit einem anderen Typen zusammen gewesen, einem Marcel, den ich aber nicht kannte, zum Glück. Den Ty-

pen zu treffen, der meine Melanie entjungfert hatte, das hätte ich nicht ertragen. Immerhin hatte er sie entjungfert! An ihn würde sie sich für immer erinnern. Ich würde dagegen nur der Zweite von vielen sein, der sich schon besonders gut anstellen musste, um in Erinnerung zu bleiben – entweder das, oder ich würde für den Rest unseres Lebens an Melanies Seite bleiben, eine Variante, die mir damals durchaus realistisch und erstrebenswert erschien. So oder so würde ich sie im Bett beeindrucken müssen. Aber ganz anders als auf dem Fußballplatz hatte ich große Angst, meine Leistung nicht abrufen zu können.

Sila hatte dagegen noch nie mit einem Jungen geschlafen, der Pole sollte ihr erster Mann werden. Entsprechend viel Aufwand musste er betreiben, um sie zum entscheidenden Schritt zu bewegen. Weil er wusste, dass ich stillhalten würde, vor allem innerhalb der Mannschaft, kam der Pole fortan immer häufiger zu mir und klagte mir sein Leid. »Ich bin so scharf auf diese Frau«, jammerte er, »mir läuft bei jedem Kuss das Wasser im Mund zusammen, kein Witz – aber sie braucht immer noch ein bisschen Zeit und noch ein bisschen Zeit und noch …«

»Sei doch einfach froh«, entgegnete ich, »dass du ihr nichts beweisen musst!«

»Was soll das denn heißen?«

Ich winkte ab. »Ach, vergiss es!«

»Ich will doch einfach nur mit Sila schlafen«, sagte der Pole mit einem Blick, als müsste er mal auf die Toilette. »Verdammt. Ich muss einen klaren Kopf kriegen, ey. Ich muss die Kleine klarmachen.«

»Sie wird bald so weit sein«, versuchte ich ihn zu trösten. Mehr konnte ich dazu nicht sagen, ich kannte Sila schließlich kaum, und konnte deshalb nicht einschätzen, wie lange sie ihn noch zappeln lassen würde oder ob sie womöglich gar ein falsches

Spiel mit ihm trieb und in absehbarer Zeit gar keine Lust haben würde, mit einem Typen ins Bett zu gehen. So eine Täuschung traute ich ihr zwar kaum zu, aber eins wusste ich inzwischen: dass man nie wissen konnte mit den Mädchen.

»Entweder das«, sagte der Pole und ließ den Blick schweifen, »oder ich werde ungefickt sterben.«

Bei mir war es der 18. Oktober 1994, an dem feststand, dass ich nicht ungefickt sterben würde. Bis dahin waren Monate massiven Boxershortsverbrauchs ins Land gegangen. Das kam so: Als wir noch nicht miteinander schliefen, betrieben Melanie und ich regelmäßig und exzessiv das, was die *Bravo* uns Woche für Woche und in expliziten Bildern als Heavy Petting erklärte. Dabei waren wir nackt, bis auf meine Boxershorts. Die behielt ich an, sie diente sozusagen als Verhütungsmittel (auch wenn in der *Bravo* stets geschrieben stand, dass größte Vorsicht zu walten hatte, weil ungewollte Schwangerschaften ebenso wie die Übertragung unangenehmer Geschlechtskrankheiten auch beim Heavy Petting nicht völlig ausgeschlossen werden konnten). So erklärt sich allerdings auch besagter Verbrauch: Melanie war nackt, also so richtig nackt, außerdem war sie für mich das erotischste Mädchen der Welt, und wir machten wild miteinander rum – kein Wunder also, dass es immer nur eine Frage der Zeit war, bis ich mich nicht mehr zurückhalten konnte. Ich ejakulierte in meine Boxershorts, während wir uns aneinander rieben, immer und immer wieder. An einem Nachmittag konnten schon mal fünf, sechs Boxershorts draufgehen (ich wechselte natürlich nach jedem Abspritzen, auch wenn feststand, dass wir in wenigen Minuten wieder loslegen würden), und viel mehr besaß ich auch gar nicht. Ich wusch die Dinger anschließend stets in Nacht-und-Nebel-Aktionen im Kurzprogramm, schließlich sollte meine Mutter nichts mitkriegen, das wäre mir wirklich unendlich peinlich gewesen.

Einige Boxershorts gefielen Melanie besonders gut, weshalb ich zum Beispiel die blau-weiß karierte oder die Planet-Hollywood extra häufig überzog, um ihr deutlich zu machen, wie scharf sie mich machte. Sie verstand den Wink und ließ sich dann immer besonders leidenschaftlich gehen, zumindest bildete ich mir das ein.

Bis Melanie eines Nachmittags, nach dem dritten Orgasmus meinerseits, mein Kinn in ihre zierliche Hand nahm und in ihrer unnachahmlichen Art erwog: »Ich glaube, wir brauchen die Boxershorts langsam nicht mehr?«

Bevor ich etwas erwidern konnte, versiegelte sie meine Lippen mit einem fordernden Kuss. Ich hatte ewig auf diesen Moment gewartet, und trotzdem fühlte es sich besser an, als ich es je für möglich gehalten hätte.

Wir lagen auf ihrem Bett zwischen tausend Kissen und ein paar Kuscheltieren, im CD-Player lief der Soundtrack zum *König der Löwen* auf Repeat. Elton John fragte: »Can you feel the love tonight?« Meine Antwort lautete: Aber hallo!

Melanie hatte schon ein bisschen Erfahrung und machte es mir leicht, indem sie sich auf mich setzte und meinen Schwanz mit flinken Fingern vorsichtig einführte. Ich hielt es keine zehn Sekunden in ihr aus, bevor ich explodierte. Es war das gewaltigste Gefühl, die gewaltigste Erschütterung meines Lebens. So weich und warm und nass. Ich wollte fortan nie wieder woanders sein außer in Melanie.

Anschließend steckten wir uns gegenseitig eine Zigarette (ich Camel, sie West Light) an und starrten an die Decke. Mir schossen tausend und kein Gedanke durch den Kopf.

Das erste Mal mit vierzehn, nicht schlecht.

Ich bin jetzt ein Mann.

Der Pole wird neidisch sein.

Die anderen Jungs erst recht, schließlich hatte sonst nur Goran schon Erfahrung (und Martin vielleicht, aber da waren wir uns

nicht sicher, so was erzählte er uns nicht, so was erzählte er nur den Porno-Typen vom Heußweg).
Wie würde ich es ihnen erzählen?
Würde ich es ihnen überhaupt erzählen?
Natürlich würde ich es ihnen erzählen, es war geradezu meine Pflicht.
Sie würden mich mit ganz anderen Augen sehen.
Ob es Melanie wohl gefallen hat? Immerhin strahlt sie!
Es ging ein bisschen schnell, genau wie ich vorher befürchtet hatte. Aber komischerweise ist mir das gerade egal. Es fühlt sich zu gut an.
Die dunklen Gedanken sind wie weggevögelt, sozusagen.
Wenn man sich liebt, können auch zehn Sekunden eine Ewigkeit sein.
Was für ein Schwachsinn.
Aber beim nächsten Mal werde ich schon besser abliefern. Und beim übernächsten Mal noch besser.
Ich könnte eigentlich schon wieder.
»Welcher Tag ist heute?«, fragte ich Melanie und blies eine Rauchschwade nach oben.
»Dienstag?«
»Nee, ich meine das Datum.«
»Der achtzehnte Oktober?«
»Der achtzehnte Oktober 1994«, wiederholte ich, »dieses Datum werde ich nie im Leben vergessen, Baby.«
Sie nickte. »Wenn du das sagst?«
Dann sprachen wir wieder über Arizona. Wir malten uns die Ranch aus, auf der wir leben würden. Mit Pferden und Kühen und einer Schwingtür. Abends würden wir in den Saloon gehen und Whiskey trinken mit den anderen Cowboys. Ich stellte mir Melanie ständig in Cowboystiefeln vor. Das machte mich ganz geil.
»Ich freue mich schon auf deine Cowboystiefel«, sagte ich.

»Du musst aber einen Cowboyhut tragen«, sagte sie und kicherte, »und sonst nichts.«
»Ein nackter Cowboy mit Hut?«
Sie lachte. »Genau.«
Dann küssten wir uns triefend, bevor wir gleich noch einmal miteinander schliefen. Diesmal dauerte es schon über eine Minute.

Unter der Dusche

Ich musste den Jungs die Geschichte von meinem ersten Mal nicht aufzwingen, sie erledigten das dankenswerterweise selbst.

»Sag schon, Kalli«, rief Goran nach dem Donnerstagstraining unter der Dusche, während er sein Dusch Das über dem Kopf ausquetschte wie eine Ketchup-Squeezeflasche, »hast du die Perle schon durchgezogen?«

»Wie oft wollt ihr das noch fragen?«, entgegnete ich und lachte blöd, während ich mir an meinen Eiern herumspielte und das kühle Wasser erfrischend auf meinen Kopf prasselte.

»Jawoll«, rief Goran und wackelte mit seinem komplett eingeschäumten Kopf auf und ab, »also habt ihr gefickt!«

»Leck mich im Arsch!«, mischte Frank sich ein. »Du hast die Alte wirklich weggepöhlert?«

»Hat der Sahne!«, rief Volkan.

»Gib mir mal die hohe Fünf, du Psycho!«, sagte Matze und wir schlugen ein. »Das ist ja außerordentlich!«

Außerordentlich. Immer diese komischen Matze-Wörter.

»Du hast die Pussy gepimpert, Alter«, gluckste Goran vergnügt. »Goran zollt Respekt!«

Ich zuckte mit den Schultern, aber mein blödes Lachen musste mich verraten haben. Ich konnte den Jungs nichts vormachen, so wie sie mir nichts vormachen konnten.

»Jetzt im Ernst oder was?«, fragte Mokka, der sich rechts neben mir gerade die Lockenpracht ausspülte.

»Du hast, dings, gar nichts erzählt«, sagte Bum-Bum, der links neben mir gerade seine Dusche ausdrehte und mit dem Handtuch seine Haare trockenrubbelte. Meine beiden besten Kumpels klangen enttäuscht, dabei hatte ich es ihnen bisher nur deshalb nicht erzählt, weil ich sie seit dem 18. Oktober 1994 bis zum heutigen Training noch gar nicht gesehen hatte. Seit dem 18. Oktober 1994 waren ja auch erst zwei Tage vergangen. Wir schrieben den 20. Oktober 1994, und ich konnte es doch selbst noch immer kaum glauben.

»Und«, fragte Martin, »ist die Alte eng?«

Ich lachte schon wieder blöd und begann aus Nervosität, mich hoch konzentriert einzuseifen. Aber natürlich hörte ich genau zu, was sie sagten. Das Wasser wurde immer wärmer. Es dampfte hier inzwischen wie in der Sauna. Ich schwitzte. Ich schwitzte unter der Dusche! Der Strahl schien auf meinem Körper sofort zu verdampfen. Ich hatte plötzlich das Gefühl, alle glotzten auf meinen Schwanz, sie begutachteten ihn regelrecht, ihn, den gefickten Schwanz.

Mokka und Bum-Bum verließen den Raum als Erste, als könnten sie nicht länger neben mir stehen, erst recht nicht unter der Dusche. Dabei hatte ich doch gar nichts falsch gemacht. Ich war doch viel zu stolz, um es für mich zu behalten. Ich hätte es ihnen doch gleich nach dem Training gesteckt, noch auf dem Weg zu den Fahrrädern. Aber jetzt konnte ich ihnen natürlich viel erzählen, jetzt glaubten sie mir kein Wort mehr.

Martin wiederholte seine Frage in einer seltsam geduldigen Tonlage, wie ein abgebrühter Mafiaboss: »Ob die Alte eng ist, wollen wir wissen!«

»Ruhig, du Seggas, ganz ruhig«, rief Frank und trat zwischen uns. Er legte den Arm um meine Schulter. So standen wir nackt nebeneinander. Ich hielt meinen Pimmel in der Hand und fühlte mich wie gelähmt, aber meine Gedanken rasten. Frank. Was will der denn jetzt? Warum stellte er sich an meine Seite?

»Ich bin empört über deine Wortwahl, Martin«, flötete Frank, »wie kannst du so etwas nur sagen?«

Er wedelte mit erhobenem Zeigefinger, Martin sah ihn skeptisch an. Ich wischte mir den Schweiß von der Stirn. Den Schweiß! Unter der Dusche!

»Ich kann sagen«, erwiderte Martin ganz langsam, »was ich will.«
Er baute sich vor Frank auf. Was war überhaupt in Frank gefahren? Immerhin kam Martin vom Heußweg, und wenn er wollte, könnte er uns alle ficken, das hatte er schließlich schon oft genug lauthals angekündigt.
»Locker bleiben, Leute«, sagte ich. Ein vergeblicher Versuch, die ungemütliche Stimmung zu entkrampfen. Frank holte tief Luft.
»Die Pissnelke«, sagte er und zeigte auf Martin, »soll aber wissen, wie sie richtig zu formulieren hat!«
Martin machte große Augen. Er konnte nicht fassen, was er hörte. Wäre er nicht splitternackt gewesen, hätte er seine Ärmel hochgekrempelt und Frank auf der Stelle die Fresse poliert, da war ich mir sicher. Martins Augen flackerten. Er kochte.
»Ich soll also wissen ...«, hob Martin vergeblich an.
»Ob die *Fotze* eng ist«, unterbrach Frank, als würde er uns die überraschende Lösung eines besonders schweren Rätsels verraten, »das wollen wir wissen! Nicht *die Alte,* nein: die *Fotze!*«
Er drehte sich zu mir um, in seinen Augen konnte ich den Neid auf mich erkennen, den Neid darauf, dass ich schon Sex hatte und er nicht.
»Und, Kalli«, sagte Frank jetzt mit ruhiger, aber bestimmter Stimme, »ist deine Fotze eng?«
Welche jetzt? Meine oder Melanies? Es wurde mir alles zu viel. Nachdem ich noch ein paarmal mit den Schultern zuckte und dumm lachte, trocknete ich mich in Windeseile ab, sprang in meine Klamotten und eilte Richtung Fahrradständer. Ich kam noch rechzeitig, Mokka und Bum-Bum hatten ihre Räder gerade aufgeschlossen.
»Was ist eigentlich euer Problem?«, fuhr ich sie an. »Seit wann wartet ihr nicht mehr auf mich?«

»Wir dachten, du willst noch ein bisschen mit deinen Bettgeschichten angeben«, keifte Mokka wie ein Mädchen, »da wollten wir nicht weiter stören.«
So gehässig hatte ich ihn noch nie erlebt.
»Willst du mich verarschen?«, zickte ich zurück.
»Locker bleiben«, ging Bum-Bum dazwischen. Er hasste Streit, und ich konnte ihm ansehen, dass er zwar auch irgendwie enttäuscht von mir war, einem Konflikt aber trotzdem lieber aus dem Weg ging. Typisch Bum-Bum.
»Ihr seid doch behindert«, wurde ich noch ein bisschen lauter, »ich habe doch gar nichts gemacht. Habe ich in der Dusche mit Melanie angegeben? Hallo? Nein! Ich habe den Arschlöchern noch nicht mal eine Antwort gegeben! Was wollt ihr überhaupt von mir? Und ihr wollt meine Freunde sein?«
»Und *du*«, brüllte Mokka mich an, »*du* willst *unser* Freund sein, Bruder? Oder was? Seit du mit deiner Muschi zusammen bist, kriegen wir dich doch überhaupt nicht mehr zu sehen! Du schwänzt inzwischen ja sogar die Mannschaftsabende! Das ist doch alles nur noch pervers beschissen!«
»*Einen* Mannschaftsabend«, verbesserte ich ihn, »*einen einzigen,* seit ich mit Melanie zusammen bin! Und das war nicht wegen Melanie, sondern weil meine Mutter Geburtstag hatte, ihr Penner!«
Ich lachte kurz auf in der Hoffnung, die Stimmung würde sich ein bisschen auflockern. Aber nix da.
»Du bist echt, dings, kaum noch am Start«, nuschelte Bum-Bum.
»Was hast du gesagt?«, provozierte ich ihn, obwohl ich ihn klar und deutlich verstanden hatte.
»Du bist kaum noch am Start!«, brüllte Bum-Bum mir so laut ins Gesicht, dass seine Brille bebte. Damit hatte ich nicht gerechnet. So laut war er noch nie geworden.

»Wann waren wir das letzte Mal Kekswichsen, Bruder?«, setzte Mokka noch einen drauf. »Oder im Tempel? Oder im *Hohen Ross?* Oder im Westfalenpark? Oder irgendwo? Du bist voll der Fotzenknecht geworden!«

Ich versuchte mich zu rechtfertigen: »Ich kann doch nicht Kekswichsen, wenn ich eine Freundin …«

Bum-Bum hob die Hand wie zum Einspruch: »Ist schon gut, Kalli.«

»Wir wollen's gar nicht so genau wissen, Bruder«, sagte Mokka und schüttelte ungläubig den Kopf. »Aber was sag ich überhaupt Bruder? Du bist nicht mehr mein Bruder.«

»Darf ich jetzt nicht mal mehr ausreden?«, rief ich, und meine Stimme überschlug sich vor Wut. »Was kann ich denn dafür, wenn ihr kein Mädchen abkriegt?«

Beide lachten bitter auf.

»Wenn *wir* kein Mädchen abkriegen«, wiederholte Mokka, ohne mich noch eines Blickes zu würdigen. »Du bist so lächerlich, Alter!«

Bum-Bum winkte stumm ab. Und als hätten sie eine geheime Absprache getroffen, schwangen sie sich fast synchron auf ihre Räder und fuhren los. Es fehlte nur noch, dass sie sich an die Hände fassten, um gemeinsam in den Sonnenuntergang zu radeln.

»Was wollt ihr denn von mir?«, rief ich ihnen hinterher, rief ich gegen das Brummen ihrer Dynamos an, ich rief und rief, und sie hörten mich ganz bestimmt, aber sie drehten sich nicht mehr um. Als sie das Ende der Straße erreicht hatten, verschwommen die kleiner werdenden Rücklichter und die orange schimmernden Katzenaugen mit dem Schein der Straßenlaternen.

Ich steckte mir eine Camel Filter an.

Diese Arschlöcher, dachte ich, wollen meine Freunde sein.

Diese Arschlöcher, dachte ich, haben wirklich nichts von dem verstanden, worauf es im Leben ankommt.

Der Paschke-Pokal

Mokka und Bum-Bum redeten fortan überhaupt nicht mehr mit mir. Sie ignorierten mich, und ich war natürlich zu stolz, sie zu einer Aussprache zu nötigen. Sie verhielten sich wie kleine Jungs, und auf dieses Niveau wollte ich nicht hinab.

Ironischerweise war der Rest der Mannschaft dafür plötzlich umso freundlicher zu mir. Sie nahmen mich wahr, begegneten mir auf Augenhöhe, fragten mich nicht nur auf dem Platz, sondern auch privat hin und wieder nach meiner Meinung: Volkan wollte wissen, was ich von seiner neuen Frisur – einem monströsen Mittelscheitel – hielt; Frank fragte mich nach Tipps für seine Playlisten (»Welche Lalla hörst du gerade so, du alter Ficker?«); Micha wollte Veränderung und überließ mir die Entscheidung, welche Bömkes er anstelle seines geliebten Twix mit auf die Bank nehmen durfte – ich empfahl ihm eine Tüte Violas von der Bude für fünfzig Pfennig; sogar Martin und Goran schlugen jetzt regelmäßig mit mir ein, klopften mir bei gelungenen Aktionen auf die Schulter oder riefen »Leo!«, um mich auf einen Hintermann aufmerksam zu machen – kleine Gesten, die für mich eine große Bedeutung hatten. Ich war in der Mitte der Mannschaft angekommen, mein Sex mit Melanie hatte mich in der Wertschätzungskette der Truppe weit nach vorne katapultiert. Eine eigenartige Entwicklung, die mir jedoch guttat in Zeiten, in denen meine einzigen Freunde mir den Rücken gekehrt hatten.

Auf dem Platz entwickelte sich die Saison 1994/95 zum Triumphmarsch für uns, die C-Jugend von Fortuna Diepenbusch. Mit einem 5:1-Sieg gegen Viktoria zum Saisonauftakt hatten wir uns gleich an die Tabellenspitze gesetzt und eine Siegesserie gestartet, die erst mit dem 0:0-Unentschieden gegen Blau-Weiß am achten Spieltag einen ersten Dämpfer erhielt. Den Platz an der Sonne gaben wir aber bis zum Winter nicht mehr her: Wir waren zum ersten Mal Herbstmeister!

Bis zum Aufstieg war zwar noch eine ganze Rückrunde zu spielen, aber Patron Paschke war so stolz auf uns, dass er es nicht bei einer schnöden Freibier-Party vor der Winterpause belassen wollte. Kurzerhand hob er den Paschke-Pokal aus der Taufe. Der Paschke-Pokal war ein Hallenturnier (gesponsert von *Paschke PS,* der Kfz-Werkstatt unseres Patrons), das ab sofort immer am zweiten Januar-Wochenende ausgetragen werden sollte. Eingeladen wurden sieben Vereine aus der Region, die zusammen mit Fortuna Diepenbusch in zwei Vierergruppen um den Halbfinaleinzug und anschließend im Finale um den Paschke-Pokal gegeneinander antraten. Für uns war der Paschke-Pokal eine Riesensache, wir liebten die Schnelligkeit und das Eishockeyartige des Hallenfußballs, den Rock 'n' Roll der Veranstaltung, die in den großzügigen Turnhallen der Realschule an der Semperstraße stattfand. Damals hatte Hallenfußball auch beim DFB noch einen ganz anderen Stellenwert: Von 1987 bis 2001 wurde der DFB-Hallenpokal, zeitweise auch Hallen-Masters genannt, unter Regie des Verbandes ausgetragen. Die kurzweilige Veranstaltung sollte der Überbrückung der Winterpause dienen und stellte die Endrunde mehrerer Qualifikationsturniere dar, an denen neben den Teams der Bundesliga und der 2. Bundesliga auch Amateurvereine und ausländische Mannschaften teilnahmen. Obwohl die Spitzenvereine der Veranstaltung insbesondere wegen der hohen Verletzungsgefahr stets skeptisch gegenüberstanden, holten vor allem renommierte Traditionsvereine wie der Hamburger SV, Werder Bremen, Borussia Dortmund oder der 1. FC Köln den Titel. Doch auch das anfangs große Zuschauerinteresse ließ im Laufe der Neunziger nach. Als der Vermarktungszwang für die Vereine um die Jahrtausendwende immer größer wurde und zu allem Überfluss auch noch die Winterpause verkürzt wurde, waren die Tage des DFB-Hallenpokals gezählt.

Die Tage des Paschke-Pokals hatten 1995 dagegen gerade erst begonnen.

Star der ersten Auflage war Bum-Bum, der uns zum Titel führte. Überhaupt: Bum-Bum. Der redete zwar neuerdings nicht mehr mit mir, entwickelte sich aber zum absoluten Leistungsträger, der auf der rechten Defensivseite nicht nur alles abräumte, sondern immer häufiger auch vorne Akzente setzte, indem er parallel zum Strafraum gefährlicher in die Mitte dribbelte, als es heutzutage Arjen Robben praktiziert. Als Außenverteidiger stahl er mir inzwischen sogar ein bisschen die Show. Damit konnte ich nur deshalb ganz gut leben, weil Bum-Bum maßgeblichen Anteil daran hatte, dass wir als Herbstmeister grüßten. Mit dieser Leistungsexplosion einher ging zudem seine persönliche Entwicklung: Bum-Bum hatte seine krankhafte Schüchternheit endgültig abgelegt, traute sich zumindest auf dem Platz jetzt auch mal Widerworte zu geben und gab in der Kabine manchmal sogar mehr als einen Satz von sich.

»Mach' ma'n Satz, Bum-Bum!«, hatten die Großmäuler unserer Truppe den stummen Bum-Bum all die Jahre provoziert, aber von einem Tag auf den anderen zog das nicht mehr.

In der Freizeit trug Bum-Bum zudem kaum noch seine Brille und stattdessen fast immer Kontaktlinsen.

Den Vogel schoss er allerdings mit seinem Augenbrauenpiercing ab, das er sich auf dem Bizarre-Festival in Köln (an sich schon eine Sensation: Bum-Bum auf einem Rockfestival!) hatte stechen lassen. Der brave Koreaner sah plötzlich richtig verwegen aus, auch mit dem Pflaster, mit dem er den Ring vor jedem Training und Spiel abklebte.

Mit mir redete er aber, genau wie Mokka, weiterhin kein Wort, was vielleicht auch Teil seiner plötzlichen Emanzipation war.

Vielleicht war meine Beziehung mit Melanie nur ein willkommener Anlass, sich von mir abzunabeln. Ich wusste es nicht.
Ich wusste nur, dass Bum-Bum unser neuer Starverteidiger war. Beim Paschke-Pokal brillierte er derart, dass er anschließend zum Spieler des Turniers gewählt wurde. Er bekam eine bronzene Medaille und einen Hundert-Mark-Gutschein für, na klar, *Paschke PS.*
»Isch 'abe gar keine Auto«, sagte er im Singsang des Nescafé-Mannes zu Paschke, als der ihm die Medaille um den Hals hängte (auch wieder so ein Beweis: Früher hätte er sich nie getraut, Paschke überhaupt anzusprechen, jetzt versuchte er dabei sogar frech und witzig zu sein!).
Paschke lachte: »Und wat is mit deine Eltern?«
»Was soll mit denen sein?«
»Ker, ham die denn keine Karre?«
»Nö.«
Paschke warf verzweifelt die Arme in die Luft: »Ker, na dann löste dat Dingen ebent in vier Jahre ein, wenne dein Lappen gemacht hass, wonnich!«
Großes Gelächter.
»Hundert Mark«, rief Volkan und nickte anerkennend, »schade, dass sie keinen Puff haben, Herr Paschke ...«
Noch größeres Gejohle, nur Paschke konnte komischerweise überhaupt nicht darüber lachen. Sah ihm gar nicht ähnlich, aber vielleicht wollte er die Siegerehrung nicht zur Klamaukveranstaltung herabwürdigen. Denn anschließend überreichte Paschke den nach ihm benannten Pokal (ein hässlicher Henkelpott, den der Patron extra in Auftrag gegeben hatte und der dem Champions-League-Pokal nachempfunden war) unserem Kapitän Radek, der das Ding unter großem Jubel in die Luft stemmte, während aus den knarzenden Lautsprechern der Turnhalle tatsächlich *We Are The Champions* von Queen dröhnte – der Startschuss für eine wilde Freibier-Party! Denn

das erste Turnier um den Paschke-Pokal sollte denkwürdig werden, aber weniger, weil wir mit Hacke, Spitze, eins, zwei, drei alle Gegner aus der Halle schossen und uns souverän den Titel sicherten, sondern vielmehr wegen eines Vorfalls, der sich bei der rauschenden Freibier-Party ereignete, die im Anschluss ausnahmsweise eben nicht in der *Klause,* sondern gleich in der Turnhalle der Realschule an der Semperstraße stattfand. Dort wurde allen Ernstes eine Discokugel aufgehängt, dazu hatte Paschke in seiner Werkstatt extra eine Art Lichtanlage anfertigen lassen, die ein paar billige Strobo-Effekte fabrizierte, die jedem Epileptiker zum Verhängnis geworden wären. Auf seine Art gab Paschke sogar den DJ, indem er seine Lieblingsplatten (Deep Purple, Led Zeppelin, AC/DC und alle anderen Abarten des Siebzigerjahre-Schweinerocks – eine Menge Gelegenheiten für mich, die Luftgitarre auszupacken) und die ersten zehn *Bravo-Hits*-Compilations im Wechsel auflegte. Paschkes Partyprogramm reichte aus, um den Abend in Fahrt zu bringen. Später trudelten sogar immer mehr Mädchen ein, Spielermädchen der anderen Vereine, deren Freundinnen und deren Freundinnen und deren Freundinnen, auch Melanie und Sila kamen vorbei. Es wurde immer schwüler, Kondenswasser tropfte von den Rohren unter der Decke, von den Minustemperaturen des winterlichen Diepenbusch bekamen wir drinnen in den Turnhallen nichts mit. Gegen 22 Uhr bewegte sich in der Halle niemand mehr unter anderthalb Promille. Die Luft dampfte vor Alkohol, Nikotin und Teenagerschweiß. Die meisten Erwachsenen hatten sich längst verabschiedet, aber für uns ging die Party erst richtig los. Das Jungs/Mädchen-Verhältnis lag inzwischen ungefähr bei 50/50, und so wurde sich auf der Tanzfläche, in den Ecken, auf den Fluren und den Toiletten wild aneinander gerieben, es wurde geknutscht, gefummelt und mehr. Ich vergnügte mich natürlich ausschließlich mit Melanie. Irgendwann zerrte sie mich nach draußen, auf die Weitsprunganlage hinter der Halle. Es war saukalt, einige Grad unter null, aber das war egal. Wie bei einer Verhaftung legte sie mir meine Hände auf den Rücken und begann, an meiner Hose herumzunesteln. Dabei schaute sie mir mit einem Blick, der gleichzeitig niedlich und versaut war, von unten in die Augen. Trotz der Minusgrade bekam ich einen gewaltigen Ständer.

»Du machst jetzt einfach mal gar nichts?«, hauchte sie noch, bevor sie meinen Schwanz in den Mund nahm. Ich konnte es kaum fassen, mir wurde zum ersten Mal in meinem Leben einer geblasen. So wie Goran damals von Katja einer geblasen wurde! Ein Mythos wurde wahr, schließlich rankten sich Legenden darum, wie gut es sich anfühlen würde, einen geblasen zu bekommen.

»Du kannst mir einen blasen«, war bei uns in der Kabine zwar eine gern verwendete Beleidigung, aber ansonsten war das Blasen extrem positiv konnotiert.

Ich genoss es in vollen Zügen, was Melanie mit ihrem Mund veranstaltete, musste mir aber eingestehen, dass es mir noch ein bisschen besser gefiel, richtig mit ihr zu schlafen. Wurde das Blasen womöglich überschätzt? Na ja, vielleicht auch nicht, ich kam jedenfalls gewaltig, und obwohl ich es rechtzeitig ankündigte, behielt Melanie meinen Schwanz die ganze Zeit in ihrem Mund und schluckte mein Sperma. Ich musste an Martin denken.

»Schluckt deine Schlampe?«, hatte er kürzlich noch gefragt und mir dabei freundschaftlich den Arm um die Schulter gelegt. Einmal mehr war meine Antwort nur ein blödes Lachen gewesen. Jetzt hätte ich ihm natürlich mehr zu dem Thema erzählen können, aber andererseits: Warum sollte ich? Ich war einfach nur glücklich mit Melanie, mehr musste keiner wissen.

Erst ein paar Tage zuvor hatte Melanie mir meinen großen Sextraum erfüllt: Sie hatte sich Stiefel besorgt, die sie beim Sex anbehielt. Sie war ganz nackt, trug nur Stiefel, und ich durfte sie von hinten nehmen – der absolute Wahnsinn, besser ging's nicht, besser konnte es nie mehr werden! Dass sie darauf bestand, dass ich dabei einen Cowboyhut tragen musste, nahm ich nur zu gerne in Kauf. So war der Sex mit Melanie: wild und hemmungslos, aber – wie in diesem Fall mit der Arizona-Cowboy-Komponente – immer auch romantisch, irgendwie. Wir waren uns so nah. Ich fühlte mich unverwundbar, obwohl ich erst viel später realisieren sollte, was für ein unbezahlbares Glück ich hatte, die ersten sexuellen Erfahrungen mit meiner großen Liebe erleben zu dürfen. Wie ich heute weiß, ist das nicht vielen vergönnt, auch wenn ich es damals als selbstverständlich hinnahm.

Zurück in der Halle, machte sich Melanie langsam Sorgen um Sila. Sie hatte ihre beste Freundin seit mehr als anderthalb Stunden nicht mehr gesehen und schon vor unserem Abstecher nach draußen vergeblich gesucht.

»Lass uns noch mal eine Runde drehen«, sagte ich zu Melanie, »wir finden sie schon.«

Wir klapperten das ganze Gebäude ab. Zunächst die Tanzfläche, auf der es schwierig war, den Überblick zu bewahren, so eng, laut und verqualmt, wie es hier zuging. Goran war inzwischen betrunken genug, dass er sich mit heruntergelassenen Hosen in die Mitte des Türkenkreises stellte und zu *No Good (Start The Dance)* von The Prodigy seinen Schwanztanz in einer besonders ekstatisch zuckenden Version aufführte, während die Jungs um ihn herum tanzten und ihn mit dem guten alten Schlachtruf anfeuerten: »Go, Ali, go, Ali …«

Melanie hielt sich die Hand vors Gesicht und lachte laut auf: »Muss das sein?«

Mir fiel auf, dass auch der Pole nirgendwo zu sehen war, eigentlich ein gutes Zeichen. »Der Pole ist auch nirgendwo zu sehen«, sagte ich zu Melanie, »das ist eigentlich ein gutes Zeichen.«

Sie schlug vor, auf den Toiletten nachzuschauen. Auf dem Weg dorthin kam uns Bum-Bum entgegen, taumelnd, wie in Trance, so hatte ich ihn noch nie gesehen, schwitzend, die Augen leer, aber irgendwie zufrieden. Ich vergaß unsere Funkstille, packte ihn an der Schulter und fragte: »Hast du den Polen gesehen? Oder Sila?« Sein Augenbrauenpiercing sah ein bisschen entzündet aus. Er glotzte mich nur an, fünf Sekunden, zehn Sekunden, er glotzte mir in die Augen und sagte nichts, sein Blick jetzt finster und entschlossen. Entschlossen, mir auch in seinem bemitleidenswerten Zustand keine Antwort zu geben, entschlossen, nicht – unter gar keinen Umständen – mit mir zu reden.

»Ach, verpiss dich doch, du Affe!«, sagte ich schließlich und schubste ihn zur Seite.

»Was war denn mit dem los?«, rief Melanie gegen die laute Musik an. »Hat der nicht mehr alle Latten am Zaun?«

»Ach, ist 'ne lange Geschichte«, sagte ich nur.

»Nimmt der Drogen?«, fragte Melanie.

Auf der Damentoilette stellte ich fest, dass Mädchen genau solche Ferkel wie Jungs sein mussten – so dreckig und versifft hatte ich es nicht erwartet. Auf dem Boden lagen Tampons, Papiertücher, Eyeliner, sogar ein gebrauchtes Kondom, alles wild verstreut. Bis auf ein knutschendes Pärchen bei den Waschbecken waren die Räume aber leer.

Auch auf der Jungentoilette stand niemand an den Pissoirs.

»Das kann doch nicht sein?«, rief Melanie, als plötzlich die Tür aufschwang und der Pole hereinstolperte.

»Da bist du ja, du Spasemacke«, platzte ich heraus, weil ich ehrlich erleichtert war, ihn zu sehen.

»Wo soll ich denn sonst sein?«, fragte der Pole mit skeptischem Blick, schob aber mit einem Lächeln hinterher: »Na, wie läuft die Trallafitti bei euch?«

»Wo ist Sila?«, fragte Melanie, die noch keineswegs so erleichtert wirkte wie ich.

»Genau das wollte ich dich auch gerade fragen«, rief der Pole, plötzlich aufgebracht, »ich such die schon seit einer Stunde oder so. Ich wollte nur kurz 'ne Runde im Türkenkreis tanzen, da stand sie noch an der Bar. ›Ich komme gleich wieder‹, hatte ich noch zu ihr gesagt. Aber als ich wiederkam, war sie nicht mehr da. Da bin ich dann erst mal wieder zurück in den Türkenkreis. Aber so langsam mache ich mir schon Sorgen ...«
Plötzlich hörten wir einen Knall aus einer der Toilettenkabinen, ein Geräusch wie ein mit Schmackes heruntergeklappter Klodeckel, anschließend unterdrücktes Gekicher.
Ich guckte den Polen an, der Pole guckte Melanie an, Melanie guckte mich an. Ich hielt für einen Moment den Atem an, was natürlich schwachsinnig war.
Die Türen der Kabinen standen fast alle mindestens einen Spaltbreit offen, bis auf eine, die zwar geschlossen, aber nicht verriegelt war. Aus dieser Kabine kam das Gekicher.
Der Pole legte den Zeigefinger auf den Mund und schlich sich langsam an diese Tür heran. Er machte noch ein paar Gesten wie der schlecht ausgebildete Leiter eines Sondereinsatzkommandos, dann drückte er die Klinke hinunter und stieß die Tür auf.
Das Gekicher verstummte.
»Alter!«, rief der Pole, in seine Stimme war der Schock gefahren. »Wollt ihr mich verarschen?«
Auf dem Boden in der Kabine hockten Sila und Matze, besser gesagt: Sie lagen halb übereinander, ihre Klamotten waren teilweise verrutscht, teilweise heruntergerissen. Ich war entsetzt und musste für einen Moment reflexartig weggucken, erhaschte aber noch einen Blick auf Silas schöne Brüste und Matzes kleinen Schwanz, aber den kannte ich ja schon aus der Dusche.
»Schatz!«, rief Melanie erschrocken.
»Alter!«, rief ich und zündete mir hastig eine Zigarette an. An der blauen Stichflamme bemerkte ich, dass ich sie mir falsch

herum in den Mund gesteckt hatte. Ich trat die Kippe auf dem Boden aus, war sowieso alles dreckig hier.
»Martin!«, rief Sila mit sich überschlagener Stimme, und fast noch lauter, als sie Melanie erblickte: »Schatz!«
Dem sonst so vorlauten Matze hatte es dagegen komplett die Sprache verschlagen: keine komischen Wörter, keine aufgeblasene Formulierung, nichts dergleichen.
»Warum so überrascht, Sila?«, fragte der Pole wie jemand, der kurz davor ist, den Verstand zu verlieren, wie Jack Nicholson in *Shining* oder so. »Sollen wir lieber später noch mal wiederkommen, wenn ihr euch was angezogen habt?«
Sila wimmerte: »Martin, du darfst jetzt ... nicht ...«
Aber der Pole winkte ab und stürmte aus der Toilette. Nur Melanie und ich standen nun noch vor dem Kabineneingang und blickten auf unsere halb nackten Freunde hinab.
»Matze?«, fragte ich hilflos, aber er machte immer noch keinen Mucks. Sila schwitzte, sie wuschelte sich durch ihre feuchten schwarzen Haare, in ihren nassen Augen spiegelte sich das blanke Entsetzen. Verschämt sah sie zu Melanie auf. Vielleicht hoffte sie auf irgendeine Form von Verständnis oder Mitgefühl, aber ihre beste Freundin konnte nur mit dem Kopf schütteln.
»Bist du noch ganz dicht, Schatz?«, fragte Melanie und hielt für einen Moment inne, bevor sie sich doch noch entschied zu brüllen: »Und steht ihr jetzt wohl verdammt noch mal endlich auf, ihr Schlampen?!«

Konsequente Konsequenzen

Unser Patron Paschke griff gerne durch. Wenn es im Verein was zu regeln gab, sorgte er für klare Verhältnisse. »Das wird konsequente Konsequenzen haben«, verkündete er dann.

Aber diesmal ging es um seinen Sohn. Nach dem Paschke-Pokal hatte Matze schlechte Karten innerhalb der Mannschaft. Er hatte mit Sila rumgemacht, obwohl er genau wusste, dass sie mit dem Polen zusammen war. Ein Verstoß gegen den Ehrenkodex der Truppe. Der Pole war untröstlich, nicht nur, weil die Beziehung mit seiner großen Liebe Sila in die Brüche gegangen war, sondern weil sein Glaube an den besonderen Teamgeist schwer erschüttert worden war. Er hatte sich mit seinem Sturmpartner Matze immer gut verstanden, umso größer war seine Enttäuschung. Auf dem Platz rissen sie sich zusammen, legten sich weiterhin die Bälle auf, aber ansonsten herrschte Funkstille. Auch der Rest der Mannschaft brachte kein Verständnis für Matzes Ausrutscher auf. Allgemeiner Tenor: Matze war zu weit gegangen. Er musste sanktioniert werden.

Das Thema schwelte, weil wir vergeblich auf Reaktionen von Vereinsseite warteten, von Trainer Harald oder eben Paschke. Wochenlang kochte der Vorfall immer wieder hoch, in der Mannschaft wurde heftig diskutiert.

Gehörte Matze rausgeworfen?

Es gab Stimmen, die sich für ihn starkmachten.

»So einen Knipser finden wir so schnell nicht wieder«, merkte sogar der stumme Artur nicht zu Unrecht an.

In der Überzahl waren jedoch die Gegner, die Matze loswerden wollten.

»Wie gesagt«, sagte Micha, »so ein Arschloch gehört ausgemustert!«

Aber hätte jeder von uns widerstehen können, wenn Sila angekommen wäre?
»Ganz ehrlich«, tönte Goran, »ich hätte meinen Schwanz nicht schnell genug auspacken können, wenn sich Sila bei mir auf den Schoss gesetzt hätte – der Pole hin oder her …«
Nachdem Trainer Harald von den Vorfällen erfahren hatte, berief er eine Mannschaftssitzung in der *Klause* ein. Dort erklärte er, dass er unsere Wut und unser Unverständnis verstehen könne, dass er Matze aber, insbesondere aus sportlichen Gründen, nicht rausschmeißen könne. »Ich kann mir keinen neuen Stürmer backen«, sagte er und hatte offensichtlich vergessen, dass ich auf der Position schon einmal eingesprungen war. Wieso erinnerte er sich nicht an mich? Ich hatte damals gegen den VfL überzeugt. Es hatte nicht viel zu meinem ersten Treffer gefehlt, außerdem hatte ich Sinisa den Siegtreffer mustergültig aufgelegt. Ich war der geborene Stürmer, daran hatte ich keinen Zweifel. Musste ich wirklich erst Torschützenkönig der WM 2006 werden, um auch Harald davon zu überzeugen? Auf der linken Abwehrseite arbeitete ich nur meine Zeit ab, höchst zuverlässig zwar, aber ohne Lust und Leidenschaft – auch wenn das den meisten Beobachtern, einschließlich Harald, verborgen blieb. Ich realisierte plötzlich die Chance, die sich durch Matzes Suspendierung für mich ergeben würde. Ich war näher dran, als mir bisher bewusst war. Nur Harald stand immer noch auf dem Schlauch.
War das hier mal wieder so eine einmalige Chance? Ich wusste es nicht. Aber ich verzichtete darauf, meine Ansprüche lauthals geltend zu machen, das war nicht meine Art, immer noch nicht. So blieb Matze zunächst bei uns im Team, sehr zum Unmut der meisten Jungs, die ihre Kommunikation mit dem Patronenspross fortan aufs Nötigste beschränkten. Aber vor allem Radek, der Gerechtigkeitsfanatiker, und Volkan, Silas Bruder, ließen nicht locker.

»Der Bastard muss weg«, predigte unser Torwart immer wieder, »sonst wird er noch einen Keil zwischen uns alle treiben!«

»Ich regele das schon«, sagte Radek dann immer. Und tatsächlich: Mutig vereinbarte unser Kapitän schließlich einen Termin mit Paschke. Nur einen Tag nach diesem Gespräch, das laut Radek ergebnislos verlaufen war (»Ich habe ihm den Stand der Dinge erklärt, er hat nichts dazu gesagt«), kündigte sich der Patron dann in unserer Kabine an, unmittelbar nach dem Training wollte er vorbeischauen. Wir alle waren so aufgeregt, dass schon während der Einheit auf dem Platz ununterbrochen getuschelt wurde.

»Meinst du, der kommt wirklich?«

»Paschke ist ein Mann der Tat, natürlich kommt der!«

»... und schmeißt seinen Sohn raus?!?«

»Schwierig zu sagen. Aber welche Strafe wäre angemessener?«

»Die Fortuna geht für Paschke vor, sie steht über allem, auch über der Familie!«

»Glaub ich nicht.«

»Aber hallo!«

Die Frage nach dem Strafmaß trieb uns um. Eine schwierige Situation für Paschke. Dass er sich auf Radeks Anfrage so schnell in unserer Kabine blicken ließ, deutete auf Entschlossenheit, das Thema schnellstmöglich zu beenden. Und so spazierte Paschke fünf Minuten nach Trainingsende ganz lässig in unsere Kabine, wie immer im *Miami Vice*-Look gekleidet, die Arme hatte er auf dem Rücken verschränkt, im Mundwinkel klemmte eine erloschene Zigarre.

Es herrschte gespannte Stille, bis ausgerechnet Matze das Schweigen brach. »Kann ich dir mit Feuer aushelfen, Dad?«

Er nannte Paschke immer *Dad*, das hatte er sich wahrscheinlich aus amerikanischen Familienserien abgeguckt. Paschke rang sich ein väterliches Schmunzeln ab und sagte: »Danke, Junge, aber ers wenn ich hier fertig bin, wonnich!«

Dann richtete er das Wort an uns: »Getz ma ehrlich, Männer, wollt ihr mich verhohnepiepeln? Samma? Als unsan Radek mich gestern aufgesucht und mir vonne Problematik Bericht erstattet hat, da dachte ich, ich hör nich mehr ganz sauber. Dat brauch doch kein Schwein, sowat! Dat der Matze ma ne Minute anne Perle vom Polen rumgeschraubt hat? Hömma, allen Ernstes? Samma, wo leb ich denn? Männer, wir wolln hier doch ma bisschen unter Männern sein, wonnich! Und ich sach dat getz ganz bestimmt nich, weil der Matze mein Sohn is, aber dat is doch kein Kardinalsfehler, wen er da begangen hat! Dat is doch Kindergeburtstag! Ich versteh dat nich. Männer, wir sind doch alle aus dem gleichen Fleisch und Blut, hömma! Ker, habt ihr denn noch nie gedacht, Mensch, der Typ is zwar ganz nett, aber dem seine Perle, die würd ich auch ma gerne knattern ... ganz ehrlich? Getz ma unter Kumpels! Getz guckt doch nich alle wie'n Auto, ker! Nehmt euch mal 'n Beispiel am Polen, is der hier am Rumjammern? Seh ich nich, hömma, seh ich nich! Dabei hätte – wenn überhaupt, sach ich, ich sach, wenn überhaupt –, hätte nur der Pole 'n Recht da drauf! Aber wat macht der Pole? Der Pole macht sich gerade und hat dem Matze am Samstag ersma schön zwei Stück aufgelegt. Dat war ne Aktion, voll nach meinem Geschmack. So regelt man dat unter Männern. Ich hab getz über fünfzig Jahre in dem Pissbunker hier zugebracht, aber so ne Nummer wie mit euch is mir noch nich untergekommen. Reißt euch ma am Riemen, vadorrey nochma! Ihr spielt doch die Säsong eures Lebens! Und falls sich noch irgendwer fragt: Natürlich gibbet keine Strafe fürn Matze und auch sons keine Konsequenzen, wir sind hier schließlich nich beim Ballett! Ihr lasst jetzt noch was Unkraut über die Sache wachsen und dann is gut, da geh ich aber ganz fest aus von! Und ich sach dat getz ganz bestimmt nich, weil der Matze mein Sohnemann is!«

Paschke war schon fast in der Tür, als er sich noch einmal zu uns umdrehte und sagte: »Und für die Zukunft: Dat Leben is nich immer nur Friede, Freude, Pfannekuchen! Wir sind hier nich beie Kelly Family!«

Wir nickten reuig.

»So«, grunzte Paschke, »getz geh ich ersma in die *Klause,* einen saufen.«

»Bis später, Dad!«

Als er die Kabine verlassen hatte, blieben wir ratlos zurück. Keiner sagte ein Wort, alle starrten ins Leere oder an die Decke. Nach endlosen Sekunden der Stille stand Volkan plötzlich von seiner Plastikbank auf, ging geradewegs auf den ihm gegenübersitzenden Matze zu und schlug ihm mit der Faust und mit voller Wucht ins Gesicht. Matze schrie auf vor Schmerz und griff sich mit beiden Händen ins Gesicht. Goran und Martin packten Volkan und wollten ihn mit aller Kraft davon abhalten, weiter auf Matze einzuschlagen (»Lass gut sein, Türke!«), aber das hatte unser Torwart offenbar auch gar nicht vor. Es war ihm nur an diesem einen Schlag gelegen. Ein Schlag wie ein überfälliges Ausrufezeichen. Matze tastete seine Nase ab, aber er blutete nicht.

»Du hast mir die Nase gebrochen«, schnaubte er trotzdem, »du Psycho.«

»Wenn dein Vater das nicht erledigt«, sagte Volkan mit ruhiger Stimme, »bleibt mir nichts anderes übrig.«

So perfekt

Der Tag, an dem unser langjähriger Trainer Harald »Dirty Harry« Engler seinen knallbunten Erima-Trainingsanzug an den Nagel hängte, war ein trauriger Tag für Fortuna Diepenbusch. Und einer der schönsten.

Sein Abschied hatte sich nicht wirklich abgezeichnet. Um ehrlich zu sein: Es traf die Truppe sogar völlig unvorbereitet, als uns Harald am drittletzten Spieltag in der Mannschaftssitzung vor dem Spiel gegen den VfL darüber informierte, dass er zum Saisonende aufhören werde. Er las seine Ansprache von einem handgeschriebenen DIN-A4-Blatt ab, diese Rede schien ihm wichtig zu sein.

Er wolle sich ab sofort ganz aufs *Hohe Ross* konzentrieren, verkündete er, aber vielleicht auch noch mal einen kompletten Neustart wagen. Alles auf Anfang.

»Ich sag euch ganz ehrlich«, las er vor, »ein Verein wie die Fortuna gibt Wärme, Schutz, eine Geborgenheit, die sich wie ein Schutzschild vor euch stellt. Für euch Jungs ist so ein Schutzschild gut und wichtig, ein Mikrokosmos, in dem ihr fürs Leben lernen könnt. Etwas Besseres kann euch nicht passieren. Ganz klar. Denn die Welt ist ein asozialer Ort, und ihr werdet euch noch wundern, was sie aus manchen Menschen macht. Aber in meinem Alter – und ihr wisst, ich bin ein alter Knacker – spielt das keine Rolle. Da kann so ein Schutzschild auch das Gegenteil bedeuten, es kann lähmen und für ein Gefühl der Rückwärtsentwicklung sorgen. Das kann sich, auf gut Deutsch, richtig beschissen anfühlen. Ich weiß noch nicht genau, was ich machen werde, aber ich werde mich nach dieser Saison freier fühlen, weil ich die Verantwortung, die euch gerecht werden würde, nicht mehr tragen möchte, nicht mehr tragen kann. Ihr sollt wissen, dass meine Entscheidung nichts mit euch zu tun hat. Die Jahre mit euch gehörten, mit Verlaub, zu den schönsten meines Lebens. Ganz klar!«

Er stockte kurz, schniefte, schluckte, wischte sich mit der Hand über das Gesicht. Er putzte sich die Nase und machte dabei Geräusche wie eine Robbe. Dann fuhr er fort: »Ganz klar, ganz ehrlich, aber ich muss jetzt weiter! Und ihr sollt euren Weg mit einem neuen Trainer weitergehen, der das Feuer hat, euch jede Woche noch einen Tacken besser zu machen – denn ihr habt euer Limit noch lange nicht erreicht. Und jetzt geht raus und macht mir das schönste Geschenk zu meinem Rücktritt! Den Aufstieg, Männer! Den Aufstieg! Wie sich das anhört! Mann, ey! Wie ihr nach der letzten Saison, nach diesem Herzschlagfinale, nach dieser wahnsinnigen Enttäuschung, wie ihr da zurückgekommen seid, das ist nicht nur aller Ehren wert, nein, das verdient, mit Verlaub, auch meinen ganz großen Respekt! Ihr habt gezeigt, dass ihr echte Kerle seid! Echte Kerle können mit Rückschlägen umgehen, und das habt ihr mir gezeigt, das habt ihr der Fortuna gezeigt, das habt ihr ganz Diepenbusch gezeigt! Ihr seid aufgestanden, als ihr am Boden wart – darum geht es im Fußball, darum geht es im Leben, darum geht es für uns Männer! Also geht, verdammt noch mal, raus auf den Platz und macht die Sache heute klar, okay? Alles klar?«

Wir waren ganz still vor Schock. Am Anfang seiner Rede hatte Harald noch gefasst gewirkt, jetzt schien er gegen seine emotionale Überwältigung anzukämpfen. Wasser schoss in seine kleinen Schweinsaugen. Er machte dicke Backen wie ein Baby, er fuhr sich durch die Vokuhila, nestelte an seinem Trainingsanzug herum, taperte auf der Stelle auf und ab und wusste nicht, wohin mit sich. Dann verließ er vorsichtshalber doch die Kabine.

Trainer können ihre Gefühle nicht zeigen.

»Was war das denn?«, fragte der Pole aufgebracht.
»Radek, du Pisser«, rief Frank, »wusstest du etwa davon?«
Radek hob die Arme: »Ich hatte keine Ahnung!«
»Das darf doch nicht wahr sein«, nuschelte Artur, »wir steigen auf, und der Kerl haut einfach ab?«
»Das ist doch voll pervers«, sagte Mokka.
»Wir müssen jetzt, dings, die Ruhe bewahren«, sagte Bum-Bum, der sich immer mehr zum – wenn auch stotternden – Wortführer mauserte, was ich irgendwie albern fand.
»Die Ruhe bewahren«, spottete Frank, »du hast gut reden, du Flipse!«
»Vielleicht ist es auch eine Chance für uns«, sagte ich, aber es klang irgendwie hohl.
»Kalli«, sagte Radek, »halt lieber den Mund, wie wir es von dir gewohnt sind …«
Ich lachte unsicher auf.
Matze trat in die Mitte der Kabine und hob an: »Wir dürfen uns von diesem Schock jetzt nicht paralysieren lassen!«
»Parawas?«, fragte Radek genervt. »Warum redest du eigentlich immer wie eine Schwuchtel?«
»Wir müssen nach vorne schauen«, fuhr Matze fort. »Wir müssen …«
Volkan griff nach seinem Stollenschuh und warf ihn nur knapp an Matzes Kopf vorbei. Der Schuh knallte krachend gegen einen Spind, Matze verschlug es die Sprache. Weil Volkan damit einmal mehr übernommen hatte, was allen schon länger auf der Seele brannte, sagte keiner ein Wort. Außer Volkan.
»Halt doch einfach die Fresse, du Clown!«, rief unser Torwart. »Du klopfst hier Sprüche, mit denen kannst du vielleicht bei *Samstag Nacht* auftreten, aber nicht hier in der Kabine. Du hast uns hier überhaupt nichts zu erzählen! Du hast hier eigentlich überhaupt nichts mehr zu suchen! Ohne deinen Vater

wärst du doch überhaupt nicht mehr hier! So sieht das nämlich aus, du Flachwichser!«

Volkan hatte nach dem Eklat um Matze und seine Schwester Sila am meisten, mehr noch als der Pole, darunter gelitten, dass nichts gegen Matze unternommen wurde. Er vermutete eine Verschwörung der Paschkes gegen seine Familie, warum auch immer. In dieser Zeit brachte Volkan auch erstmals das Gerücht in Umlauf, dass Paschke sein dickes Konto nicht nur seiner Kfz-Werkstatt, sondern auch der Prostitution verdanke. Von einem Edelpuff in Dortmund war die Rede. Wir waren unsicher, ob Volkan mit dem Thema um die Ecke kam, um Stimmung gegen die Paschkes zu machen, oder ob da wirklich was dran war. Woher wusste er davon? Und konnte es ein Zufall sein, dass das ausgerechnet jetzt zum Thema wurde? Vielleicht. Vielleicht nicht. Wir wussten nicht, was wir dem zornigen Volkan glauben konnten. Im Dortmunder Nachtleben kannten wir uns jedenfalls nicht aus. Erst viel später und unter besonderen Umständen sollten wir erfahren, was an diesem Gerücht wirklich dran war.

Radek packte Volkan am Kragen und hielt ihn zurück, damit er nicht schon wieder auf Matze losging.

»Ist gut, Türke«, sagte Radek, »ist gut jetzt. Wir sind hier nicht bei Mortal Kombat.«

»Finger weg, Forrest!«, fluchte Volkan, beruhigte sich aber schnell.

Radek drehte sich, ganz der Kapitän, zu Matze: »Zieh dein Trikot aus!«

Matze stutzte. »Häh?«

»Zieh dein Trikot aus!«, wiederholte Radek trocken und baute sich mit seinen Quadratschultern vor Matze auf. »Du kannst das als Denkzettel verstehen, als Warnung, die Harald und dein Papa dir ersparen wollten. Aber die Mannschaft ist anderer Meinung. Sie will den entscheidenden Saisonsieg heute ohne dich einfahren. Weil du Scheiße gebaut hast, Matze. Und das weißt du auch.«

Mir rutschte das Herz fast in die Hose. Würde ich meine Chance im Sturm doch noch erhalten? Micha könnte auf links verteidigen, ich könnte in den Sturm ... würde sich plötzlich alles zum Guten wenden?
Radek sprach jetzt zur ganzen Mannschaft: »Ihr wolltet eine Strafe für Matze, da habt ihr sie! Ab jetzt gelten keine Ausreden mehr! Wir gehen jetzt da raus und müssen unseren Job erledigen! Wenn wir heute gewinnen, sind wir aufgestiegen, Männer! Auf-ge-stie-gen! Wie würde unser Patron sagen: ›Heute is' ein guter Tag für Geschichte zum Schreiben!‹«
Alle jubelten und johlten, bis auf Matze, der jetzt auf der Plastikbank kauerte und ganz schmale Lippen machte.
»Und wie stellen wir um?«, fragte Micha.
Genau!, dachte ich, wie stellen wir um? Kalli in den Sturm? Kalli in den Sturm! In meinem Kopf stimmte die Kurve schon Chöre an. Wenn nicht jetzt, wann dann? Und wenn nicht ich, wer sonst?
Radek zeigte mit dem Finger auf Sinisa: »Du spielst für Matze. Der Rest spielt da, wo er immer spielt.«
Dann der Blick auf die Taktiktafel. Meine Nummer war mit Kreide auf die linke Abwehrseite geschmiert, wie immer. Mein Magen schlug einen nervösen Salto. Warum Sinisa? Ich hatte ihm damals gegen den VfB doch das Siegtor aufgelegt. Warum also nicht ich? Sinisas Tor hätte ein Blinder mit dem Krückstock reingemacht. Meine Mutter hätte den reingemacht.
Ich spürte Ungerechtigkeit und Wut. Mir wurde heiß. Aber ich hatte keine Zeit mehr. Wenn ich etwas gesagt hätte, wäre unser großes Ziel in Gefahr geraten. Wieder einmal musste ich zurückstecken. Harald zurückgetreten, Matze suspendiert – und ich war immer noch kein Stürmer.
Radek holte uns zum Kreis zusammen, dem nur der schmollende Matze fernblieb, und brüllte: »Männer, wir sind die For-

tuna, wir steigen heute auf, und wir liefern heute das perfekte Spiel ab, für Harald, für uns, für den Verein, für Diepenbusch!«

»Auf das perfekte Spiel!«, rief Volkan.

»So perfekt!«, rief Radek.

»So pervers!«, rief Mokka.

Und dann alle zusammen: »Hat der Sahne!«

Wir gingen raus und gewannen 3:0. Drei Spieltage vor Saisonende war uns der Aufstieg nicht mehr zu nehmen. Und ich konnte mich überhaupt nicht darüber freuen.

Herzeleid

SAISON 1995/96 (B-JUGEND)

Srebrenica

Im Juli 1995 dauerte der Krieg auf dem Balkan bereits seit über vier Jahren an. So zynisch es klingen mag, aber Meldungen aus dem in tausend Teile gerissenen Ex-Jugoslawien konnten kaum noch schocken, nicht einmal einen Typen mit so langen Wimpern wie meinen. Außerdem waren ich und meine Mannschaftskollegen nur ein paar Teenager, die keine Ahnung von den Zusammenhängen und Hintergründen hatten. Über die Jahre hatten sich deshalb vor allem Schlagwörter in unser Gedächtnis eingehämmert, die sich dort im Kreis drehten: bosnische Serben, Sarajevo, Serbenführer Karadžić, Kosovo, bosnische Kroaten, Banja Luka, Milošević, serbische Paramilitärs, Herzegowina, Enklave, Blauhelme, UN-Schutzzone.

Im Juli 1995 wurde dieses Lexikon des Schreckens um einen ganz besonders fürchterlichen Begriff erweitert: Srebrenica. Selbst uns, den abgestumpften, vergleichsweise verwöhnten, gleichgültigen Jugendlichen aus Mitteleuropa, lief es bei der Berichterstattung über den Genozid bitterkalt den Rücken herunter. Seitdem hat Srebrenica einen ähnlich apokalyptischen Klang wie Auschwitz oder Dachau.

Dabei ist Srebrenica eigentlich nur ein Städtchen im Osten von Bosnien-Herzegowina, das im Süden durch die Schlucht der Drina als natürliche Grenze von Serbien getrennt wird. Srebrenica liegt im Talkessel zwischen den großzügig bewachsenen Bergen Ostbosniens. Ein verschlungener, verwunschener Ort.

Im Juli 1995 fielen bosnische Serben unter der Führung des Generals Ratko Mladić in die damalige UN-Schutzzone ein. Die Truppe, die sich aus der Armee der Republika Srpska, der Polizei und serbischen Paramilitärs zusammensetzte, verschleppte und tötete rund 8000 Bosniaken, beinahe ausschließlich Männer und Jungen zwischen zwölf und siebenundsiebzig Jahren, die sie in Massengräbern entsorgten. Das von langer Hand geplante, mehrtägige Massaker wurde an zahlreichen Orten in und um Srebrenica verübt und gilt als das schwerste Kriegsverbrechen in Europa nach dem Zweiten Weltkrieg.
Für mich waren die Meldungen schwer zu ertragen. Auch wenn die Wirkung des Nachrichtenflusses aus Jugoslawien im Laufe der Jahre, wie gesagt, ein wenig nachgelassen hatte, auch wenn ich inzwischen nicht mehr so ein ängstlicher und sensibler Sklave meiner Gedankenwelt war wie noch vor meiner Zeit bei der Fortuna, so irritierten mich schreckliche Meldungen aus aller Welt doch immer noch nachhaltig – und Jugoslawien war außerdem auch geografisch so verdammt nah. In meiner Vorstellung malte ich mir das Szenario von Srebrenica in fürchterlichen Farben aus. Ich konnte tagelang nur daran denken, wie es sich wohl zugetragen haben musste: die Folter, die Brutalität, die menschlichen Abgründe. Nachts schlief ich schlecht, und wenn, dann träumte ich davon, ein niederländischer Blauhelmsoldat zu sein – einer der Blauhelmsoldaten, die in Srebrenica für Sicherheit sorgen sollten, Berichten zufolge aber nicht entschieden genug eingeschritten waren, um den Massenmord zu verhindern.
Trotzdem blieb auch Srebrenica am Ende nur ein Wort. Ein Synonym für Leid und Grauen und Fassungslosigkeit zwar, aber eben ein Wort. Eines der vielen Wörter vom brennenden Balkan, die in den Neunzigern die Nachrichten beherrschten. Eines der Wörter, die wir nicht einordnen konnten. Wörter wie Gewehrsalven, die uns über die Jahre bombardierten, ohne

dass wir sie wirklich verstanden. Es sprengte unser schmales Weltbild, dass sich nur wenige Flugstunden entfernt eine Republik selbst zerfleischte.

Die Welt ist ein asozialer Ort, hatte Harald gesagt.

Für unseren neuen Trainer Dirk Diederichs war Srebrenica aber in erster Linie weder ein Wort noch ein Synonym für Horror. Für Dirk war Srebrenica das Beste, was ihm zum Einstand passieren konnte.

Es war ein dampfend heißer Julinachmittag in diesem dampfend heißen Jahrhundertsommer 1995, als Paschke eine neue Ära einleitete und uns in der *Klause* den neuen Trainer vorstellte.

»Männer, dat is euern neuen Schleifer«, sagte Paschke und klopfte Dirk so gewalttätig auf die Schulter, dass unser neuer Schleifer husten musste. Dabei war Dirk kein Leichtgewicht, sondern eine regelrechte Erscheinung. Auch wenn er im Gegensatz zu seinem groß gewachsenen, langhaarigen Vorgänger Harald eher quadratisch daherkam – klein, aber umso kräftiger. Sein Trainingsanzug war kein bunter Erima-Knaller, sondern schlichte, dunkelblaue Puma-Ware von der Stange, die gut zu seinen dunkelblau-weißen Adiletten passte. Mit seinem kurzen Bürstenhaar hätte er in jedem Vietnamkriegsdrama den Offizier geben können. Über seine Hasenscharte hatte er mehr schlecht als recht einen schlampigen Schnurrbart wachsen lassen. Sein einschüchterndes Äußeres wurde durch ein irritierendes Lächeln konterkariert, das ihm in den nächsten Jahren auch in prekären Situationen nur selten aus dem Gesicht fallen sollte.

Paschke stellte den neuen Mann mit herzlichen Worten als »alten Freund« vor, den er »schon seit ein paar Ewigkeiten« kannte.

»Da war der noch so«, sagte Paschke und bildete zwischen Daumen und Zeigefinger einen winzigen Spalt. Dirk fletschte die Zähne zu einem Grinsen.

»Im Ernst, Diggie«, Paschke nannte Dirk immer *Diggie,* »wie lang kenn wa uns?«

Dirk winkte ab: »Ewig, Werner, ewig.«

»Aber dat mir hier keiner auf dumme Gedanken kommt«, legte Paschke schnell in unsere Richtung nach, »der Diggie is kein blutigen Anfänger.«

Tatsächlich hatte Dirk einige Referenzen als Jugendtrainer von benachbarten Vereinen vorzuweisen, wie er uns erzählte: Bei der Eintracht, bei der Alemannia, bei der TuS. In seiner Vorstellungsrede sagte er Sätze wie: »Jeder Verein, den ich trainiert hab', bin ich mit aufgestiegen.«

Zum Glück fasste er sich kurz, denn die Hitze in der *Klause* war kaum auszuhalten. Vor allem Paschke persönlich schien zu leiden, er schwitzte wie ein Schwein, sein Kopf war zwar hochrot, dennoch wirkte er so beängstigend blass wie nie zuvor. Er sah krank aus, versuchte aber so viril wie eh und je rüberzukommen, indem er laut lachte, seine unvermeidliche Zigarre paffte, Dirk ankumpelte und Manu, die ihr Studium inzwischen geschmissen hatte und jetzt ständig in der *Klause* arbeitete, ein paar Anweisungen wie »Machse mir noch 'ne schöne Blume, Zuckermäusken?« über den Tresen bellte.

Dirk erklärte währenddessen, dass er einiges mit uns vorhabe und dass wir vielleicht auch noch mit der einen oder anderen Überraschung rechnen konnten.

Was sollte das denn heißen? Wir sahen uns an, gespannt, aber auch ein bisschen unruhig. Wir waren ein eingespieltes Spitzenteam, bei uns gab es nichts zu verändern. Auf Überraschungen hatten wir keinen Bock.

»Ich freue mich auf euch«, schloss Dirk seine kurze Ansprache, und wir klatschten.

»Wir freuen uns auf dich«, gab Sinisa brav zurück – vielleicht hoffte er beim neuen Mann ja auf einen Stammplatz.

»Die Jungs freuen sich auf dich, hömma«, ergänzte Paschke und rief: »Manu, machse dem Dirk und mir ma schön zwei Ahlenfelder fertig, bis du so gut?«

»Hat der Sahne!«, rief Goran, und wir lachten, und Dirk lachte natürlich mit, obwohl er keine Ahnung hatte, was das mit der Sahne sollte.

Und dann kam das erste Training. Es schien zunächst, als ob bei Dirk vor allem der Spaß im Vordergrund stand. Wenig laufen, kaum dehnen, dafür viel von der sogenannten Arbeit mit dem Ball: Slalomdribbeln, fünf gegen zwei, Torschusstraining. Mit diesen Inhalten hatten wir Dirk schon nach einer halben Stunde ins Herz geschlossen und Harald so gut wie vergessen. Aber den Grundstein dafür, dass die meisten von uns dem neuen Trainer in den folgenden Jahren blind und überallhin folgen würden, legte er kurz vor Ende des ersten Trainings unter seiner Leitung. Es geschah beim abschließenden Sechs gegen Sechs auf dem kleinen Gummiplatz mit den kleinen Toren, der im Schatten der Flutlichtmasten unseres großen Ascheplatzes lag und besonders für einen schnellen Zock zu Beginn oder am Ende einer Einheit genutzt wurde. Wie so häufig hatte Sinisa in seiner Mannschaft die Torwartposition übernommen, in der gegnerischen (meiner) Mannschaft wirbelte derweil Goran auf seine wilde Weise im Sturm (da spielte er im Training am liebsten) – etwas hüftsteif, aber immer brandgefährlich und, was den Einsatz von Ellenbogen anging, immer am Rande der Legalität. Aber Dirk gab in diesem Trainingsspiel den Schiedsrichter und leitete das Spiel großzügig.

Als ich Goran mit einem hohen, weiten Ball aus der eigenen Hälfte steil schickte, kam es zum Duell zwischen ihm und dem aus seinem Strafraum herausstürmenden Sinisa. Das Duell, wer eher am Ball sein würde, entschied Sinisa für sich, stürzte dabei aber mit ausgestrecktem Bein wie ein Kung-Fu-Kämpfer (oder wie Oliver Kahn, als er in einem Bundesligaspiel 1999 den Dortmunder Stürmer Stephane Chapuisat ins Visier nahm) mit seinen Stollenschuhen nur Zentimeter an Gorans Kopf vorbei. Eine Kollision hätte Goran höchstwahrscheinlich das Gesicht gekostet. Es war einer dieser Momente, wie sie sich bei uns im Training regelmäßig abspielten: ein Moment, in dem wir alle die Luft anhielten. Denn natürlich wussten wir, was jetzt kommt.

Goran, der Sinisas offener Sohle gerade noch ausgewichen war, erlangte sein Gleichgewicht wieder und drehte sich erschrocken und auf hundertachtzig zu seinem Erzfeind um. Sinisa hatte den Ball lässig unter den Arm geklemmt und sich auf den Weg zurück in den Strafraum gemacht.

»Hast du noch mal Glück gehabt«, provozierte er Goran im Vorbeitraben, was normalerweise gar nicht seine Art war. Normalerweise war Goran derjenige, der auf Krawall gebürstet war, während Sinisa zumeist nur seine (und die serbische) Ehre verteidigte, sozusagen aus Notwehr.

»Freistoß«, rief Dirk und blies kurz und kräftig in seine Trillerpfeife, »wegen Handspiels außerhalb des Strafraums!«

Unsere Streithähne beachteten Dirk nicht, sie hatten sich mal wieder Nase an Nase voreinander aufgebaut und schnaubten sich gegenseitig an. Da standen sie, wie so oft in all den Jahren, und sahen immer noch aus wie Wayne (Goran) und Garth (Sinisa) aus *Wayne's World,* auch wenn *Wayne's World* 1995 schon so unendlich lange her schien.

»Was hast du gesagt, du Hurensohn?«, zischte Goran.

»Ist gut jetzt, Jungs«, sagte Radek und versuchte zu schlichten, wurde aber von Goran nur zur Seite geschubst.

»Hey!« Noch ein durchdringender Pfiff, so laut, dass sich sogar Goran und Sinisa vor Schreck zu Dirk drehten, der sich mit langsamen Schritten näherte.

»Was ist hier los?«, fragte er, und zum ersten Mal seit seinem Amtsantritt lächelte er nicht mehr. »Wollt ihr euch hier etwa gegenseitig an die Gurgel gehen, ihr Experten?«

Goran zeigte auf Sinisa wie eine Petze: »Der Spasti wollte mir den Kopf abtreten! Goran hätte tot sein können!«
»Ich habe meine Gründe«, entgegnete Sinisa und warf Goran einen hasserfüllten Blick vor die Füße: »Pissern wie dem hier haben wir Srebrenica zu verdanken!«
»Hey, hey, hey!«, wurde Dirk jetzt lauter und stellte sich wie ein kleiner Ringer zwischen die beiden. »Srebrenica? Hallo? Wollt ihr mich verscheißern?«
Er griff Sinisa in den Nacken und sah ihm tief in die Augen: »Du weißt, dass du das nicht so meinst. Hab ich recht?«
Sinsia machte große Augen.
»Hab ich recht?«, schrie Dirk ihn an.
Sinisa zuckte zusammen.
»Na?«, hakte Dirk ruhig, aber bestimmt nach.
Sinisa zuckte mit den Schultern und nickte.
»Dieser verdammte Krieg«, hob Dirk langsam an, »ist doch überhaupt nicht zu fassen! Ich weiß nicht, was bei euch in Jugoslawien – und ich sage Jugoslawien, weil ich es am liebsten immer noch so nennen würde, ich habe auch Freunde da unten –, was bei euch in Jugoslawien schiefgelaufen ist! Wir in Deutschland haben natürlich gut reden, wir haben im Laufe der Geschichte schon so viel Scheiße angezettelt, dass wir niemandem Ratschläge erteilen sollten. Aber, Jungs, mal ernsthaft«, er legte beiden einen Arm um die Schulter, »ihr könnt euch glücklich schätzen: Ihr wohnt in Deutschland, ihr seid hier wahrscheinlich sogar aufgewachsen. Aber das sind eure Familien da unten, eure Brüder und Schwestern und Onkel und Tanten. Und die gehen sich gegenseitig an die Gurgel. Es ist eine beschissene Situation, keiner kann so genau sagen, wann und wie und warum das alles eskalieren musste. Wie kann ein Krieg ausbrechen unter Nachbarn, Verwandten, Freunden? Ihr seid doch vom selben Gemüt, vom selben Blut, von der selben Gesinnung! Aber ihr massakriert euch! Das kann nicht sein! Und ihr zwei Spezialis-

ten wollt das hier fortführen, auf der Bezirkssportanlage am Waldweg, in der B-Jugend von Fortuna Diepenbusch? Im Ernst? Anstatt dass ihr mit gutem Beispiel vorangeht, ein Serbe, ein Kroate, in einem Team mit einem gemeinsamen Ziel? Ihr seid euch dieser einmaligen Chance überhaupt nicht bewusst! Ihr seid Botschafter! Stattdessen versucht ihr, euch im Training die Köpfe einzuschlagen! Ihr seid doch nicht ganz dicht!«
Dirk sprach laut und klar und langsam, Goran und Sinisa ließen beschämt die Köpfe hängen. Es war, als hätte ihnen jemand die Luft rausgelassen. Das heiße Blut war verdampft. Dirk packte die beiden Jungs am Kinn und hob ihre Köpfe an.
»Männer«, sagte er und hielt kurz inne: »Ihr seid doch Männer, oder? Wenn ihr Männer seid, dann gebt ihr euch jetzt einen Bruderkuss und umarmt euch. Und dann will ich von euch für den Rest der Saison, ach, was sage ich: Für den Rest unser aller Leben will ich von euch nichts mehr hören von Srebrenica oder sonst was! Ist das klar?«
Goran und Sinisa nickten. Dann sahen sie sich das erste Mal in die Augen, ohne vor Hass zu kochen. Sinisa hob als Erster seine Hand, Goran tat es ihm nach, sie schlugen ein, umarmten sich innig und gaben sich links und rechts einen kräftigen Kuss auf die Wange.
Während Dirks Ansprache hatte die ganze Mannschaft einen Kreis um die Szene gebildet. Wir standen da und staunten.
»Bravo«, rief Radek irgendwann und begann zu klatschen, »das wurde aber auch Zeit!« Wir klatschten mit, jubelten, grölten, pfiffen auf den Fingern. Ein großes Hallo. »Hat der Sahne!«, rief der Pole.
Jetzt bildeten sich Jubeltrauben, wir klatschten uns ab, gratulierten und umarmten uns, wie nach einem Tor.
»Verfickte Scheiße«, flüsterte der neben mir stehende Frank und zeigte auf die abstehenden Härchen auf seinem Arm, »ich hab 'ne richtige Gänsepelle, guck mal!«

Von oben

Es lief alles auf einen Saisonstart nach Maß hinaus: Erster Spieltag, Ende Juli, dreißig Grad, Sonne, nicht schwül, rund hundert Zuschauer wegen des zeitgleich stattfindenden Sommerfests auf der Bezirkssportanlage am Waldweg, Gegner war der TSV. Zur Halbzeit lagen wir bereits 3:0 in Führung durch Tore vom Polen (2) und von Artur. Wir glühten vor Hitze und Selbstvertrauen, als wir zur Pause in die Kabine kamen, wo Dirk schon auf uns wartete. Wir rechneten mit einem lockeren »Weiter so!«, wie wir es von Harald kannten (wenn überhaupt – denn bei so einem eindeutigen Pausenstand hätte sich unser Ex-Trainer in der Kabine gar nicht erst blicken lassen), aber Dirk lächelte noch nicht einmal.

»Hat der Sahne!«, rief Goran fröhlich, als wir wie ein Rudel junger Hunde die Kabine stürmten und uns gierig die Wasserflaschen an den Hals setzten. Frank traute sich als DJ Metallica gar etwas, was er sich nur bei so klaren Verhältnissen schon in der Halbzeit traute: Er drehte die Musik auf, *Shy Guy* von Diana King, denn *Bad Boys* war gerade unser aller Lieblingsfilm.

Ausgerechnet Martin, sonst zu cool für alles, schmetterte die Zeilen sofort mit, und wir fielen ein, wir sangen alle zusammen und bildeten einen Türkenkreis, sicherlich ein bisschen übertrieben, aber vielleicht hatten wir auch einen Sonnenstich oder wollten einfach nur diesen fantastischen Sommer in Kombination mit der komfortablen Halbzeitführung feiern, ich weiß es nicht, aber es fühlte sich gut und richtig an, einer dieser magischen Momente, die man nicht planen kann: *But I don't want somebody who's loving everybody …*

Klick. Wir stockten und drehten uns zur Anlage. Dirk hatte die Musik abgedreht und guckte komisch.

»Ey, Trainer«, rief Frank, und obwohl es ausnahmsweise keine Beleidigung war, klang es doch wie eine, »warum machst du die Lalla aus?«

»Darf man bei 3:0 nicht mal ein bisschen feiern?«, fragte Radek vorsichtig.

Wir anderen grummelten, sagten aber nichts. Dirk wartete noch ein paar Sekunden, bis es ganz still war.

»Mein Großvater«, setzte er schließlich an, »der Oppa Willi, das war ein kluger Mann. Ein echter Typ auch, einer aus dem Revier, hat sein Lebtag in Bochum gelebt, in Langendreer. Er fand immer, dass Bochum die schönste Stadt der Welt ist, aber er kannte auch nix anderes. Hat in der Zeche *Vollmond* malocht, die später zur *Robert Müser* wurde. Aber darum geht es gar nicht. Sondern Folgendes: Oppa Willi war, wie schon gesagt, ein kluger Mann, und ein vorsichtiger Mann. Will sagen: Er hatte die Augen immer offen und den Blick nach oben, wortwörtlich – er hatte nämlich immer Angst, dass ihm von oben was auf den Kopf fällt, ein Balkon, ein Blumenkübel oder auch nur eine Münze. ›Aus einer entsprechenden Höhe kann eine Münze dir die Mütze spalten‹, hat er immer gesagt. An Tagen, an denen es besonders windig war, hat er sich deshalb gar nicht erst aus dem Haus getraut. So ist Oppa Willi durchs Leben gegangen, immer auf der Hut, immer den Blick nach oben gerichtet. Klingt für euch wahrscheinlich total paranoid, oder? Total unentspannt, wahrscheinlich sogar total uncool, oder? Seid ehrlich! Uncool, oder?«

Jetzt lächelte Dirk, und wir schnauften durch. Wenn Dirk sprach, hielten die meisten von uns immer noch jedes Mal gebannt den Atem an.

»Ein bisschen uncool schon«, nuschelte Martin.

»Genau«, sagte Dirk, »ein bisschen uncool. Habe ich auch immer gedacht und habe ich Oppa Willi auch so gesagt. Ich sag, ›Oppa Willi‹, sag ich, ›findest du das nicht ein bisschen uncool?

Du warst im Krieg und hast so schlimme Sachen gesehen, und trotzdem guckst du immer nach oben, weil du Angst hast, dass dir irgendwas auf den Kopf fällt, oder was? Kann doch nicht dein Ernst sein, Oppa Willi!‹ Hab ich gesagt. Aber Oppa Willi hat mir daraufhin nur den Kopf getätschelt und gesagt: ›Da hast du noch keine Ahnung von, Junge!‹ Hat er so gesagt, und das hab ich ihm dann auch so geglaubt. Aber eines Tages, kurz vor seinem 75. Geburtstag, da hat er mich beiseitegenommen, mir durch die Haare gewuschelt und gesagt: ›Junge, weißt du was, du hast doch recht gehabt, die ganze Zeit nach oben zu gucken ist ganz schön albern!‹ Er hatte einfach genug davon, ständig unruhig zu sein, ständig in Alarmbereitschaft, ständig in Angst, er wollte das nicht mehr. ›Ich bin fast 75 Jahre alt‹, hat er zu mir gesagt, ›ich will endlich frei sein!‹ Und dann war er frei, hat nie mehr geguckt, ob da was von oben kommt. Und zwei Wochen später wurde er von einem herabfallenden Dachziegel erschlagen. Vor seiner Haustür im Wiebuschweg in Langendreer.«

Stille. Ich glaube, ich musste schlucken, aber es war, als konnte man ein kollektives Schlucken von uns allen hören. Dirk musterte uns, wie wir versteinert auf unseren Plastikbänken saßen und ihn anglotzten. Keiner brachte ein Wort heraus.

»Soll ich die Lalla wieder aufdrehen?«, fragte Dirk und lächelte.

Wir guckten nur.

»Werdet ihr jemals wieder in der Halbzeit feiern?«, fragte er.

Wir guckten nur.

»Werdet ihr euch, auch bei hoher Führung, eines Sieges jemals vor dem Schlusspfiff sicher sein«, fragte er, »und deshalb womöglich die Defensivarbeit vernachlässigen?«

Wir schwiegen für den Rest der Halbzeitpause. Das Spiel gewannen wir mit 6:0.

Der Bauch an meiner Seite

Wir konnten kaum glauben, wen wir da sahen. Dirk hatte kumpelhaft den Arm um ihn gelegt und lächelte nicht nur, er grinste. Ihm gefiel die Überraschung, die uns ins Gesicht geschrieben stand. Als wir realisierten, was hier passierte, war es für einen Moment mucksmäuschenstill in der Kabine.

Wir hatten einen ordentlichen Saisonstart hingelegt mit drei Siegen zum Auftakt und einer ersten Niederlage am vergangenen Wochenende, einem – zugegebenermaßen ganz schwachen – 1:2 zu Hause gegen die Eintracht. Vor allem ich hatte überhaupt nicht in die Partie gefunden und mit einem katastrophalen Fehlpass das frühe 0:1 eingeleitet. In der Halbzeitpause gab es dafür ordentlich auf die Mütze.

»Kalli!«, fuhr Dirk mich vor versammelter Mannschaft an. »Wenn du lieber pennen willst, dann leg dich nach Hause ins Heiabettchen, aber wir können mit deiner Schlafwandelei hier nix anfangen.«

Ich schluckte. Das Schlimmste war, dass die Standpauke berechtigt war.

Er funkelte mich mit aggressiven Augen an: »Du spielst, als hättest du die Buxe voll. Du spielst wie ein Fischstäbchenfresser!«

Anschließend wurde Micha für mich eingewechselt, der seine Sache allerdings auch nicht besser machte als ich. Ihn traf mehr als nur eine Mitschuld am entscheidenden 1:2.

Das war nur ein Beispiel dafür, wie wütend der charmante Dirk Diederichs werden konnte. Wir merkten schnell, dass sein Lächeln nur eine Fassade für die Öffentlichkeit aufrechterhalten sollte. Intern ließ Dirk es krachen, bis die Wände wackelten. Allerdings lobte er gelungene Aktionen genauso überschwenglich, und seine mitreißenden Reden motivierten die Mannschaft ohnehin bis in die Haarspitzen. Er war ein Trainer, der an beiden Enden brannte. Er konnte sympathisch sein und eiskalt, und er war der leidenschaftlichste Mensch, den ich jemals kennengelernt habe.

Ganz sicher war er mit seiner Art, mit seinem Feuer ein Glücksfall für die Fortuna und unsere Mannschaft, ganz sicher aber war er kein Glücksfall für mich. Ich wurde nicht warm mit dem Typen. Seine Ansprache war mir in jeder Hinsicht zu extrem, er versuchte jedes Problem mit Superlativen zu lösen. Neben der Arbeit mit dem Ball probierte er viele extravagante Sachen aus, aber ich hielt seine Methoden für Effekthascherei und übertrieben: zum Beispiel den Dauerlauf, bis der Erste kotzt. Oder den Speed-Tunnel, eine Übung, bei der wir uns den Ball mit Schmackes durch die Beine fetzen sollten, was unvermeidlicherweise dazu führte, dass wir uns ständig gegenseitig in die Eier bolzten. Oder die Aufwärmübung, bei der wir die Luft anhalten sollten, solange wir konnten.

Einmal lieferten sich Martin und Frank im Training eine Rangelei. Martin wurde so sauer, dass er eine Wasserflasche (aus Glas) nach Frank warf, die an der Steintribüne zerschellte. Dirk befahl den beiden Streithähnen daraufhin, sich mit den Scherben eine kleine Wunde in den Arm zu ritzen und Blutsbrüderschaft zu schließen.

»Der Wichser hat bestimmt AIDS!«, protestierte Frank.

»Du hast selber AIDS«, knurrte Martin zurück.

Aber weil selbst zwei schwer erziehbare Patienten wie Frank und Martin sich von Dirk alles sagen ließen, taten sie wie geheißen, wenn auch widerwillig.

Wir konnten es jedenfalls kaum glauben, wen wir da sahen. Er grinste und winkte. Dirk stand daneben und grinste mit.

»Das letzte Wochenende hat mir gezeigt«, sagte unser Trainer, »dass ich Verstärkung an meiner Seite brauche. Ehrlich gesagt, hatte ich mit dem Gedanken schon zu Saisonbeginn gespielt, aber ich wollte mir erst mal ein Bild von eurem Zustand machen. Inzwischen bin ich mir absolut sicher, dass du der richtige Mann bist, um uns weiterzuhelfen!«

Noch ein freundschaftlicher Klaps. Verhaltener, beinahe verwirrter Applaus von uns. Nur ich klatschte nicht. Der neue Mann an Dirks Seite war mir egal, mein Problem war Dirk, das war mir schon nach wenigen Wochen klar. Nach Haralds Rückzug war kurzzeitig Hoffnung in mir aufgekeimt: Vielleicht würde der neue Trainer meine Offensivqualitäten bemerken, besser einschätzen und mich in den Sturm stellen. Harald hatte mir nie wieder eine Chance gegeben, aber auch er hatte schließlich vorher irgendwann einmal bemerkt, dass ich mehr als nur eine Alternative in der Offensive war.

Leider dachte Dirk nicht daran, mich irgendwohin zu befördern. Im Gegenteil: Von Beginn an spürte ich Zweifel. Er schien mir nicht viel zuzutrauen, was mich zusätzlich verunsicherte und zu schwachen Leistungen wie jener gegen die Eintracht führte.

Ein paar Wochen später, auf der Freibier-Party nach einem 2:0-Heimsieg gegen den VfB (Tore von Matze und Bum-Bum – jawohl, jetzt hatte sogar Bum-Bum eher sein erstes Tor für die Fortuna erzielt als ich), wollte ich endlich nach Hause, musste aber auf meinen Vater warten. Der hockte mit Dirk am Tresen. Die beiden Männer schienen sich blendend zu verstehen, fast wie alte Freunde, und ließen sich von Manuela einen Ahlenfelder nach dem anderen servieren. Außerdem schäkerten sie mit unserer schönen Barfrau auf eine seltsam vertraute Weise. Ich fand das komisch, denn eigentlich trank mein Vater nur selten. Und Manuela hatte er bisher auch keine besondere Beachtung geschenkt. Aber jetzt schien es, als wollten Papa und Dirk sich gegenseitig übertrumpfen: im Trinken, im Sprücheklopfen, im Manuelaanflirten. Ich beobachtete das Treiben skeptisch. Weil ich es nicht erwarten konnte, dass mein Vater mich endlich nach Hause fahren würde (ich hatte kein Fahrrad da, und zum Laufen war ich viel zu kaputt), fragte ich so lange nach, wann wir denn endlich fahren würden, bis er entnervt aufgab.

»Meine Lieben«, ächzte er und erhob sich so kraftaufwendig vom Hocker, als wäre er mit dem Hintern an ihm festgewachsen, »der Junior macht Druck – ich muss los!«

»Nicht doch«, rief Manuela schon leicht säuselnd, denn sie hatte die ganze Zeit mitgetrunken, »ich mach uns noch 'ne Runde …«

Mein Vater schüttelte den Kopf. »Lass gut sein, Manu, ich hab genug!«

»Weißt du eigentlich, dass du aussiehst wie Sean Connery?«, flötete Manu. Papa lächelte.

Dirk drehte sich zu mir: »Kannst du nicht alleine nach Hause gehen oder was?« Er lächelte zwar, klang aber nicht freundlich.

»Doch, doch«, stammelte ich, »na klar kann ich alleine nach Hause gehen, Trainer! Aber Papa ist mit dem Auto da, und außerdem bin ich heute im Spiel so viel gelaufen …«

»So viel gelaufen?« Dirk lachte laut auf. »Hast du noch woanders mitgespielt? Weil bei uns bist du über'n Platz gekrochen wie meine Omma mit ihrem Hackenporsche auf'm Weg zum Schlecker.«

Das war wieder typisch Dirk. Seit er sein Amt angetreten hatte, war ihm noch kein einziges Kompliment für mein Spiel über die Lippen gekommen. Alle anderen Jungs hatte er schon mal über den grünen Klee gelobt, nur mich nicht. Mich machte er entweder zur Sau, oder er ignorierte mich. Eines Tages hatte ich Kapitän Radek gefragt, ob ihm das auch so vorkomme wie mir.

»Das bildest du dir doch nur ein«, meinte Radek und fügte den Satz an, den mir auch alle anderen Mannschaftskollegen mit auf den Weg gegeben hätten: »Der Dirk ist ein geiler Trainer, das wirst du schon noch merken!«
Da war ich anderer Meinung. Verdammter Dirk-Hype!
Im Auto fragte ich Papa: »Woher kennt ihr euch denn so gut?«
»Wer?«
»Na, du und Dirk!«
»Ach sooo«, tat Papa seltsam überrascht, »och, nun, wir sehen uns hin und wieder am Sonntag, beim Frühschoppen. Diepenbusch ist klein, mein Junge.« Sonntags ging mein Vater immer zum Jazz-Frühschoppen in Dortmund. Zwei, drei Stunden, zwei, drei Bier, harmloser Spießerspaß. »Da trifft man ja immer Gott und die Welt«, fügte er an, »euer Paschke läuft mir da auch regelmäßig vor die Flinte.«
»Du und Dirk«, hakte ich nach, »ihr versteht euch ganz gut, oder?«
»Wieso?«
»Sah zumindest so aus.«
»Mit dem Dirk kann man Spaß machen, ja.«
»Hat er auch mal was über mich gesagt?«
Papa lachte auf. »Über dich? Wieso denn über dich? Wir reden doch nicht über Fußball. Hör mal, ich kannte Dirk schon lange, bevor er euer Trainer wurde. Wir haben andere Themen, das kannst du mir glauben. Aber keine Sorge, Dirk hat sich bei mir noch nicht über dich beschwert.«
Wie gesagt, wir konnten kaum glauben, wen wir da sahen.
Dirk boxte ihm freundschaftlich in die Seite und sagte: »Ihr kennt den Kollegen ja ganz gut, denke ich, also wisst ihr sicher auch, dass es wohl niemanden gibt, der euch über die Jahre als Mannschaft intensiver verfolgt hat, der euch besser kennt, eure Stärken, eure Schwächen – das sind Kompetenzen, die wir natürlich nicht ungenutzt lassen wollen, und deshalb

möchte ich ihn euch hiermit gerne als meinen, als euren, als unseren neuen Co-Trainer vorstellen! Sozusagen der Bauch an meiner Seite.«

Dirk schmunzelte über seinen eigenen Spruch. Neben ihm zupfte Manni kurz an dem Such-A-Surge-T-Shirt über seinem dicken Bauch, winkte wieder und rief: »Alles klaro, Männer?«

Ich liebe dich

Wir lagen halb nackt auf dem Bett in ihrem Zimmer, Melanie in Jeans und BH, ich nur mit Dickies-Hose bekleidet. Die Wände, teils Rauhfaser, teils lila Tapete, waren mit verschiedenen Motiven zugekleistert: ein Poster von Kevin Costner in »Der mit dem Wolf tanzt«, eines von den Fantastischen Vier; ein paar Fotos in goldenen Rahmen – Melanie mit ihrer Mutter, Melanie am Baldeneysee, Melanie und Sila formen Herzen mit den Daumen und Zeigefingern ihrer beiden Hände; auf dem Nachttisch ein *Allegra*-Heft und eine Tigerente, die eine Miniatur-Schirmmütze mit *Melrose-Place*-Schriftzug trug.

»In deinem Zimmer gibt es so viel zu entdecken«, sagte ich.

»So wie hier sieht es in meinem Gehirn aus«, sagte sie.

Wir tranken Rotkäppchen-Sekt aus der Flasche, die Melanie mitgebracht hatte, und starrten an die Decke. Wie immer roch Melanie nach besonders teurem Holz, ein Duft, in dem ich mich jedes Mal verlor.

Melanie rauchte einen Joint. Ich kiffte nur selten, weil ich nach ein paar Versuchen mit den Jungs im JuZ irgendwann gemerkt hatte, dass es bei mir nicht wirkte. Aber es machte mir nichts aus, dass Melanie kiffte. Im Gegenteil, sie sah mit dem Joint in der Hand sehr sexy aus. Sie nahm einen tiefen Zug und musste krächzen. Ich schmunzelte. Im Hintergrund lief die *Smash* von The Offspring, aber ziemlich leise, *Gotta Get Away: Sitting on the bed or lying wide awake, there's demons in my head and it's more than I can take …*

Melanie hatte ihren Kopf auf meine Brust gelegt und schnurrte: »Wie schön das ist, dein Herz schlagen zu hören?«

Sie schlang ihre kilometerlangen Beine um meine Hüfte.

»Wie schön das ist, mit dir zusammen zu sein«, gab ich zurück, »immer bei dir zu sein, neben dir zu sein, in dir zu sein.«

Wir redeten immer noch gerne wie frisch Verliebte, obwohl wir inzwischen schon ganz schön lange zusammen waren, fünfzehn Monate, ein Jahr und ein Vierteljahr also, und es hatte sich eine wunderbare Routine eingeschlichen. Wir konnten nebeneinander schweigen und in den Himmel oder, wie in diesem Fall, einfach an die Decke gucken. Wir wussten, wie wir uns anfassen und wo wir uns küssen mussten, weil wir es immer wieder ausprobiert hatten, bis wir es wussten, nicht, weil wir es in der *Bravo* gelesen hatten. Wir kannten unsere Macken, die für den jeweils anderen keine waren. Wenn ich mit Melanie zusammen war, vergaß ich außerdem allen Ärger, den ich in der Schule oder bei der Fortuna hatte.
»Ich hab' hier noch was für dich?«, nuschelte Melanie, als wäre sie sich selbst nicht ganz sicher. Sie nestelte an der Arschtasche ihrer löchrigen Jeans (die Löcher am Schienbein, am Knie, auf dem Oberschenkel, aber besonders ein ausgefranstes Loch an der Innenseite ihres rechten Schenkels machte mich immer ganz rasend) herum, bis sie einen kleinen Zettel, eine Visitenkarte, hervorholte und mir überreichte.
Auf der Rückseite der Visitenkarte stand mit der Hand geschrieben: *Hiermit verspreche ich, Melanie Hartmann, dass ich während meiner Pilotenausbildung in Arizona mit Kalli Borowski eine Ranch gründen werde. Diepenbusch im Oktober 1995. Gez.: M. Hartmann.*
Noch während ich laut vorlas, wurde mir ganz schwindlig, so verliebt war ich. Ich hob den Kopf und sah Melanie in ihre frechen Augen. Sie strahlte.
»Ich liebe dich«, sagte ich.
Ich hatte das vor Melanie noch nie zu irgendwem gesagt, aber inzwischen sagten wir es uns regelmäßig.
»Ich dich auch«, sagte sie.
Im Gegensatz zu einigen Klassenkameraden oder Mitspielern oder der *Bravo* war ich auch nicht der Meinung, dass man es nicht zu früh oder zu häufig sagen durfte. Warum eigentlich

nicht? Wenn man es fühlt, und bei Melanie fühlte ich es ständig, kann man es so häufig sagen, wie man will. Alles andere ist doch völlig verklemmt. Und was wäre überhaupt die Alternative? *Ich hab dich lieb?* Wer *Ich hab dich lieb* sagt, der sagt auch *Scheide* und *Glied.*

»Kann man eine Ranch denn einfach so *gründen?*«, fragte ich und grinste.

Sie lachte: »Na klar. Wenn ich das sage.«

Wir verschmolzen zu einem Zungenkuss, während dessen ich mehrmals das geile Wasser in meinem Mund herunterschlucken musste. Ich war rund um die Uhr so scharf auf Melanie, dass ich mich manchmal echt zusammenreißen musste. Wir schliefen wirklich oft miteinander, aber ich wollte immer noch mehr und noch mehr. Ich kam mir schon vor wie ein Duracell-Hase. Fast schon peinlich.

»Ich habe mir ein Buch über Arizona gekauft«, erzählte Melanie und nahm einen großen Schluck aus der Sektpulle.

»Ach ja? Geil.«

»Wusstest du, dass der Ort Yuma mit rund viertausend Sonnenstunden im Jahr zu den sonnigsten Orten der Welt zählt?«

»Ach so.«

»Gleichzeitig liegt die Stadt Flagstaff aber auf zweitausendeinhundert Meter Höhe und gehört zu den wichtigsten Wintersportorten der USA.«

»Ach Quatsch. Und die liegen beide in Arizona?«

Sie kniff mich in die Seite und lachte: »Deshalb erzähl' ich dir das doch!«

»Das ist ein gutes Beispiel«, sagte ich, »das finde ich so geil an Amerika: Diese Extreme, die hast du hier nicht. In Deutschland ist alles gleich, alles Mittelmaß, alles voll langweilig. Ich will einfach nur nach Amerika, verdammt!«

»Machen wir doch auch«, sagte Melanie und kniff mich in die Seite.

»Jaja«, sagte ich, »aber das ist ja noch ewig hin. Ich will schon vorher mal nach Amerika, und nicht nur nach Arizona. Ich will vom World Trade Center auf Manhattan runtergucken, ich will im Fenway Park von Boston ein Baseballspiel sehen, ich will mit der Straßenbahn durch San Francisco fahren, ich will über den Walk of Fame in Hollywood spazieren.«
»Ja«, seufzte Melanie, »das will ich auch. Wir müssen also einfach nur sehr schnell sehr viel Geld verdienen?«
»Ja«, seufzte ich, »aber wie?«
Sie steckte den aufgerauchten Joint in die leere Sektflasche, auf deren Boden er zischend verglühte.
»Vielleicht sollten wir erst mal die Schule fertig machen?«, sagte Melanie und öffnete die zweite Sektflasche, die sie mitgebracht hatte, mit fester Hand.
»Ach«, machte ich.
Dann schwiegen wir für eine Weile. The Offspring gaben derweil weiter Gas: *Hey, they don't pay no mind, if you're under 18 you won't be doing any time …*
Ich drehte die Visitenkarte um. Auf ihrer Vorderseite stand: Dr. Ferdinand Frobischer, Facharzt der Onkologie.
»Ärzte haben heutzutage Visitenkarten?«, staunte ich.
Melanie zuckte mit den Schultern. »Warum nicht?«
»Geht es deinem Vater ein bisschen besser?«, fragte ich.
Melanie nickte kaum merklich und nahm einen großen Schluck aus der Pulle. Ihr Vater war ein zäher Bursche. Seit einem Jahr prophezeiten ihm die Ärzte »maximal drei Monate«, aber er lebte immer noch. Für Melanie war der ausdauernde Todeskampf kaum zu ertragen. Sie wünschte sich inzwischen nichts sehnlicher als seinen Tod und hatte auch kein Problem damit, das offen zuzugeben. Einmal hatte Sila sie ermahnt: »So kannst du doch nicht über deinen Vater reden!«
Da wurde Melanie richtig sauer und keifte ihre Freundin an: »Du solltest lieber die Klappe halten, wenn du keine Ahnung

hast, Schatz! Oder würde es dir Spaß machen, wenn dein Vater den ganzen Tag zu Hause in seinem Bett liegt, durch Schläuche ernährt wird, vor Schmerzen wimmert, grunzt und jault, während ihm ganz langsam seine Eingeweide abfaulen?«
Seitdem sagte Sila nichts mehr zu dem Thema.
Ich spürte, dass Melanie nicht über ihren Vater reden mochte. Ich wollte sie stattdessen küssen, aber sie kam mir zuvor. Mit ihren langen dünnen Fingern glitt sie in meine Hose, griff nach meinem Schwanz und hielt ihn ganz fest.
»Ich will lieber ficken«, flüsterte sie, »wir haben doch Jubiläum ...«
Tatsächlich, ich hatte es noch gar nicht bemerkt, es war der 18. Oktober 1995.
Melanie nestelte an meiner Dickies herum, bis sie meinen Schwanz ausgepackt hatte. Sie begann, ihn mit Mund und Händen gleichzeitig zu liebkosen. Ich liebte es, wenn sie die Initiative ergriff. Ich ließ mich nur zu gerne von ihr überwältigen. Während sie sich an meinem Schritt zu schaffen machte, schälte ich mich aus der Hose, anschließend riss ich ihr mit ruckartigen Griffen rabiat die restlichen Kleider vom Leib. Ihr BH und ihr Höschen wurden dabei zerrissen, aber das interessierte uns nicht.
Als Melanie auf mir saß und sich zunächst langsam bewegte, mein steinharter Schwanz in ihr, fühlte es sich an, als würden warme Wellen über meinen Unterleib spülen und bis in meine Zehenspitzen für ein brausiges Prickeln sorgen. Zwischendurch zog sie das Tempo an und bewegte sich mit ganzer Kraft auf und ab, klatschend und schmatzend, denn sie war feuchter als je zuvor, sie lief förmlich aus. Der versaute Blick in ihren Augen, die sie immer wieder kurz aufschlug, versicherte mir, dass sie es genoss. Gleichzeitig ließ sie immer wieder ein bisschen Sekt aus der Flasche auf meinen Brustkorb tröpfeln, den sie daraufhin wie eine durstige Katze abschleckte. Ihre kreisen-

den Bewegungen waren so geschmeidig, als würde sie sich im Wasser bewegen, und sie zog ihre Scheidenmuskeln zusammen, als wollte sie meinen Schwanz erwürgen. Melanie fickte – und das machte mich besonders an –, als hätte sie schon einiges erlebt, als hätte sie schon so manches Abenteuer durchgestanden, als hätte sie schon die entlegensten Orte besucht. Ich machte Geräusche, als wäre ich jemand anderes, gab Töne von mir, von denen ich nicht wusste, dass ich zu ihnen imstande war. Für knapp fünf Minuten befand ich mich in einem Paralleluniversum, bis ich es nicht mehr aushielt und derartig gewaltig in ihr kam, dass es sich anfühlte, als würden wir ineinander zerfließen. Melanie ließ ihren verschwitzten Oberkörper auf mich fallen, küsste meinen Hals mit ihren kalten Lippen, hauchte kurze, erschöpfte Atemstöße in mein Ohr. Ihr Herz raste. Meins auch. Ich war immer noch vollständig in ihr, mein Schwanz war immer noch hart und trotz des – bis heute – heftigsten Orgasmus meines Lebens keinen Millimeter geschrumpft. Ihre pochende Vagina hielt ihn in warmer, feuchter Umarmung. Dieser Moment darf nie zu Ende gehen, sagte ich zu mir, als ich mit meiner Zunge den leichten Schweißfilm von Melanies Schlüsselbein ableckte. Sie zuckte erregt zusammen und biss leicht in meine Lippe. Als ich meinen triefenden Schwanz langsam aus ihr herauszog, klang ihr kurzer Aufschrei nach wohligem Schmerz.

Der kann nix!

Eine schrecklich nette Familie war damals ein Riesending. Die Comedyserie über die Bundys, eine degenerierte Familie aus Chicago, war die Lachnummer, auf die sich alle einigen konnten. Auch bei uns in der Kabine wurden die Sprüche aus der Sendung viel zitiert, obwohl wir eigentlich viel zu jung und unerfahren für den verlebten Zynismus der Show waren. Aber das ist wiederum die Kunst, die nur ganz wenige Werke vollbringen: einen Kosmos zu schaffen, mit dem sich die Kinder und die Alten aus ganz unterschiedlichen Gründen gleichermaßen identifizieren können. *Eine schrecklich nette Familie* gelang dieser Spagat in den Neunzigern mit einer Radikalität wie sonst nur noch den *Simpsons.* RTL verzeichnete mit den Bundys so gute Quoten, dass der Sender sich an einem Plagiat Guttenbergschen Ausmaßes versuchte: eine Eigenproduktion, die dem Original in den Grundzügen deckungsgleich nachempfunden war. Die Serie, von der satte sechsundzwanzig Folgen für das RTL-Abendprogramm produziert wurden, trug den geistreichen Titel *Hilfe, meine Familie spinnt,* die deutschen Bundys hießen Familie Strunk: Die Eltern Josef (»Jupp«) und Roswitha, die Kinder Biggi und Tim. Völlig zu Recht kann sich heute niemand mehr an diese peinliche Adaption erinnern, obwohl die Folgen des Remakes rund doppelt so viele Zuschauer hatten wie das Original in Deutschland – was aber weniger der Qualität als dem hauptabendlichen Sendeplatz (im Vergleich zu den Bundys am Spätnachmittag) zuzuschreiben war.

Für mich hätte es keine deutschen Bundys gebraucht, ich hatte meine eigene schrecklich nette Familie. Papa war Al und Mama war Peggy, nur ohne die guten Sprüche. Meine Eltern lagen sich inzwischen in den Haaren, sobald sie den Mund aufmachten, und es wurde von Jahr zu Jahr schlimmer. Nie wieder habe ich zwei Menschen getroffen, die genervter voneinander waren als Mama und Papa. Ich konnte mir auch nicht vorstellen, dass sie noch Sex hatten (noch eine Parallele zu Al und Peggy), wollte ich aber auch nicht, wollte ich mir überhaupt noch nie vorstellen.

Schon als kleiner Junge im Grundschulalter hatte mich ihr Verhältnis sehr bedrückt, und rückblickend führe ich auch einen Teil meiner seltsamen Sensibilität auf diese Phase zurück, aber das ist wahrscheinlich nur eine Ausrede, um meine gelegentliche Waschlappigkeit vor mir selbst zu rechtfertigen. Jedenfalls standen Mama und Papa schon in meiner frühen Kindheit häufig kurz davor, sich gegenseitig an den Kragen zu gehen. Manchmal flog auch Geschirr, was mir seitdem in keinem Ehedrama in Kino oder Fernsehen jemals wie ein Klischee vorkommt. Die Themen, über die sie stritten, verstand ich als kleiner Junge nicht. Aber sie brüllten sich mit Inbrunst an. Ich saß zitternd an der Tür in meinem Kinderzimmer und lauschte und hoffte, dass sie sich nichts antun würden.

»Ich bin immer an allem schuld«, beschwerte sich mein Vater dann bei meiner Mutter, »eine andere Möglichkeit gibt es für dich überhaupt nicht!«

»Was ist bloß aus dir geworden, Mann?«, konterte meine Mutter mit besonders radikaler Resignation in der Stimme. »Wann bist du bloß so negativ geworden?«

Das sind die Standardsätze, an die ich mich noch erinnere. Von den Inhalten weiß ich nicht mehr viel.

Über die Jahre änderte sich an der gegenseitigen Ablehnung meiner Eltern nicht viel, sie wurde höchstens unverhohlener, die Streitereien wurden heftiger und häufiger. Als mein Vater die Wohnung nach einer dieser Auseinandersetzung mit knallenden Türen verlassen hatte, begegnete ich meiner Mama, wie sie weinend am Küchentisch saß. Ich war fassungslos, denn ich hatte meine Mutter noch nie weinen sehen. Es war dezent, es war kein Flennen, Schluchzen oder Schreien, eher ein Wimmern, aber es drehte mir den Magen um. Niemand bringt meine Mutter ungestraft zum Weinen, dachte ich, auch mein Vater nicht.

Ich setzte mich neben sie und streichelte ihr vorsichtig über die Haare. Das Radio lief leise, meine Mama hörte neuerdings immer *Eins Live,* den neuen Jugendsender des WDR, der erst im April 1995 auf Sendung gegangen war. Normalerweise fand ich es peinlich, dass sie in ihrem Alter so eine junge Welle hörte. Jetzt störte es mich einfach nur, dass ich meiner Mutter beim Weinen zusehen musste, während Scatman John im Hintergrund stotterte.

»Ist schon gut«, sagte sie schnell, es war ihr sichtlich unangenehm.

»Warum habt ihr euch gestritten?«, fragte ich, ganz so, als wäre das Gebrülle ein ungewöhnliches Ereignis gewesen.

»Ach, weißt du, Kalli«, sie schniefte, »wenn man so lange zusammen ist wie dein Vater und ich, dann muss man sich ab und zu streiten.«

»Das ist keine Antwort«, sagte ich.

Sie strich mir über das Gesicht und sah mich mit verheulten Augen an. »Ist schon gut.«

Ich spürte eine wilde Wut in mir aufkommen. Hass. Hass auf meinen Vater. Auch wenn mir eigentlich klar war, dass beide zu gleichen Teilen für ihr schlechtes Verhältnis verantwortlich waren. Aber ich hatte meine Mama noch nie weinen sehen. Ich war inzwischen fünfzehn Jahre alt und hielt mich sogar für wesentlich reifer. Aber jetzt fühlte ich mich plötzlich wieder wie ein kleiner Junge. Völlig hilflos.

Mama putzte sich die Nase und wischte sich ihr Gesicht trocken.

»Warum lasst ihr euch nicht endlich scheiden?«, fragte ich.
Sie lachte müde auf. »Dafür ist es längst zu spät.«
»Wieso zu spät?«, fragte ich. »Wie kann es dafür zu spät sein?«
»Das erkläre ich dir vielleicht in ein paar Jahren«, sagte sie ganz leise. »Du bist noch ein bisschen zu jung, um das zu verstehen.«
Meine Mutter wollte mich immer noch nicht mit ihren Eheproblemen belasten, obwohl sie ahnte, dass ich inzwischen ein ernstzunehmender Zuhörer gewesen wäre. Aber sie war nun mal meine Mutter, und ich war immer noch ihr Sohn, den es zu beschützen galt, und auf den Rollentausch, mit ihren Problemen zu mir zu kommen, wollte sie sich nicht einlassen. Stattdessen ergriff sie die Initiative, als sie bemerkte, dass ich mal wieder eine schwierige Phase bei der Fortuna durchmachte. Sie hatte sich lange zurückgehalten, weil sie merkte, wie viel Spaß ich in den letzten Jahren am Waldweg gehabt hatte, wie gut ich mich auch dank der Fortuna entwickelt hatte. Aber an ihrer Ansicht, dass der Umgang im Verein nicht der richtige für mich war, hatte sich nichts geändert. Das gesamte Umfeld von Fortuna Diepenbusch war für sie nichts anderes als eine hemmungslose Bande von Proleten. Als sie Wind von meinen Problemen mit Trainer Dirk bekam, war sie sofort zur Stelle.
»Papa hat mir von eurem neuen Trainer erzählt«, sagte sie eines Abends, als wir gemeinsam und Zähne putzend vor dem Badezimmerspiegel standen. »Er hat erzählt, du fühlst dich ungerecht behandelt?«
Ich wusste, worauf sie hinauswollte. Sie wollte mir mal wieder eine Mitgliedschaft im Tennis- oder Volleyball- oder Schwimmverein andrehen. Aber ich hatte kein Interesse. Ich würde mich auch dieses Mal bei der Fortuna durchsetzen. Ich war schließlich kein Sensibelchen mehr. Ich war ein Kämpfer. Und ein Gewinner.

»Ist schon gut«, sagte ich und spuckte die Zahnpasta aus. »Das verstehst du nicht.«
»Warum trittst du nicht aus dem Verein aus?«, fragte sie.
Ich lachte, als hätte sie keine Ahnung. »Dafür ist es längst zu spät.«

Abgesehen davon, dass ich mich bei der Fortuna unter Trainer Dirk nicht wohl fühlte, lief es rund für unser Team. In der Hinrunde eilten wir nach der Schlappe gegen die Eintracht wieder von Sieg zu Sieg. Auch ich rief meine Leistungen ab, wenn auch ohne Lust und Spaß. Erst während der letzten Partie der Hinrunde wurde es wieder ungemütlich. An einem eiskalten Dezembersamstag mussten wir bei Rot-Weiß antreten. Der Ascheplatz war teils matschig, teils vereist, und die Bedingungen wurden durch einen böigen Wind und Schneeregen während des Spiels noch verschärft. Schlechteres Wetter hatte ich in meinen fünfzehn Jahren in Diepenbusch selten erlebt. Trotzdem waren die Witterungsbedingungen an diesem Nachmittag nicht das Schlimmste.
Die Eltern und die Spieler von Rot-Weiß, dem Verein vom Heußweg, machten ihrem Ruf als Brennpunktvolk alle Ehre.
»... so scheiße seid nur ihr, Fortuna Freibier«, stimmten sie immer wieder den Klassiker an. Wir wurden fortwährend beschimpft, von unseren Gegenspielern und den Eltern am Spielfeldrand. Die beliebteste Beleidigung der Rot-Weißen war ein spöttisches »Der kann nix!«.
Mit »Der kann nix!« wurde seinerzeit auf vielen Plätzen der Region dem Gegner gerne ein beiläufiger Spruch gedrückt.
»Lass den schießen, der kann nix!«
»Ruhig, der kann nix!«
»Zieh drauf, der kann nix!«
»Wir müssen mehr aus der Distanz schießen, der Torwart kann nix!«

Und so weiter. Der kann nix, der kann nix, der kann nix. Komischerweise hatte sich die Ansage nur bei uns, bei der Fortuna, nie so richtig durchgesetzt. Vielleicht weil sie so allgegenwärtig und unkreativ war. Nirgendwo ertönte das knackige »Der kann nix!« allerdings so oft wie auf der Anlage von Rot-Weiß.

Das Spiel war ein 0:0 von der Sorte, bei der man schon nach zehn Minuten weiß, dass es beim 0:0 bleiben wird. Es war völlig klar, dass keine der beiden Mannschaften an jenem Tag einen Möbelwagen treffen würde, da konnte Dirk am Spielfeldrand noch so viele Zigaretten rauchen. Vielleicht wurde ich deshalb von Minute zu Minute genervter – weil ich wusste, dass dieses Spiel irgendwie überflüssig war. Ein trister, torloser Kick.

Immer wenn ich zwecks Spielaufbau am Ball war, rief mein Gegenspieler: »Lass den ruhig machen, der kann nix!«

Wenn Rot-Weiß im Angriff war, hampelte er herum und fuchtelte mit den Armen: »Ich bin frei, der kann nix!« – auch damit war ich gemeint, obwohl das natürlich Unsinn war, denn ich konnte nicht nix, sondern vielmehr eine ganze Menge.

Ich wurde immer wütender und machte mir zunächst mit kleinen Nickligkeiten Luft.

»Vorsicht, Alter«, raunte mir mein Gegenspieler irgendwann spät in der zweiten Halbzeit zu, als wir in einem Kopfballduell aneinandergerasselt waren, »nur weil du nix kannst, musst du hier nicht den dicken Max markieren!«

Das war zu viel. Es war einer dieser Tage, an denen ich so viel geballte Stumpfheit einfach nicht ertragen konnte. Ich brüllte ihn an: »Halt doch endlich mal die Fresse!«

Der Schiedsrichter, ein verprügelt aus der Wäsche guckender Verbrechertyp und ganz sicher einer der Väter von Rot-Weiß, machte keine langen Reden und zeigte mir wegen Beleidigung die Rote Karte, die von mir und von allen anderen seltsam

emotionslos aufgenommen wurde. Wir wussten alle, dass sich dieses Spiel nur zum Vergessen eignete. Kein Grund zur Aufregung, eigentlich.
Gleichgültig schlich ich vom Feld, wo ein vor Wut ganz rot angelaufener Dirk wild gestikulierte und uns zurief: »Könnt ihr auf dem Platz nicht einfach mal die Fresse halten?«

Im Namen des Sohnes

Matzes Stammplatz blieb auch nach dem Trainerwechsel ungefährdet. Es gab gleich mehrere Gründe, weshalb Dirk auf keinen Fall auf ihn verzichten wollte – egal, was vorgefallen war: Matze war ein eiskalter Knipser, ein Torgarant, auch in der neuen Liga gehörte er zu den besten Stürmern überhaupt. Außerdem war Dirk dick mit Paschke befreundet, er hätte sich mit der Ausmusterung des Patronensohns also in doppelter Hinsicht geschadet. Und nicht zuletzt interessierte Dirk vor allem seine eigene fachliche Meinung und schon gar nicht irgendwelche Stimmungen oder Eitelkeiten innerhalb der Mannschaft.

Besonders Volkan stieß die Situation immer noch bitter auf. Während der Pole sich gegenüber seinem Sturmkollegen weder auf noch außerhalb des Platzes etwas anmerken ließ, machte unser Torwart weiter kräftig Stimmung gegen unseren Torjäger. Er beschimpfte ihn als Vatersöhnchen, als Kameradenschwein, aber schlimmer noch: Er streute Gerüchte. Die Geschichte von Paschkes Puff in Dortmund hielt sich auch dank ihm hartnäckig. Volkan dichtete Paschkes Frau Marion, obwohl sie nicht Matzes leibliche Mutter war, ein Verhältnis nach dem anderen an – er nannte sie *Klausen*-Schlampe, weil Marion gerne angetrunken durch unser Vereinsheim tanzte und dabei keine Berührungsängste mit den anderen Männern – Trainern, Vätern wie Dieter oder Ralle, sogar Manni – zeigte. Aus den Flirts, die wir immer als freundschaftliches Geschäker abgetan hatten, wurden in Volkans Hetze leidenschaftliche Affären.

Wir nahmen Volkan nicht ernst, weil wir seine Beweggründe kannten. Auch Matze ließ sich nichts anmerken, obwohl es ihn nerven musste, so penetrant, wie Volkan vorging. Aber Matze wusste, dass er Mist gebaut hatte und ihm deshalb die Argumente fehlten. Er hatte den Ehrenkodex unserer verschworenen Truppe missbraucht, da spielte es auch keine Rolle, dass sein Fehltritt bald ein Jahr zurücklag. Also ließ Matze die Missgunst über sich ergehen. Bis Volkan einen Schritt zu weit ging.

In einem Spiel gegen den DFC vergab Matze mehrere hochkarätige Chancen, unter anderem verschoss er einen an ihm verschuldeten Elfmeter.

»Der Gefoulte soll nicht selbst schießen«, brüllte Volkan wütend über den ganzen Platz.

»Am Arsch!«, brüllte Matze zurück.

»Könnt ihr nicht einfach mal die Fresse halten?«, brüllte Dirk an der Seitenlinie.

Nur der Pole traf, und wir verloren mit 1:3.

Nach der Partie ging es in der Kabine hoch her. Goran fluchte wie ein Grubenarbeiter, Frank raufte sich in Raserei die fettigen Haare, sogar Bum-Bum rief immer wieder: »Wir hauen uns, dings, die Dinger selbst rein, das darf doch nicht wahr sein!«

Volkan hatte den Schuldigen schnell ausgemacht: »Das Problem ist unser blonder Schwuchtelstürmer, der bringt die einfachsten Bälle nicht unter, weil er so eine Scheißschwuchtel ist!« Seine Stimme wackelte vor Wut.

»Ist gut jetzt, Türke«, rief Radek wie ein Erziehungsberechtigter.

»Was willst du mir denn erzählen, Fettsack?«, gab Volkan zurück. »Wenn ich sage, dass mir die Scheißschwuchtel auf die Eier geht mit ihrem Affentanz da vorne im Sturm, dann werde ich das wohl noch sagen dürfen, oder was? Mit dieser Scheißschwuchtel im Sturm steigen wir gleich wieder ab!«

Jetzt betrat auch Trainer Dirk die Kabine, der uns nach jedem Spiel zunächst fünf Minuten alleine ließ, damit wir runterkom-

men und die wichtigsten Dinge, die auf dem Platz passiert waren, untereinander regeln konnten. Abgesehen davon interessierte er sich, wie gesagt, wenig für die Stimmung innerhalb der Mannschaft. Volkan machte die plötzliche Anwesenheit des Trainers nichts aus, er war in Fahrt und nicht zu stoppen.
»Ey, du Scheißschwuchtel«, rief er Matze quer durch die Kabine zu, »schickt dein Vater dich eigentlich auch auf den Schwulenstrich, du Schweißschwuchtel? Hat dein Vater da auch ein paar Dinger am laufen oder was?«
»Na, na, na«, rief Dirk beinahe höhnisch, »was ist denn hier los? Können wir uns untereinander bitte ein bisschen zivilisierter verhalten, oder was? Jungs, ich sag euch heute nur so viel zum Spiel: Wenn wir jede Woche so auftreten, dann aber gute Nacht, Johanna! Alles Weitere besprechen wir dann am Dienstag auf'm Trainingsplatz!«
Mehr gab es tatsächlich nicht zu sagen ob der Blamage, grußlos verschwand Dirk wieder. Wenn wir schlecht gespielt hatten, war er anschließend immer besonders wortkarg. Das gab uns ein noch schlechteres Gefühl, ein Schuldgefühl.
Radek wandte sich an Volkan: »Könntest du dich vielleicht ein bisschen zusammenreißen, wenn der Trainer anwesend ist, du Schwachkopf? Immer diese Scheiße mit Paschke und Puff und so – weißt du nicht, dass der Trainer mit Paschke befreundet ist? Du erweist dir und uns noch einen Bärendienst!«
Volkan machte ein abschätziges Geräusch. »Pfft. Ist mir scheißegal.«
Matze hatte sich inzwischen angezogen, die Umbro-Sporttasche geschultert. Er trottete mit hängenden Schultern Richtung Ausgang, blieb aber noch kurz bei Volkan stehen. Er blickte unserem Torwart fest in die Augen.
»Was willst du, Schwuchtel?«, keifte Volkan.
»Ich hab deine Tiraden so satt«, sagte Matze. »Tiraden«, was für ein Wort. Typisch Matze.

Volkan zuckte arrogant die Achseln: »Und?«
»Und ich lass mir das nicht mehr lange gefallen«, fügte Matze in ruhigem, sachlichem Ton hinzu, der trotzdem bedrohlich klang. Es war plötzlich ganz still, kein Stollenschuh klapperte mehr.
Volkan grinste, als könnte er Matze nicht ernst nehmen. »Ach so.«
Matze war kaum aus der Kabine, als das wilde Gemurmel losging. Alle diskutierten durcheinander.
»Altobelli«, staunte der Pole neben mir, »und das alles nur, weil der Matze meine Olle angefasst hat oder was?«
Am Dienstag darauf schien die Sonne über der Anlage am Waldweg, weshalb auch keiner von uns das Gewitter erahnte, das uns erwarten sollte. Paschke bestellte uns in die *Klause,* wo er bereits mit Dirk und Manni auf uns wartete. Ein gelbliches Licht fiel durch die Vorhänge, es roch nach kaltem Rauch. Aus der Jukebox frohlockte der Eisdielenklassiker *Felicità* von Al Bano & Romina Power. Als wir endlich vollzählig waren, schloss Paschke die Tür. Die Luft wurde sofort dicker.
»Männer«, fing Dirk an, »Manni und ich, wir haben uns fest vorgenommen, uns nur im Ausnahmefall in Mannschaftsinterna einzumischen. Wir glauben an die Kräfte in eurer Truppe, mit denen ihr die Dinge untereinander geregelt kriegt.«
Er hielt kurz inne.
»Ganz genau«, sagte Manni und nickte wissend.
»Nun ist es aber so«, fuhr Dirk fort, während Paschke neben ihm schwitzte und unruhig auf seiner Zigarre kaute, »dass es in den letzten Wochen und Monaten einige Reizthemen gegeben hat, genauer gesagt ein Reizthema. Wir haben uns als Verantwortliche lange darüber unterhalten, was zu tun ist ...«
»... und sind zu folgendem Entschluss gekommen«, fiel Paschke ihm mit seiner tiefen Macherstimme ins Wort: »Volkan, dein Verhalten is von Vereinsseite her nich länger zu tolerier'n –

du bist bis auf Weiteres suspendiert und wirst am Spielbetrieb nich mehr teilnehm!«

Ein Raunen ging durch die Reihen. Volkan stand der Mund offen. Matze machte sich ganz klein, es schien ihm unangenehm zu sein.

Volkan guckte, als hätte er sich verhört: »Was haben Sie bitte gesagt, Herr Paschke?«

»Du fällst seit Wochen nur mit deinen Beleidigungen gegen Matze auf«, sagte Dirk, »und auch auf mehrfache Ermahnung unsererseits hast du nicht reagiert. Das ist eine regelrechte Kampagne, die du da fährst, das können wir uns nicht bieten lassen. Außerdem schadet es dem Klima innerhalb der Mannschaft.«

Großes Gemurmel.

»Das gibt's, dings, gibt's doch gar nicht«, stammelte Bum-Bum.

»Treffer, versenkt«, rief Martin, der sich über Disziplinarmaßnahmen immer köstlich amüsierte, solange es ihn nicht persönlich betraf.

»Das ist jetzt aber auch nicht richtig«, merkte Radek an.

Paschke machte den kritischen Reaktionen ein Ende, indem er brüllte: »Schluss getz mit der Lamentiererei! Wir handeln einzig und allein im Sinne von Verein und ...«

»Dad!«, rief Matze und erhob sich von der Plastikbank. Er wirkte wie ein ängstlicher Junge, der allen Mut zusammengenommen hatte. Er wirkte wie ich, damals, in dem Taxi in Berlin.

Paschke machte große Augen. »Wat is Ambach, Sohnemann?«

»Dad, lass gut sein«, Matze klang matt, »ich glaube, wir reden hier alle aneinander vorbei. Es ist wohl Zeit, dass ich mich mal zu der ganzen Thematik äußere. Ich gebe zu, ich habe Scheiße gebaut, ich habe unseren Kodex in die Tonne gekloppt, ich fühle mich so was von kacke damit. Ich kann nicht mehr machen, als mich zu entschuldigen, was ich hiermit endlich nachholen will. Es tut mir wirklich leid, Männer, ich entschuldige mich vor allem bei dir, Pole«, er hielt inne und suchte den Blick des Polen, der verständnisvoll nickte, »und ich versuche nicht nur seit Monaten auf dem Platz, es wieder einigermaßen gutzumachen, ich werde auch weiterhin alles daransetzen, dass ihr mich wieder als vollständiges Mitglied der Mannschaft akzeptiert. Ich kann aber auch verstehen, wenn ihr keinen Bock mehr auf mich habt.«

Gemurmel.

»Deswegen«, fuhr Matze fort und drehte sich zu den drei Verantwortlichen, »ist es die völlig falsche Maßnahme, dass ihr Volkan bestrafen wollt. Er hat sicher ein bisschen arg heftig auf die Kacke gehauen, aber ich kann das verstehen, Sila ist schließlich seine Schwester, aber es geht hier auch nicht um Volkan, es geht hier um den Polen und um mich. Der Pole ist das Opfer, und ich bin der Täter. Deshalb möchte ich euch alle heute fragen …«

Er hielt inne.

»… ob wir dich heiraten wollen?«, rief Artur in die angespannte Stille hinein, und wir alle lachten so laut wie selten, auch Matze.

»Nein, Artur«, sagte Matze, als er sich wieder eingekriegt hatte, mit einem warmen Lächeln, »ich will euch fragen, ob ich Teil der Truppe bleiben darf. Oder ob ihr mich eigentlich schon lange nicht mehr dabeihaben möchtet. Dann wäre jetzt endlich die richtige Gelegenheit, es mir ein für alle Mal klipp und klar zu sagen, ich könnte es gut verstehen.«

Kein Gemurmel mehr, nur Stille. Keiner wusste, was er sagen sollte. Sogar Paschke, Dirk und Manni schwiegen. Eine unwirkliche Situation. Matze hatte uns die Pistole auf die Brust gesetzt, und das Schlimmste war, dass er damit völlig recht hatte.

Mir war sofort klar, was nun passieren würde.

Goran war der Erste: »Also wenn's nach Goran geht, kannst du bleiben.«
Sinisa zog nach: »Ich finde, irgendwann ist auch mal Gras über die Sache gewachsen.«
Micha: »Wie gesagt, jeder darf mal einen Fehler machen.«
Mokka: »Kopf hoch jetzt, Bruder!«
Vergeben und vergessen. Per Handzeichen wurde noch abgestimmt, Volkan war gegen Matze, der Pole und ich, wir enthielten uns, der Rest stimmte für den Verbleib unseres Topstürmers.
Der düpierte Paschke verzog sich grußlos – so war seine Autorität noch nie untergraben worden, erst recht nicht von seinem eigenen Sohn. Dirk und Manni versuchten, in Hochgeschwindigkeit zum Trainingsalltag zurückzukehren, und verteilten die Aufgaben: Wer das Netz mit den Bällen, wer die Hütchen, wer die kleinen Tore auf den Platz tragen musste.
Ich wusste nicht, was ich von der Entscheidung halten sollte. Wir hatten einen demokratischen Beschluss gefasst, wir hatten als Mannschaft über Matze entschieden. Die ganze Geschichte sprach für uns, für die selbstreinigenden Kräfte und für die Hierarchie in unserer Truppe. Aber irgendwas war faul. Ich konnte nicht sagen, was es war. Aber ich war mir sicher, die Sache würde noch ein Nachspiel haben.

Frühschoppen

In den nächsten Wochen ging es am Waldweg endlich wieder friedlicher zu, zumindest rund um unser Team. Das Theater um Matze und den Polen war geklärt. Auch Volkan gab Ruhe, wenn auch widerwillig. Warm wurde er mit Matze trotzdem nicht. Matze dagegen versuchte, sich mit seiner offenen Art so kameradschaftlich in die Mannschaft einzubringen wie nie zuvor: Er half Manni beim Aufstellen der Hütchen; er sprang beim Trainingsspiel als Torwart ein, wenn sonst keiner Bock hatte; er freute sich über gelungene Aktionen seiner Mitspieler so enthusiastisch, dass es fast schon ein bisschen unangenehm wurde.

In einem Spiel gegen den SV dribbelte ich einmal meine gesamte linke Seite entlang, zog nach innen und bekam die Schusschance, hämmerte den Ball aber gut drei Meter über das Tor. Ein kläglicher Versuch, über den ich selbst nur den Kopf schütteln konnte. Trotzdem kam Matze anschließend auf mich zugestürmt, umarmte mich, klopfte mir mehrmals kräftig auf den Rücken und spuckte fast vor Begeisterung: »Schönes Ding, Kalli, richtig schönes Ding!«

»Lass gut sein, Matze«, sagte ich und versuchte mich aus seiner Umklammerung zu lösen.

Matzes neuer Teamgeist war ähnlich übertrieben wie der Schmusekurs, den Martin damals im Anschluss an seinen Ausraster im *Hohen Ross* gefahren hatte. Aber inzwischen war Martin längst wieder dasselbe asoziale Großmaul wie früher, insofern bestand auch für Matze noch Hoffnung, schon bald wieder bei Trost zu sein.

Mit unserer neuen mannschaftlichen Geschlossenheit und dem hochmotivierten Matze starteten wir eine Siegesserie, dank deren wir uns schon zu Anfang der Rückrunde jeglicher

Abstiegssorgen entledigten. Wir hatten uns gleich im ersten Jahr in der nächsthöheren Spielklasse behauptet und uns einen Ruf als schwer zu spielende Truppe erarbeitet. Ein großartiges Gefühl.

Auch Manni etablierte sich schnell als Co-Trainer. Wir verkniffen uns die Sprüche, die wir ihm sonst gedrückt hatten. Vor allem, weil alle so viel Respekt vor Dirk hatten. Wir hatten Manni jahrelang Sprüche gedrückt, aber Dirks Autorität färbte automatisch auf seinen Assistenten ab.

Meinen Traum vom Positionswechsel hatte ich bis auf weiteres auf Eis gelegt, der Erfolg der Mannschaft war wichtiger – und so selten, wie sich Dirk mit mir befasste, konnte ich mir ohnehin keine großen Hoffnungen machen. Der Zug war mal wieder abgefahren. Mir blieb nichts anderes übrig, als mit konstanten Klasseleistungen links hinten auf mich aufmerksam zu machen, was mir fast jede Woche gelang.

»Der Trainer ist hochzufrieden mit dir«, ließ Manni mich eines Samstagabends Anfang Mai in der *Klause* wissen, »alles tutti paletti!«

Wir hatten am selben Tag mit 3:0 gegen den SC gewonnen, ich hatte alle drei Buden vorbereitet und wusste um meine Topform. Ich nahm das Lob also zur Kenntnis, konnte aber nicht viel damit anfangen. Aus Dirks Mund hätte es mir sicher mehr bedeutet. Aber vielleicht war es ja ein Anfang.

Mein Vater sagte mir am nächsten Tag am Frühstückstisch: »Du spielst die beste Saison deines Lebens, Junge! Ich glaube, Dirk hat dich auf ein ganz neues Leistungsniveau gehievt.«

Sosehr mich das Lob meines Vaters freute, konnte ich auch damit nicht viel anfangen. Denn der Verweis auf Dirks Verdienst war so falsch, dass es quietschte.

»Es läuft ganz ordentlich«, gab ich zu, »das stimmt, Papa.«

Er tätschelte mir den Kopf und sagte: »Du darfst im Leben nicht zu bescheiden sein, Junge, sonst machen sie dich alle.«

Wer, fragte ich mich, wer macht mich alle? Aber vielleicht wollte ich es auch gar nicht so genau wissen, jedenfalls fragte ich nicht nach, und dann verabschiedete sich mein Vater zum Frühschoppen, und ich wünschte ihm viel Spaß. Mama stand derweil in der Küche und bereitete für den Nachmittag eine Brandenburger Kartoffelsuppe nach dem Rezept der Berliner Tanten aus Zehlendorf zu. Wie immer reagierte sie nicht auf das »bis später, tschüssikowski!« meines Vaters. Eine schrecklich nette Familie eben.

Ich blieb den ganzen Sonntagnachmittag vor dem Fernseher hängen, Formel 1 auf RTL. Der Große Preis von San Marino, das fünfte Rennen der Saison. Auf dem Autodromo Enzo e Dino Ferrari. Vor zwei Jahren waren auf demselben Kurs noch der Österreicher Roland Ratzenberger und die brasilianische Weltmeisterlegende Ayrton Senna tödlich verunglückt – an einem einzigen Rennwochenende! Die Opfer von Imola waren die ersten Formel-1-Toten seit 1982, als beim Großen Preis von Kanada der Italiener Ricardo Paletti tödlich verunglückt war. In den Folgejahren wurden die Sicherheitsvorkehrungen für Wagen und Rennen der Formel 1 drastisch verschärft.

1996 verlief Imola glücklicherweise ohne besondere Vorkommnisse. Einen weiteren Schock wie den Senna-Unfall hätte ich wahrscheinlich auch nicht verkraftet. Wochenlang verfolgten mich damals die Bilder, die Panik, das Entsetzen nach seinem Aufprall. Mich gruselte es vor den Beschreibungen eines Notarztes, der sagte, dass Senna wohl aus dem Autowrack ausgestiegen und zu Fuß zur Box zurückgelaufen wäre, hätte sich die Strebe der Radaufhängung nicht durch seinen Helm gebohrt, sondern wäre zwanzig Zentimeter höher oder tiefer geflogen. Senna starb an seinen schweren Kopfverletzungen. Der Rest seines Körpers blieb völlig unversehrt, kein einziger gebrochener Knochen, nicht einmal eine Schramme. »Das

Glück hatte ihn einfach verlassen«, sagte der Notarzt im Fernsehen.
Meiner Faszination für die Formel 1 tat Sennas Schicksal trotzdem keinen Abbruch, im Gegenteil. Ich liebte diese Sportart mit jedem Schumacher-Triumph nur noch ein bisschen mehr. Die Leute in der Schrebergartensiedlung feierten Woche für Woche große Schumi-Partys, die nach so viel Spaß aussahen, dass ich nur noch weniger Verständnis für meine Eltern aufbringen konnte, dass sie dort kein Häuschen hatten. Andererseits war mein Vater sonntags ohnehin nie zu Hause. An gemütlichen Sonntagen wie diesen malte ich mir immer aus, was mein Vater während seines Frühschoppens gerade so machte. Ich wäre gerne einmal dabei gewesen, aber er hat mich nie gefragt, und ich ihn auch nicht.
Während draußen die warme Frühlingssonne strahlte, lümmelte ich also auf dem Sofa herum. Ich rauchte Zigaretten (meine Mutter hatte nach über sechzehn Jahren Abstinenz wieder mit dem Rauchen angefangen, seitdem durfte auch ich zu Hause rauchen – was meinen nichtrauchenden Vater wahnsinnig machte), im Hintergrund Niki Laudas Rennanalysen und das pfeifende Motorengeräusch aus dem Fernseher. Ich überlegte, wie mein Vater seine Jazzkneipe wohl betrat. Breitbeinig wie ein Cowboy seinen Saloon? Schüchtern und von den anderen Kneipengästen kaum bemerkt? Mich amüsierte die Vorstellung meines Vaters in seiner Stammkneipe. Das hatte vielleicht auch damit zu tun, dass ich mich mit ihm kaum in der Öffentlichkeit bewegte, vom Waldweg und von der *Klause* mal abgesehen. Als Familie gingen wir Borowskis kaum aus, nicht ins Restaurant, nicht ins Kino, nicht ins Theater. Ich traf meinen Vater nur am Frühstückstisch, auf dem Sofa oder eben bei unseren Heimspielen am Spielfeldrand. Den Rest der Zeit gingen wir uns aus dem Weg – nicht, weil wir uns nicht liebten, sondern weil wir unsere Ruhe haben wollten. Und was es zu erzählen gab, erzählten wir uns beim Essen.

Ich stellte mir vor, wie mein Vater lässig an der Theke lehnte und mit der Bedienung flirtete, so wie er mit Manu geflirtet hatte beziehungsweise Manu mit ihm.

»Na, Süße, machst du mir noch ein kühles Blondes?«

Nie im Leben, keine Chance, so einen Spruch würde mein Papa nie bringen. Stattdessen nuschelte er wahrscheinlich ein undeutliches »Noch ein Bier, bitte!« in seinen Sean-Connery-Bart.

»Wie bitte?«, würde die Thekendame fragen, weil sie schon ihr eigenes Wort kaum verstand wegen des lauten Saxofonsolos.

»Ein Bier bitte!«, würde mein Vater nur etwas lauter wiederholen.

»Ein Bier?«, würde sie noch einmal nachfragen und mein Vater würde nicken.

So kommt das schon eher hin, dachte ich.

Vielleicht traf mein Vater an der Theke auch Trainer Dirk oder gar Patron Paschke. Offensichtlich lief man sich beim Frühschoppen ja häufiger über den Weg. Worüber sie sich wohl unterhielten? Über ihre Jobs?

»Die Werkstatt läuft wie 'ne glatte Eins mit Sternchen«, würde Paschke sagen, das sagt er immer, und dabei würde er mit der Zunge schnalzen.

»Ich bin überzeugter Frührentner«, würde mein Vater verkünden, weil er auf diese Weise die zwangsläufige Frage, ob er die Arbeit nicht vermisste, ausschloss. Das hatte er sich im Laufe der Jahre angewöhnt.

Mir fiel auf, dass ich keine Ahnung hatte, womit Dirk eigentlich sein Geld verdiente.

Vielleicht unterhielten sie sich aber auch über Frauen.

»Die Manu hat Möpse«, würde Paschke schwärmen, »da fallen dir die Augen ausm Kopp!«

»Ich bin immer noch glücklich verheiratet«, würde mein Vater lügen und versuchen, stolz dabei zu klingen. »Seit über fünfzehn Jahren!«

Dirk hätte zu dem Thema sicher nichts zu sagen. Ich konnte mir nicht vorstellen, dass er über Frauen redete. Er war so hässlich, dass er sich das eigentlich nicht erlauben konnte.
Aber vielleicht plauderten sie auch über die Fortuna.
»Die Jungens spielen 'ne klasse Säsong«, würde Paschke sagen, und dabei würde er über sein Mondgesicht strahlen und Dirk auf die Schulter klopfen.
»Finde ich auch«, würde mein Papa sagen, »und mein Junge spielt sogar die beste Saison meines Lebens.«
Dirk würde das Lob für seine Mannschaft genießen und schweigen. Dann würde Paschke noch drei Herrengedecke bestellen. »Prost, meine Herren!«
So stellte ich mir das vor. Vielleicht lief es aber auch ganz anders ab. Egal. Inzwischen hatte Damon Hill in Imola den Sieg eingefahren, vor seinem Erzrivalen Michael Schumacher, der von der Pole gestartet war, und Gerhard Berger.
Kurz darauf kam mein Vater nach Hause. Sein Gesicht war aschfahl, seine Augen weit aufgerissen, er schwitzte. Reflexartig drückte ich meine Zigarette aus, um ihn nicht noch mehr zu stressen.
»Was ist los, Papa?«
»Werner Paschke«, sagte er und schluckte, »Werner Paschke hatte einen Herzinfarkt.«

Malle Mallorca

Es war kaum zu glauben, wie schnell sich Paschke erholte. In den Tagen danach stand Fortuna Diepenbusch, eigentlich ganz Diepenbusch noch unter Schock und bangte um den Patron. Der empfing jedoch schon längst wieder Besuch am Krankenbett, wie Matze uns wissen ließ.

»Der größte anzunehmende Unfall ist ausgeblieben«, sagte der erleichterte Sohn, »meinem Dad geht es schon wieder richtig gut, nicht nur den Umständen entsprechend.«

Nicht einmal zwei Wochen später stand Paschke schon wieder am Spielfeldrand und fieberte bei unserem letzten Saisonspiel gegen den VfR mit. Vor der Begegnung hatte Dirk eine pathetische Rede gehalten: »Männer«, hatte er mit staatstragender Stimme gesagt, »die letzten Tage waren für uns alle, denen die Fortuna aus Diepenbusch am Herzen liegt, nicht einfach. Wir mussten bangen um einen unserer ganz Großen, um den Mann, der den Verein liebt und lebt wie kein Zweiter, um den Mann, der tatsächlich sein Leben geben würde für diesen Verein, für unsere Stadt, für die Region. Aber wir haben die Rechnung ohne unseren Patron gemacht, denn der ist nicht nur nicht so leicht kaputtzukriegen, der ist überhaupt nicht kaputtzukriegen! Unser Werner Paschke steht heute zum ersten Mal seit seinem lebensbedrohlichen Herzinfarkt wieder am Spielfeldrand. Er wünscht sich nichts sehnlicher, als dass ihr euch mit einem Sieg und einer guten Leistung in die verdiente Sommerpause verabschiedet! Wir haben in dieser Saison unerwartet souverän die Klasse erhalten – als Aufsteiger! Das ist nicht hoch genug einzuschätzen. Und heute machen wir ein schönes Schleifchen um diese Spielzeit! Für uns, für die Fans, für unsern Manni, der in seiner ersten Saison einen wirklich tollen Job gemacht hat – aber vor allem für einen Mann: Unsern Werner Paschke! Also geht raus und spielt Fußball!«

Ist ein Herzinfarkt nicht immer bedrohlich?, fragte ich mich. Mir war das alles mal wieder zu dick aufgetragen, aber die anderen Jungs waren begeistert. Sie klatschten und jubelten und sprinteten anschließend wie junge Hunde auf den Platz. Am Ende gewannen wir das Spiel mit 3:1 – Hattrick Matze, alle Vorlagen vom Polen, was für ein Happy End! Und auf der anschließenden Freibier-Party ließ Manni, schwer schwitzend in seinem Slayer-Shirt, die Katze aus dem Sack und teilte uns mit, dass die Saisonabschlussfahrt, unsere erste überhaupt, uns für fünf Tage nach Mallorca führen würde. Nach Mallorca! Nach Cala Ratjada, oder wie es bei uns schon bald heißen sollte: *Cala Rattatta!*

»Männer«, rief Manni, »ab nach Malle!«

Wir rasteten aus vor Begeisterung.

»Hat der Sahne!«

Finanziert wurde die Fahrt mit Geld aus der Mannschaftskasse, mit einem großzügigen Zuschuss von Patron Paschke und mit Anteilen aus der Kasse der *Klause*.

Auf das Ziel hatte Manni persönlich gedrängt, wie er uns verriet: »Okidoki, die Jungs fahren das erste Mal allein im Urlaub«, habe er gesagt (wie so viele in Diepenbusch sagte er tatsächlich ›*im* Urlaub fahren‹), »da können die nicht einfach irgendwohin. Da müssen die schon nach Malle!«

Bedingung war zudem, dass wir ohne Dirk und Manni fahren würden, damit wir uns nicht vorkämen, als stünden wir unter Aufsicht. Nur das Einverständnis unserer Eltern mussten wir einholen, was aber in unserem Alter kein Problem mehr darstellte.

»Wir bleiben nur euch zuliebe zu Hause«, sagte Manni, »glaubt ja nicht, dass wir keinen Bock auf Malle hätten …«

Wir jubelten! Manni, der sich im Mannschaftskreis mit dieser Aktion aus dem Stand zur Legende machte, stürzte zur Jukebox und wählte die Inselhymne *Malle Mallorca* seiner Lieb-

lingsband Eisenpimmel, der Satire-Punkrock-Institution aus Duisburg, deren Satire unserem Manni aber ganz sicher verborgen blieb. Zu inbrünstig grölte er den Text mit: *Unser Flieger is einfach geil, jeder hat sein eigenes Kotzabteil ...*
Und so weiter. Melanie war ganz und gar nicht begeistert ob der kleinen Reise, auf die ich mich machte.
»Die Weiber auf Malle«, sagte sie, »sind voll die Schlampen!« Sie hatte mit ihren Eltern schon mehrmals Urlaub auf den Balearen gemacht und das Balzverhalten der anderen Touristen offenbar genau studiert.
»Da fickt jeder mit jedem«, sagte sie, »und die Fußballvereine sind sowieso die allerschlimmsten!« Sie klang besorgt.
»Aber ich bin nicht wie die anderen«, versuchte ich sie zu beruhigen, denn ich dachte wirklich, dass ich nicht wie die anderen sei, und außerdem kannte ich Mallorca noch nicht. Dabei hatten meine Eltern mit mir zu Kinderzeiten alle klassischen Urlaubsziele wie Gran Canaria, Korsika oder den Balaton angeflogen. Wir waren eigentlich überall, von Ruhpolding bis Rimini, nur der Deutschen liebste Insel haben wir ausgelassen, warum auch immer.
Am Abend vor dem Abflug ging es Melanie nicht gut, sie hatte kein gutes Gefühl wegen meiner Reise, außerdem ging es ihrem Vater wieder schlechter. Sie wünschte ihm den Tod inzwischen so sehr, dass es schmerzte: Als Erlösung, aber auch aus Selbstschutz, weil sie sein Leid nicht mehr ertrug, aber er weigerte sich zu sterben und lieferte sich nach wie vor einen qualvollen, aussichtslosen Kampf gegen den verdammten Scheißkrebs.
Melanie nahm mein Gesicht in beide Hände und sagte: »Wenn du auf Mallorca irgendeine andere Kackbratze anfasst, schneide ich dir die Eier ab und mische sie in dein Müsli!«
Ich prustete los. Sie klang, als wäre sie einem amerikanischen Actionfilm entsprungen.
»Haben wir uns verstanden, Kalli Borowski?«

Ich musste immer noch lachen, aber ich nickte. »Es sind nur fünf Tage«, sagte ich, »dafür fliegen wir beide bald nach Arizona!«

Sie zog eine Schnute. »Na ja, *bald?!?*«

Am letzten Wochenende im Mai, Sonntag am frühen Morgen, machte sich die ganze Mannschaft gemeinsam auf den Weg zum Düsseldorfer Flughafen. Das Abflugterminal des drittgrößten deutschen Flughafens (nach Frankfurt und München) war damals nur ein provisorisches Zelt, nachdem anderthalb Monate zuvor eine schwere Brandkatastrophe mit siebzehn Toten und achtundachtzig Verletzten die Terminals A und B schwer beschädigt hatte. Im Zelt ließen wir die Wodkaflasche kreisen, es wurde viel geraucht und laut gesungen. Frank aka DJ Metallica hatte extra einen Mallorca-Mix auf Kassette gepackt, mit Ballermannhits von *Macarena* bis Mr. President. Das Tape ließ er über den eigens für den Kurztrip organisierten Ghettoblaster (»Nur 50 Tacken bei Saturn!«) pausenlos laufen. Wir tanzten dazu im Türkenkreis und starteten eine Polonaise durch die Wartehalle.

Als wir nach knapp zweieinhalb Stunden Flugzeit balearischen Boden betraten, waren wir betrunkener als Harald Juhnke, der ein paar Monate zuvor mit einer Ohrfeige für eine RTL-Reporterin abermals für Aufsehen gesorgt hatte. Erst zwei Jahre später sollte es auch die entsprechende Hymne *Wir haben ein Idol (Harald Juhnke)* von Lord Ulli, dem Frontmann der Sechzigerjahre-Beatband The Lords, gleich nach Veröffentlichung auf Franks Mix schaffen.

In den nächsten fünf Tagen wurde keiner von uns wieder nüchtern. Unser Hotel, das *Hotel Alondra,* lag im Herzen Cala Ratjadas, dem – im Vergleich zum Ballermann – etwas jüngeren Partybrennpunkt der Insel. Auf Cala Ratjada tummelten sich Realschul- und Hauptschulabschlussfahrer, Oberstufenschüler, Erstsemester – überwiegend Jugendliche, die ihren ersten Urlaub ohne Eltern exzessiv genossen, kurz gesagt: Arschlöcher wie wir.

Die Bediensteten im *Hotel Alondra* waren Gesaufe, Gegröle und Gekotze gewohnt, aber eine unzähmbare Bande wie uns hatten sie auch noch nicht allzu häufig beherbergt, wie mir der Rezeptionist am Tag unserer Abreise im Spanisch-Deutsch-Kauderwelsch bestätigte: »Wir mussen den Hotel erst mal desinfectar!«

Er lächelte, als er das sagte, womit nicht zu rechnen war, immerhin lagen fünf Tage und vor allem Nächte des Wahnsinns hinter ihm und uns. Am ersten Abend feierten wir ein unverhofftes Wiedersehen mit Mark Bein, der es inzwischen bis zum Mitternachts-Act ins *Oberbayern,* der Top-Saufadresse am Ballermann, geschafft hatte. Einmal die Woche verschlug es ihn aber nach Cala Ratjada ins *Bolero,* einen Zappelschuppen, in dem sich mehrmals am Abend ein DJ und eine Live-Band abwechselten. Wir hatten zunächst auf dem Hotelbalkon vorgeglüht: zwei Schüsseln mit Wodka-O, aus denen wir jeweils zu sechst oder siebt mit Strohhalmen tranken. Anschließend waren wir in die *Cocos Pool Bar* gezogen, wo wir ein paar brennende *B52*'s nachlegten und Halbprominenten wie dem damals extrem abgesagten Dieter Bohlen (zusammen mit seiner neuen Flamme Verona Irgendwas) oder der Nachmittagstalkmasterin Ilona Christen beim Saufen zugucken konnten.

Irgendwann waren wir voll genug, um uns Mark Bein auf keinen Fall entgehen lassen zu wollen. Wir stürmten das *Bolero* so abtanzwütig wie die Backstreet Boys eine Mehrzweckhallenbühne, und wir feierten Mark Bein wie den Leibhaftigen.

Die Szene des Abends ereignete sich, als der zugedröhnte Martin auf Schmusekurs die Bühne stürmte und den verdutzten Mark Bein, der sich nicht schnell genug in Sicherheit bringen konnte, innig umarmte und mehrfach auf die Wange küsste.

Martin entriss dem Entertainer das Mikrofon und rief dem Partyvolk zu: »Der Mark und ich, wir hatten in der Vergangenheit so unsere Probleme miteinander, aber heute möchte ich das Kriegsbeil begraben! Friede, Alter!«

Er drückte Mark Bein einen dicken Kuss auf den Mund. Wir bejubelten die Szene, und auch Mark Bein erholte sich vom ersten Schreck und konnte über die unerwartete Zuneigung lachen.

»Alter Verwalter«, schmunzelte Bein ins Mikro, »die Fußballstars aus meiner Heimat Diepenbusch sind auch hier – Malle ist wirklich ein Dorf!«

Nur die *Bolero*-Security war nicht in Stimmung, weshalb Martin kurz darauf von zwei Kleiderschränken zappelnd aus dem Laden getragen wurde. Wir amüsierten uns köstlich über den klamaukartigen Moment, aber Martin erhielt Hausverbot, weshalb auch der Rest der Mannschaft den Club aus Solidarität nicht mehr aufsuchte und stattdessen auf das *Physical,* das direkt gegenüber des *Bolero* auf dem Carrer De's Coconar lag, auswich. Oder auf die Strand-Disko *Xiroi,* die, nur ein paar Meter Fußweg vom *Hotel Alondra* entfernt, direkt an der Cala Son Moll lag und uns am nächsten Abend mit einer Schaumparty lockte. Zunächst fiel Martin auch hier negativ auf. Schon sein Bühnensturm am Vorabend war nicht ausschließlich von Wodka und *B52*'s ausgelöst worden. Sein Speed-Konsum, den einige in der Mannschaft schon zu Hause in Diepenbusch seit Monaten misstrauisch beäugten, offenbarte sich auf der Abschlussfahrt erst in seinem vollen, erschreckenden Ausmaß. Ein abgebrochener Strohhalm klemmte, stets griffbereit, hinter Martins Ohr, von den schmierigen Straßendealern in Capdepera beschaffte er sich ständig neues Zeug. Direkt unter seiner Nasenscheidewand hatte sich bereits eine wunde Stelle gebildet, die von Tag zu Tag entzündeter aussah. Keiner traute sich, den unberechenbaren Martin auf seine Sucht anzusprechen, was auch damit zusammenhing, dass Martin auf Speed ein viel umgänglicherer, freundlicherer, beinahe sanftmütiger Zeitgenosse war. Die Droge wirkte Wunder, sie besänftigte sein Gemüt, das Speed entschleunigte ihn. Er war noch zahmer als damals, in den Monaten nach seinem Ausraster im *Hohen Ross.*

Im *Xiroi* hatte Martin jedoch ein paar Nasen zu viel gezogen. Von Kopf bis Fuß in den klebrig-weißen, scheuernden Schaum eingehüllt, tanzte er völlig enthemmt auf dem Tresen zu Michael Jacksons *Billie Jean.* Als er sich ungelenk am *Moonwalk* versuchte, rutschte er aus und knallte mit dem Kopf auf die Zapfanlage. Ein paar Gläser gingen zu Bruch. Ziemlich benommen entschuldigte Martin sich beim Thekenpersonal, das es mit Humor nahm – im Gegensatz zur Security, die ihn auch hier des Clubs verwies. In dieser Nacht war es mit unserer Solidarität nicht so weit her, irgendwann mussten wir auch mal an uns denken. Auf den Schreck bestellte Radek erst mal eine Runde billigen Wodka für alle.

»Ich bin euer Kapitän«, scherzte er, »und auch wenn Martin die Rote Karte gezeigt bekommen hat, ordne ich an, dass wir für ihn weiterfeiern! Kämpfen, Männer! Auch in Unterzahl! Prost!«

Wir blieben also im *Xiroi* und tanzten und rieben uns sabbernd an den Bikinimädels. Noch nie hatte ich so viele scharfe Mädchen an einem Ort gesehen, nicht in Diepenbusch, nicht mal in Dortmund, nirgendwo. Ich wähnte mich im Paradies, nicht zuletzt, weil im Minutentakt eine andere halb nackte Traumfrau mit mir auf feuchte Tuchfühlung ging. Ich kam mir vor wie Hugh Hefner in seiner Mansion. Es fühlte sich an, als wäre ich ein anderer Mensch, als hätte die Insel mich zum Sexsymbol gemacht, als wäre ich in einer Umgebung aus Palmen, Strand und schönen Menschen plötzlich unwiderstehlich – und im Strobo-Licht des *Xiroi,* mit Schaum auf meinem nackten

Oberkörper, zur Musik von Underworld *(Born Slippy)* oder Mark Morrison *(Return Of The Mack)* oder Peter André *(Mysterious Girl),* erst recht.
Um mich herum gaben die Jungs kräftig Gas.
»Goran muss grapschen!«, hatte unser durchgeknallter Kroate bereits beim Aufbruch in die Nacht durch die Hotelflure gerufen. Das Ziel, das er sich für das *Xiroi* gesetzt hatte: Allen anwesenden Mädchen im Schutz des Schaums an den Hintern zu fassen. Er gab sich große Mühe, es zu erreichen.
Volkan versuchte beim Tanzen ständig, in den verspiegelten Fenstern einen Blick auf sich selbst zu erhaschen, meistens versperrte ihm der meterhohe Schaum, der im Dreißig-Sekunden-Takt in den Raum geschossen wurde, die schöne Aussicht.
Der Pole hatte sich auf den eingeseiften Boden vor die Bar gelegt und ließ sich von kichernden Mädchen Wodka aus dem Bauchnabel schlürfen.
Mokka und Bum-Bum tanzten mit nackten Oberkörpern auf dem Tresen, sie hatten ihre Hemden ausgezogen und schwangen sie zu *Cotton Eye Joe* von Rednex rhythmisch kreisend durch die Luft wie Cowboys ihre Lassos.
Sogar Frank lehnte nicht die ganze Zeit miesepetrig an der Theke, sondern balzte hin und wieder wie ein Bauarbeiter über die Tanzfläche, indem er seine Arme auf und ab stemmte, als würde er einen Presslufthammer bedienen.
»Wie gesagt«, rief Micha mir ins Ohr, »Malle ist das Paradies!«
Ich hatte Melanie für einen Moment völlig vergessen, als Marloes aus Holland mir die Zunge in den Hals steckte und gleichzeitig mit der flachen Hand über den Schritt meiner Billabong-Boardshorts rieb.
»Ich bin Kalli«, stammelte ich in ihr Ohr und musste schlucken vor Geilheit.
Es gibt keinen unpassenderen Augenblick, dachte ich, Kalli zu heißen.

»Marloes«, sagte sie und legte ihren Zeigefinger auf meinen Mund, als sollte ich lieber den Mund halten. Ich dachte überhaupt nicht darüber nach, was ich tat, von den Konsequenzen ganz zu schweigen, ich fühlte mich so frei wie nie zuvor in meinem Leben. Wir knutschten uns ein paar kurze, endlose Minuten quer über die Tanzfläche, ich massierte ihre großen Brüste und wanderte mit den Fingern in den Slip ihres Bikinis, wo es noch ein bisschen heißer und feuchter war als im *Xiroi* ohnehin. Irgendwann ließ sie von mir ab und hauchte mir in der kurzen Sekunde zwischen zwei Liedern ins Ohr: »Ich wohne auch im *Alondra*«, sagte sie mit Linda-de-Mol-Akzent, überhaupt sah sie aus wie eine blutjunge, superheiße Linda de Mol, »Zimmer hundertzwölf.«
Sie zwinkerte mir zu und verschwand Richtung Bar, während der *Drill Instructor* von Captain Jack einsetzte. Zimmer 112. Zimmer 112. Zimmer 112. Merk dir das, Borowski! Zimmer 112!
Plötzlich packte mich Matze von hinten am Arm und zog mich in Richtung Ausgang, rabiat und unnachgiebig. Ich versuchte mich loszureißen, aber keine Chance. Matze war kräftiger, als ich dachte. Oder ich war schwächer, als ich dachte, das konnte auch gut sein.
»Lass mich los, du Arsch!«, brüllte ich, aber er hörte mich nicht, Captain Jack und seine Sangeshupfdohle tönten zu laut – *Do you really follow me into the light? Drill Instructor's on, Drill Instructor's on my side* –, und irgendwann gab ich auf und ließ mich nach draußen zerren.
»Was soll die Scheiße?«, fuhr ich Matze an, als wir die Clubterrasse erreicht hatten.
»Ich muss mit dir reden«, sagte er allen Ernstes und ließ endlich von meinem Arm ab.
»Mit mir?«, fragte ich. »Warum ausgerechnet mit mir?« Matze und ich hatten noch nie miteinander geredet, also zumindest

nicht besonders viel. »Hör mal«, sagte ich hektisch, »wenn du mir eine Predigt wegen Melanie halten willst, dann kann ich dir nur sagen, dass du auch nicht widerstehen könntest, wenn so eine heiße Holländerin mit dicken Titten …«
Er winkte ab und fiel mir ins Wort: »Schwachsinn! Ist mir doch scheißegal, welcher Trulla du die Mandeln leckst! Komm mit!«
Er winkte mich Richtung Strand, und ich folgte ihm. Ich weiß nicht, warum ich ihm folgte. Ich wollte viel lieber zurück in den Schaum, wo die Party für mich doch gerade erst ihren Höhepunkt erreicht hatte. Aber Matze guckte so ernst, und irgendeinen Grund musste er schließlich haben, dass er ausgerechnet mit mir reden wollte.
»Zimmer hundertzwölf«, rief ich ihm zu, als er ein paar Meter vor mir durch den Sand stapfte, »kannst du dir das für mich merken? Zimmer hundertzwölf im *Alondra!*«
»Von mir aus«, rief er.
»Wo gehen wir überhaupt hin?«, rief ich, während wir alle paar Meter über herummachende Pärchen stolperten, denen Matze ein aufrechtes »Kondome schützen!« zuwarf.
Er antwortete nicht auf meine Frage, sondern blieb bei den aufgestapelten Liegestühlen stehen und zog eine Flasche Tequila zwischen ihnen hervor.
»Lass uns rüber zu den Felsen gehen!«, sagte er.
»Hast du die Flasche hier gebunkert?«, fragte ich baff, als wir weitergingen.
»Nee, hab ich zufällig hier gefunden«, sagte er und guckte mich an, als hätte ich was im Gesicht. »Natürlich hab ich die gebunkert! Aus dem Hotel mitgenommen. Ist noch halb voll.«
Wir hockten uns auf die Mauer bei den Felsen, schräg unter uns das sanft plätschernde Mittelmeer. Es war zwei Uhr nachts und immer noch fünfundzwanzig Grad warm. Matze rieb sich mit der flachen Hand den Schweiß vom Gesicht.

»Was machen wir eigentlich hier?«, fragte ich und fuhr mir durch die schaumigen Haare. Es roch nach Salz und untergegangener Sonne.
Matze drückte mir die Tequila-Flasche in die Hand: »Trinken.«
»Aha.«
»Und reden.«
»Worüber? Wie geht's deinem Vater überhaupt?«
Matze lächelte und nickte. »Mein Dad ist schon wieder fast so fit wie vorher!«
Ich nahm einen großen Schluck aus der Flasche und musste husten. Erst mal eine rauchen.
»Gibst du mir auch eine?«, fragte Matze.
»Du rauchst doch gar nicht.«
»Es gibt überhaupt nichts«, sagte Matze und griff nach meiner Schachtel Camel, »das ich nicht mache.«
Hört, hört, dachte ich und guckte aufs Wasser. Viel zu dunkel hier inzwischen.
Er pfiff sich eine blonde Strähne aus dem Gesicht. Seine Haare wurden immer länger.
»Wann gehst du eigentlich mal wieder zum Friseur?«
»Ich will lange Haare«, sagte er und nahm einen tiefen Zug von seiner Zigarette. »Sila sagt, mit langen Haaren würde ich aussehen wie Kurt Cobain. Voll psycho.«
Zücho.
»Mhm.«
»Deswegen.«
Ich stutzte. »Sila?«
Er lachte, als wäre ich bemitleidenswert blöd. »Genau«, sagte er schließlich, »deshalb wollte ich mit dir reden.«
Er griff nach der Tequila-Flasche, nahm einen kräftigen Schluck, fast wie aus einer Wasserflasche nach dem Sport. Dann stellte er die Flasche zwischen uns auf den Felsen.

»Wegen Sila willst du mit mir reden?«, fragte ich. Ich hatte keine Ahnung. Er, na klar, lachte.
»Nicht direkt wegen Sila«, sagte er, »aber weil du wegen Sila Bescheid weißt.«
»Bescheid?«, fragte ich und griff nach der Flasche. »Worüber weiß ich denn bitte Bescheid, Alter?« Ich wusste über gar nichts Bescheid, über weniger als gar nichts.
»Dass Sila und ich zusammen sind«, sagte er.
»Ihr seid was?« Ich prustete, weil ich die Flasche nicht rechtzeitig absetzte.
Er sah mich skeptisch an. »Hat Melanie dir das nicht erzählt?«
»Anscheinend nicht.«
Wir schwiegen für einen unangenehmen Moment. Zitternd zog ich an meiner Zigarette.
»Sila und ich sind zusammen«, fuhr Matze schließlich fort, er klang fast reuig, »eigentlich schon seit dem Paschke-Pokal. Seitdem können wir nicht mehr ohne einander. Ich liebe diese Frau!«
»Ach«, machte ich. Meine Kehle war ganz trocken. Ich dachte an den Skandal, den Matze und Sila beim Paschke-Pokal ausgelöst hatten, und setzte die Flasche an.
»Weißt du, was ich meine?«, flüsterte er fast, dabei waren wir weit und breit die einzigen Menschen. »Die anderen Jungs dürfen das natürlich nicht wissen, nach allem, was vorgefallen ist. Vor allem, nachdem ihr mich begnadigt habt, sozusagen. Ich meine, denk doch mal an Volkan ... der bringt mich doch um!«
»Wie stellst du dir das denn vor?«, fragte ich etwas zu laut und scheuchte damit eine Möwe auf, die über unseren Köpfen kreiste. »Willst du etwa heimlich mit Sila zusammenbleiben oder was?«
Der Wind stand schief, die Möwe kreischte stur und drehte ab.
»Oder was?«, fragte ich noch einmal.

Matze nahm einen großen Schluck Tequila, dann gab er einen erfrischten Laut von sich. »Ich gehe weg«, seufzte er, »ich haue ab!«
Ich zog an meiner Zigarette. »Wie, was, wohin? Was soll das heißen: Du gehst weg?« Ich spürte, wie mir langsam schwindlig wurde, vom Tequila, von den vielen Zigaretten, vom Reden, von allem.
»Ich habe ein Angebot von Schalke«, platzte er heraus, »vom Jugendinternat von Schalke.«
Ich nahm noch einen Schluck aus der Flasche.
»Ich weiß«, sagte er, »das ist megapsycho.«
»Von Schalke« Ich glaubte wirklich, mich verhört zu haben, »von *Schalke?*«
Er nickte und schnippte seine Kippe die Felswand hinunter. Eigentlich nicht schlecht, das Jugendinternat des FC Schalke 04 genoss einen hervorragenden Ruf.
»Aber dein Vater«, gab ich zu bedenken, »ist doch BVB-Fan?«
Er zuckte mit den Schultern. »Ich weiß, aber es geht hier nicht um meinen Dad. Es geht fast immer um meinen Dad, aber diesmal nicht.«
Mit der heruntergerauchten Camel zündete ich mir gleich eine neue an. Ein großer Schluck Tequila hinterher.
»Kommst du dir nicht komisch vor?«, fragte ich und guckte raus aufs dunkle Wasser. »Nach allem, was dein Vater für dich getan hat?«
Er räusperte sich. »Ich komme mir komisch vor, wenn ich diese Chance fahrenlasse. Aber im Moment komme ich mir komisch vor, dass ich dir das alles überhaupt erzähle. Ich dachte, Melanie hätte dir, also, ich dachte, du weißt Bescheid. Ich dachte, deshalb wärst du der Einzige, mit dem ich offen reden kann. Aber wenn du gar nichts von uns wusstest …«
Ich schluckte. »Du gehst wirklich nach Schalke?«
»Ab nächste Saison«, sagte er und nahm sich die Flasche.

»Und dein Vater?«

Er blies die Backen auf. »Mein Dad ist nicht erfreut, aber es geht hier um mich.«

Ich musste rülpsen und dröhnte: »Ich bin auch nicht erfreut, die anderen Jungs werden auch nicht erfreut sein!«

Wir lachten kurz auf, dann wurden wir wieder leise.

»Weißt du, Kalli«, sagte er und setzte die Flasche ab, »seit ich mit Sila zusammen bin, ist alles anders. Alles sieht anders aus, alles hört sich anders an, alles fühlt sich besser an – solange Sila bei mir ist. Aber sobald sie nicht in meiner Nähe ist, fühle ich nichts mehr, dann ist alles nur noch ein müder Abklatsch gegen das Gefühl, ihre Hand zu halten, sie zu küssen, mit ihr … das ist alles voll der Teufelskreis! Nicht das Feiern, nicht das Saufen, nicht die Drogen … nicht einmal das Toreschießen fühlt sich so heftig an wie früher! Mein Hattrick am letzten Spieltag – scheißt der Hund drauf, nix Besonderes!«

Er verzog die Mundwinkel.

»Gib mir mal noch 'nen Glimmstengel!«, sagte er in einem seltsam autoritären Ton.

Ich hielt ihm meine Schachtel hin, er fingerte sich hektisch eine Zigarette heraus. Ich gab ihm Feuer, er inhalierte tief und blies den Rauch raus aufs Meer.

»Weißt du, was ich meine?«, fragte er. »Hast du dieses Gefühl nicht auch, mit Melanie? Bei mir hat Sila jedenfalls völlig neue Maßstäbe gesetzt!«

»Weiß nicht«, sagte ich, weil sich mit Melanie zwar alles besser anfühlte, aber nichts schwächer. »Glaubst du denn, dass ein Vereinswechsel …«

»Ich weiß es nicht!«, rief er und der Rauch schoss aus seiner Nase. »Ich möchte nur endlich wieder etwas fühlen!«

Matze guckte aufs Wasser, als müsste die Lösung gleich vorbeischwimmen.

»Etwas fühlen?«, fragte ich und griff nach der Flasche.

Matze fing an zu schluchzen und wischte sich fahrig über die Wangen. Zitternd zog er an seiner Zigarette. Die Glut erhellte sein Gesicht. Das Weiße in seinen Augen wurde rot.
»Ich weiß nicht«, schnaubte er.
Ich nahm einen kräftigen Schluck, in meinem Bauch zog sich alles zusammen. Es fühlte sich an, als hätte ich ein Marmeladenglas voller rostiger Nägel runtergespült.
»Ich weiß nicht, was es sein könnte«, sagte er und zog den Rotz in der Nase hoch: »Vielleicht der Vereinswechsel. Vielleicht eine Reise um die Welt. Aber ganz sicher nicht ein Leben in Diepenbusch. Ich muss die Kontrolle über meinen Alltag verlieren. Wir tun immer so, als wäre der Waldweg die ganze Welt, als wäre die Erde eine Scheibe und würde hinter Diepenbusch aufhören. Und wenn wir nicht aufpassen, werden wir alle in diesem Kaff enden und viel zu wenig Geld für eine viel zu große Familie verdienen und das ganze Jahr sparen für einmal im Jahr vierzehn Tage Malle. Aber das will ich nicht, ich will studieren, ich will nach New York, nach Amerika! Ich will nicht in Diepenbusch vergammeln, ich will weg, ich will raus, ich will leben! Alles läuft doch darauf hinaus, dass ich die Geschäfte von meinem Dad übernehme. Aber darauf hab ich keinen Bock, Alter! Überhaupt keinen Bock!«
Er packte die Flasche und trank sie in einem Zug leer, setzte ab und umklammerte den Flaschenhals mit beiden Händen. Mit einer plötzlichen, ruckartigen Bewegung zertrümmerte er sie auf dem Fels zwischen uns. Splitter sprühten umher, trafen mich am Arm und im Gesicht.
»Alter!«, rief ich, weil mir nichts Besseres einfiel. Ich hielt die Luft an. Ich wusste, dass ich eingreifen musste, aber ich konnte mich nicht bewegen. Alles wurde kalt.
Matze begutachtete die zerstörte Flasche, die er immer noch in seiner rechten Faust hielt. Er drehte die Innenseite seines linken Arms nach oben, wie vor der Blutabnahme. Dann setzte er den

kaputten, scharfkantigen Flaschenhals an, langsam und präzise wie ein Chirurg. Ich konnte nur hinsehen. Lähmung in meinem ganzen Körper. Matze hatte die Kanten tief ins Fleisch gebohrt und zog die Flasche wie in Zeitlupe seinen Arm entlang. Kurz vor den Pulsadern setzte er ab. Die ganze Zeit blieb er stumm.
»Alter!«, wimmerte ich. »Bist du irre?«
Matze stand auf und schleuderte die Flasche weg. Er versucht sie ins Meer zu werfen, aber er scheiterte, denn das leise Klirren hörten wir bis hier oben. Sie war auf einem anderen Felsvorsprung gelandet. Matze wirkte ganz ruhig, fast entspannt. Von seinem Arm rann das Blut in dünnen, roten Strahlen. Ganz langsam ließ er sich neben mich auf den Felsen fallen und seufzte.
»Matze!«, flüsterte ich hilflos.
Er drehte sich zu mir, die Augen weit aufgerissen.
»Ich möchte nur endlich wieder etwas fühlen, verdammte Scheiße.«
Ich sprang auf und packte ihn am Kragen. »Du Arschloch«, rief ich heiser, »wir müssen sofort zurück ins Hotel oder irgendwohin, wir brauchen einen Verband!«
Er versuchte, sich aus meinem Griff herauszudrehen. Ich lehnte mich hinunter, ganz nah an sein Gesicht, und schrie ihn an, so laut ich konnte: »Steh auf, du Penner!«
Er zuckte zusammen und fügte sich. Zurück am Strand, zog ich ihn hinter mir her, so wie er mich eben noch aus dem *Xiroi* gezogen hatte.
»Zimmer hundertzwölf«, rief er in meinem Rücken und lachte wie ein Wahnsinniger, »das sollte ich mir doch merken, oder? Zimmer hundertzwölf!«

Jungs, hier kommt der Masterplan

SAISON 1996/97 (B-JUGEND)

Trauerarbeit

Durch die Straßen von Diepenbusch bahnte sich ein Autokorso hupend und dröhnend den Weg, schwarz-rot-goldene Flaggen wehten, der ganze Ort sang *Three Lions* (besser bekannt unter der Refrainzeile »Football's coming home«) von Baddiel & Skinner & Lightning Seeds, den (Fußball-)Hit des Sommers 1996: Deutschland hatte das Finale gegen Tschechien im Wembleystadion zu London mit 2:1 gewonnen und war mal wieder Europameister, zum dritten Mal nach 1972 und 1980! Sechs Jahre nach der WM in Italien hatte die deutsche Fußballnationalmannschaft um seine Anführer Jürgen Klinsmann und Matthias Sammer wieder einen internationalen Titel eingefahren. Bloß: Es interessierte mich nicht! Abgesehen von meiner aktiven Karriere am Waldweg ging der Fußball mir inzwischen nur noch auf die Nerven: die provinzielle Bundesliga, die boulevardeske Berichterstattung auf SAT.1, die Tatsache, dass ich mit meinem Vater keine anderen Gesprächsthemen außer Fußball fand – alles schlimm. Das war nicht mehr der Fußball, in den ich mich einst verliebt hatte. Vor dem EM-Finale hatte ich sogar noch nie von Oliver Bierhoff gehört. Und plötzlich hatte der Typ die deutsche Mannschaft mit zwei Treffern, darunter das erste *Golden Goal* der Fußballgeschich-

te, zum Europameister geschossen – einem Titel, der nach Meinung vieler Experten schwieriger zu erringen ist als die Weltmeisterschaft.
Mich juckte das ebenso wenig wie der zweite Meistertitel für den BVB in Folge, der in und um Diepenbusch natürlich trotzdem ausgiebig gefeiert wurde, nur eben ohne mich.
Ich hatte im Sommer 1996 ganz andere Sorgen, nämlich Melanie. Dass ich auf Mallorca mit einer Holländerin namens Marloes abgestürzt war, erzählte ich ihr nach meiner Rückkehr nicht. Überhaupt hakte ich Mallorca als eine Reise ins Paralleluniversum ab, für die ich keine Rechenschaft ablegen wollte. Auf Mallorca war alles anders gewesen als zu Hause, ich hatte mich dort nicht so durchschnittlich gefühlt wie sonst, sondern schöner, stärker, wie unter Strom. Deshalb galt für mich, frei nach Las Vegas, die Regel: Was auf Malle passiert, bleibt auf Malle. Die anderen Jungs hielten es ähnlich.
Stattdessen stellte ich Melanie zur Rede, warum sie mir nicht von Sila und Matze erzählt hatte.
»Sila wollte es nicht an die große Glocke hängen«, erklärte Melanie, »nach dem Theater bei euch in der Mannschaft. Also bin ich doch nicht so blöd und erzähle es dir – du bist schließlich ein Teil der Mannschaft!«
»Aber ich bin vor allem ein Teil von dir. Ich bin dein Freund!«
»Und Sila ist meine beste Freundin!«
Mir gingen die Argumente aus, und ich legte auch dieses Thema zu den Akten, schließlich wechselte Matze nach Schalke, und sowieso war alles egal, denn Ende Juni verstarb Melanies Vater. Natürlich hatte Melanie sich lange gewünscht, dass er endlich gehen würde, natürlich hatten die anderthalb Jahre der häuslichen Krankenpflege ihr alle Kräfte geraubt, natürlich war er überfällig gewesen. Trotzdem veränderte der Tod ihres schwerstkranken Vaters alles, nicht nur für Melanie und ihre Familie, sondern auch für unsere Beziehung.

Am Anfang war Melanie ganz ruhig. In den ersten Wochen hingen wir ständig in meinem Zimmer herum, weil sie nicht zu Hause sein wollte, sein konnte. Wir bestellten Pizza Hawaii, tranken River Cola und guckten *Gute Zeiten, schlechte Zeiten* oder *VIVA Interaktiv* mit Mola Adebisi. Melanie lag mit dem Kopf auf meiner Brust, ich kraulte ihren Nacken, manchmal seufzte sie wohlig. Ich konnte mein Herz klopfen hören.
Wir sprachen kaum ein Wort, weil Melanie nicht reden wollte. »Du sollst einfach nur da sein«, hatte sie gesagt, »du musst gar nichts sagen.«
Das kam mir entgegen, denn ich hatte festgestellt, dass es unmöglich ist, trauernden Menschen mit den richtigen Worten zu begegnen. Im Angesicht trauernder Menschen klingt jeder Satz hohl. Keine Worte werden der Trauer gerecht.
Als Melanie mir am Telefon vom Tod ihres Vaters erzählte, hatte ich gesagt: »Ach du Scheiße ... willst du vorbeikommen?«
Das klingt vielleicht nicht besonders einfühlsam, aber sie wusste es zu schätzen – und wollte tatsächlich vorbeikommen. Was zur Hölle hätte ich sonst auch sagen sollen? Etwa: *Tut mir wirklich voll leid!?* Ich glaube, nichts klingt für einen trauernden Menschen leerer und beiläufiger und austauschbarer und deshalb geheuchelter als *Tut mir wirklich voll leid.*
Tut mir wirklich voll leid, das sage ich, wenn ich zehn Minuten zu spät am Treffpunkt erscheine. *Tut mir wirklich voll leid,* das sage ich, wenn ich die Bedienung im Restaurant aus Versehen anrempele und sie daraufhin das Tablett fallen lässt. *Tut mir wirklich voll leid,* das sage ich vielleicht gerade noch zu meinem Kumpel, wenn ihm die Frau weggelaufen ist. Aber doch nicht zu einer Tochter, die gerade ihren Vater an eine heimtückische Krankheit verloren hat!
In diesen Sommerferien waren Melanie und ich beinahe rund um die Uhr zusammen, und während wir also wenig redeten, hatten wir umso mehr Sex.

»Ich brauche das«, sagte sie immer wieder, als müsste sie sich entschuldigen, so kurz nach dem Tod ihres Vaters überhaupt Lust zu verspüren, »wenn du in mir bist, fühlt es sich so an, als wäre ich woanders.«

Und genau dort wäre sie in diesen Sommerferien gerne gewesen: woanders. Irgendwo, wo es nicht so scheiße war wie hier. An einem anderen, meilenweit entfernten Ort, in einer anderen Welt. Vielleicht Buenos Aires, vielleicht der Mond. Woanders eben. Dem kam sie am nächsten, wenn wir miteinander schliefen. Wir schliefen jetzt anders miteinander als vorher, was an Melanie lag. Sie ließ sich noch leidenschaftlicher gehen, als ich es von ihr ohnehin gewohnt war, sie keuchte und röhrte und schrie, sie schlug mit der Faust auf meine Brust, zerkratzte mir den Rücken, würgte mich, bis ich kaum noch atmen konnte. Sie tauchte ab in andere Sphären, was ich spannend, aber auch ein bisschen beängstigend fand. Ihr Sex schüchterte mich regelrecht ein, aber ich versuchte mitzuhalten.

Aber vor allem versuchte ich, für sie da zu sein.

»Du«, flüsterte sie irgendwann, als wir nackt und ausgepumpt nebeneinanderlagen und uns eine Zigarette teilten, »kannst du meine Traurigkeit aufessen?«

»Was meinst du damit?«

»Na, wäre es nicht großartig, wenn du meine Traurigkeit einfach aufessen könntest? Wenn du mir das traurige Stück mit dem Mund aus meinem Herzen reißen könntest, es zerkauen und verschlucken und verdauen könntest, bis es nicht mehr da ist?«

Ich lachte hilflos auf.

»Wenn ich könnte«, sagte ich unsicher, »dann würde ich das gerne wollen.«

»Ich will doch nur«, flehte sie, »dass du meine Traurigkeit aufisst.«

Dann drehte sie sich mit dem Kopf unter meine Achsel und döste in Embryonalstellung langsam neben mir weg. Als sie endlich schlief, fing ich an zu weinen.

Es dauerte ein paar Wochen dieses verregneten Sommers, bis Melanie sich zurück unter Leute traute. Ich empfand es als großen Vertrauensbeweis, dass sie sich das erste Heimspiel unserer neuen Saison als Rückkehr ins Leben aussuchte, obwohl ich wusste, dass sie mit Fußball nichts anfangen konnte.

»Bei dir fühle ich mich sicher«, sagte sie, »also fühle ich mich auch bei deinen Leuten sicher.«

So erlebte Melanie auch gleich ihre erste Freibier-Party, denn Matzes Abschied hatte Paschke dazu bewogen, ab sofort nach jedem gewonnenen Heimspiel einen auszugeben – jetzt, wo sein Sohn die dafür erforderlichen Tore nicht mehr für uns erzielen konnte, hielten wir alle das für eine sehr großzügige Idee.

Wir setzten uns an einen Tisch am Fenster, etwas abseits des Trubels. Die Vorhänge waren zugezogen, weil draußen ausnahmsweise die Julisonne knallte. In der *Klause* hatte es dementsprechend mindestens fünfzig Grad, und die Luft war so dick, dass Manni sie nicht einmal mit seiner Heckenschere hätte schneiden können.

Manu brachte uns zwei *Kronen* vom Fass: »Lasst es euch schmecken, ihr Süßen!«

Sie trug ein enges Tanktop, aber diesmal hatte ich keinen Blick für ihre Brüste.

Melanie und ich stießen auf ihren Vater an, unser erstes Bier seit Wochen. Der Alkohol tat gut, schon das Glas zu halten, tat gut.

»Nett hier«, nuschelte Melanie, aber ihr Blick verriet, dass sie abwesend war. Aus der Jukebox erklang die göttinnengleiche Stimme von Lauryn Hill, *Killing Me Softly* von den *Fugees*, der größte Hit jenes Jahres: *Strumming my pain with his fingers, singing my life with his words …*

»Hab' ich doch gesagt«, erwiderte ich und versuchte ein Lächeln. »Ist immer nett hier.«
Nach wenigen Schlucken trat plötzlich Volkan an unseren Tisch, ausgerechnet Volkan. Was will der Fatzke hier, dachte ich, können wir nicht einfach unsere Ruhe haben?
Lauryn Hill sang: *I felt all flushed with fever, embarrassed by the crowd …*
»Hey, Melanie«, sagte er und breitete die Arme aus. Vielleicht fühlte er sich als Bruder ihrer besten Freundin dazu verpflichtet. Melanie lächelte, erhob sich langsam – wie sie sich in den letzten Wochen überhaupt nur langsam, wie in Zeitlupe, bewegt hatte –, und dann umarmten sich die beiden lang und innig. Ohne Worte, wie es sich gehörte. Vielleicht, dachte ich, war Volkan doch nicht der stumpfe, eingebildete Spinner, für den ich ihn immer gehalten hatte. Vielleicht konnte er sogar mitfühlen.
Als die beiden voneinander abließen, lächelten sie sich so an, wie sich zwei alte Bekannte in schweren Zeiten anlächeln. Volkan nahm Melanies Gesicht vorsichtig in beide Hände und sah ihr tief in die Augen. »Das mit deinem Vater«, sagte er, »tut mir wirklich voll leid!«

Rocky und der Tiger

Die größte Leidenschaft unseres Patrons Paschke war das Boxen. Sicher, er liebte den Fußball und seinen Heimatort Diepenbusch, er brannte für seine Geschäfte, aber ein guter Boxkampf ließ sein Herz doppelt so schnell schlagen.
Im Sommer 1996 fühlte er sich schon wieder vollständig genesen, kein Wunder also, dass er die große Saisoneröffnung am Waldweg auf Samstag, den 10. August, ansetzte. Im Millerntor-Stadion zu Hamburg traten an jenem Abend Graciano »Rocky« Rocchigiani und der »Tiger« Dariusz Michalczewski zu einem der, wie sich herausstellen sollte, umstrittensten Kämpfe der deutschen Boxgeschichte an.
Den ganzen Tag war auf der Anlage am Waldweg schon gebechert worden, mehrere hundert Besucher waren zu Fassbier und Frikadellen (»Tu mir ma noch ne Knastpraline!«) gekommen, um an einem der wenigen sonnigen Tage jenes Sommers auf der Wiese zu liegen, auf die Torwand zu schießen oder unseren nachmittäglichen 2:0-Erfolg (Tore durch Mokka und den Polen) gegen den WSV zu bejubeln (nie wieder hatten wir so viele Zuschauer bei einem einzigen Spiel!).
Gegen Abend war die Stimmung bereits entsprechend ausgelassen, besonders wegen des bevorstehenden Boxkampfes. Paschke projizierte die Premiere-Live-Übertragung per Beamer auf eine riesige Leinwand neben der *Klause,* wir hockten davor auf Bierbänken an Biertischen, die in den Vereinsfarben Rot und Weiß gehalten waren. Rudelgucken unter freiem Himmel, aber vom Feinsten, das war Paschkes Plan, und der Plan ging auf.
Unser Patron gab wirklich alles an diesem Tag: Er zapfte Bier und bot die Bratwürste am Schwenkgrill feil wie ein Marktschreier (»Die beste Bratlatte krisse bei Paschke!«), er plauder-

te mit den »Laumalochern« (mit dieser Diepenbuscher Bezeichnung für faule Arbeiter versah er so ziemlich jeden im Verein, sobald er angetrunken war), er lachte viel und gab sich geselliger denn je. Paschke wirkte wie neugeboren. Mit seiner positiven Ausstrahlung sorgte er für das grandiose Gelingen der Eröffnungsfeier. Seine just überwundenen Herzprobleme merkten wir ihm ebenso wenig an wie die nicht zu leugnende Enttäuschung über den Abgang seines Sohnes, der im Jugendinternat des FC Schalke 04 »endlich wieder etwas fühlen« wollte. Ich fragte mich, ob Matzes neue Kollegen auf Schalke ihn wohl mit offenen Armen empfangen hatten – oder ob die Narben seiner aufgeritzten Arme in Verbindung mit der Kurt-Cobain-Frisur sie eher skeptisch gestimmt hatten, wer da neuerdings in ihrem, einen rustikalen Ruf genießenden Konkurrenzkampf mitmischte.
Keiner von uns hatte bisher etwas von Matze und seinen ersten Gehversuchen im neuen Verein gehört, schließlich war das Tischtuch zwischen ihm und uns schon vorher zerschnitten gewesen. Und Paschke trauten wir uns nicht zu fragen, so neugierig wir auch waren. Fest stand: Matze war als Erster von uns flügge geworden, er hatte den Schritt aus dem beschaulichen Diepenbusch herausgewagt, er wollte seine Fähigkeiten fortan gegen stärkere Herausforderer unter Beweis stellen, eine neue Welt erkunden.
»Ich finde das mutig«, sagte Artur zu dem Thema einen seiner seltenen Sätze, er hatte Matze als einen unserer besten Spieler ganz im Sinne des Mannschaftserfolges immer verteidigt.
»Ich bin froh«, hielt Volkan dagegen, »dass der Wichser endlich weg ist!«
Ich fragte mich, ob Volkan immer noch nichts von der Beziehung seiner Schwester mit Matze wusste. Ewig würden sie ihre Liebe doch nicht geheim halten können, selbst wenn Matze das sicher gerne versuchte. Ich beschloss, mir keine Gedanken

mehr darüber zu machen. Matze war weg, es war nicht mein Problem.

Für mich bedeutete Matzes Abgang vor allem, dass ich mal wieder Hoffnungen hegte, doch noch als Stürmer entdeckt zu werden. Zu Beginn der Saison hatte sich der Traum noch nicht erfüllt, stattdessen hatte das Trainerteam auf ein System mit nur einem Stürmer (dem Polen) umgestellt und die undynamischen Micha und Sinisa im Wechsel ins defensive Mittelfeld beordert, wo sie das Spiel auf behäbige Art eröffneten. Mit mir als Stürmer wären wir weniger berechenbar gewesen, da war ich mir sicher. Durch Matzes Weggang glaubte ich endlich wieder an meine zweite Chance. Ich war mir ganz sicher, sie würde kommen. Irgendwann würden auch Dirk und Manni die Augen vor meinen offensiven Qualitäten nicht mehr verschließen können.

Trotzdem war es auch für mich schön zu sehen, dass sich die lieben Kollegen Sinisa und Micha wie kleine Kinder über ihre Beförderung freuten.

»Das ist die beste Zeit meines Lebens«, flötete Sinisa in seinem serbischen Pathos.

»Diese Saison werde ich nie vergessen«, hatte Micha schon nach dem ersten Spiel geseufzt, und wer wusste es schon, vielleicht sollte er recht behalten.

Es gab nur zwei Männer am Waldweg, die in dieser Saison 1996/97 stolzer als Micha und Sinisa waren: Einer war Michas Vater Ralle. Jeden Dienstag, jeden Donnerstag und jeden Samstag fuhr er mit seinem aufgemotzten Honda Civic und quietschenden Reifen an der Anlage vor, feuerte seinen Micha an, fuhr uns zu den Auswärtsspielen – kurz gesagt: Ralle war immer am Start. Jahrelang hatte er nur Reval rauchend am Spielfeldrand gestanden, in Paschkes Windschatten gegnerische Spieler beleidigt und seinen Sohn auf der Ersatzbank mit Twix versorgt. Michas mangelnden Einfluss innerhalb der

Mannschaft versuchte er mit freundschaftlichen Beziehungen zu den Paschkes, den Schöners und den anderen Machern des Vereins wettzumachen.

»Du musst Präsenz zeigen«, war sein Motto in allen Lebenslagen, ob als Filialleiter oder Fußballvater. Umso mehr schmerzte es ihn, wie selten sein Sohn auf dem Platz präsent war.

Ralle war kein Außenseiter wie mein Vater, den man kaum bemerkte, obwohl auch er kein Heimspiel verpasste und mich jahrelang von jeder Freibier-Party abgeholt hatte. Ralle war als Direktor der Sparkasse von Diepenbusch der Edelfan des Vereins, hinter dessen machohaftem Auftreten sich einerseits ein Gentleman der ganz alten Ruhrgebietsschule verbarg, den sogar meine Mutter zu schätzen wusste, andererseits ein gefallsüchtiger Karrieretyp im Peter-Bond-Look, dessen Sohn dummerweise so schwach und fett war, dass er in der Regel nur in seiner Funktion als Mannschaftskrankenschwester mit Medizinkoffer aushelfen durfte.

1996/97 hatte diese schwere Zeit endlich ein Ende genommen, und Ralle war einer der glücklichsten Menschen bei der Fortuna. Woche für Woche stand er am Spielfeldrand und rief nach jeder gelungenen Aktion seines Sohnes: »Das ist mein Micha, ey!«

Der andere Mann, der noch stolzer war als Micha und Sinisa, war Dieter Schöner.

Das kam so. Radek war inzwischen so langsam und schwerfällig und dick geworden, dass wir uns nicht einmal mehr über ihn lustig machten. »Lauf, Forrest, lauf!«, wagte keiner mehr zu rufen, außerdem war der Gag abgenutzt.

Dass er überhaupt noch mithalten konnte, lag an seiner Position. Als Libero konnte man auch als Scheintoter noch was reißen. Lothar Matthäus füllte die Position zu jener Zeit als Sechsunddreißigjähriger beim großen FC Bayern München aus (und sollte sie dort sogar noch bis ins biblische Alter von vierzig Jahren bekleiden, bevor er in die US-amerikanische Profiliga zu den New York Metro Stars wechselte).

Als Kapitän stellten wir Radek trotz seiner konditionellen Probleme, die durch einen Hexenschuss und eine gereizte Bandscheibe zusätzlich verstärkt wurden, nicht in Frage. Für uns war er immer noch der Kopf der Mannschaft, der das Spiel vor sich hatte und deshalb den größten Einfluss nehmen konnte. Aber Radek sah das anders.

»Ich kann kein Kapitän mehr sein«, hatte er uns vor dem ersten Saisonspiel in der Kabine verkündet. »Ich gebe die Binde ab.«

Wir waren geschockt und befürchteten bereits, er würde die Fußballschuhe an den Nagel hängen, aber er wollte weiterspielen, solange es sein Körper erlaubte, und das ermöglichten wir ihm gerne. Es gab schließlich auch keinen Ersatz mehr in unserem viel zu kleinen Kader, seit Micha und Sinisa um ihren Mittelfeldplatz kämpften, und aus der unteren Jugend rückte auch kein Talent nach.

Radeks Nachfolger sollte nicht von der Mannschaft gewählt, sondern von Dirk und Manni bestimmt werden. Tagelang machten Gerüchte die Runde, wen sie zum Kapitän küren würden. Einige von uns brachten sich in Position, Mokka zum Beispiel.

»Ich traue mir das pervers zu«, sagte er, »außerdem läuft im Mittelfeld sowieso alles über mich.«

Da hatte er recht, aber leider fehlte Mokka die natürliche Autorität, er verfügte nicht über das gewisse Extra in der Ausstrahlung, das es brauchte. So sahen es Dirk und Manni auch: Sie kürten Frank zum Kapitän und bestätigten Volkan als Vize. Ausgerechnet Frank, der in all den Jahren nur über Beleidigungen und Schimpfwörter mit uns kommuniziert hatte. Offenbar leiteten die Trainer daraus die Fähigkeit zur Führungspersönlichkeit ab. Frank schien sich nicht einmal besonders über die

Auszeichnung zu freuen. »Ey, klar, ich nehme das Amt natürlich an«, sprach er am Tag seiner Ernennung achselzuckend zur Mannschaft, »aber, Scheiße, guckt mich nicht so dumm an!«
Sein Vater nahm die Entscheidung weniger gleichgültig auf.
»Ey hömma«, hatte Dieter mich eines Abends an der Theke der *Klause* angesprochen, »das ist ein verdammter Glücksfall für euch, dass mein Fränkie jetzt bei euch den Capitano macht!« Er zog so tief an seiner Zigarette, als wollte er sie in einem Zug runterrauchen.
»Ach ja?«, machte ich und hoffte nur, mein Vater würde mich endlich mit dem Auto abholen.
Er hob die Augenbrauen. »Soll ich dir sagen, warum?«
»Na, warum?« Ich war bemüht, nicht genervt zu klingen.
»Die Schöners«, hob er an, »sind von Natur aus welche, die vorangehen!«
»Ach so.«
»Versteh mich nicht falsch«, mahnte er, als ob diese Gefahr bei Dieters Klartext tatsächlich bestand, »unser Dickerchen hat seine Sache in den letzten Saisons auch gut gemacht, hömma, aber mein Fränkie, das ist die geborene Anführertype!«
»Das wird sich zeigen«, sagte ich.
»Du wirst schon sehen«, entgegnete er. Als Frank kurz darauf die *Klause* betrat, wurde Dieter von seinem väterlichen Stolz fast übermannt. Ergriffen fasste er sich an die Brust. »Mensch, Fränkie«, rief er quer durch den Raum, »komm mal ran hier!« Er winkte hektisch.
Sein Sohn kam mit gesenktem Kopf näher. In Gegenwart seiner vorlauten Eltern fühlte Frank sich unwohl, das war nichts Neues. Mit dem übertriebenen Stolz seines Vaters konnte er aber erst recht nichts anfangen. »Papa«, nuschelte Frank.
Dieter legte seinen Arm rabiat um Franks Schulter und wuschelte ihm durch die Soldatenfrisur. »Wenn das mal nicht der Capitano von der Kompanie ist, ey!«

Frank entkam der Umklammerung und fuhr seinen Vater an: »Papa, du bist doch wieder besoffen!«

Dieter stürzte seinen Averna und glotzte Frank verdutzt an. »Was ist denn mit dir los?«

Frank verzog die Mundwinkel. »Hör doch einfach auf, hier so groß rumzukacken wegen der Scheißbinde, Mann!«

Ich stand nur daneben und guckte, höchstwahrscheinlich blöd. Frank zog genervt Leine. Dieter hielt sich an seinem Pilsglas fest. Er sah seinem Sohn hinterher und lächelte.

»Mein Fränkie, hömma«, sagte er, mehr zu sich als zu mir, »der geborene Capitano, ey!«

Am Saisoneröffnungsabend saß Dieter dann neben Paschke vor der großen Beamer-Leinwand und sagte: »Hömma, der Fränkie macht'n guten Capitano, oder, Werner? Sag ehrlich!«

Paschke nickte. »Na sia!«

Mein Vater und ich saßen mit den beiden zusammen am Biertisch. Gemeinsam mit den rund hundert verbliebenen Gästen staunten wir, wie unterlegen der »Tiger« gegen den bissigen »Rocky« war. Ich interessierte mich nicht besonders fürs Boxen, aber ich war der letzte B-Jugendliche, der bis jetzt, kurz nach 22 Uhr, durchgehalten hatte. Die anderen Jungs waren längst ausgeschwärmt, einige ins JuZ (*JuZ und Dollerei* war mal wieder angesagt), einige nach Dortmund in die Disco, einige nach Hause. Ich hatte keine Lust auf Club oder Party oder so was und genoss in dieser lauen Sommernacht lieber ein paar frisch gezapfte Pilstulpen mit meinem Vater. Es war mein erster Abend ohne Melanie, die mit Sila zum Cocktailtrinken in Dortmund verabredet war, der erste Abend seit vielen Wochen, und komischerweise vermisste ich sie schon wieder. Natürlich war ich froh, dass sie den Schritt zurück in die Normalität wagte, sich endlich mal wieder mit Sila traf, sich in die Stadt, unter Leute traute. Trotzdem vermisste ich ihren Geruch, ich vermisste, wie sie sich an mich herankuschelte, ich vermisste ihr Seufzen, wenn ich sie kraulte.

So eine heftige Sehnsucht war mir neu, gleichzeitig waren meine Gefühle für Melanie auch der Grund, warum mich nichts ins Nachtleben zog. Wen hätte ich dort treffen sollen? Ich war mit der Frau des Jahrhunderts doch schon längst zusammen!

Außerdem wurde an diesem Abend am Waldweg große Unterhaltung geboten. Einerseits der abwechslungsreiche, spannende Kampf, der sogar einen Laien wie mich fesselte. Andererseits das Duell zwischen Paschke und Dieter. Sie hatten vor dem Kampf gewettet, Paschke auf Rocchigiani (»Rocky hat dat größere Herz, dat is, worauf et im Ring ankommt!«), Dieter auf Michalczewski (»Der Tiger wemmst alle um!«). Im Topf lagen hundert Mark, jeder fünfzig.

»Hundert Schleifen«, frohlockte Paschke, »das ma'n Wort!«

Sie hatten meinen Vater gefragt, ob er mitwetten mochte, aber Papa hatte dankend abgelehnt. »Glücksspiel ist nicht mein Ding«, hatte er gesagt und gelacht.

»Dat ist ja was ganz was Neues!«, rief Paschke und grinste amüsiert. Es fühlte sich immer wieder komisch an, wenn Paschke und mein Vater sich unterhielten. Es konnte auf der Welt keine unterschiedlicheren Männer geben als diese beiden, da war ich mir sicher – trotzdem behandelte insbesondere Paschke meinen Papa wie einen Kumpel. Vielleicht war ich noch zu jung, um Angelegenheiten unter Männern zu verstehen.

Der Beamer ratterte, das Bild war körnig, der Ton knisterte, als würde der Kampf live aus Kuba übertragen. Der Spannung tat das keinen Abbruch. Alle Diepenbuscher Nachtschwärmer schienen sich für den spätabendlichen Sporthöhepunkt am Waldweg verabredet zu haben, die Sympathien waren gleichmäßig auf die beiden Boxer verteilt.

In Hamburg hatte sich die gesammelte Halbwelt vom Kiez rund um den Ring versammelt und verfolgte den spannenden Kampf rauchend und fluchend. Geraucht und geflucht wurde am Waldweg aber auch, und auch hier gingen Paschke und

Schöner vorneweg. Angefeuert von ihrer Wette, litten sie mit den Protagonisten auf dem Bildschirm. Langsam schaukelten sie sich hoch.

Runde 1.
Der Tiger machte Druck, Rocky landete zwei starke Treffer.
»Ker, der Rocky kontert besser wie unsere B-Jugend«, tönte Paschke.
»Wenn der Tiger nicht ständig auf den losgehen würde, wäre der ganze Kampf nix als Ringelpietz ohne anfassen«, motzte Dieter.

Runde 2.
Der Tiger versuchte, den Kampf zu bestimmen. Rocky hielt zäh dagegen.
»Wer ist hier eigentlich der Weltmeister, hömma?«, fragte Dieter süffisant.
»Pass auf, watte sachs«, konterte Paschke trocken.
Dieter deutete auf die Zigarre in Paschkes Mundwinkel und grinste: »Hömma, mach den Stinkbolzen aus, dein Kopf is' schon am qualmen.«
»Leck mich!«, lachte Paschke.
»Im Ernst«, rief Dieter, »du hast es doch am Herzen, hömma!«
»Ich habbet vielleicht am Herzen«, sagte Paschke, »aber du hasset am Kopp!«

Runde 3.
Ganz klare Runde für Rocky, der häufiger, genauer und härter schlug.
»Der Rocky, die Ratte«, murmelte Dieter und guckte komisch. »Aber da ist doch was faul mit dem Tiger!«
»Mit den Polen is immer wat faul«, sagte Paschke, »nur Kasala hasse mit denen! Dat is bei denen inne Genetik verankert.«

Runde 4.
Der Tiger arbeitete hart, aber Rocky setzte weiter die Treffer.
»Warum lässt der Tiger sich immer auf den Infight ein?«, klagte Dieter.
»Rocky is klar auffe Gewinnerstraße«, analysierte Paschke. »Erste Sahne, sag ich!«
»Sehe ich auch so«, warf mein Vater mutig ein.
»Ruhe auf den billigen Plätzen!«, keifte Dieter und drehte sich zu uns herum. Ich sank etwas tiefer in meinen Plastikstuhl, aber plötzlich fingen die drei Männer an zu lachen. Warum ließ Papa sich von den Kerlen so ankumpeln? Das war doch gar nicht sein Niveau! Aber was wusste ich denn. Hauptsache, die Stimmung war gut.

Runde 5.
Rocky nutzte die Lücken, die der Tiger ihm bot.
Dieter sah ob Michalczewskis schwachem Auftritt seine Chancen auf das Geld schwinden: »Was für ein Schwuchtelkampf!«, schimpfte er.
»Der Kampf is klasse«, hielt Paschke dagegen, »wenn bloß dein komischer Tiger nich wäre!«
Dieter drehte sich zu Paschke. Für einen Moment sahen sie sich stumm in die Augen. Dann brachen sie in dreckiges Gelächter aus.

Runde 6.
Erneut ging die Runde an Rocky, da waren sich die Experten im Fernsehen und am Waldweg einig.
Nur Dieter wollte es nicht wahrhaben: »Warten wir mal die Punktrichter ab, die fahren sich manchmal einen ganz anderen Film!«
Paschke lachte auf: »Genau, wennse vom Tiger vorher ordentlich geschmiert wurden, dann vielleicht!«

Runde 7.
Der Tiger erlitt eine Art Schwächeanfall, wurde angezählt, die Situation war unübersichtlich.
»Oh, oh, oh, liebe Zuschauer«, stammelte der Premiere-Kommentator, »das artet hier, glaube ich, zu einem Skandal aus ...«
Kurz darauf wurde der Kampf abgebrochen. Am Waldweg in Diepenbusch spielten sich tumultartige Szenen ab, genau wie am Millerntor in Hamburg. Viele fluchten, Bierbecher wurden gegen die Leinwand geworfen, ein großes »Wat soll dat denn, hömma?« aus allen Kehlen.
Paschke fluchte: »Wat is denn getz los? Samma, ich glaub, mein Schwein pfeift oder wat! Wer hat dem Polacken denn in den Kopp gekackt?«
»Was hast du denn für Probleme, hömma?«, fragte Dieter, der plötzlich einen Siberstreifen an seinem bisher so düsteren Horizont entdeckte. »Rocky hat zugeschlagen, nachdem der Ringrichter unterbrochen hatte – kennst du die Regeln nicht oder was?«
Paschke schüttelte den Kopf, als hätte sich die Welt gegen ihn verschworen. Seine Schläfen schwollen bereits an: »Gibs doch gar nich. Gibs doch gar nich, samma.«
Kurz darauf entschieden die Punktrichter auf Technisches Unentschieden. Der Skandal war perfekt, aber der Tiger durfte seinen Weltmeistertitel behalten.
»Nach Hollywood gehört die dumme Sau!«, fluchte Paschke.
»Ganz schade«, sagte der Premiere-Kommentator, »dass dieser Kampf so enden muss.«
»Technisches Unentschieden«, stellte Dieter nüchtern fest: »Und was machen wir jetzt mit der Kohle?«
Wütend stürzte Paschke sein Bier. »Wat ne Frage! Jeder behält seinen Fuffi, dat is doch wohl klar wie Nachbars Lumpi!«
»Ach so«, raunte Dieter und klang erstaunt.
Paschke wurde rot im Gesicht. »Ja wat denn sons?«

Dieter hob entschuldigend die Arme: »Ich dachte nur ... weil, immerhin behält der Tiger seinen Titel ... also hab ich doch eigentlich irgendwie gewonnen!?«
Dieter grinste hämisch. Er wollte provozieren.
»So kann man das auch sehen«, sagte mein Vater.
Misch dich doch nicht die ganze Zeit ein, dachte ich.
»Ich finde, ich hab gewonnen«, wiederholte Dieter seine steile These. Seine Augen funkelten vor Angrifflust.
Paschke ballte die Fäuste: »Nen Schlach in die Fresse hasse gleich gewonnen!«
Auge an Auge standen sie sich nun gegenüber, wie zwei Boxer auf der Pressekonferenz vor dem Kampf. Plötzlich begann Paschke zu zittern, immer stärker, er verzog die Mundwinkel, kniff die Augen zusammen, und dann konnte er nicht mehr, es platzte aus ihm heraus, er lachte, laut und dreckig, er lachte und lachte und lachte. Dieter starrte ihn an, für ein paar Sekunden, er presste seine Lippen aufeinander, spitzte den Mund, schloss kurz die Augen, aber dann gab auch er auf. Sie lachten herzhaft und hörten gar nicht mehr auf. Neben mir begann mein Vater zu kichern, ganz leise zunächst, aber je länger Paschke und Dieter lachten, desto lauter wurde auch Papa, und plötzlich lachten sie zu dritt. Ich fragte mich kurz, ob auf einmal alle verrückt geworden waren.
Aber dann dachte ich: Scheiß drauf!, und lachte einfach mit.

Irgendwann nach Mitternacht

Ich hatte es seit Wochen geahnt. Melanie verhielt sich mir gegenüber immer komischer, kühler. Ihre Blicke für mich waren nur noch fahrig und genervt. Es machte mich wahnsinnig, weil ich mir keinen Reim auf ihre Veränderung machen konnte. Je mehr sie auf Distanz ging, desto stärker begann ich zu klammern. Plötzlich war auch ich nicht mehr derselbe.

Ich versuchte, mich an einen Auslöser zu erinnern. Aber es gab keinen Grund, jedenfalls keinen, der offensichtlich gewesen wäre, keinen Streit oder so was. Aber seit dem Wochenende der Saisoneröffnung, als Melanie mit Sila in Dortmund durch die Cocktailbars gezogen war, hatte sich von einer Nacht auf die andere alles verändert.

Verdammtes Dortmund, dachte ich, verdammtes Dortmund mit seinen Skatern, Fickern und Grunge-Typen. Aber dann konnte ich mir wiederum nicht vorstellen, dass es hier um einen anderen Typen ging. Vielleicht war es nur eine Phase. Schließlich befand Melanie sich immer noch in einer emotionalen Ausnahmesituation. Ihr Vater, der wichtigste Mann ihres Lebens, war nach einem langen und qualvollen Kampf verstorben – und ich machte mich verrückt, weil sie mich ein bisschen schräg anguckte? Wie eitel, wie narzisstisch kann man bitte schön sein, Borowski?

Ich wusste nicht mehr, was ich denken durfte.

Aber es bestand kein Zweifel, dass etwas nicht stimmte. Vorher waren wir uns näher gewesen als je zuvor, wochenlang hatten wir aufeinander gehangen, sie hatte den Kopf in meine Achselhöhle gelegt, und ich hatte versucht, ihre Traurigkeit aufzuessen. Es fühlte sich beinahe an, als könnte sie sich plötzlich nicht mehr daran erinnern.

Und dann kam der Donnerstag, an dem sie mich vom Training abholte. Mein Herz hüpfte, als ich sie am Eingangstor der Anlage auf mich warten sah. Was für ein seltener Anblick, sie holte mich sonst nie ab. Sie trug Jeans-Hotpants und ein Feinripp-Unterhemd, dazu zerfetzte Vans, sie sah unglaublich scharf aus an diesem Spätsommertag. Ich wollte sie fest an mich drücken, aber sie wand sich aus meiner Umarmung und begrüßte mich mit einem flüchtigen Kuss.

»Ich dich auch«, versuchte ich über die Zurückweisung hinweg zu scherzen.

Sie blieb kalt und schlug vor, ein bisschen spazieren zu gehen. Wir schlenderten durch den Diepenbuscher Forst, später an den geschlossenen Geschäften der Fußgängerzone vorbei, wir ließen uns ziellos durch den Ort treiben, aber erst an den Schrebergärten, ausgerechnet an meinen geliebten Schrebergärten, fasste Melanie sich ein Herz.

»Wir müssen reden«, sagte sie, weil man das damals noch so sagte, und da wusste ich bereits Bescheid. Ich hatte es also doch seit Wochen kommen sehen.

Mein Blick schweifte ab, von ihrem strengen Gesicht in einen Vorgarten, in dem zwei Tauben balgten. Ich sah genauer hin. Jetzt erkannte ich, dass sie gar nicht balgten. Eine der beiden Tauben schien verletzt, sie wand sich auf dem Rasen und schlug verzweifelt mit den Flügen, bewegte sich aber nicht von der Stelle, sie zuckte und gurrte, sie wollte, aber konnte nicht. Die andere Taube schien ihr helfen zu wollen, indem sie … nein, doch nicht. Ich sah noch genauer hin.

Gibt's doch gar nicht, dachte ich. Alter.

Die andere Taube fickte die verwundete Taube. Sie war auf die verwundete, wehrlose Taube gestiegen und rammelte sie nun rücksichtslos durch. Mir wurde übel. Melanie bemerkte meinen Blick und sah flüchtig zu den Tauben hinüber, aber entweder konnte sie nicht erkennen, was dort passierte, oder es

schien sie nicht zu berühren. Sie griff nach meinem Arm und suchte meine Augen. Ich versuchte, die Tauben zu ignorieren. Melanies Blick war bestimmt.
»Wir müssen reden.« Alles, was sie danach sagte, ist in meiner Erinnerung verschwommen, aber es fielen Begriffe wie Angst, komisches Gefühl, nicht mehr dasselbe, Zukunft, falsche Zeit, für mich da, lieber Freunde, bitte nicht böse, vielleicht irgendwann.
Vielleicht irgendwann was?
Ich sah noch einmal zu der Taube hinüber, wie sie die andere Taube vergewaltigte. Dann lehnte ich mich an den Zaun und musste kotzen.
In den ersten Wochen nach unserer Trennung fühlte ich mich wie eine leere Hülle, nur Haut, keine Knochen, keine Seele, keine Organe – kein Herz, kein Gehirn. Nur ein Magen, der schmerzte. Ich bewegte mich wie in Zeitlupe, ich dachte langsamer, ich redete langsamer als sonst, vor meinen Augen verschwamm alles zu grobkörnigen Bildern, die an das frühe Farbfernsehen erinnerten. Gleichzeitig fühlte ich eine innere Unruhe, ständig war mir heiß, und mein Herz holperte, es schlug unregelmäßig, so kam mir das zumindest vor. Ich bekam Schweißausbrüche und Angstattacken.
So muss sich ein Junkie fühlen, dachte ich, und ein paar Ta ge später las ich in der Zeitung tatsächlich von einer Studie, die herausgefunden hatte, dass beim Liebeskummer dieselben Hormone ausgeschüttet werden wie beim Heroinentzug.
Zur selben Zeit las ich einen Text des Schriftstellers Max Goldt, in dem er über das Warten an Ampeln ins Schwärmen geriet. Eigentlich las ich nichts außer dem Sportteil der Tageszeitung, aber mein Vater hatte Goldts Buch als Klolektüre in der Gästetoilette deponiert, so dass auch ich immer mal wieder darin herumblätterte. Ich mochte Goldts Schreibe,

ich fand sein Weltbild ganz witzig, aber in der Mannschaft hätte sicher niemand etwas mit ihm anfangen können. Er klang viel zu intellektuell und manchmal auch ein bisschen überheblich. Selbst den kulturell einigermaßen aufgeschlossenen Kollegen wie Mokka (der aber immer noch nicht wieder mit mir redete) oder dem Polen wäre Goldt zu viel gewesen. Und auch ich war nicht immer seiner Meinung. Zum Beispiel das mit den Ampeln, das konnte ich überhaupt nicht nachvollziehen:

> Wunderbar ist es, an einer roten Fußgängerampel auch dann stehen zu bleiben, wenn alle anderen Passanten es für nötig halten, wie rebellische Teenager zwischen den fahrenden Autos herumzuhecheln. Mir wird von oben, von einer süßen anonymen Macht, eine Pause angeboten und ich bin so entgegenkommend, dieses Angebot anzunehmen, indem ich friedensreich verharre. Warum soll ich unentwegt um Souveränität und Unabhängigkeit ringen? Ich bin doch kein pubertierender Zwergstaat. Der rote Mann bietet mir eine freie Minute an und als freier Mann knabbere ich den Zeitsnack gern. Sich kurz und freiwillig dem Geheiß des roten Mannes zu unterwerfen, erspart einem – nicht zuletzt – den Gang zur Domina. Sich einem harmlosen Diktat ganz selbstverständlich zu fügen, ist eine süße und runde Sache.

Normalerweise blieben mir bestimmte Buchpassagen, Filmszenen oder Songtexte deshalb besonders gut in Erinnerung, weil ich mich mit ihrer Aussage identifizieren konnte. Hier war das Gegenteil der Fall: Mir gingen Goldts Ausführungen nicht mehr aus dem Kopf, weil sie so weit weg von mir waren. Für mich gab es in der Zeit nach Melanie nichts Schlimmeres als das Warten an Ampeln.

Du verschwendest wertvolle Lebenszeit, dachte ich jedes Mal, Sekunden und Minuten, in denen die Welt sich einfach weiterdreht, während ich warten muss, bis es grün wird. Von wegen roter Mann und freie Minute. Nach Melanie wurde mir erstmals bewusst, wie wenig Zeit ich hatte, um zu lieben, zu leben, zu lernen und die Welt zu sehen. Meine erste große Liebe war weg, wer wusste schon, ob es eine zweite geben würde, klar war nur: Von nun an würde es abwärts gehen. Melanie würde nicht mehr zu toppen sein, nie mehr.

Ich beschloss, standesgemäß zu leiden, denn ich musste an Matzes Worte denken: »Ich möchte nur endlich wieder etwas fühlen!« Darum geht es, dachte ich, es geht ums Fühlen, es geht um Intensität. Es ist egal, ob die Gefühle gut oder schlecht sind, solange sie nur stark sind, denn nur dann spürt man das Leben.

Es war wie mit den Gewittern in Amerika. Amerika. Arizona. Ich dachte an Arizona. Du denkst jetzt nicht an Arizona, dachte ich.

Ob ihr Versprechen noch galt? Ihr Versprechen, mit mir eine Ranch zu gründen? Immerhin hatte ich es schriftlich.

Ich beschloss, nicht mehr an Arizona zu denken.

Stattdessen wollte ich leiden. Ich entdeckte den Song *Ich lieb dich überhaupt nicht mehr* von Udo Lindenberg für mich, auf einer Platte meines Papas. *Feuerland* hieß das Album, es war von 1987, also schon ein paar Jahre älter. Udo Lindenberg war in den Neunzigern so wenig angesagt, wie es beim heutigen Hype um ihn kaum vorstellbar ist. Heute behauptet ja jeder Depp im Milchkaffeeviertel, dass er Fan von Udo Lindenberg sei. Diese Leute glauben, dass die Sympathiebekundung für den alten Rocker auf sie persönlich abfärbe, ihnen ein verwegenes Image beschere. Sie laben sich an seiner Lässigkeit. »Der Udo, der macht sein Ding«, sagen sie dann, »das finde ich so cool!«

Dabei haben dieselben Spacken sich in den Neunzigern noch über ihn lustig gemacht, da war Udo nämlich überhaupt nicht angesagt, im Gegenteil, er war so abgesagt, so von vorvorgestern, wie es nur ging, er war komplett uncool.
Über solche Leute könnte ich mich aufregen, bei uns in Diepenbusch würden sie ausgelacht werden. Aber nützt ja nichts.
Jedenfalls: *Ich lieb dich überhaupt nicht mehr.* Dieser Song bedeutete mir für ein paar Wochen die Welt. Romantischer wurde Selbstmitleid bis heute nicht besungen.
Ergreifend. Ich wollte leiden wie Udo, so vernuschelt, versoffen, verqualmt, ja, Udos Song klang verqualmt wie eine Kiezkneipe um fünf Uhr morgens.
Wenn ich manchmal nachts nicht schlafen kann, sang er, *geh' ich in die Kneipe und sauf' mir einen an.*
Genau das wollte ich auch: eine Kneipe, in die ich ganz alleine gehen konnte, um ganz alleine an der Theke zu sitzen und ganz alleine mein Bier zu trinken. Wie ein Großstadtcowboy. Oder Kleinstadtcowboy, von mir aus. Das Wichtigste war, ganz alleine in der Kneipe zu sitzen, weil ich in den Wochen nach Melanie keine Lust verspürte, mit den anderen Jungs um die Häuser zu ziehen. Ich wollte nur mit mir sein. Aber gleichzeitig wollte ich auch besoffen sein. Voll besoffen.
Du sagst, da is' 'ne Trauer in meinem Gesicht, sang Udo, *was für'n Quatsch, das ist doch nur das Kneipenlicht.*
Inzwischen waren Melanie und ich schon seit fünf Wochen, drei Tagen, einer Stunde und vierzig Minuten nicht mehr zusammen. Ich entschied mich für das *Absacker,* eine traditionsreiche Eckkneipe in Diepenbusch, die bei Jung und Alt beliebt und sechs Tage in der Woche gut besucht war – und montags war Ruhetag, wie beim Friseur.
Im *Absacker* war es voll, am Eingang trat ich durch eine Wand aus Schweiß, Rauch und schwüler Spätsommerluft, die in die

Bar geweht worden war und nicht mehr herausgefunden hatte. Eine Mischung, die kaum Luft zum Atmen ließ. Aber den anderen Leuten war es auch egal. Ich fand einen letzten Thekenplatz und ließ mich auf den Hocker fallen. Hier kriegt mich keiner mehr runter, dachte ich kurz. Ich bestellte ein Pils und einen doppelten Wodka auf Eis. Mit kurzen, heftigen Schlücken machte ich mich warm.

Ohne Alkohol wäre die Welt verloren, dachte ich. Ohne Alkohol wäre unsere Gesellschaft nicht überlebensfähig. Wenn die Menschen nicht trinken würden, wären wir alle schon längst nicht mehr da.

Ich steckte mir eine Zigarette an, um meinen Beitrag zu der Zumutung zu leisten, die sich in diesem Raum Luft schimpfte. Während ich den Blick schweifen ließ, stellte ich fest, dass ich hier niemanden kannte. So ein kleines Kaff, dachte ich, und trotzdem kennt mich keiner.

Ich beobachtete die Leute, wie sie tranken, wie sie lachten, wie sie grölten, wie sie balzten. Ich wollte mit diesen Menschen nichts zu tun haben. Aber die Atmosphäre im *Absacker* war für mich wie ein Autounfall, bei dem ich nicht weggucken konnte. Und vor allem lenkte sie mich ab von meinem Leid.

Inzwischen war es irgendwann nach Mitternacht. Die Jukebox spielte einen Song, der davon handelte, sich für eine Weile zu vergessen. Das Klavier klang wie der melancholische Soundcheck zu ihrem Lächeln. Sie stand am anderen Ende der Theke. Das Blumenkleid und die Boots hatte ich lange nicht mehr an ihr gesehen. Den Kerl, an den sie sich schmiegte, dem sie ins Ohr flüsterte, dem sie ins Gesicht lächelte, kannte ich nicht. Er trug die blonden Haare schulterlang und die Schultern extrabreit, außerdem konnte ich strahlend weiße Zähne und einen gesunden Teint erkennen. Er sah aus, als käme er gerade vom Strand.

Ich spürte, wie sie mich bemerkte, obwohl der Rauch im Raum die Sicht enorm einschränkte. Zunächst lachte sie weiter, drehte sich in ihr Gegenüber hinein, ihr Longdrinkglas hielt sie mit beiden Händen vor ihre Brust wie ein Kreuz.
Als sie auf mich zukam, begann der Raum sich zu drehen.
Sie lächelte.
»Melanie«, sagte ich.
»Hallo«, sagte sie.
Ich konnte ihr Parfüm riechen und das teure Holz, sie duftete nach Leben und Abenteuer, so wie sie immer geduftet hatte, und ich konnte sehen, wie sie nackt in meinen Armen lag. Alle Erinnerungen überfluteten mich wie wilde Wellen. Erinnerungen an die Windung unserer Körper wie zwei perfekte, umschlungene Kreise.
Ich fühlte mich hoffnungslos und heimatlos und verloren in der Hitze des Wodkas.
»Ist das dein neuer Freund?«, fragte ich.
»Wer? Der?«
Sie zeigte mit dem Daumen auf den Gorilla im Nebel.
»Ja oder nein?«
»Ich weiß es noch nicht«, sagte sie betont emotionslos. »Wir haben noch keinen Vertrag aufgesetzt ...«
Ich liebe ihren Humor, dachte ich.
»Was macht das Leben?«, fragte ich freundlich.
»Schule läuft super«, sagte sie und strahlte. »Ich glaube, ich habe die richtigen Leistungskurse gewählt.«
Schule. Waren das inzwischen unsere Themen? Wieso nicht gleich übers Wetter reden?
»Wie geht es deiner Mutter?«, fragte ich.
»Sie will ausziehen«, sagte sie. »Finde ich aber in Ordnung?«
»In ein kleineres Haus?«
Sie nickte. »Außerdem kann sie den Baumstumpf im Vorgarten nicht mehr sehen.«

»Das kann ich verstehen.«
»Vielleicht nutze ich die Chance«, sagte sie, »und suche mir meine erste eigene Bude?«
»Du bist doch erst sechzehn«, sagte ich und klang so ekelhaft wie ein Erziehungsberechtigter.
»Du bist so alt, wie du dich fühlst«, sagte sie und lächelte. »Sagt meine Mutter immer. Mein Papa muss also ungefähr dreihundert gewesen sein, als er starb?«
Ich seufzte. »Und ich gehe stramm auf die fünfzig zu!«
Sie lachte. »Du bist ein Spinner, Kalli!«
Kalli. Aus ihrem Mund hörte sich mein Name noch komischer an als ohnehin. Ja, mein Name aus ihrem Mund schaffte eine Distanz zwischen uns.
»Es ist schön, dich zu sehen«, sagte ich.
Sie nickte. »Finde ich auch.«
»Schön, dass es dir gutgeht«, fügte ich hinzu.
»Und bei dir so?«, fragte sie.
»Alles bestens«, log ich. »Ich versuche mal wieder, mir einen Platz als Stürmer zu erkämpfen.«
Fußball, jetzt fing ich hier mit Fußball an. Ich konnte mich selbst nicht fassen.
Sie lächelte, als ob sie es meinte.
»Wirklich«, sagte ich hastig, »mir geht's gut.«
Sie lächelte immer noch. Aber dann schwiegen wir zu lange, und sie ergriff die Chance: eine kurze Umarmung, »bis bald«, und sie ging zurück ans andere Ende der Theke.
Wenig später verschwand sie mit dem Typen, den ich nicht kannte, aber sie sorgte dafür, dass ich sie sah, sie sah direkt in meine Richtung, bevor sie verschwand. Als sie aus der Tür trat, kochte mein Blut. Sie hatte meinen Bauch in Ketten gelegt.
Plötzlich stand der Kellner vor mir. Ich zitterte.
»Ist alles in Ordnung mit dir?«, fragte er. »Du siehst aus, als hättest du einen Geist gesehen.«

Ich darf sie nicht verlieren, dachte ich.

Als ich später unter den Straßenlaternen entlangstolperte, war ich viel zu betrunken, um zu bemerken, dass mich alle anstarrten. Es kümmerte mich nicht, wie ich aussah, während die Welt um mich herum zusammenfiel.

Ich darf sie nicht verlieren.

Ich darf sie nicht verlieren.

Ich darf sie nicht verlieren.

Obwohl ich wusste, dass ich sie längst verloren hatte.

Der Discman

Nach Melanie ertrug ich die Stille nicht mehr. Es durfte nie zu leise werden um mich herum. Also ließ ich mir zum Geburtstag einen Discman schenken, sozusagen einen Walkman für CDs, inklusive Anti-Shock-System. Der Discman war damals eine neue Errungenschaft der Technik, über die Jugendliche in Zeiten von iPad und sonstigen Miniatur-Muckeboxen nur müde lächeln würden. Heute werden ganze Mediatheken, Hunderte Alben, Gigabytes an Musik, in westentaschengroßen Playern spazieren getragen. Damals musste ich mir schon ganz genau überlegen, welche CD ich zum Joggen einlegte, denn einmal unterwegs, konnte ich sie schließlich nicht mehr wechseln. Ganz abgesehen davon, dass sich der Discman zum Joggen überhaupt nicht eignete. Die kleinste Erschütterung sorgte dafür, dass die CD stockte, das Fach aufsprang oder sich der Discman einfach ausschaltete – von wegen Anti-Shock! An Sport war mit dem Gerät also eigentlich nicht zu denken, was ich aber noch Monate nach der Anschaffung nicht wahrhaben wollte, weshalb ich weiter unverdrossen durch den Diepenbuscher Forst joggte und den Discman – den ich zudem in der Hand tragen musste, weil er zu groß war, um ihn an den Laufklamotten zu befestigen oder gar in die Hosentasche zu stecken – ständig neu justieren musste. Ich brauchte aber sowohl die Musik als auch den Sport, ich brauchte das Auspowern, um meine Frustration, meine Verzweiflung, meinen Welthass zu kanalisieren, kurz: um Melanie zu verarbeiten. Es ging also weder ohne Laufen noch ohne Mucke, und zum einen brauchte ich das andere.

Beim Joggen dachte ich nur an Melanie. Natürlich hörte ich nicht unsere Musik, unsere Songs, unsere Platten, ich hörte also nicht die ersten beiden Oasis-Platten oder Blurs *The Great*

Escape, ich hörte nicht Radiohead *(The Bends),* Pulp *(Different Class)* oder *Kuschelrock 9* (die mit *'74-'75* von den Connells und *Mmm Mmm Mmm Mmm* von den Crash Test Dummies). Stattdessen hörte ich die Bands, die ich schon vor Melanie geliebt hatte, aber seit ihr kaum noch gehört hatte, weil sie ihr nicht gefallen hatten oder weil ich mich zu gut gefühlt hatte: natürlich die immergrünen Nirvana, Pearl Jam, Alice in Chains, Soundgarden, Rage against the Machine, aber vor allem die unerreichten Suicidal Tendencies, dazu Biohazard, Clawfinger, Slayer, Pantera, Sepultura, solche Sachen. Wie ein Hochdruckreiniger spülte diese Musik durch meine von Wut und Traurigkeit verstopften Venen. So lebendig fühlte ich mich sonst nur noch am Wochenende, wenn ich mich mit Alkohol und Zigaretten dichtdröhnte, bis ich irgendwann besudelt in der Ecke lag – was in diesen Tagen so häufig vorkam, dass ich bald einen Ruf weg hatte.

»Na, Kalli«, fragten mich meine Mannschaftskameraden am Dienstag, »hast du dich am Wochenende mal wieder schön vollgegöbelt?«

Die Jungs wussten, dass Melanie und ich uns getrennt hatten, aber sie reagierten nicht wirklich darauf. Sie nahmen es nicht besonders ernst. In den ersten Tagen danach fragten sie ab und zu, wie es mir gehe, aber das war auch schon alles. Liebeskummer galt im Mannschaftskreis – auch dank fehlender Erfahrung – nicht als Problem, sondern als vorübergehende Diagnose, wie ein Schnupfen, maximal eine Grippe.

Vielleicht lag es auch daran, dass ich mir auf dem Platz, wie immer, nichts anmerken ließ. Ich lieferte ab, gehörte Woche für Woche zu den besten Männern auf dem Platz. Daran hatte sich nichts geändert, seit ich vor über fünf Jahren in der D-Jugend angefangen hatte: Auf dem Fußballplatz fühlte ich mich wohl und sicher, hier waren alle Sorgen des Alltags vergessen, hier gab es nur mich und meine Jungs und einen Ball und einen

Gegner, den es zu schlagen galt. An der therapeutischen Wirkung des Fußballspielens auf meine Seele hatte sich also nichts geändert, auch wenn ich mich auf dem Ascheplatz am Waldweg längst nicht mehr so lebendig fühlte wie beim Joggen zu Songs wie Suicidals *Love vs. Loneliness* oder beim Saufen im *Absacker;* auch wenn ich Träume wie diesen über den ganzen Stress schon fast vergessen hatte:

Borowski schnappt sich den Ball, kurz hinter der Mittellinie, vorbei an Cinquecento (ein argentinischer Mittelfeldspieler, den ich mir ausgedacht hatte)*, vorbei an Arbelao* (argentinischer Abwehrspieler, ebenfalls ausgedacht)*, er täuscht einen Schuss an, schlägt einen Haken und – Tooooooooor! Tor durch Borowski! Das 1:0 für Deutschland in diesem Finale von München! Das Olympiastadion bebt, wie ich es selten erlebt habe, meine Damen und Herren … 1:0 für Deutschland! Karlheinz Borowski, meine Damen und Herren, und man ist ja fast geneigt zu sagen: Wer sonst?!?*

Ich hatte keine Zeit mehr für solche Ziele, ich musste an Melanie denken. Vielleicht hätte ich gerne mit irgendjemandem über sie geredet, aber mir fiel kein geeigneter Ansprechpartner ein. Seit Mokka und Bum-Bum mich verstoßen hatten, hatte ich eigentlich überhaupt keine Freunde mehr. Vielleicht hätten Mokka und Bum-Bum inzwischen Gnade walten lassen, schließlich waren Melanie und ich nicht mehr zusammen. Sie hätten mich wieder exklusiv gehabt. Und vielleicht hätten sie mir sogar gutgetan. Aber natürlich war ich viel zu stolz, um das herauszufinden. Außerdem hätte ich meinen Liebeskummer ausgerechnet mit ihnen sicher nicht teilen können, bei der Vorgeschichte. So blieben keine Vertrauenspersonen übrig, denen ich mein Herz ausschütten konnte. Meinen Mannschaftskollegen fehlte die emotionale Intelligenz. Und bei Sila, die

Melanie immerhin am besten kannte, hatte ich berechtigte Sorge, dass sie ihrer Freundin sofort alles weitererzählte.
Meine Eltern hatten natürlich längst bemerkt, dass mit mir etwas nicht stimmte. Ich hockte stundenlang in meinem Zimmer, schlich mit Kopfhörern auf den Ohren durchs Haus, und Melanie war seit Wochen nicht mehr zu Besuch gewesen. Mama und Papa mussten keine Polizeipsychologen sein, um eins und eins zusammenzuzählen.
»Du kannst immer mit mir reden«, versicherte meine Mutter eines sonnigen Sonntagmorgens beim Frühstück auf der Terrasse, »wenn du willst.«
»Wir sind immer für dich da«, fügte mein Vater hinzu.
»Sogar dein Vater«, stichelte meine Mutter unnötigerweise.
»Was soll das?«, erhob mein Vater sogleich die Stimme. »Musst du immer so gehässig sein?«
»Das reicht!«, brüllte ich, schlug mit der flachen Hand auf den Tisch und stand auf. »Mir reicht's! Ihr reicht mir! Ihr seid das lächerlichste ›Ehepaar‹«, ich setzte mit gekrümmten Fingern ein paar Gänsefüßchen, »das mir je begegnet ist! Glaubt ihr denn im Ernst, dass ich mit meinen Problemen ausgerechnet zu euch komme? Ihr kriegt doch noch nicht mal euer eigenes Leben in den Griff, ey!«
Wütend stapfte ich auf mein Zimmer, griff nach Stift und Papier und notierte: *Hiermit versichere ich, Karlheinz Borowski, dass ich niemals heiraten und keine Kinder in die Welt setzen werde. Diepenbusch, den 18.10.1996, gez.: Karlheinz Borowski.*
Es war tatsächlich das Jubiläumsdatum. Verdammte Ironie.
Ich stapfte zurück an den Küchentisch und überreichte meinen verdutzten Eltern den Zettel.
»Das habe ich von euch gelernt«, sagte ich. »Danke dafür.«
In der Kabine gab ich mich in jener Phase noch zurückhaltender, als die Jungs es von mir ohnehin gewohnt waren. Manchmal setzte ich die Kopfhörer sogar in der Halbzeitpause auf,

nicht nur, weil Frank aka DJ Metallica inzwischen den Techno als Kabinensoundtrack entdeckt hatte und die Soundtracks von Mayday und Love Parade rauf und runter liefen, sondern vor allem, um in meine eigene Welt abzutauchen. Die Jungs ließen mich in Ruhe, zum Glück. Ich hätte mit meinem Kummer keinesfalls im Mittelpunkt stehen wollen.

Richtig schlimm wurde es erst, als das Gerücht von Melanies neuem Freund die Runde machte. Ich wusste es zwar längst, schließlich hatte ich ihn im Rauchernebel des *Absacker* schon einmal aus der Ferne gesehen, aber das Gequatsche in der Kabine machte es plötzlich noch viel schlimmer.

»Kennst du den Wichser?«, fragte Frank mich in der Halbzeit eines Heimspiels gegen Tunten-, äh, Tannenhof.

Ich schüttelte den Kopf: »Ist mir auch egal. Hauptsache, sie ist glücklich.«

Frank sah mich an wie einen ganz schweren Fall: »Willst du mich verarschen, du Arsch?«

»Nicht im Ernst!«, rief sogar der sonst so besonnene Pole.

»Krass«, ächzte Volkan, »also, das könnte ich ja nicht. Wenn meine Ex sich so kurz nach mir gleich auf den nächsten Schwanz setzen würde, dann würden aber Köpfe rollen.«

»Mensch, Türke«, rief Goran, »du hast aber keine Ex, dazu müsstest du nämlich erst mal eine Freundin gehabt haben …«

»Komm doch her, du Pisser«, gab Volkan zurück, aber das Wortgefecht eskalierte nicht, denn Radek rief »Schnauze!«, und dann war Ruhe.

Dirk und Manni bastelten derweil an einer neuen Taktik für die zweite Halbzeit. Sie wechselten mich aus, weil ich schon früh die Gelbe Karte wegen absichtlichen (nun, eigentlich war es unabsichtlich, aber Mokkas Vater hatte das anders gesehen) Handspiels kassiert hatte. Sinisa war der letzte Ersatzspieler, den wir noch hatten (Micha spielte von Anfang an) und würde für mich ins Spiel kommen.

»Männer«, sprach Dirk, »ich will, dass ihr den Tuntenhofern jetzt ordentlich Beine macht! Und ich bin mir sicher, dass wir heute die drei Punkte hier am Waldweg behalten! Haben wir uns verstanden?«

Geklatsche und Gejohle.

»Oder was meinst du, Manni?«, fragte Dirk wie ein Animateur.

»Na logo!«, rief Manni und trommelte mit den flachen Händen auf seinem Anthrax-Shirt herum.

Wir bildeten den Kreis: »Hat der Sahne!«

Jetzt betrat auch Paschke die Kabine.

»Männer«, rief er, »getz will ich aber mehr sehen, hömma! Dat Tuntenballett inne erste Hälfte war ja zum Mäusemelken!«

Im großen Durcheinander, das wie immer kurz vor dem Ende der Halbzeitpause in unserer Kabine ausbrach, setzte ich mir einfach die Kopfhörer auf und betrachtete das Treiben zu *Hero Of The Day* von Metallica: Volkan klatschte in seine staubigen Torwarthandschuhe, Radek ballte die Fäuste, der Pole wuschelte Bum-Bum durch die Haare, Mokka machte noch ein paar Dehnübungen, Artur spritzte sich Wasser aus einer Plastikflasche in sein vor Schweiß perlendes Gesicht.

Plötzlich stand Paschke vor mir und bedeutete mir, die Kopfhörer abzunehmen. »Wat soll dat denn werden mit den Ohrenwärmern?«, fragte er. »Bisse am Meditieren oder wat?«

»Och, nö«, sagte ich.

»Samma, wo is denn dein Vatter heute, samma?«

»Liegt krank im Bett.«

»Krank?«

Ich zuckte mit den Schultern. »Grippe oder so.«

»Hömma zu«, er beugte sich zu mir herunter und flüsterte, »sagse deinem Vatter ma Bescheid, dass er mich ma anrufen soll. Er weiß Bescheid.«

»Wieso soll ich ihm Bescheid sagen«, fragte ich, »wenn er Bescheid weiß?«
Paschke lachte heiser und nahm die Zigarre aus dem Mund: »Der war gut. Der war echt ganz gut. Sagse ihm Bescheid, wonnich!«
Ich nickte.
»Und getz Kopf hoch, Junge«, sagte Paschke und klopfte mir auf die Schulter. »In letzter Zeit ziehst du ne Flappe wie drei Tage Regenwetter! Falls dat wegen deine Perle is: Mach dir kein Kopp, du wirs deinen Lebtach lang noch so viele Weiber kennenlernen, und diese Weiber werden Sachen mit dir machen, da träumse heute noch von!«
Er steckte die Zigarre zurück in seinen Mundwinkel und drehte ab. Als die Mannschaft zurück aufs Feld stürmte, blieb ich alleine in der Kabine zurück. Ich setzte meine Kopfhörer auf, stellte mich vor den Spiegel und packte die Luftgitarre aus, wobei ich gleichzeitig mit der einen Hand den Discman festhalten musste. *Mama they try and break me,* röhrte ich zum Riff von Kirk Hammett. *Still they try and break me.*
So rockte ich ungefähr eine Minute ab, bevor ich Martin im Spiegel entdeckte. Er kam aus der Toilette und stand plötzlich direkt hinter mir. Vor Schreck ließ ich den Discman auf den Boden fallen, wo er aufsprang und Metallicas *Load*-CD herausbrach.
»Alter!«, rief ich und riss mir hektisch die Kopfhörer von den Ohren. »Du hast mich zu Tode erschreckt, du Spacko!«
Martin stand mit weitaufgerissenen Augen da und glotzte nur.
»Hallo? Martin?«
»Wo sind die anderen?«, fragte er mit Panik in den Augen.
»Willst du mich verarschen? Die zweite Halbzeit hat längst angefangen! Warum bist du noch nicht auf dem Platz?«
Aus seiner Nase schäumte der Rotz, er schniefte, zog die Oberlippe zuckend hoch.

»Ich war auf'm Klo«, sagte er.
»Ach was«, sagte ich, denn es war nicht das erste Mal, dass er in der Pause zu lange auf dem Klo blieb. »Und was stehst du hier immer noch so dumm rum?«
Er streckte seine Arme mit geballten Fäusten nach vorne und begann eine Art Schattenboxen. Er tänzelte quer durch die Kabinentür Richtung Ausgang.
»Sag mal«, rief ich ihm hinterher, »bist du sicher, dass du auf dem Zeug besser spielst? Weil, ich seh das nämlich irgendwie nicht.«
»Fliege wie ein Schmetterling, Kalli«, flötete er daraufhin, »aber steche zu wie eine Biene! Fliege wie ein Schmetterling … aber … steche zu wie eine Biene …« Vor dem Pamela-Anderson-Poster blieb er stehen. »Oh, Pam«, stöhnte er und begann sich zuckend an dem Poster zu reiben, »oh, Pamela, du geile Sau, komm her, ich will dich ficken, komm schon, komm schon, komm her …«
Er leckte Pamela über das Gesicht, über ihr Dekolleté, zwischen den Beinen. Dann drehte er sich noch einmal zu mir um, führte die rechte Hand an seine Stirn, als wollte er salutieren, und verkündete im Kasernenhofton: »Ich komme vom Heußweg, Alter, und ich ficke euch alle!«
Er glich einer Parodie seiner selbst. Das Furchteinflößende, das ihn ausgezeichnet hatte, war komplett verlorengegangen. Er hatte die Kontrolle verloren – was für unsere Mannschaft durchaus noch zum Problem werden konnte, wenn es nicht schon längst eins war, immerhin schaffte er es nicht einmal mehr rechtzeitig zum Wiederanpfiff auf den Platz. Aber ich hatte meine eigenen Probleme und konnte mich nicht auch noch um Martin kümmern.
»Ich weiß, ich weiß«, rief ich ihm hinterher wie ein besorgter Bruder, der ihm gut zureden möchte, »du kommst vom Heußweg und fickst uns alle, ich weiß.«

Als Martin endlich weg war, hob ich den Discman und die CD auf und setzte mich auf die Plastikbank. Die CD hatte nur ein paar Kratzer abbekommen, aber der Discman war kaputt. Die Klappe war abgebrochen. Ich legte die Scheibe trotzdem ein, drückte *Power* und dann *Play.* Nichts. Da war nichts mehr zu machen. Das Ding war im Arsch.

Hast du Probleme, Papa?

Du sollst dich bei Paschke melden.«
Papa guckte komisch. »Wie bitte?«
»Bei Paschke. Geht's dir wieder besser?«
Er griff sich an die Stirn. »Ganz im Gegenteil. Mich hat's richtig erwischt.«
»Seit ich dich kenne, warst du noch nie krank.«
Er hob die Augenbrauen. »Das kommt davon, wenn man zu viel Zeit mit deiner Mutter verbringt.«
»Dann müsste ich ja auch krank sein.«
Er lachte auf und musste husten. »Du bist noch jung. Ich bin doch längst scheintot.«
Ich musterte ihn, wie er in seinem blau-weiß-grau karierten Pyjama auf dem Bett lag – nicht in, sondern auf dem Bett, auf der Tagesdecke, ein längliches kackbraunes Kissen wie eine riesige Wurst hinter seinen Kopf geklemmt.
»Hast du Probleme, Papa?«
Er legte den Kopf skeptisch zur Seite. »Häh?«
»Ich habe schon länger das Gefühl, dass du irgendwie unzufrieden bist.«
Er lächelte. »Na klar, sag ich doch gerade: Ich bin schon viel zu lange mit deiner Mutter zusammen.«
»Ich dachte nur«, sagte ich ernst, »dass du vielleicht ein bisschen unausgelastet bist seit deiner Pensionierung.«
Er sah mich an, als wäre ich verrückt geworden. »Erzähl du mir doch mal lieber, wie ihr gegen die Tuntenhofer gespielt habt?«
Ich machte eine abwehrende Handbewegung. »Auf keinen Fall, wir reden immer nur über Fußball, wir haben überhaupt keine anderen Gesprächsthemen, aber ich finde, Vater und Sohn sollten mehr zu besprechen haben als nur das Neueste vom Dorfverein oder die letzten Bundesligatransfers.«

Er nickte. »Finde ich auch.«
»Na also. Und?«
»Du bist ein Borowski. Du bist von Natur aus nicht das aufgeschlossenste Kerlchen. Kannst du gar nicht sein, bin ich auch nicht. Das nennt sich Erblast.«
Ich hob die Arme. »Na und?«
»Erblast«, er hob den Zeigefinger, »oder auch Genetik.«
»Genetik, Genetik, Popetik«, leierte ich.
Er legte die Stirn in Falten. »Hör zu, Junge, ich werde dich nicht dazu zwingen, mich an deinem Privatleben teilhaben zu lassen, weil ich weiß, dass du nicht der große Redner bist. Aber erwarte deshalb bitte auch nicht von mir, dass ich mich auf deine Couch lege.«
»Du sollst dich nicht auf meine Couch legen«, ich wurde jetzt lauter, »aber ich würde schon gerne wissen, ob es dir gut- oder schlechtgeht.«
»Weißt du doch«, entgegnete er, »im Moment geht es mir beschissen, hab ich doch gerade gesagt.«
»Ich meine allgemein.«
»Allgemein ist alles gut.«
»Das ist doch eine glatte Lüge.«
»Das sehe ich anders, Junge.«
»Papa!«
»Was denn?«
»Allgemein ist alles gut?«
»Ja.«
»Auch mit Mama?«
»Das ist eine Fangfrage.«
»Was will Paschke eigentlich von dir?«
»Was soll er wollen?«
»Du sollst ihn zurückrufen.«
Er gähnte. »Mein Auto steht immer noch bei ihm in der Werkstatt in Dortmund. Irgendwas mit dem Unterboden, da läuft

Wasser rein. Musste die Kiste extra in Dortmund abgeben, weil sie in Diepenbusch bei *Paschke PS* nicht die richtigen Geräte für die Reparatur haben.«

»Na also«, sagte ich erleichtert, »das wusste ich ja noch gar nicht.«

»Ist ja jetzt auch nicht so interessant. Außerdem hast du nicht gefragt.«

»Soll ich dich etwa ständig fragen, ob mit deinem Auto alles in Ordnung ist?«

Er lachte. »Bloß nicht. Aber das war nur ein Beispiel.«

»Kriegt Paschke die Karre wieder hin?«

Er nickte. »Paschke kriegt alles wieder hin. Aber darf ich dich auch mal was fragen, Junge?«

»Na sicher«, sagte ich, »im Gegensatz zu dir habe ich kein Problem damit.«

»Was ist da eigentlich zwischen dir und deiner Trulla vorgefallen?«

»Zwischen mir und wem?«

»Melanie.«

Ich applaudierte höhnisch. »Siehst du, du kennst ihren Namen doch.«

Er hakte nach: »Jetzt mal ganz im Ernst: Was ist da passiert? Deine Mutter sagt, da läuft bestimmt nichts mehr.«

»Wie schön, dass ihr über mein Liebesleben spekuliert«, ätzte ich.

Jetzt wurde er lauter: »Na, wenn du uns nichts erzählst!«

Ich spürte Wut in mir aufsteigen: »Es geht euch ja auch nichts an!«

»Du solltest lieber froh sein«, sagte er, »dass wir immer für dich da sind, obwohl du uns wie Dreck behandelst! Deine Mutter und ich sind vielleicht keine guten Eheleute, aber gute Eltern sind wir allemal.«

»Ach ja?«, zickte ich. »Solltet ihr diese Beurteilung nicht lieber dem Betroffenen überlassen?« Ich zeigte mit beiden Daumen auf mich.

»Na herrlich«, seufzte er, »du bist nicht in der Lage, dein Mädchen zu halten – und gibst uns die Schuld?!?«
Mir stockte der Atem, ich musste schlucken und spürte, wie das Wasser in meine Augen lief. Ich wusste nicht mehr, was ich sagen sollte. Ich fühlte mich so wütend, hasserfüllt, traurig, unverstanden, alles. »Ganz toll«, presste ich noch hervor, »wirklich ganz toll, Papa.«
Ich stürzte aus dem Zimmer und stellte sicher, dass ich die Tür mit aller Kraft hinter mir zuschlug.
»Wieso toll?«, hörte ich meinen Papa noch rufen.

Die vier Phasen der Versöhnung

Ich musste Mokka und Bum-Bum nicht ausdrücklich darauf hinweisen, dass wir doch wieder Freunde sein konnten, jetzt, wo es mit Melanie vorbei war. Sie kamen von ganz alleine bei mir an. Sie versuchten es unauffällig und dachten womöglich, ich wäre zu blöd, um ihre Absichten zu durchschauen. Andererseits hätten sie es so offensichtlich anstellen können, wie sie wollten, ich hätte es sowieso genossen. Es war schließlich nicht so, dass ich meine beiden besten Kumpel nicht vermisst hätte, im Gegenteil: Mokka und Bum-Bum fehlten mir schon zu Melanies Zeiten sehr, unsere gemeinsamen Trink- und Rauchgelage, unsere Nachmittage vor der Konsole, einfach alles, außer das sonntägliche Kekswichsen vielleicht, aber dem Alter waren wir inzwischen ohnehin entwachsen. Wichsen konnten wir längst alleine.

Es war die Freibier-Party nach dem 2:0 über die Sportfreunde, einem unserer seltenen Siege in dieser Spielzeit. Normalerweise nahmen Mokka und Bum-Bum an diesen Abenden keine Notiz von mir, aber diesmal setzten sie sich neben mich an den Tresen. Das war ungewöhnlich, auch wenn sie vorgaben, dass sonst kein Platz mehr frei sei.

Was folgte, waren die vier Phasen der Versöhnung unter Kumpels.

»Gutes Spiel, Bruder«, nickte Mokka mir noch etwas reserviert zu, als er Platz nahm.

→ Phase 1: Das kumpelhafte Kompliment, das sich sonst auch auf Äußerlichkeiten (»Geile Schuhe!«) oder Veränderungen (»Voll die Oberarme – hast du trainiert?«) beziehen kann.

Ich erschrak fast, weil ich nicht damit gerechnet hatte, dass er mich ansprechen würde.

»Gleichfalls«, nuschelte ich in mein Bier. »Endlich mal wieder drei Punkte, ey!«
Mokka saß links, Bum-Bum rechts von mir. So wurde ich automatisch in das Gespräch eingebaut. Ich war zunächst sehr irritiert.
Bum-Bum blickte sich kurz um, dann beugte er sich zu uns herüber: »Jungs, aber mal ganz ehrlich, der Radek, dings, der kommt überhaupt nicht mehr aus den Puschen, kann das sein?«

→ *Phase 2: Das kumpelhafte Lästern über andere.*

Er grinste frech, das Piercing in seiner Braue funkelte im Schummerlicht der *Klause.*
»Da ist mein Opa in Seoul schneller unterwegs«, sagte er und winkte ab, »und mein Opa in Seoul hat nur noch ein Bein.«
Die beiden brachen in Gelächter aus und guckten mich dabei erwartungsvoll an, also lachte ich mit. Das Mitlachen hatte ich in all den Jahren bei der Fortuna inzwischen perfektioniert.
»Immerhin war er so fair, die, dings, Binde abzugeben«, sagte Bum-Bum, als wir uns wieder eingekriegt hatten.
»Jetzt trägt er nur noch die Binde zwischen seinen Beinen«, sagte Mokka wie auf Knopfdruck. Noch größeres Gelächter.
»Aber sind wir mal ehrlich«, sagte Bum-Bum anschließend, »Frank kann als Kapitän mal gar nix. Da haben wir uns wirklich zwischen, dings, Pest und Cholera entschieden.«
Mokka war selbst ein Kandidat aufs Kapitänsamt gewesen, vor allem nach eigener Ansicht, kein Wunder also, dass er zustimmte: »Frank kann kein Kapitän, da brauchen wir gar nicht drüber diskutieren. Der ist viel zu asozial dafür.«
Mir kam es langsam vor, als hätten sich meine beiden besten Freunde in meiner Abwesenheit zu Lästermäulern entwickelt. Trotzdem genoss ich es so sehr, endlich wieder mit ihnen zu

schnacken, dass ich hinzufügte: »Frank kann echt ganz schön komisch sein.«
»Komisch ist gut«, sagte Bum-Bum, »der Kerl ist voll auf!«
Mokka winkte Manu zu uns heran: »Machst du uns zwei Ahlenfelder und eine Cola, Manu?«

→ *Phase 3: Kumpelhaft einen trinken.*

Nachdem Manu uns die Getränke gebracht hatte, stießen wir an und Bum-Bum sagte: »Die hat Brüste, da geht nix drüber!«
Mokka nickte. »Voll pervers, Bruder!«

→ *Phase 4: Das kumpelhafte Plaudern über Frauen.*

»Prost, Männer!«, rief ich und hob mein Glas abermals, weil ich jetzt sicher war, dass ich es mir erlauben konnte. Das Eis war gebrochen. An diesem Abend betranken wir uns so heftig, wie es selbst für unsere Verhältnisse selten war. Wir erzählten uns Geschichten über alles und nichts, wir holten die letzten zwei Jahre nach. Was zwischen uns vorgefallen war, schwiegen wir einfach tot. Bis heute haben wir kein Wort darüber verloren. Wir wussten, was passiert war, warum es passiert war und warum jetzt wieder alles gut war – es bedurfte keiner ausdrücklichen Erwähnung. Unter Kumpels braucht es keine Aussprache. Unter Kumpels braucht es nur die vier Phasen der Versöhnung.

Die pralle Pam

Vielleicht wäre alles anders gelaufen, wenn Manni das Pamela-Anderson-Poster nicht zerrissen hätte. Vielleicht wäre das Grundvertrauen der Mannschaft nicht erschüttert worden. Vielleicht hätte Dirk seinen Co-Trainer nicht so misstrauisch beäugt, bis er schließlich bei Paschke petzen ging. Vielleicht hätte Paschke keine konsequenten Konsequenzen gezogen.

Seit Wochen war die Stimmung in der Kabine bereits angespannt. Unsere dünne Personaldecke machte sich ebenso bemerkbar wie das Fehlen unseres jahrelangen Topstürmers Matze, der ohne hochwertigen Neuzugang nicht zu ersetzen war. Das machte sich auch in der Liga bemerkbar, wo wir im unteren Tabellendrittel herumkrebsten und meistens auf ein Erfolgserlebnis ungefähr drei sieglose Spiele folgen ließen. Ohne Matze mangelte es uns an offensiver Durchschlagskraft, auch weil der Pole eine seiner berüchtigten Durststrecken durchlitt und wochenlang ohne Torerfolg blieb, weshalb fast ausschließlich unsere offensiven Mittelfeldspieler Mokka und Artur die Tore machten.

Die Lage war derart prekär, dass ich sogar über meinen Schatten sprang und um ein Vier-Augen-Gespräch mit Dirk bat. Leider wurde es ein Sechs-Augen-Gespräch, denn Manni wollte dabei sein. Aber den Versuch war's trotzdem wert.

»Trainer, ich weiß, dass uns die offensiven Alternativen fehlen«, sagte ich, »aber ich habe einen Vorschlag: Stellt mich in den Sturm!«

Die beiden Trainer guckten erst einander an, dann mich. Dirk kniff die Augen zusammen. Manni schielte, wie er immer schielte.

»Ich habe das schon gespielt«, sagte ich, »damals gegen den VfL.«

»Und wann soll das gewesen sein?«, fragte Dirk.

»1992/93«, antwortete ich.
Mannis Augen wurden größer. »Na klaro«, rief er, »jetzt erinnere ich mich!« Er begann mit den Armen herumzufuchteln. »Das war wirklich gut, damals. Kalli hat's drauf als Stürmer, wirklich, kein Gag!«
Spätestens jetzt wusste ich, dass ich mir den Positionswechsel abschminken konnte. Seit Beginn unserer Krise hatte Dirk ausschließlich gegen Mannis Meinung gehandelt. Manni erfüllte Dirks Erwartungen an ihn als Vermittler zwischen Cheftrainer und Mannschaft längst nicht mehr. Schlimmer noch: Manni mochte trotzdem noch ein tapferer Vasall sein, aber auch als Fachmann schenkte Dirk ihm kein Vertrauen mehr.
»Ich finde die Idee eins a«, legte Manni nach und zupfte sein Bad-Religion-Shirt unsicher zurecht.
Dirk legte die Stirn in Falten. »Jetzt passt mal gut auf, ihr Strategen: Wenn ich hier irgendwen für qualifiziert halte, unser Sturmproblem zu lösen, dann werde ich das schon kundtun, da macht euch mal keine Sorgen. Aber auf Initiativbewerbungen reagiere ich allergisch, nur damit ihr ein für alle Mal Bescheid wisst!«
Damit war das Thema beendet. Dirk wäre lieber mit fliegenden Fahnen untergegangen, als dass er gute Ratschläge angenommen hätte. Vor allem für Manni erwuchs daraus im Saisonverlauf ein Problem. Er fühlte sich belächelt. Auf einer Freibier-Party kurz vor Weihnachten 1996 klagte er uns zum ersten Mal sein Leid. »Dirk ist ein absoluter Spitzentrainer«, säuselte er da, »ein richtiger Fachmann, aber als Co hat man es bei ihm nicht leicht.« Er hielt kurz inne und fügte dann hinzu: »Da hat man schnell mal den beschissensten Job der Welt: keine Kohle, kein Respekt, kein gutes Arbeitsklima. Solange wir gewinnen, ist alles picobello – aber wenn nicht …«
Weil der Erfolg ausblieb, verschlechterte sich die Stimmung sogar noch. Wir befanden uns nicht in akuter Abstiegsgefahr,

aber im Verein machte sich Unzufriedenheit breit: Zum ersten Mal seit Jahren der stetigen Weiterentwicklung stagnierte die erfolgsverwöhnte B-Jugend. Es war das erste Jahr, in dem es für unsere Truppe nicht bergauf ging. Eine schwierige Situation. Plötzlich wurde alles in Frage gestellt: unsere individuelle Qualität, unser Teamgeist, unser ungewöhnliches Modell mit den beiden Trainern. Wir wurden zur Chefsache erklärt, was wir daran erkannten, dass Paschke immer häufiger auf eine Standpauke bei uns in der Kabine vorbeischaute.

»Ihr zöckelt über'n Platz wie die Bambini«, war dabei noch eine seiner netteren Analysen. Oder: »Ihr spielt wie Aktion Sorgenkind, ach, wat red ich, wie Aktion Sonderkind, dat is, wie ihr spielt!«

Es war keine leichte Aufgabe, diese Krise zu bewältigen, oder wie Paschke es formulierte: »Dat is die reinste Syphilisarbeit, da wirse noch bekloppt!«

Der wachsende Druck hatte gegensätzliche Auswirkungen auf unser Trainerteam. Während Dirk noch akribischer arbeitete als zuvor und sich überhaupt nicht mehr reinreden ließ, stand Manni nur daneben – auf verlorenem Posten. Weil er die fehlende Akzeptanz spürte, wurde er immer nervöser. Die Fortuna, und erst recht dieser Trainerjob, war längst sein Leben, aber er spürte den Gegenwind. Er ahnte, dass schon bald alles vorbei sein konnte. Und dass Dirk ihm zunehmend die kalte Schulter zeigte, irritierte ihn zusätzlich.

Manni reagierte mit Aktionismus. Er entwarf knallharte Konditionsprogramme, bei denen uns das Kotzen kam – im wahrsten Sinne des Wortes. Er jagte uns durch einen Dribbel-Parcours nach dem anderen, obwohl wir am wenigsten an unserer Technik zu feilen hatten. Er versuchte den harten Hund Dirk mit einer eigenen Härte zu beeindrucken und vergaß darüber seine Authentizität. Bisher war Manni immer das Yang zu Dirks Ying gewesen, er war der nette, schulterklopfende Kumpeltyp, mit dem wir auch mal einen Spaß machen konnten, während Dirk sehr überzeugend den Schleifer gab, den *Bad Cop,* dessen Ansprachen und Motivationskünste dennoch – oder gerade deshalb – immer noch einzigartig waren in der Wirkung, die sie auf uns hatten. Ich konnte Dirk immer noch nicht leiden, aber ich konnte auch nicht bestreiten, dass er ein hervorragender Trainer war und die Mannschaft nach wie vor und trotz ausbleibender Ergebnisse erreichte.

Unübersehbar waren auch die Differenzen zwischen Dirk und Manni. Die diametrale Gegensätzlichkeit ihrer Persönlichkeiten wurde ihnen in den schweren Wochen der Erfolglosigkeit zunehmend zum Verhängnis. Drei Spieltage vor Schluss, in der Halbzeit eines Grottenkicks gegen die Arminia, eskalierte die Situation. Wir lagen bereits 1:3 zurück, und Dirk plante eine Umstellung in der Offensive, er wollte den torgefährlichen Artur nach vorne in die Sturmspitze ziehen und den Polen auf Arturs Position ins offensive Mittelfeld zurückversetzen.

Manni sah in der Maßnahme keinen Sinn. Er legte großen Wert darauf, Spielern in Krisenzeiten den Rücken zu stärken. Der Pole hatte seit Wochen nicht getroffen, aber Manni befürchtete, diese Degradierung würde unsere einzige nominelle Spitze lange nicht verkraften. Natürlich wusste er, dass sein Einwand für Dirk keine Bedeutung haben würde, aber in seiner Intervention entluden sich Wochen der Demütigung.

»Das kann nicht dein Ernst sein«, fuhr Manni den Cheftrainer an, »du kannst Martin doch nicht mit voll Karacho gegen die Wand fahren, ey!«

Dirk stand ohnehin immer unter Strom, aber jetzt leuchtete sein Gesicht in Scharlachrot. »Wie bitte?«, fragte er und versuchte dabei ganz ruhig zu klingen, obwohl der Dampf förmlich aus seinen Ohren schoss wie in einem Walt-Disney-Cartoon.

»Ich sehe in der Umstellung keinen Sinn«, ergänzte Manni trocken.

Wir alle blickten gebannt auf unsere Trainer, die nebeneinanderstanden und sich trotzdem nicht ferner sein konnten als in diesem Augenblick.
Dirk kochte, das konnten wir ihm ansehen, aber er riss sich zusammen, er schluckte sein dringendes Bedürfnis, dem Co-Trainer an die Gurgel zu gehen, hinunter und – lächelte. Er lächelte Manni ins Gesicht, dann drehte er sich zu uns, immer noch lächelnd, und sagte ganz ruhig: »Artur geht in die Spitze, Martin rotiert ab sofort dahinter. Ich erwarte in der zweiten Hälfte eine deutliche Leistungssteigerung von euch.«
Der Chef hatte gesprochen – und verließ sanft lächelnd die Kabine.
Manni bebte, Wut und Hilflosigkeit waren ihm anzusehen. Dirk hatte ihn schon wieder bloßgestellt, aber diesmal auf eine Weise, die noch erniedrigender war als alle bisherigen: Er hatte auf Mannis Einwand überhaupt nicht reagiert.
Als Dirk draußen war, blieb Manni zunächst ruhig. Verschämt versuchten wir, uns auf die Halbzeitpause zu konzentrieren: Bum-Bum leerte eine Wasserflasche nach der anderen, Mokka hockte auf seinem Gebetshandtuch und schnürte seine Fußballschuhe, nur um die Senkel gleich wieder zu öffnen und erneut zu schnüren; Volkan dehnte seine Arme; ich spielte an meinen Schienbeinschonern herum. Keiner sagte ein Wort, bis ausgerechnet der degradierte Pole für Gelächter sorgte und die angespannte Stimmung auflockerte. Er war eben nicht der Typ, der unangenehme Stille allzu lange ertrug. Also kniete er sich vor das Pamela-Anderson-Poster, faltete die Hände und begann ein Gebet: »Liebe Pamela, Liebesgöttin vom Strand von Malibu, bitte komm gerannt, um uns zu retten – wir brauchen deinen Beistand so sehr wie nie zuvor: Deine Muschi komme, dein Busen geschehe – in Ewigkeit …«
Wir alle fielen mit einem gegrölten »Amen!« ein und brachen in Gelächter aus.

Manni fiel die Kinnlade herunter. »Wollt ihr mich eigentlich komplett verarschen?«, brüllte er unsere Heiterkeit nieder. »Ihr spielt euch hier den letzten Scheiß zusammen und macht trotzdem noch dumme Witze? Warum stelle ich mich eigentlich noch vor euch, wenn der Trainer euch zur Schnecke macht? Warum mache ich für euch überhaupt den Johnny Kontrolletti in allen Lebenslagen? Damit ihr mir auf der Nase rumtanzen könnt? Was seid ihr eigentlich für ein unfähiges, undankbares Pack, ihr Penner?« Wild gestikulierend stellte er sich vor das Poster: »Jahaaa, die pralle Pam, die gefällt euch gut, was? Da habt ihr 'nen Kopf für, ne?«
»Die pralle Pam«, flüsterte Bum-Bum neben mir, »klingt wie, dings, der Name einer schlechten Stripperin …«
Manni hob drohend den Arm: »Was hast du gesagt, du Flipsen-Hippie?«
»Äh, nix«, stotterte der erschrockene Bum-Bum, »äh … nix, alles gut.«
Mit seinen wurstfingrigen Pranken packte Manni klatschend auf das Poster und riss es von der Wand. »Ihr müsst endlich wieder lernen«, brüllte er, während er das Poster zu unserem Entsetzen in mehrere große Stücke zerfetzte, »euch auf das Wesentliche zu konzentrieren – sonst kommen wir in Teufels Küche! Mann, ey!«

Rubbeldikatz am Borsigplatz

Ein paar Wochen und noch ein paar Niederlagen später war Manni am Waldweg endgültig Geschichte.

»Das Fußballgeschäft ist brutal«, hätten Bundesliga-Profis dazu wohl gesagt. Aber wir waren keine Profis, bei uns ging es nicht um Geld, und unser Ruhm reichte nicht über die Ortsgrenzen von Diepenbusch hinaus, aber vor Machtkämpfen und Eitelkeiten waren wir trotzdem nicht gefeit. Nicht nur innerhalb der Mannschaft, sondern auch im direkten Umfeld. Den Draht zur Mannschaft hatte Manni bereits mit der Poster-Aktion weitestgehend gekappt.

»Der Spacko hat doch den Arsch auf«, urteilte Frank, der uns Pamela einst in die Kabine gehängt hatte, stellvertretend für den Großteil der Mannschaft.

Manni merkte schnell, dass er zu weit gegangen war, und ging auf Schmusekurs. Mehr denn je gab er den Kumpel, den Aufmunterer, den Gut-zu-Redner, den Abklatsch-August. Aber wir nahmen ihm die Rolle nicht mehr ab. Seine Autorität hatte er dank Dirks andauernder Demontage ohnehin schon eingebüßt, seine Sympathiewerte waren nach dem Ausraster in den Keller gerauscht – und erholten sich nicht wieder.

Wenig später hielt Frank Rücksprache mit der Mannschaft, und wir kamen zu dem gemeinsamen Entschluss, dass es mit Manni nicht mehr weiterging. Frank bat Dirk um ein Gespräch und erläuterte ihm die Situation: dass Mannis Trainingsinhalte ins Leere liefen und dass er sich mit einem Wutanfall auf Kosten des Pamela-Posters noch zusätzlich untragbar gemacht hatte.

»Ich kümmere mich darum«, versprach Dirk unserem Kapitän kühl.

Zwei Tage später erschien Manni nicht zum Training, stattdessen sprach mal wieder Patron Paschke zu uns.

»Männer«, sagte er, »et is euch vielleicht schon gewahr geworden: Die Ära Manni hat sich am Waldweg dem Ende geneigt! Wir waren gezwungen, konsequente Konsequenzen zu ziehen.«
Paschke erklärte, dass Manni von seinen Pflichten als Co-Trainer ebenso entbunden wurde wie als Wirt in der *Klause*. Was uns zumindest verwunderte.
»Aber hinter der Theke war er doch kompetent«, gab Volkan zu bedenken.
»Et gab da schon länger so paar Problemchen«, entgegnete Paschke geheimnisvoll. »Aber keine Sorge, inner *Klause* hat die Manu alles im Griff!«
Ein Grummeln ging durch die Reihen, das unseren Patron auf die Palme brachte.
»Et is ja nun nich so«, ätzte er, »wie als wenn Paul McCartney die Beatles verlassen hat, oder?«
Auf unsere Leistung hatte Mannis Abgang keinen Einfluss. Dirk hatte das alleinige Sagen, aber schließlich hatten auch schon vorher alle nach seiner Pfeife getanzt. Indem er Manni schasste, sprach Paschke seinem Wunschtrainer Dirk das uneingeschränkte Vertrauen aus – trotz unserer sportlichen Talfahrt, die bis zum Saisonende andauerte, als wir den Abstieg nur knapp vermieden und auf Platz 12 (von 16) landeten. Für mich wäre diese Leistung Grund genug gewesen, auch den Cheftrainer zu hinterfragen, aber mich fragte ja keiner.
Die Ironie: So enttäuschend die Spielzeit auch verlaufen war, sie endete mit zwei legendären Highlights.
Highlight Nummer eins: Auch im zweiten Jahr in Folge ließen wir uns die Abschlussfahrt – als Ritual vielleicht Mannis größtes Vermächtnis – nicht entgehen. Folgerichtig ging es in diesem Jahr nicht nach Malle, sondern – Achtung, Weiterentwicklung: nach Ibiza! Wieder fünf Tage Partywahnsinn, wieder waren alle Mann an Bord, wieder Sonne, Strand und Sauferei.

Die Unterschiede: Statt *Hotel Alondra* nun *Hotel Garbi,* statt *Bolero* und *Physical* tanzten wir im *Amnesia* und *Privilege,* statt Son Moll schliefen wir unseren Rausch an der Playa d'en Bossa aus – was sich ungleich schwieriger gestaltete aufgrund der landenden Flugzeuge, deren Einflugschneise gefühlte anderthalb Meter über dem Sand verlief.

Für mich persönlich war der größte Unterschied zu Malle, dass ich diesmal mit meinen beiden besten Jungs, Mokka und Bum-Bum, feiern konnte, nachdem im Jahr zuvor noch Funkstille zwischen uns geherrscht hatte. Auf Ibiza holten wir alles nach und gaben Gas wie nix Gutes.

Allerdings mussten wir feststellen, dass wir als Siebzehn- und Achtzehnjährige eigentlich noch zu jung für die Insel waren. Das Partyvolk in den Bars und Clubs war deutlich Ü-20 oder sogar Ü-30. Ein Mädchen hat auf Ibiza jedenfalls keiner von uns klargemacht. Außerdem kursierten Drogen, von denen wir noch nie gehört hatten. Einige der Jungs probierten Ecstasy und ein paar andere Pillen aus, die hier die Runde machten wie anderswo Erfrischungstücher. Ich beschränkte mich auf den guten, alten Alk und die eine oder andere *Line* mit Martin, aber von den bunten Pillen ließ ich die Finger. Ich hatte Angst vor Pillen. Ich konnte nicht wissen, was in den Dingern drin war, wie sie in meinem Körper reagieren würden, was sie mit mir machen würden. Beim Alkohol wusste ich wenigstens, was und wie viel ich vertrug.

Insgesamt war es für uns alle ein Trip in eine neue Welt. Cala Ratjada hatte noch das Flair einer Klassenfahrt versprüht. Ibiza war Feiern für Erwachsene. Kein Wunder, dass ich mich nach meiner Rückkehr irgendwie reifer fühlte. Während der fünf Tage auf Ibiza war Diepenbusch noch ein bisschen kleiner geworden. Hinter uns lag eine rauschhafte Woche, die dem Malle-Trip des Vorjahrs in nichts nachstand, ihn vielleicht sogar übertraf, weil sich diesmal niemand die Arme aufritzte.

Und trotzdem sollte wenige Tage nach Ibiza ein Fest folgen, das sogar die balearischen Nächte noch übertraf. Es war der 28. Mai 1997, als sich die Fortuna, ja ganz Diepenbusch, und wahrscheinlich auch alle Diepenbuschs im Umkreis, auf nach Dortmund machten. Unsere Großstadt brodelte, sie war an diesem Abend der Nabel des Ruhrgebiets, der Mittelpunkt der Fußballwelt – was für unser Selbstverständnis auch dringend nötig war, nachdem die blau-weißen Deppen eine Woche zuvor in Mailand den UEFA-Pokal geholt hatten.

Aber an diesem Mittwochabend stand endlich unser BVB im Mittelpunkt. Es war der Abend, an dem ich meine Liebe zum großen Profifußball wiederentdeckte. Was die Nationalmannschaft ein Jahr zuvor mit ihrem EM-Titel nicht vermocht hatte, gelang der Borussia an diesem Abend: mein Herz zurückzugewinnen.

Wir waren mit der ganzen Mannschaft gekommen und drängelten uns mit Zehntausenden vor der Großbildleinwand, obwohl der Begriff *Public Viewing* damals noch gar nicht erfunden war. In Dortmund war das Gemeinschaftsgucken schon damals ganz normal, besonders an Tagen wie diesen, an denen nicht im Westfalenstadion, sondern im Olympiastadion zu München gespielt wurde. Das Finale der Champions League gegen Juventus Turin. Beim Einlauf der Mannschaften zur majestätischen Champions-League-Hymne bekam ich nasse Augen.

Wenn nur die Borussia heute gewinnt, dachte ich.

Neben mir brabbelte Mokka etwas auf Arabisch.

»Was hast du gesagt?«, fragte ich.

»Ich habe Allah versprochen, ihn nie wieder um etwas zu bitten, wenn nur die Borussia heute gewinnt«, antwortete Mokka.

»Auf geht's, Brrruuusssiiiaaa!!!«, grölte der aufgekratzte Martin hinter uns in einer Lautstärke, dass wir zusammenzuckten.

Ich kann die Aufstellung bis heute auswendig aufsagen: Klos, Reuter, Sammer, Kree, Kohler, Lambert, Heinrich, Sousa, Möller, Riedle, Chapuisat. In der 67. Minute kam Herrlich für den Doppeltorschützen Riedle, in der 89. Zorc für Möller. Aber in der 70., da kam Lars Ricken beim Stand von 2:1 für unsere Borussia ins Spiel. Er ersetzte Stéphane Chapuisat. Eine Minute später erzielte der Zwanzigjährige das entscheidende 3:1, mit einem sensationellen Heber über den verdutzten Juve-Torwart. Ganz Dortmund explodierte, für Schwarz-Gelb war es das Tor des Jahrhunderts, zu dem es später auch noch ganz offiziell gewählt werden sollte.

Wir schrien unsere Freude in die laue Sommernacht, wir weinten hemmungslos, wir lagen uns in den Armen, wälzten uns auf dem versifften Boden, wir vergaßen die schwache Saison, ich vergaß sogar Melanie für einen Moment, stattdessen musste ich kurz an Manni denken, der hier sicher auch irgendwo war und jubelte. Es fühlte sich an, als gehörten wir alle zusammen.

»Heute Nacht gibt's ordentlich Rubbeldikatz am Borsigplatz!«, rief der Pole, und alle jolten.

»Bei uns in Dortmund gibt's ein Phänomen«, verkündete eine sonore Stimme aus dem Lautsprecher, »dass alle Menschen hinter der Borussia stehen.«

Borussia, Borussia, Borussia, Borussia. Brrruuusssiiiaaa!!!

»Heute streichen wir den Borsigplatz schwarz-gelb«, brüllte Radek und trommelte auf seiner Brust herum wie ein Ruhrpott-Tarzan.

Um mich herum kletterten die Fans auf die Bäume, duschten sich mit Bier. Ich stand zwischen brennenden Bengalos, unter explodierenden Feuerwerkssträußen und hatte noch keine Ahnung, dass diese Nacht der Anfang vom Ende sein würde.

Tod im Freibad

SAISON 1997/98 (A-JUGEND)

Krank

Ich war fast nie krank. Na gut, zu Grundschulzeiten bekam ich die Windpocken, das war schlimm, denn ich kratzte mich so exzessiv, dass sich auf meinem Körper noch bis heute mindestens zehn Narben finden. Später, als Jugendlicher, soff ich jeden Anflug einer Erkältung mit Wodka weg. Kann ich nur empfehlen: Sobald der Hals kratzt, einfach ein paar Jelzin oder Gorbatschow draufkippen, dann hat der Schnupfen keine Chance. Funktioniert noch besser mit Stroh-Rum, da muss man bei der Dosierung allerdings höllisch aufpassen. Diese Hausmittelchen wirken jedenfalls zuverlässiger als jeder Saft, jede Tablette aus der Apotheke.

So krank, dass ich es mit der Angst zu tun bekam, war ich aber nur ein einziges Mal. Im Sommer 1997 erkrankte ich am Pfeifferschen Drüsenfieber. Diese Scheiße wünsche ich meinem ärgsten Feind nicht. Ich hatte gerade den Frühling hinter mir, in dem ich mich von Melanie emanzipierte. Meine Gedanken hingen ihr nicht mehr hinterher, ich richtete den Blick nach vorne, alles wird gut. So ungefähr. Bei meiner Emanzipation behilflich waren viele Mädchen und der Alkohol. Ich trank eigentlich jeden Tag: viel Bier, manchmal Rotwein aus dem Tetra-Pak, dazu ein bisschen hartes Zeug.

Außerdem ging ich ständig auf die Piste. Ich flirtete wie ein Weltmeister, denn ich war inzwischen erfahren genug, um meine Hemmungen abzubauen, sobald ich angetrunken war. Bei-

nahe jeden Abend knutschte ich irgendwo mit einem anderen Mädchen herum, ob im *Absacker* oder im *JuZ* oder in Dortmund. Eine geile Zeit. Ich hätte Melanie auf keine bessere Weise vergessen können. Ich fühlte mich frei, so frei musste sich O. J. Simpson nach seinem Freispruch gefühlt haben.
Nun nennen die Amerikaner das Pfeiffersche Drüsenfieber nicht umsonst *kissing disease,* denn der Virus wird durch den Speichel übertragen, und wer viel rumleckt, steckt sich schnell an.
Über vier Wochen lag ich flach, konnte mich kaum bewegen und überhaupt nicht schlucken. Die Halsschmerzen waren so gnadenlos, dass ich immer wieder weinen musste, es ging nicht anders, obwohl es mir vor mir selbst unangenehm war.
Mein Genesungsprozess wurde nicht eben beschleunigt durch die Tatsache, dass mein Hausarzt Dr. Grabowski zunächst eine Fehldiagnose stellte.
»Da haben wir uns eine knackige Mandelentzündung eingefangen«, diagnostizierte er beim ersten Blick in meinen Hals. Er verschrieb mir Antibiotika und gab mir den guten Rat, mich auch dann noch ruhig zu verhalten, wenn die schlimmsten Schmerzen bereits abgeklungen waren. In den nächsten Tagen schluckte ich die Antibiotika nach Vorschrift, aber mein Hals machte keine Fortschritte. Im Gegenteil, die Schmerzen wurden stärker. Schlimmer noch: Ein fieser Ausschlag suchte mich heim, mein ganzer Körper war plötzlich übersät mit roten Pusteln. Ich sah von Kopf bis Fuß so streuselkuchig aus wie Frank im Gesicht. Sogar unter den Füßen hatten sich rote Flecken gebildet.
Nach vier Tagen suchte ich Dr. Grabowski erneut auf. Beim Blick in meinen Hals erschrak er, aber als ich ihn mit meinem Ausschlag konfrontierte, ahnte er seinen Fehler sofort. Abermals wurde mein Blut untersucht, diesmal auf das Pfeiffersche Drüsenfieber, und der Befund war positiv. Weil von der Ein-

nahme von Antibiotika bei Pfeifferschem Drüsenfieber dringend abgeraten wird, da es sonst zu extremen allergischen Reaktionen kommen kann, war auch mein Ausschlag schnell erklärt. Anschließend kam ich mehr als zwei Wochen überhaupt nicht mehr auf die Beine, meine Mutter brachte mir Hühnersuppe ans Bett und streichelte mir über den Kopf. Nie war es mir körperlich so schlecht ergangen.

Ich hatte fast vierzig Grad Fieber, und besonders gruselig waren meine Träume in Quarantäne: Ich kämpfte im Kosovo, wo ich unter anderem mein linkes Bein, also meine linke Klebe, verlor, als ich auf eine Granate trat; ich tötete Melanie, weil ich sie so fest umarmte, dass sie erstickte; ich zog meinen Schwanz in die Länge, ich konnte ihn aus meinem Unterleib herausziehen wie ein Maßband, er wurde länger und länger, und ich musste ihn um mich herumwickeln, als wäre ich ein Schlangenmensch – aber leider hatte ich die Rechnung ohne Dirk gemacht, der mit einer rostigen Heckenschere angelaufen kam und meinen dicken Schwanz mit Gewalt an mehreren Stellen durchtrennte, dass das Blut nur so spritzte.

Eines Nachts torkelte ich im Traum auf die Toilette. Auf spitzen Zehen schlich ich den Flur hinab in Richtung Gästeklo, das sich bei uns direkt neben der Haustür befand. Weil ich im Dunkeln eine gute Sicht hatte, machte ich das Licht nicht an, deshalb konnte ich meinen Vater auch nicht kommen sehen.

»Papa!«, ächzte ich aus meinem geschwollenen Hals, als er zur Haustür hereingetorkelt kam. Er sah komisch aus. Seine vollen, grauen Haare etwas zerzauster als sonst, sein Hemd einen Knopf weiter auf als sonst. Er hatte die Hände lässig in den Taschen vergraben, aber sichtlich Mühe, das Gleichgewicht zu halten. Schließlich stützte er sich mit der flachen Hand an der Wand ab.

»Junge«, staunte er, »was machst du denn hier?«

Sein feuchter Blick war fahrig.

»Ich muss aufs Klo«, antwortete ich. »Bist du besoffen?«
Jedes Wort scheuerte in meinem Hals wie Salz in einer offenen Wunde. Das Schlimme war, dass es gegen den Virus des Drüsenfiebers keine harten Medikamente gab. Ich musste es ausschwitzen.
»Wassislos?«, lallte mein Vater.
»Bist du besoffen?«, wiederholte ich. »Wo kommst du überhaupt her?«
Ich hatte überhaupt nicht mitbekommen, dass mein Vater das Haus verlassen hatte.
Er glotzte mich an. »Also, Junge«, säuselte er, »du stellst aber wirklich Fragen heute …« Er lehnte sich mit dem Rücken an die Wand und glitt langsam nach unten, bis er auf dem Hosenboden saß. Er schloss die Augen, sein Kopf knickte zur Seite ab.
»Du bist total besoffen, Papa!«
Aber er war bereits weggetreten.
Am nächsten Morgen wunderte ich mich über diesen Traum. Er war der harmloseste, aber auch verstörendste Drüsenfieber-Traum bisher: Einerseits kam der Traum ohne Krieg und Gewalt, ohne Mord und Totschlag aus. Andererseits hatte ich meinen Vater noch nie so derangiert gesehen. Ich war froh, ihn am Frühstückstisch so anzutreffen wie immer: still und missmutig. Als hätte es meinen Fiebertraum nie gegeben. Hatte es für ihn ja auch nicht.
Nach anderthalb Wochen ging es mir langsam ein bisschen besser. Waren die Tage aufgrund meines Deliriums, in dem ich zwischen Schmerz und Schlaf pendelte, bisher wie im Flug vergangen, dauerten sie jetzt, da die Schmerzen langsam nachließen, umso länger. Im Fernsehen lief auch nur Schrott – dummerweise hatte ich mir zum Dahinvegetieren einen ungeraden Sommer ausgesucht: 1997 fanden weder eine EM noch eine WM, noch nicht einmal die Olympischen Spiele statt.

Ich würde die komplette Saisonvorbereitung verpassen, so viel war längst klar. Das erste Spiel stand bereits in der folgenden Woche an, Pokal gegen die Borussia. Bis dahin würde ich keinesfalls fit werden.
Mokka und Bum-Bum riefen ständig an; um zu fragen, wann ich wieder fit sein würde; um vom Training zu erzählen; aber vor allem, um mir vom Neuen zu erzählen.
Der Neue war Dirks Antwort auf unsere dünne Personaldecke, ein Stürmer namens Christian, den er aus der Konkursmasse der SpVgg rekrutiert hatte. Dirk hatte ihn schon lange auf dem Zettel, Paschke hatte sich um die Formalitäten gekümmert und uns den Neuzugang bereits am Ende der letzten Saison angekündigt.
»Männer«, hatte er auf der letzten Freibier-Party versprochen, »ich hab uns ein Schnäppchen geschossen, ey!«
Das Schnäppchen war Christian.
»Der Typ ist der Knaller«, schwärmte Mokka am Telefon. »Der weiß, wo die Hütte steht, aber vor allem ist der pervers lustig, die Sprüche von dem, alter Schwede …«
Ich hörte meinem Kumpel die Verzückung durch den Hörer an.
»Ist doch super«, sagte ich, obwohl ich mir nicht sicher war, ob ich es auch so meinte. Mir war zwar bewusst, dass wir frisches Blut für unsere Truppe brauchten, wenn wir nicht schon wieder gegen den Abstieg kämpfen wollten. Andererseits machte mir die Entwicklung schmerzhaft deutlich, dass unsere Truppe in der guten, alten Konstellation nicht mehr lange – und dann nie wieder – zusammenspielen würde. Matze war weg, Radek wurde immer langsamer, Martin nahm mehr Drogen als die Teilnehmer der *Tour de France* – wo sollte das alles hinführen? Ich hatte keine Lust, mich an neue Gesichter, neue Sprüche, frischen Wind zu gewöhnen. Auch mit Dirk hatte ich von Anfang an meine Probleme gehabt. Vielleicht hielt ich an einer

nostalgischen Erinnerung fest, von der ich noch schwerer lassen konnte als von Melanie. Vielleicht hing ich zu sehr an unseren frühen Jahren, den wilden Derbys gegen Viktoria, den Abenden im *Hohen Ross,* unserem legendären Aufstieg. So weit weg waren diese Erinnerungen inzwischen, aber ich wollte sie nicht völlig verlieren. Und jeder Neuzugang würde die Vergangenheit nur noch stärker verblassen lassen.

Am nächsten Tag hatte ich einen euphorischen Bum-Bum am Telefon: »Dieser, dings, dieser Christian, der ist der Geilste, das sag ich dir!«

Es wurde höchste Zeit für meine Genesung. Höchste Zeit, mir ein eigenes Bild zu machen.

Der Neue

Ich hatte Akku lange nicht mehr gesehen. Am ersten Montagmorgen nach meiner Genesung stand er an der Bushaltestelle plötzlich vor mir. Ich hatte mir gerade eine Zigarette angezündet und musste husten. »Hallo, Akku.«
»Malaka«, sagte er mit prüfendem Blick. Er hatte sich in der Zwischenzeit einen antiken Schnurrbart stehen lassen.
Ich knibbelte an der Steuerbanderole meiner Camel-Packung.
»Alles frisch?«, fragte ich und versuchte dabei lässig zu klingen.
»Hast du Schluss gemacht?«, fragte er und legte die Stirn in Falten.
»Mit wem?«
»Na, mit dem Fußball. Mit der Fortuna. Ich habe dich die ganze Saison noch nicht gesehen.«
Ich lachte auf, komischerweise fühlte ich mich erleichtert, keine Ahnung, warum. »Nein, nein«, sagte ich, »ich lag flach.«
»Aha.«
Ich überlegte kurz, dann entschied ich mich für den Gag: »Ich lag mit der Angina im Bett ...«
Geht ihn schließlich nichts an, dachte ich. Aber über den Angina-Spruch konnte er auch nicht lachen.
»Ich dachte nur«, sagte er und strich mit zwei Fingern über seinen Schnurrbart, »dass du vielleicht aufgehört hast. Hätte mich nach der letzten Saison nicht gewundert.«
Ich legte den Kopf zur Seite. »Ach, na ja, wir haben es einfach nicht so richtig auf den Platz gebracht im letzten Jahr. Und ein bisschen Pech war auch dabei.«
»Ich meine nicht die Mannschaft«, sagte Akku ernst, »ich meine dich, du Otto.«
»Häh?«
»Dich und deine Leistung.«

Ich kniff die Augen zusammen. »Was ist denn mit meiner Leistung?«
»Du hast deine schlechteste Saison gespielt«, sagte er, als duldete er keine Widerrede.
»Kannst du so nicht sagen«, protestierte ich, »die Mannschaft und der Trainer waren zufrieden mit mir.«
Akku winkte ab. »Die können ja auch froh sein, dich zu haben, Malaka. Du bist immer noch einer der besten Linksverteidiger der Liga, ist mir schon klar. Die Fortuna kann drei Kreuze machen, dass du ihr die Treue hältst. Oberflächlich sind deine Leistungen erste Sahne. Das Ding ist: Du könntest noch viel mehr! Aber du entwickelst dich schon lange nicht mehr weiter. Das geht jetzt schon seit Jahren so. Du machst viel zu wenig aus deinen Möglichkeiten.«
Ich zuckte mit den Schultern. »Weiß nicht.«
»Hast du eigentlich mal über einen Vereinswechsel nachgedacht?«, fragte er. »Irgendwohin, wo dir mal ein bisschen in den Arsch getreten wird?«
»Ich will nicht woanders hin«, sagte ich. Das stimmte so zwar nicht, aber ich hatte keine Lust auf eine Grundsatzdiskussion mit Akku, ausgerechnet Akku.
»Das ist ein Fehler«, sagte er und legte mir die Hand fest auf die Schulter. »Ich glaube, du weißt nicht, was du verpasst.«
»Vielleicht will ich es gar nicht wissen«, sagte ich trotzig. Ich war genervt von seinen Analysen. Er kannte mich doch gar nicht.
Akku lächelte. »Ich muss los, Malaka. Aber denk mal drüber nach.«
Wir schlugen ein.
»Diese Saison wird alles besser«, sagte ich.
»Da geh ich aus von«, sagte Akku. »Ihr habt da doch diesen Neuen, diesen Stürmer. Das ist ein Guter. Mit dem sollte das kein Problem sein.«

Im Bus zur Schule dachte ich darüber nach, was er über meine Entwicklung und ihr Ausbleiben gesagt hatte. Ich konnte nichts damit anfangen. Ich wusste doch selbst nicht, was ich wollte. Ich wollte die Welt sehen, ich wollte nach Amerika, ich wollte alles wissen und Menschen treffen. Andererseits hatte ich Angst vor dem Auseinanderbrechen unserer Truppe und Angst vor dem Neuen. Ich hatte Angst, dass er das Mannschaftsgefüge durcheinanderbringen würde. Ich hatte Angst, dass ich ihn womöglich nicht mögen würde oder er mich nicht. Ich hatte Angst, dass ich wegen meiner Krankheit den Anschluss verpasst haben könnte. Ich hatte Angst, dass sich alles verändert hatte.

Ich hatte wahnsinnige Angst vor der neuen Saison.

In der Schule konnte ich mich kaum konzentrieren, auch am nächsten Tag nicht, und als ich am Dienstagnachmittag endlich am Waldweg ankam, raste mein Herz. Mir war klar, dass von dieser Trainingseinheit eine Menge abhängen würde. Ich würde den Neuen treffen, ich würde mir ein aktuelles Bild von der Stimmung innerhalb der Mannschaft machen, und nicht zuletzt würde ich endlich meine eigene Fitness überprüfen können. Konnte ich nach der wochenlangen Pause noch mithalten? Immerhin galt das Pfeiffersche Drüsenfieber als Krankheit, die extrem schwächt. Und tatsächlich fühlte ich mich auf dem Weg in die Kabine immer noch ein bisschen schlapp.

Ist vielleicht die Aufregung, dachte ich. Ich machte mir große Sorgen.

»Auf keinen Fall zu früh mit dem Sport anfangen«, hatte Dr. Grabowski gesagt, »sonst besteht die Gefahr eines chronischen Verlaufs. Auch Unfruchtbarkeit ist nicht ausgeschlossen.«

Unfruchtbarkeit?, dachte ich. Ich bin doch keine Frau!

Ich wusste es damals wirklich nicht besser.

Der erste Eindruck in der Kabine beruhigte mich ein bisschen. Alles schien wie immer: Radek pumpte seinen ohnehin schon aufgeblasenen Oberkörper mit ein paar Liegestützen auf; Volkan posierte vor dem Spiegel; Martin machte sich mit Schattenboxen warm; Mokka hatte sein Gebetshandtuch ausgebreitet.
Ich inhalierte die Drogeriedüfte, die sich über unseren Köpfen zu einer süßlich herben Wolke zusammenbraute.
Ich musste an die frühen Jahre denken. An den pommespiekenden Harald. An Matze, der längst auf Schalke war. Und an Manni. Ich entdeckte ein neues Pamela-Anderson-Poster an der Stelle, wo das alte gehangen hatte, bevor Manni es zerrissen hatte. Es war noch ein bisschen größer als das alte, und Pam war noch ein bisschen nackter.
Die Jungs begrüßten mich überschwenglich.
»Kalli! Jawollo!«
»Wieder auf'm Damm?«
»Hat der Sahne!«
»Na endlich!«
»Pervers, dass du wieder da bist, Bruder!«
»Geile Sache, Kalliboy!«
»Sauber, Meister!«
Und so weiter.
»Wo kommt denn das neue Poster her?«, fragte ich.
»Hab ich bei Saturn gekauft«, sagte Frank. »Jetzt, wo der Wichser weg ist.«
Mit Wichser meinte er wohl Manni.
»Cool«, sagte ich.
Die Jungs waren guter Dinge. Sie waren erfolgreich in die Saison gestartet, erfolgreicher als im letzten Jahr, und sie freuten sich, dass ich, ihr bester Linksverteidiger, endlich wieder einsteigen würde. Ich hängte die Trainingsjacke an meinen Haken und ließ mich auf meinen Stammplatz neben Bum-Bum fallen.

»Herzlich willkommen, Herr Borowski«, scherzte mein koreanischer Kumpel, und wir begrüßten uns mit der hohen Fünf. Ich atmete tief durch. Ich war zurück. Ich war angekommen. Es fühlte sich gut an, es fühlte sich richtig an. Es fühlte sich an wie ein Geburtstag.

Dann ging die Tür auf. Er hatte seine langen blonden Surferhaare hinter die Ohren geklemmt und lächelte ein selbstgewisses Perlweißlächeln. Seine Schultern waren breiter als Radeks Becken. Sein Oberkörper sah aus wie ein Wandschrank.

»Tach, Männer«, sagte er.

Ein Aufschrei ging durch die Kabine. Die Jungs kriegten sich kaum ein vor Begeisterung.

»Da isser ja!«

»Wurde aber auch allerhöchste Eisenbahn!«

»Na, mein Lieber!«

»Hat der Sahne!«

»Sauber, Meister!«

Und so weiter. Der Typ ließ die Sympathiewellen auf sich prasseln, als stünde er unter einem Wasserfall. Ich sah ihm an, wie sehr er es genoss. Aber als er näher kam, bekam ich einen fürchterlichen Schreck. Ich kannte den Kerl. Er war es wirklich.

»Na, du Knipser!«, begrüßte sogar Frank ihn mit einem Lächeln und ohne Beleidigung.

»Geht's euch gut?«, fragte der Neue in die Runde.

Ich guckte genauer hin. Kein Zweifel. Er war es wirklich.

»Na los«, rief Goran ihm zu, »wir wollen was hören!«

»Na gut«, lenkte er ein und stellte sich in die Mitte der Kabine, »kennt ihr den schon?«

Alle starrten ihn gebannt an, also legte er los: »Ein Mann kommt mit einer Katze auf dem Arm in die Kneipe. Der Wirt fragt: ›Was kann ich dir Gutes tun?‹ – ›Für mich bitte ein Pils und für die Katze zehn Frikadellen.‹ Der Wirt guckt skeptisch und fragt noch mal nach, ob er sich nicht verhört habe, weil das für die Katze sicher viel zu viel sei. ›Nein, nein‹, sagt der Gast, ›das ist schon richtig. Du wirst sehen: Die hat die Frikadellen schneller verputzt, als ich mein Pils austrinke.‹ Und so kommt es dann auch. Der Wirt will wissen, wie das denn möglich sei. Darauf erklärt ihm der Gast: ›Ich bin im Wald einer Fee begegnet und hatte einen Wunsch frei. Da habe ich mir eine ausgehungerte Muschi gewünscht.‹«

Die Jungs wieherten vor Begeisterung.

»Boah ey«, rief Radek, »richtig geil.«

»Eine ausgehungerte Muschi«, murmelte der Pole amüsiert.

Als sich die Truppe nach einer gefühlten Minute langsam wieder einkriegte, wurden sofort die Rufe nach einer Zugabe laut.

»Einer geht noch«, stimmte Kapitän Frank an, »einer geht noch rein ...«

Die Jungs fielen geschlossen ein: »Einer geht noch, einer geht noch rein ...«

Ich stand mit offenem Mund daneben.

Der Neue winkte ab. »Lasst gut sein, Männer.«

Aber die Jungs ließen nicht locker: »Einer geht noch, einer geht noch rein ...«

Irgendwann gab der Neue nach: »Also gut. In der Fußgängerzone bittet ein Penner einen Banker um ein paar Pfennig fürs Mittagessen. Der Banker zieht fünf Mark aus seinem Portemonnaie: ›Wenn ich Ihnen das Geld gebe, kaufen Sie sich aber doch kein Bier, oder?‹ – ›Natürlich nicht‹, antwortet der Penner, ›ich habe mit dem Trinken aufgehört.‹ – ›Gehen Sie stattdessen zum Fußball?‹, will der Banker wissen. ›Nein, ich vergeude meine Zeit nicht mit Fußball.‹ – ›Oder geben Sie das Geld lieber im Puff aus?‹, hakt der Banker nach. ›Ich will mir doch keine Geschlechtskrankheit holen‹, protestiert der Penner. ›Okay, ich gebe Ihnen jetzt kein Geld. Stattdessen kommen Sie mit mir nach Hause, denn meine Frau kann hervorragend kochen‹, sagt der Banker. Der Penner ist verwundert: ›Ihre

Frau wird mich rauswerfen. Ich stinke, weil ich meine Kleider seit Tagen nicht gewaschen habe.‹ Darauf der Banker: ›Das ist genau das, was ich brauche. Meine Frau soll mal sehen, wie ein Mann aussieht, der Bier, Fußball und Sex aufgegeben hat.‹«

Schallendes Gelächter. Der Neue lachte selbst laut mit. Ich starrte ihn an und dachte: Er ist es wirklich!

Was wollte er hier? Was hatte Melanies neuer Freund hier zu suchen? Warum erzählte er erst mal einen Witz für alle? Warum wurde er von den Jungs so offensichtlich angehimmelt? Was hatte ich verpasst?

Außerdem ärgerte ich mich: Konnte der Kerl nicht einfach irgendeine Surfer-Betty klarmachen? Musste es ausgerechnet meine Melanie sein?

Frank legte den Arm um ihn und zeigte auf mich: »Christian, das ist Kalli. Kalli, das ist Christian, unser neuer Stürmer.«

»Hallo, Kalli. Cooler Name, Kalli.«

Er reichte mir die Hand und guckte mich an wie einen Fremden. Er erkannte mich nicht. Im dichten Rauchernebel des *Absacker* hatte er mich damals wahrscheinlich nur schemenhaft wahrgenommen. Er wusste jedenfalls nicht, wer ich war. Er wusste nicht, dass ich seine Freundin schon mal in den Arsch ficken durfte. Ob er bei ihr auch schon so weit war, ob er Melanie auch schon mal in den Arsch gefickt hatte? Ich hätte ihn gerne gefragt.

»Hallo, Christian«, sagte ich.

Wenn du groß bist

Herr Pianka fand mich immer irgendwie gut. Es gibt ja diese Lehrer, die ein Herz für die schweren Fälle haben. Und ein schwerer Fall war ich wirklich: Ich machte keine Hausaufgaben und war auch sonst schlecht vorbereitet; ich hatte solche Probleme, mich beim Lernen für Klassenarbeiten und Klausuren zu konzentrieren, dass ich bei mir selbst Dyslexie vermutete – diese Lernschwäche, die Theo Huxtable in der *Bill Cosby Show* an einer schillernden Schulkarriere hinderte; ich nahm mündlich kaum am Unterricht teil, weil ich die Antwort nicht wusste oder Angst hatte, die falsche Antwort für die richtige zu halten; ich fühlte mich einfach schlecht in der Schule, weil ich, wie so oft, das Gefühl hatte, wertvolle Lebenszeit zu verschwenden – und dieses Unwohlsein drückte sich in meinem Verhalten (angepisst gucken, wie angeschossen in meinem Stuhl hängen, mit dummen Sprüchen hin und wieder den Unterricht stören – solche Sachen) allzu deutlich aus.

Mein Glück war, dass Herr Pianka zu jeder Zeit mein Wegbegleiter war. Von der fünften bis zur zehnten Klasse gab er, mit einer kurzen Unterbrechung, meinen Klassenlehrer. Und jetzt, in der Elften, war er der Jahrgangsstufenleiter und immer noch mein Lehrer in Deutsch, einem meiner beiden Leistungskurse, und Erdkunde.

Pianka hatte immer ein Auge auf mich. Wenn ich in seinen Fächern zu stark nachließ, stellte er mich zur Rede, immer und immer wieder, obwohl ich mich nicht gemeldet hatte, aber er stellte mich so lange zur Rede, bis ich irgendwann die eine oder andere richtige Antwort gegeben hatte und er eine mindestens ausreichende mündliche Mitarbeitsnote für mich rechtfertigen konnte. Ich wusste das zu schätzen und behandelte ihn als einzigen Lehrer so, als wollte er mir nichts Böses.

Inzwischen ging ich in die elfte Klasse, keine Ahnung, wie ich es so weit geschafft hatte, wahrscheinlich nur dank Herrn Pianka, der bestimmt auch im Lehrerzimmer unter Kollegen hin und wieder ein gutes Wort für mich eingelegt hatte. Einige Mitschüler aus meinem Jahrgang hatten sich nach Amerika aufgemacht, für ein Highschool-Jahr: Nils nach Los Angeles, Önder nach Cleveland in Ohio, Kai war irgendwo in Alabama und Philip in Tampa Bay, Florida. Alle waren sie ab nach Amiland. Ich hätte auch große Lust gehabt, schließlich war meine USA-Sehnsucht größer denn je. Ich wäre gerne nach Arizona gegangen und hätte dort auf Melanie gewartet, bis sie dort ihr halbes Ausbildungsjahr absolvieren würde – und dann hätte ich sie verführt, sie zurückerobert, aus den Fängen dieses komischen Christian befreit und mit ihr, wie abgemacht, eine Ranch gegründet, auf der ich nach einigen Monaten um ihre Hand angehalten hätte, bevor wir ein paar Cowboykinder gezeugt hätten und schließlich gemeinsam in den Sonnenuntergang geritten wären.
So hätte ich das gemacht. Aber leider kam das Highschool-Jahr für mich nicht in Frage. Abgesehen von den offensichtlichen Hindernissen – mein schlechtes Englisch, meine schlechten Noten, mein schlechter Ruf – hätte ich mir ein Jahr in den USA alleine aufgrund meiner Fußballkarriere nicht erlauben können. Ein Jahr ohne Fußball, ohne die Fortuna, ohne meine Jungs, hätte mich nicht einfach nur zurückgeworfen – es hätte mich gleich alles gekostet, worauf ich jahrelang hingearbeitet hatte. Es hätte mich den Traum gekostet, den ich noch nicht aufgeben wollte:

Borowski schnappt sich den Ball, kurz hinter der Mittellinie, vorbei an Cinquecento (ein argentinischer Mittelfeldspieler, den ich mir ausgedacht hatte), *vorbei an Arbelao* (argentinischer Abwehrspieler, ebenfalls ausgedacht), *er täuscht einen Schuss an, schlägt einen Haken und – Toooooooor! Tor durch*

Borowski! Das 1:0 für Deutschland in diesem Finale von München! Das Olympiastadion bebt, wie ich es selten erlebt habe, meine Damen und Herren ... 1:0 für Deutschland! Karlheinz Borowski, meine Damen und Herren, und man ist ja fast geneigt zu sagen: Wer sonst?!?

Zugegeben, dieser Traum war in der Saison 1997/98 zunächst weiter weg denn je. Als Mannschaft waren wir miserabel in die Saison gestartet und befanden uns nach den ersten acht Spieltagen auf dem vorletzten Tabellenplatz und bereits zu diesem frühen Saisonzeitpunkt in akuter Abstiegsgefahr. Ich war der einzige Spieler in Normalform, wie immer lieferte ich Woche für Woche gut ab, aber ich konnte es auch nicht alleine regeln. Zu allem Überfluss behandelte Trainer Dirk mich weiter wie Dreck: Meine guten Leistungen schwieg er tot, meine Fehler schlachtete er vor versammelter Mannschaft aus. Ich hatte inzwischen resigniert, was unser Verhältnis betraf. Ich nahm es mir nicht mehr zu Herzen. Wir konnten uns einfach nicht ausstehen.

Bestätigung erhielt ich von anderer Stelle. Eines Dienstagabends, nach dem Training am Waldweg, sprach mich ein Typ an. Er stellte sich als Joachim Allgöwer vor, war vielleicht Mitte dreißig, trug eine dunkelblaue Jeans, ein schwarzes Polohemd und eine hellblaue, unsagbar hässliche Schirmmütze. Ein sportlicher Sylt-Typ, er sah nett und harmlos und glatt rasiert aus, weshalb ich ihm sofort jedes Wort glaubte. Und er benutzte große Worte. Ich wusste gleich, dass es für mich jetzt ernst werden würde. Wenn es stimmte, was Allgöwer sagte, würde ich mich nicht mehr verstecken können. Ich würde Entscheidungen fällen müssen, die mein ganzes Leben betreffen würden, die mein Leben für immer verändern würden. Allgöwer tauchte fortan regelmäßig auf der Anlage auf, und ausgerechnet an einem Dienstag im Oktober wurde er konkret. Es war der Dienstag vor dem Mittwoch, an dem abends in der Schule ein außerordentlicher Elternsprechtag angesetzt war. Die Schüler unserer Stufe konnten mit ihren Eltern zum persönlichen Gespräch beim Lehrer ihres Vertrauens antreten. Natürlich schleppte ich Mama und Papa zu Herrn Pianka. Eigentlich war es ein Wunder, dass meine Eltern überhaupt gemeinsam mitkamen. Sie konnten inzwischen keine zwei Sätze mehr wechseln, ohne sich gegenseitig anzubrüllen. Es artete immer mehr aus. Meistens drehten sich die Streits um Nichtigkeiten: das ökonomische Einräumen der Geschirrspülmaschine, das Stutzen der Hecken im Garten (Papa: »Nicht so kurz!«, gegen Mama: »Je kürzer, desto besser!«), die Sammelwut meines Vaters, die laute Eins-Live-Musik meiner Mutter – natürlich wusste ich, dass diese Alltagskonflikte nur Ventile für tiefer liegende Probleme waren. Aber ich kannte die tiefer liegenden Probleme nicht und wollte von ihnen vielleicht auch gar nicht wissen. Meine Eltern ersparten mir die ganze Wahrheit jedenfalls hartnäckig. Nur wenn es um das Wohl und die Zukunft von mir oder meiner Schwester ging, rissen sie sich zusammen. So wie an diesem Elternsprechtag, den ich dafür nutzte, die Katze aus dem Sack zu lassen. Ich wusste zwar noch nicht, wie ich mich entscheiden würde, aber ich wollte meine Eltern die Möglichkeit wissen lassen.

Wie immer trug Herr Pianka seinen blauen Anzug (er trug ihn jeden Tag, also wirklich *jeden!*). Wie immer hatten sich schon kleine Schuppenberge auf der Schulter gebildet. Wie immer hatte er eine Fahne.

»Der Karlheinz und ich«, sprach er mit nasaler Stimme und leicht entflammbarem Atem, als wir zu dritt vor seinem Pult Platz genommen hatten, »wir haben schon öfter darüber gesprochen.«

Er machte eine Kunstpause und lächelte erst mich, dann meine Eltern an. Seine Zähne waren gelb mit braunen Rändern. Er zog die Nase hoch.

»Worüber denn?«, fragte Mama freundlich.
»Wie gut der Karlheinz sein könnte«, fuhr Herr Pianka fort, »wenn er denn nur wollte. Ich sage immer, Karlheinz, du hast keine Ahnung, was für ein Potenzial in dir schlummert.«
Witzigerweise hatte Allgöwer genau dasselbe zu mir gesagt.
»In der Stufe gehört der Karlheinz sicher zu den talentiertesten Schülern«, sagte Herr Pianka und zog schon wieder die Nase hoch.
Ich beobachtete meine Eltern im Augenwinkel. Meiner Mutter huschte ein stolzer Ausdruck über das Gesicht. Mein Vater nickte nur.
»Zu den talentiertesten Schülern«, wiederholte meine Mama und stupste mich mit dem Ellenbogen in die Seite, »hörst du das, Schatz? Hörst du das?«
»Mama!«, nuschelte ich genervt. »Nenn mich nicht Schatz!«
»Aber auch zu den faulsten!«, ergänzte Herr Pianka. »Und genau das ist das Problem! Der Karlheinz wird links und rechts von irgendwelchen Mitschülern überholt, die ganz sicher nicht seine Möglichkeiten haben, aber deutlich fleißiger sind und regelmäßig ihre Hausaufgaben erledigen – was ich vom Karlheinz leider ganz und gar nicht behaupten kann! Mich macht das wirklich, wie soll ich sagen, traurig.«
Er zog die Nase hoch.
Meine Mutter machte ein empörtes Gesicht: »Kalli!«
»Also wirklich«, sagte mein Papa, »Hausaufgaben sind ja wohl das Mindeste!«
Herr Pianka nickte mitfühlend. Dann drehte er sich direkt zu mir: »Karlheinz, nimm dir doch mal ein Beispiel am Viktor: Der ist nun wirklich nicht genial, aber der ist ein Beißer, der hängt sich rein. Aber du müsstest nicht einmal halb so viel investieren, um bessere Noten zu bekommen als er.«
Das hatte Herr Pianka mir schon tausend Mal gesagt. Er verglich Viktor und mich immer gerne, weil unsere Wege seit der

fünften Klasse parallel verliefen und wir zwei grandiose Gegenpole bildeten: Viktor war der fleißige Streber, und ich war der faule Hund. Viktor war erst Klassen- und jetzt Stufensprecher, ich hatte dagegen nicht einmal Freunde in der Schule, weil ich meine gesamte Freizeit bei der Fortuna verbrachte. Aber auch weil ich meine Schulkameraden nicht ausstehen konnte, vor allem nicht die Jungs mit ihren Buffalo's (bei uns in der Stufe gab es tatsächlich Typen, die diese Plateau-Dinger trugen!), ihren aufgeblasenen Helly-Hansen-Jacken, ihren Nike-Ringen. Die Jungs in meiner Klasse und in meiner Stufe hatten keine Ahnung von Stil, sie sahen beschissen aus und fuhren jedes Wochenende ins *Delta* nach Duisburg, weil ihre älteren Brüder bereits ein Auto hatten.

Ich dagegen trug immer noch Holzfällerhemden, löchrige Jeans und schwarze Doc Marten's – ein Outfit, mit dem ich anno 1997 längst der letzte Außenseiter war – und hing immer noch im *Absacker* oder im *JuZ* ab. Mir egal, ich würde mich nie verkaufen, schwor ich mir. Nie wollte ich so werden wie diese Markenträger.

»Die Frage ist doch«, sagte Herr Pianka und richtete sich dabei komischerweise wieder an meine Eltern, »was der Karlheinz später mal werden will.«

»Wenn ich groß bin oder was?«, fragte ich schnippisch, weil mir das ganze Gespräch tierisch auf die Nerven ging.

»Ganz genau«, sagte Herr Pianka und lächelte nachsichtig, »wenn du groß bist.«

Wenn ich groß bin, wenn ich groß bin. »Ich bin groß«, protestierte ich.

Herr Pianka hob die Arme wie zur Entschuldigung, musste dabei aber schmunzeln.

»Das ist wohl Ansichtssache«, sagte mein Vater und lachte.

Bis auf meine Karriere als Nationalstürmer inklusive der Teilnahme an den Weltmeisterschaften 2006, 2010 und 2014 (eventuell schon 2002, wenn alles perfekt lief) hatte ich keinen Schimmer, was ich mit meinem Leben anfangen sollte, aber es war mir auch egal. Ich war siebzehn Jahre alt, ich wollte die Welt in all ihren schönen und schockierenden Schattierungen sehen. Ich wollte ganz bestimmt kein Studium planen oder mich irgendwo auf eine Ausbildungsstelle bewerben. Eher hätte ich mir die Pulsadern der Länge nach aufgeschnitten. Aber vielleicht hatte sich diese Diskussion ohnehin längst erledigt. Dank Allgöwer. Mir war klar, dass ich hier und jetzt mit Allgöwer rausrücken musste. Also fasste ich mir ein Herz: »Aber gut, dass sie das ansprechen, Herr Pianka. Zufälligerweise bin ich mir seit heute ganz sicher, was ich werden will, wenn ich noch größer bin.«

»Junge!«, ermahnte Papa mich, als ob jetzt keine Zeit für Witze wäre.

»Was denn?«, fragte ich. »Wir sind doch hier, um meine beruflichen Aussichten zu besprechen oder etwa nicht?«

»Ach was«, machte Herr Pianka amüsiert, »jetzt sind wir aber gespannt wie die Flitzebogen ...« Wieder zog er die Nase hoch, aber dann wurde es ihm wohl selbst zu bunt und er zog ein offenbar schon häufig benutztes Stofftaschentuch mit kariertem Muster aus der Hose und schneuzte einmal kräftig.

»Entschuldigung«, krächzte er.

Mama guckte mich einfach nur neugierig an.

»Ich habe einen Typen kennengelernt«, begann ich, »einen Joachim Allgöwer. Der hängt in letzter Zeit immer bei uns auf der Anlage herum, wegen mir.«

Papa machte ein skeptisches Gesicht.

»Wegen dir?«, fragte Mama ungläubig.

»Kein Gag«, fuhr ich fort, »dieser Allgöwer ist Trainer und Scout für die Jugend beim SC Freiburg. Er hat gefragt, ob ich mir zur nächsten Saison einen Wechsel in den Breisgau vorstellen könnte.«

»Moment, Moment«, Papa erwachte aus seiner Lethargie und schüttelte heftig den Kopf, »wie bitte? Die Jugendabteilung des SC Freiburg ist deutschlandweit bekannt! Das ist eine der besten Ausbildungen im deutschen Nachwuchsfußball! Die kümmern sich auch um alles, um Schule, ums Wohnen, um alles ...«
»Hört, hört«, höhnte Mama, »das klingt ja nach der ganz großen Karriere!«
Sie zwinkerte Herrn Pianka zu. Sie konnte nichts ernst nehmen, was mit Fußball zu tun hatte. Herr Pianka lächelte unsicher.
»Mama«, sagte ich, »das ist eine Riesenchance für mich!«
»Moment, Moment«, sagte Papa schon wieder, er war plötzlich ganz aufgeregt, »wieso hast du uns denn bisher nichts davon erzählt?«
»Es war bisher nicht spruchreif«, antwortete ich. »Der Typ hat mich angesprochen, sich ein paarmal auf der Anlage blicken lassen, ein paar Spiele von uns geguckt. Aber erst heute hat er mir ein konkretes Angebot gemacht. Er schickt uns den Vertrag in den nächsten Tagen per Post zu.«
Papa kratzte sich am Bart. »Einen Vertrag? Du hast also schon zugesagt?«
»Natürlich nicht«, sagte ich, »ich habe gesagt, ich muss es zunächst mit euch besprechen. Ohne euer Einverständnis geht sowieso gar nichts, schon rein rechtlich nicht. Aber der Allgöwer würde euch auch gerne mal kennenlernen, hat er gesagt.«
»Das klingt wirklich hoch interessant«, sagte Herr Pianka und zündete sich eine Zigarette an – in unserem Klassenzimmer! Wie unvorstellbar das heute wäre. Aber damals durfte man ja sogar noch im Flugzeug rauchen.
»Also ich weiß nicht«, sagte Mama und schaute schwierig.
»Ich habe mich doch noch gar nicht entschieden«, sagte ich, »aber es ist zumindest eine tolle Option!«
»Die Schule nach der Elften zu wechseln, ist auch kein schlech-

ter Zeitpunkt«, sagte Herr Pianka. »Schließlich zählen die Noten für das Abitur erst ab der Zwölf. Aber es wäre trotzdem ein großer Schritt, Karlheinz.«
Er hob den Zeigefinger.
»Eben!«, sagte meine Mutter und nickte hektisch. »Ich weiß nicht, ob das alles nicht zu viel für dich wäre, Schatz. Und Freiburg ist ja auch nicht mal eben um die Ecke.«
»Nenn mich nicht Schatz, Mama!«
»Ob es zu viel für ihn wäre?«, fragte Papa, als falle er aus allen Wolken. »Der SC Freiburg ist die Chance seines Lebens! Das ist ein Sechser im Lotto!«
»Papa«, sagte ich, »ich habe mich noch nicht entschieden.«
»Aber wenn du dich entschieden hast«, entgegnete er aufgeregt, »dann wirst du dich doch wohl für den SC Freiburg entschieden haben oder nicht?«
So einfach war es eben nicht. Wollte ich überhaupt aus Diepenbusch weg? Würde ich Melanie dann womöglich nie wiedersehen? Oder würde ich sie womöglich auch nie wiedersehen, wenn ich in Diepenbusch bliebe?
Würde ich mich in einem der renommiertesten Ausbildungszentren der Republik wirklich durchsetzen? In Diepenbusch war ich eine große Nummer, vielleicht sogar in der ganzen Region, aber darüber hinaus? Woher wollte Allgöwer wissen, dass ich wirklich so gut war? Woher sollte ich das wissen? Mir wurde klar, dass ich es nur wissen konnte, wenn ich es wagen würde.
»Ist mir schon klar«, fauchte Mama in Richtung Papa, »dass du in deinem Sohn immer nur den Fußballstar siehst. Sei doch mal lieber ein bisschen realistisch!«
»Ich bin realistisch!«, maulte Papa zurück. »Aber vor allem bin ich nicht so wahnsinnig verbohrt wie du!«
Es ist alles eine riesengroße Scheiße, dachte ich, wenn du groß bist.

Frohes Fest

In diesem Jahr kam der Dezember irgendwie schneller. Vielleicht verflog die Zeit auch aufgrund der vielen Gedanken, die ich mir machte. Es waren noch mehr Gedanken als sonst. Ich hatte den Vertrag beim SC Freiburg nicht unterschrieben, noch nicht, ich hatte mir Bedenkzeit bis zum Sommer 1998 erbeten. Ein Schritt, der das Leben verändert, den man aber selbst in der Hand hat, will schließlich gut überlegt sein. Allgöwer hatte Verständnis. Mein Vater weniger.

»Findest du das nicht ein bisschen überheblich?«, hatte er mich irgendwann beim Frühstück gefragt, während die Marmelade aus seinem Brötchen tropfte und sich auf Kinnhöhe in seinem Bart verfing. »Wenn du das mal nicht irgendwann bereust.«

Aber meine Entscheidung, mich noch nicht zu entscheiden, war gefallen. Fortan beobachtete ich alles um mich herum ganz genau, vor allem natürlich die Geschehnisse bei der Fortuna. Was in der Schule abging, war mir relativ egal, die Schule hätte ich ohne Wehmut jederzeit verlassen können. Wichtiger war die Möglichkeit, meine Melanie noch mal irgendwie, irgendwo, irgendwann wiederzusehen. In einem Kaff wie Diepenbusch standen die Chancen gut. Mit diesem Witzbold Christian, das konnte sie nicht ernst meinen, das konnte nicht von Dauer sein. Und wenn er erst mal weg war, würde sie auch endlich wissen, was sie an mir hatte. Ich würde nur da sein müssen, wenn es passierte.

Auch die Strömungen in der Mannschaft verfolgte ich ganz genau. Die Stimmung war in Ordnung, und man konnte Christian nicht absprechen, dass er stets für gute Laune sorgte mit seinen Witzen und Sprüchen. Das war eine neue Qualität, die uns bis dahin gefehlt hatte. Tatsache war aber auch, dass wir bis zum Jahresende die schlechteste Hinrunde unserer Geschichte hinlegten und vorläufig auf dem vorletzten Tabellenplatz landeten. Außerdem war ich Dirk immer noch ein Dorn im Auge. Wann immer es möglich war, stellte er mich als saublöden Sündenbock bloß. Wenn er sich mal wieder über mangelnde Zweikampfhärte und fahrige Ballbehandlung echauffierte, wusste jeder, dass ich gemeint war. Tatsächlich hatte ich auch ein paar Monate nach dem Drüsenfieber noch nicht wieder meine absolute Topform erreicht, trotzdem gehörte ich Woche für Woche zu den Lichtblicken in einer ungefährlichen, überforderten Mannschaft, die von einem Kapitän angeführt wurde, der dafür so geeignet war wie Liam Gallagher als Friedenstaube.

Für meine persönliche Weiterentwicklung reichte das natürlich nicht. Insgeheim war mir längst klar, dass ich für den nächsten Karriereschritt nach Freiburg (oder irgendwo anders hin) wechseln musste. Bloß stellte ich mir inzwischen die Frage: Wollte ich diesen Karriereschnitt überhaupt noch? War es das wert? In Diepenbusch wusste ich, was ich hatte. Und sosehr mich das Fernweh auch quälte – was den Hauptwohnsitz betraf, hatte ich nichts gegen eine Zukunft in meiner Heimat. Das ist eine Entscheidung, die man doch keinem Teenager überlassen kann, dachte ich. Und trotzdem war ich froh, dass sie mir niemand abnahm.

Weitere Argumente für meinen Konflikt lieferte die jährliche Weihnachtsfeier in der *Klause*. Am Samstag, den 20. Dezember 1997, lud Patron Paschke alle Mannschaften, alle Trainerteams, alle Betreuer und alle Familien zur großen Freibier-Party ein. Und alle kamen. Wir hatten an jenem Tag unser letztes Hinrundenspiel beim TSV mit 0:2 in den Sand gesetzt, trotzdem oder gerade deshalb war uns nach Alkohol zumute. Es galt, diese verkorkste Serie wegzusaufen, die Köpfe freizukriegen, so kurz vor dem frohen Fest. Wie immer gab Paschke sich größte Mühe, er war ein fantastischer Gastgeber, der uns umsorgte, als wären wir seine Kinder. Ausnahmsweise trug er sogar eine Nikolausmütze. Wie zu jeder Weihnachtsfeier hatte er seine berüchtigte Karaoke-Maschine aufgebaut, aber noch war das Mikrofon auf der kleinen Bühne neben der Theke verwaist, und die Hits des Jahres – von *Mmmbop* über *Barbie Girl* bis *Men in Black* – liefen im Wechsel mit Weihnachtsklassikern – von *Last Christmas* über *Fairytale of New York* bis *Do They Know It's Christmas?* – noch als Instrumentalversionen vom Band.

Die *Klause* war dem Anlass entsprechend liebevoll von Paschkes Frau Marion dekoriert, mit Kerzen und Girlanden und viel Lametta, wobei sich die rot-weißen Vereinsfarben einmal mehr gut mit den Weihnachtsfarben ergänzten. In jeder Ecke stand ein großzügig geschmückter Tannenbaum, und unter jedem dieser Bäume lagen schön geschnürte Päckchen, in denen aber keine Geschenke drin waren (wir hatten das in den letzten Jahren regelmäßig überprüft, sobald wir betrunken genug waren).

Hinter der Theke sorgten Manu und Ralle für prompte Bedienung. Beide waren ein Blickfang: Manu mit ihrem prachtvollen Dekolleté, das sie heute mit einem schwarzen Trägertop verzweifelt zu bändigen versuchte, Ralle mit einem streng gezogenen, feuchten Scheitel. Bei Großveranstaltungen sprang Ralle als Wirt ein, seit Manni weg war. An normalen Abenden standen Manu oder Paschke persönlich hinter der Theke.

Einige Stargäste gaben sich auf dieser Weihnachtsfeier die Ehre, zum Beispiel die neue Freundin des Polen. Seit zwei Monaten waren die beiden ein Paar, in der Kabine schwärmte er ununterbrochen von ihr: Sie hieß Grazyna, war brünett und langbeinig und hatte einen bildhübschen slawischen Zug im Gesicht. Wir nannten sie konsequenterweise *die Polin*. An diesem Abend stellte der Pole uns die Polin zum ersten Mal vor. Sie schien sehr nett, hatte aber eine Eigenschaft, die mir schon

während des ersten Small Talks ein bisschen auf die Nerven ging: Sie zog so manchen Vokal endlos in die Länge.
»Komm doch mal her, Schaaaaatz«, rief sie ihren Polen.
Oder: »Ich will lieber einen Schnaaaaaaps!«
Oder: »Voll schööööööön hier bei euch.«
Oder: »Du Schweincheeeeeen!«
Anstrengend. Anschließend machte sie meistens einen Schmollmund. Aber wenn ich den Polen sah, wie er neben ihr stand und den Arm um ihre schmale Taille legte – sie hatte eine Figur wie eine Coca-Cola-Flasche – und wie er strahlte, konnte ich gar nicht anders, als mich von Herzen für ihn zu freuen. Er hatte keine leichte Zeit hinter sich, aber jetzt war alles wieder gut. Sila und Matze waren weit weg für ihn, auch wenn sie an diesem Abend ganz nah waren. Denn auch unser ehemaliger Topstürmer gab sich die Ehre – unter großem Hallo, denn die alten Animositäten, die Konflikte, die es damals kurz vor seinem Abschied gegeben hatte, waren inzwischen vergessen. Wir waren schließlich Männer. Und wenn sogar der Pole kein Problem mit Matze hatte, dann hatten wir erst recht keins. Matze hielt Sila an der Hand, sie wich den ganzen Abend nicht von seiner Seite. Sie wirkten sehr verliebt.
»Geht's euch gut?«, fragte ich, und beide strahlten mich an wie aus einem Gesicht. Matzes blonde Strubbelhaare schienen heller zu leuchten als sonst, Silas schwarze Prachtmähne glänzte stärker denn je. Sie leuchteten wie ein Pärchen im Film.
»Mein Dad hat ja mal wieder ordentlich aufgefahren«, sagte Matze und segnete das kalte Büfett mit einer Handbewegung.
»Ihr seht richtig gut aus«, sagte ich.
»Danke«, sagte Sila und lächelte warm.
Ich legte Matze die Hand auf die Schulter: »Wie läuft's auf Schalke, Alter? Man hört ja gar nichts.«
»Gut, richtig gut, richtig psycho«, beeilte er sich zu sagen, »ich kann nur sagen, ich habe alles richtig gemacht. Klar, ist eine

andere Welt da drüben, aber als Fußballer habe ich mich in der Zwischenzeit wirklich weiterentwickelt.«

Er fingerte eine Schachtel Zigaretten aus seiner Jeanstasche. Das war neu.

»Du rauchst?«, fragte ich.

Er winkte ab und bot Sila und mir auch eine an. Ich bedankte mich mit Feuer für uns alle.

»Geil, dass ihr da seid«, sagte ich.

»Mein Vater hätte mich umgebracht«, sagte Matze, »wenn ich nicht gekommen wäre.«

Ich lachte, aber er schien es ernst zu meinen.

»Ach Quatsch«, sagte ich, weil ich nicht wusste, was ich sagen wollte. Ich betrachtete Matzes Arme. Er trug ein Hemd mit langen Ärmeln. Ich fragte mich, ob die Narben auf seinem Unterarm gut verheilt waren.

»Dein Dad ist ja auch hier«, sagte Matze und zeigte an die Theke, wo Papa saß und sich angeregt mit Manu unterhielt. Sie stellte ihm ein Pils und ein Pinnchen hin.

»Das lässt er sich nicht entgehen«, sagte ich.

»Lecker Ahlenfelder«, sagte Matze, und wir lachten.

Papa und ich hatten keine leichte Zeit miteinander. Er befürchtete immer noch, dass ich mir die Chance meines Lebens entgehen ließ, indem ich mit meiner Unterschrift beim SC Freiburg zögerte. Trotzdem waren wir nicht zerstritten oder so was, und an Abenden wie diesen freute ich mich einfach, dass er da war. Auch wenn wir kaum ein Wort miteinander wechselten. Darauf kommt es bei Eltern doch irgendwie an: Man muss nicht viel mit ihnen quatschen, man kann sich auch gerne mal mit ihnen streiten, aber es ist von elementarer Bedeutung, dass sie immer da sind, zumindest theoretisch. Dass die Eltern da sind, ist die wichtigste Gewissheit der Welt. Mama war natürlich nicht hier in der *Klause,* sondern zu Hause, aber für sie galt dasselbe: Es war mir wichtig zu wissen, dass sie ganz in der Nähe war, in meiner Reichweite.

Plötzlich stand Paschke neben uns: »Mein lieber Sohnemann«, sagte er und wuschelte dem widerspenstigen Matze durch die Haare, »wollze nich ma einen für uns singen? Bissken Stimmung inne Bude bringen, wonnich!«
Matze seufzte und drehte sich aus der Umklammerung seines Vaters: »Dad, du weißt, dass ich nicht singen will.«
»Samma«, sagte Paschke, und es klang ehrlich empört, »gibs doch gar nich! Hamse dir auf Schalke den Sinn für Spass amputiert oder was?«
Matze sah ihn an wie einen Wahnsinnigen: »Ich habe noch nie gesungen!«
»Quatsch«, sagte Paschke und und paffte energisch an der Zigarre, »als kleiner Scheißer hasse mit deine Omma immer Weihnachtslieder gesungen …«
»Da war ich noch ein kleines Kind«, rief Matze und fasste sich an den Kopf, »aber hier in der *Klause* habe ich noch nie gesungen!«
Sila griff nach Matzes Hand, als wollte sie ihn beruhigen.
Paschke schüttelte den Kopf, als würde er über seinen Sohn verzeifeln. Keine Frage, er hatte ihm den Wechsel nach Schalke noch immer nicht verziehen.
»Da brauchst du gar nicht so komisch zu gucken«, sagte Matze.
Paschke nickte Sila zu: »Wat willse eigentlich mit so 'nem Pommespieker? Is dat nich langweilig auf Dauer?«
Sila kicherte verschämt, in Paschkes Gegenwart wirkte sie ungewohnt unsicher.
»Männer!«, grölte es uns plötzlich in den Nacken. »Hömma, ihr steht hier wie ein paar Schluck Wasser in der Kurve! Wollt ihr nicht lieber mal einen saufen?«
Wir drehten uns um, Dieter Schöner hatte seine Arme zur Decke gereckt, als würde er jubeln. Seinen sehnigen Oberkörper hatte er in ein enganliegendes weißes Hemd gepresst, unter

dessen Achseln sich kleine, kreisrunde Schweißflecken abzeichneten. Das Hemd steckte in einer sehr engen Jeans, zusammengehalten von einem dicken Ledergürtel mit Stierkopfschnalle. Dieters Gesicht war hochrot, seine Haut glänzte und schien zu vibrieren. Er stampfte mit seinen abgewetzten Krokodillederstiefeln auf den Boden. »Wer trinkt einen mit mir?«, fragte er ungeduldig. »Ich trinke heute auf meinen Sohn, hömma! Den besten Kapitän, den die Fortuna jemals haben wird, hömma!« Er meinte das wirklich so.

»Willse nich ma lieber einen für uns singen?«, fragte Paschke.

»Leck mich!«, lallte Dieter.

Seine Frau Angelika stand derweil an der Theke und ließ sich von Ralle einen Ahlenfelder kredenzen.

»Warum trinken sie nicht mit ihrer Frau?«, fragte Sila freundlich, und tatsächlich war Dieter diese Idee noch nicht gekommen.

»Da sagst du was«, er hob den Zeigefinger wie nach einem genialen Einfall, »da sagst du was, du Zuckerpuppe, hömma!« Er machte auf dem Absatz seiner Stiefel kehrt und steuerte die Theke an, wo ihn seine überraschte Frau mit einem heiteren Zungenkuss begrüßte. Auch ich nutzte den Moment, um mich vom anstrengenden Small Talk mit den Paschkes loszueisen, und stürzte mich ins Getümmel. Leider landete ich vom Regen in der Traufe.

Seit Christian mein Mitspieler war, hatte ich erfolgreich vertuscht, ihn schon mal gesehen und als Melanies neuen Macker identifiziert zu haben. Ich hatte es vor den anderen Jungs geheim gehalten, weil ich dieses Aufsehen, das auch auf mich zurückgefallen wäre, nicht erregen wollte. Das funktionierte ganz gut, weil Melanie sich zum Training oder zu den Heimspielen nicht auf der Anlage blicken ließ. Womit ich allerdings leben musste, waren die Kabinengespräche, in denen die Jungs ihren neuen Lieblingskumpel zu seinem Liebesleben ausfragten. Die Augen meiner Mannschaftskameraden leuchteten vor Neugier.

»Sag schon, Chris, wann kriegen wir deine Perle denn mal zu Gesicht?«

»Hast du deine Trulla schon geknattert?«

»Wie ist deine Alte denn im Bett?«

Die üblichen Fragen halt. Mir fiel auf, dass sie nie nach ihrem Namen fragten. Mir konnte es nur recht sein. Nicht so gut gefielen mir dagegen die Antworten von Christian, der auch im Themenbereich Liebe, Sex und Zärtlichkeit eine entwaffnende Offenheit an den Tag legte.

»Meine Perle«, erzählte er einmal, »macht Sachen, da habt ihr keine Ahnung von. Die hat Tricks drauf, da komm ich manchmal gar nicht mehr klar. Mein Schwanz und meine Eier schreiben mir anschließend Dankesbriefe.«

Das Schlimme war: Ich wusste genau, was er meinte. In diesen Momenten wäre ich fast geplatzt. Genau wie jetzt, als sie an der Theke plötzlich neben mir standen, während die ersten Töne der Instrumentalversion von Natalie Imbruglias *Torn* erklangen. Ich hatte mir gerade einen Ahlenfelder bei Manu bestellt, die mir noch schnell bestätigte: »Dein Vater ist wirklich so was von nett!«, als Christian mich an sich drückte und mir zur Begrüßung einen Kuss auf den Kopf gab. Er war ein überschwenglicher Typ und mochte uns alle, auch mich, aber warum auch nicht.

»Kalli, du alte Pottsau, alles easy und geschmeidig?«

»Alles bestens«, ächzte ich.

Neben ihm stand Melanie mit großen Augen. Sie hatte sich hierher getraut, obwohl sie wusste, was sie hier erwarten würde. Sie wusste, dass ich hier sein würde. Aber sie machte ein Gesicht, als hätte sie die Sache unterschätzt. Ich erkannte an ihrem hilflosen Blick, dass sie Christian nichts von mir erzählt hatte.

»Darf ich dir meine Perle vorstellen?«, sagte Christian und präsentierte Melanie mit ausgestreckten Armen, wie ein Moderator. »Melanie, das ist Kalli, Kalli, Melanie …«
Wir reichten uns die Hand wie zwei Fremde und lächelten unsicher.
»Kinder«, sagte Christian, »ich muss mal eben pissen, bestellt ihr uns noch mal ein paar Ahlenfelder?«
Er verabschiedete sich Richtung Toilette. Manu stellte mein Pils und meinen Aquavit auf den Deckel.
»Machst du uns noch zwei?«, fragte ich.
»Na sicher, Süßer«, sagte sie und zwinkerte mir zu.
Ich musterte Melanie. Sie sah ganz anders aus, irgendwie erwachsener. Sie trug schwarze Leggins und einen kurzen Kapuzensweater mit Polka Dots, der so kurz war, dass er ihren Bauch freilegte, auf dem ich ein Nabelpiercing entdeckte, das zu meiner Zeit noch nicht da gewesen war.
»Christian weiß nichts von uns, kann das sein?«, fragte ich gleich, weil es keine Zeit zu verlieren galt, solange er auf dem Klo war.
Sie nickte, als wäre es ihr unangenehm. »Als ich hörte, dass er zu euch wechselt, ist mir das Herz in die Kniekehle gerutscht, das kannst du mir glauben.«
»Warum hast du ihm nichts erzählt?«
»Ich will nichts riskieren«, sagte sie und seufzte, »kannst du das verstehen? Weißt du, Kalli, unsere Trennung hat mich wirklich fertiggemacht, auch wenn sie unausweichlich war …«
Mir fiel ein, dass ich sie immer noch fragen wollte, warum sie sich damals überhaupt von mir getrennt hatte, beschloss aber, dass das jetzt nicht der richtige Zeitpunkt war.
»… und dann habe ich Christian getroffen, und alles war neu, und alles lief so gut … weißt du, ich glaube, wenn ich es ihm erzählen würde, wäre es viel zu anstrengend für ihn und mich und auch für dich. Siehst du das genauso?«

Ich zuckte mit den Schultern. Ich sah es genauso, aber ich wollte gleichgültig rüberkommen. Melanie wirkte sehr emotional, als hätte sie unser Wiedersehen wider Erwarten doch ein bisschen überwältigt, also musste ich jetzt cool tun.
»Von mir aus«, murmelte ich.
»Danke«, sagte sie erleichtert und fiel mir für eine Sekunde flüchtig um den Hals.
Manu brachte die Getränke. Als Melanie sich zur Theke drehte, entdeckte ich das Tattoo auf ihrem Steiß, eines dieser Tribal-Motive, die sich gerade alle Mädchen stechen ließen. Ich schluckte. Es sah unglaublich gut aus.
»Endlich was zu saufen!«, tönte Christian, als wollte er seine Rückkehr untermauern, als wollte er mir unter die Nase halten: Mein Lieber, du hast genug Zeit mit meiner Perle verbracht, jetzt bin ich wieder am Zug – jetzt und für alle Zeit!
Ich schluckte den Gedanken runter und rief: »Na, dann mal Prost!«
»Prostata!«, rief Christian. Melanie sagte gar nichts, sie versuchte nur ein Lächeln. Klirrend stießen wir an und kippten die Kurzen in einem Zug. Beinahe synchron zogen wir die üblichen Grimassen. Mit großen Schlucken trank ich anschließend mein Pils, um den Schnapsgeschmack zu neutralisieren. Als nur noch ein kleiner Schluck im Glas schwenkte, stand plötzlich Volkan neben mir. In seiner Hand hielt er ein halbvolles Bier, das seltsam schäumte – es sah gleichzeitig frisch und abgestanden aus.
»Kann ich dein Glas haben, Kalli?«
»Da ist noch ein Schluck drin«, sagte ich.
»Genau«, sagte er und grinste wie ein böser Mensch.
»Was ist denn mit dir los, Türke?«
Hektisch winkte er mein Ohr an seinen Mund, so dass er flüstern konnte, sofern Flüstern bei dem Lärm hier überhaupt möglich war. »Ich habe mich mit Matze ausgesprochen«, zischte er.

»Ist doch geil«, sagte ich. »Wurde auch Zeit.«
»Ja ja, schon«, sagte er, »aber so einfach kommt er mir nicht davon. Er steht irgendwo da vorne mit Sila. Ich habe ihm gesagt, ich hole uns mal ein Bier. Und genau das mache ich jetzt auch ...«
Er nahm mir das Bier aus der Hand und schüttete den letzten Schluck in sein halbvolles Glas.
»... für mich hole ich ein Bier, und für Matze hole ich ein Indianerbier!«
Er lachte dreckig. Mir wurde schlecht.
»Das kannst du nicht bringen!«, redete ich ihm ins Gewissen. Für ein Indianderbier schüttete man in Diepenbusch die Reste aus den umherstehenden Gläsern und Flaschen zu einem neuen Bier zusammen.
»Es schmeckt ihm bestimmt«, sagte Volkan und lächelte schief. Dann gab er mir das leere Glas zurück und setzte seine Jagd fort. Ich musste aufstoßen.
Als ich zurück zur Theke wollte, um schnell ein neues Pils zu organisieren, erfüllte eine fiese Rückkopplung den Raum, es folgte ein dumpfes Klopfen, einmal, zweimal, und schließlich Paschkes Stimme: »Könnt ihr mich hören?«
Ich blickte zur Bühne hinüber. Paschke hatte sich das Mikrofon gegriffen. Neben ihm stand Martin, das heißt, genau genommen stand er nicht, er wankte vielmehr. Sein Blick war verhangen, aber zu allem bereit.
»Ich hab hier getz jeden von euch Flachpfeifen gefragt«, rief Paschke seinen Gästen zu, »ob ihr nich mal wacker einen singen wollt. Aber es muss ma wieder unsan Martin sein, der vorangeht, der sich für nix zu schade is, wonnich! Ich sach euch getz kuaz und knackich, wat Ambach is, Männer: Dat hier is unsan Martin mit *Angels* vom Robbie. Also kommt ruhig zu uns hier anne Bühne hin, und macht ma ordentlich Kasala für unsan Martin hier!«

Mit der Fernbedienung startete Paschke den Song, dann überreichte er Martin das Mikrofon, der es mit beiden Händen umklammerte. Martin hatte Mühe, sein Gleichgewicht zu halten, und schaukelte zur Musik hin und her wie Stevie Wonder. Aber zur allgemeinen Überraschung traf er die Töne: *I sit and wait, does an angel contemplate my fate …*

Sofort grölten alle mit, aus hundert trunkenen Kehlen schallte der Text zu dem Song, der in diesem Winter weltweit zum Klassiker wurde: *And do they know the places where we go when we're grey and old …*

Es war ein magischer Moment, ein Gänsepellen-Moment. Alle drängten nach vorne, ich blieb für einen Moment ganz alleine stehen und ließ den Blick schweifen, wie ich es sonst kurz vor dem Anpfiff tat. Ich sah meinen Vater, der am Ende der Theke stand. Manu hatte ihre Hand auf seine gelegt und sang lautstark mit, während Papa nur etwas verklemmt mitschunkelte. Ich war froh, dass er da war.

Ich sah, wie Matze und Sila zu der romantischen Musik knutschten, ehe Volkan sie unterbrach und Matze ein randvolles Bierglas überreichte. Matze gönnte sich einen großen Schluck. Anschließend klopfte er Volkan dankend auf die Schulter. Ich musste schon wieder aufstoßen.

Ich sah, wie Ralle von hinten die Arme um die Hüfte von Angelika Schöner gelegt und sie an sich gepresst hatte. Beide schunkelten im Takt. Als ich mich fragte, wo Dieter abgeblieben war, stand er plötzlich hinter Ralle und griff ihm in den Nacken. Ralle zuckte zusammen und drehte sich um. Dieter drückte ihm einen dicken Kuss auf den Mund, dann redete er mit erhobenem Zeigefinger auf ihn ein, als würde er mit ihm schimpfen, allerdings lachte er dabei. Ralle lachte zurück. Schließlich packte Dieter seine Angelika am Hosenbund und zog sie ganz nah an sich heran. Eng umschlungen lauschten sie Martins Gesang: *'cause I've been told that salvation lets their wings unfold …*

Erleichtert schlurfte Ralle hinter die Theke zurück. Auf der Bühne strahlte Martin aus seinen verquollenen Augen. Paschke stand paffend daneben und glotzte selig ins Publikum.
Ich beobachtete das Treiben, ich inhalierte den besonderen Geruch aus Schweiß und Bier und Rauch und Heimat. Tausend Tage und tausend Nächte hatte ich hier bereits verbracht, aber an diesem Abend konnte ich mir nicht vorstellen, jemals woanders zu sein. Ich brauchte die *Klause,* ich brauchte die Fortuna. Was willst du woanders, dachte ich, woanders ist doch auch scheiße.
Und jetzt alle, so laut sie können: *And through it all she offers me protection ...*
Auf einmal standen Mokka und Bum-Bum links und rechts neben mir, sie überreichten mir ein frisches Bier, und kurz darauf lagen wir uns in den Armen und sangen aus vollen Kehlen mit.

Niemals geht man so ganz

Der Sommer 1998 war eine Katastrophe. Genauer gesagt waren es zwei Katastrophen. Da war die Katastrophe von Eschede, die mich bis heute verfolgt. Ich war inzwischen fast achtzehn Jahre alt war, aber Schreckensnachrichten jeglicher Couleur suchten mich immer noch im Schlaf heim. Vielleicht lag es an meinen langen Wimpern, aber wenn irgendwo ein Verrückter Amok lief, wenn eine Bombe explodierte oder eine Brücke einstürzte, wenn Menschen aus unbegreiflichen Gründen ihr Leben lassen mussten, ob in Ramstein, Srebrenica oder Eschede, nahm mich das stets mit, als wäre ich persönlich betroffen. Ich dachte dann an die Opfer, wie sie sich gefühlt haben mussten, an die Retter und womit sie konfrontiert wurden, und an die Hinterbliebenen und ihren Verlust. Davon bekam ich Alpträume.

»Wenn du dir das alles so zu Herzen nimmst«, hatte meine Mutter einmal gesagt, als ich noch kleiner war, »dann wirst du irgendwann verrückt. Die Welt ist schlecht und ungerecht, und du musst lernen, das zu akzeptieren.«

Sie meinte es nur gut, aber ihre Worte halfen mir nicht.

Die Katastrophe von Eschede hämmerte sich ganz besonders heftig in mein Gehirn ein. Eschede, das war ein ICE-Unfall, der sich am 3. Juni 1998 auf der Strecke Hannover–Hamburg in der niedersächsischen Gemeinde ereignete. Es waren keine Verwandte oder Bekannte von mir an Bord des Zuges, trotzdem werde ich die kalten Fakten nie vergessen, die bei Wikipedia heute ganz nüchtern so beschrieben werden: »Bei der Entgleisung des ICE 884 *Wilhelm Conrad Röntgen* kamen 101 Menschen ums Leben, 88 wurden schwer verletzt. Es war das schwerste Zugunglück in der Geschichte der Bundesrepublik Deutschland sowie aller Hochgeschwindigkeitszüge weltweit.«

So weit, so grauenvoll. Viel schlimmer als die Bilanz waren aber die Bilder der totalen Zerstörung und die Rekonstruktion der Ereignisse. Ein paar Monate später sah ich im Fernsehen eine ausführliche Dokumentation, die ich bis heute nicht vergessen kann. In dem Film war die Rede von Hochrasanztraumata, totaler Zerstörung vieler Körper und von Opfern, die durch zusammengeschobene Sitze zerquetscht wurden. Es kamen Rettungskräfte zu Wort, die über ihre Eindrücke während des Einsatzes den Verstand verloren hatten. Ihr Leben war zerstört aufgrund des Horrors, den sie sehen mussten. Ein großes Problem war der Zustand der Leichen, von denen laut Aussage des zuständigen Rechtsmediziners »nur in fünfzehn Prozent der Fälle vorzeigbare Fotos« gemacht werden konnten. Insgesamt 96 der 101 Toten konnten identifiziert werden, aber mit nur einer Ausnahme wurden Angehörige nicht zur Identifizierung herangezogen. Sie hätten den Anblick nicht ertragen. Die Sanitäter, Polizei und Feuerwehr, sie hatten dagegen keine Wahl. Diese Informationen waren damals zu viel für mich und mein Kopfkino. Im Anschluss an die Doku musste ich mich übergeben.

Die Erinnerung an Eschede erschüttert mich bis heute. In der Doku trauerte eine Frau aus Köln um ihren Mann und ihre beiden Kinder, die in den Trümmern des ICE ums Leben kamen. Sie spielte dem Reporterteam das Lied vor, das sie immer hört, wenn sie an ihre Familie zurückdenkt. Das Lied trug den Titel *Niemals geht man so ganz* und wurde gesungen von Trude Herr, Wolfgang Niedecken (BAP) und Tommy Engel (Bläck Fööss): *Wenn man Abschied nimmt, geht nach unbestimmt, mit dem Wind, wie Blätter weh'n …*

Ich kann das Lied immer noch nicht ohne Kloß im Hals hören, dabei kenne ich die Kölnerin nicht persönlich, ich kenne sie nur aus dem Fernsehen, aus dieser Doku, und ihren Mann und ihre Kinder kannte ich auch nicht. Und noch heute überkommt mich jedes Mal ein mulmiges Gefühl, wenn ich in Köln bin, aus dem Hauptbahnhof komme und am Dom vorbei über den Roncalliplatz schlendere. Ich verstehe mich selbst nicht in solchen Momenten, aber sie entziehen sich meiner Gewalt.

Kein Unglück hat mich je wieder so nachhaltig verstört wie Eschede, auch nicht der Absturz der Concorde bei Paris im Jahr 2000, nicht einmal der südostasiatische Tsunami von 2004. Nur die Attentate des 11. September machten einen ähnlichen Eindruck auf mich, auch wenn sie in der medialen Aufbereitung eher wie ein besonders ambitioniertes Actionfilmprojekt von Roland Emmerich daherkamen, was aber auch am inflationär verwendeten Kitschsoundtrack von Enya *(Only Time)* oder der 9/11-Version des Enrique-Iglesias-Schmachtbrockens *Hero* (untermalt von verzweifelten O-Tönen der Augenzeugen und des Rettungspersonals an Ground Zero) gelegen haben könnte.

Die andere Katastrophe des Sommers 1998 erlebte ich hautnah mit, und sie wirkte nicht weniger nach: die Katastrophe von Diepenbusch. Sie ereignete sich in zwei Akten.

Der erste Akt war unser Abstieg. Die Rückrunde 1997/98 verlief so erbarmungswürdig wie die Hinrunde, wir landeten auf dem letzten Tabellenplatz. Es war ein sportlicher Totalschaden, aber die Stimmung in der Mannschaft war nicht so schlecht, wie es die Ergebnisse vermuten ließen. Viele von uns hatten gar keine Zeit, sich über den Abstieg zu ärgern, weil sie existenzielle Entscheidungen fällen mussten, zum Beispiel: Bund oder Zivi? Abi oder Abbruch? Vans oder Buffalos? Und jedes Wochenende: Wodka oder Tequila?

Auch ich hatte lange mit meiner unmittelbaren Zukunft gehadert, hatte unzählige Gespräche mit meinen Eltern und Herrn Pianka geführt. Freiburg oder nicht Freiburg, das war meine Frage. Im Mannschaftskreis war die Sache klar: Die Jungs waren der Meinung, dass ich mir diese Chance nicht entgehen lassen dürfte. Besonders meine besten Freunde machten mir Druck.

»An deiner Stelle säße ich längst im Zug nach Freiburg«, sagte Mokka, »alles andere wäre pervers dumm!«

»Das ist ein Angebot«, sagte Bum-Bum, »das du, dings, nicht ausschlagen kannst.«

Ich war mir da nicht so sicher. Einerseits wollte ich ausbrechen, ich wollte jeden Tag etwas Neues erleben und die Welt sehen, und Freiburg wäre bestimmt ein guter Ausgangsort für meine Sehnsüchte. Außerdem hatte ich natürlich die WM 2006 im Kopf.

Andererseits hatte ich ein Gefühl, dass ausgerechnet Paschke auf den Punkt brachte. Er hatte von dem Theater natürlich Wind bekommen und nahm mich irgendwann im Frühling zur Seite. Wir standen in der *Klause* an der Theke und nippten am Pils, dazu gab es eine leckere Currywurst, die Paschke von der Bude mitgebracht hatte. Er machte ein ernstes, entschlossenes Gesicht, so als wüsste er, was zu tun ist. Sein typischer Gesichtsausdruck. Der Gesichtsausdruck der konsequenten Konsequenzen. Paschke strahlte stets die Zuversicht aus, dass alles zu regeln ist.

»Meine Fresse, Kalli«, sagte er mit vollem Mund, und es fühlte sich immer noch verdammt gut an, wenn er mich beim Namen nannte, »mir is gewahr geworden, wat bei dir los is. Hömma zu, ich weiß, datte getz momentan mit viele verschiedene Interessen konfrottiert wirs, keine Frage, aber lasset dir von mir wenigstens gesacht sein: Folge deinen Herzen! Is eh klar. Aber vor allen denk an deine Lieben. Wer is dir wichtig, und wen musse berücksichtigen in deine Entscheidung. Denn am Ende vom Tag is nur wichtig, wer deine Leute sind. Nich die Karriere oder die Kohle. Lasset dir von jemand gesacht sein, der weiß, wie der Hase läuft. Und denk immer auch an dein Vatta, so wie der dich die ganzen Jahre gepämpert hat. Den Gefallen bisse ihn mindestens schuldig.«

»Ich weiß, ich weiß«, sagte ich müde.

Paschke schlug mir mit der flachen Hand heftig auf die Schulter: »Aber Kopf hoch getz! Letzten Endes sind dat doch alles Luxusproblemchen, die du dir da machs! Komm, bestell dir ersma nochma schön einen Ahlenfelder auf mein Deckel!«

Schließlich fasste ich mir ein Herz und einigte mich mit den Freiburgern auf einen Vertrag ab dem 1. Juli 1999. Eine Lösung, mit der Freiburg gut leben konnte. Auch meine Eltern und Paschke und Herr Pianka waren zufrieden. Aber vor allem ich war glücklich über die neuen Zukunftsaussichten: Noch ein Jahr würde ich Zeit haben – um meine Karriere bei der Fortuna nicht als Absteiger zu beenden; um mein Abitur in Diepenbusch zu Ende zu bauen; um Melanie zu beweisen, wie sehr ich sie liebte. Und anschließend würde ich in einer der renommierten Jugendabteilungen des deutschen Spitzenfußballs meine Reifeprüfung ablegen und den entscheidenden Schritt auf dem Weg zur WM 2006 absolvieren. Sogar um einen Zivildienstplatz für mich wollten sich die Freiburger kümmern.

Keine leichte Entscheidung, aber es waren schwierige Monate für uns alle. So viele Nebenkriegsschauplätze. Es ging um unsere Zukunft, mindestens um den nächsten Lebensabschnitt. Kein Wunder, dass wir samstags oft nicht in der Lage waren, als Mannschaft unsere Leistung so auf den Platz zu bringen wie in den vorherigen Jahren. Außerdem waren uns die gegnerischen Mannschaften taktisch und körperlich weit überlegen, was daran lag, dass einige ältere Jahrgänge in die Liga gerutscht waren. Mit mehrjähriger Verspätung fühlten wir uns plötzlich wie ein Aufsteiger, die anderen Vereine waren eine Klasse besser. In jeder Hinsicht.

Als der Klassenerhalt bereits drei Spieltage vor Schluss nach einem 0:1 im Heimspiel gegen den TV nicht mehr möglich war, hielt sich unsere Trauer entsprechend in engen Grenzen. Das lag an der Absehbarkeit unseres Abstiegs, aber vor allem am zweiten Akt der Katastrophe von Diepenbusch, deren Nachricht uns unmittelbar nach Spielende ereilte.

Wir hockten mit hängenden Köpfen auf unseren Kabinenbänken und schimpften. Wir fühlten uns wie die Versager, die wir waren.

»Männer«, sagte Radek, der im Herzen immer noch unser Kapitän war, »wir hätten es auch nicht verdient gehabt.«

Da hatte er leider recht.

»Nächstes Jahr kommen wir wieder«, prophezeite der Pole, der ewige Optimist.

»Beschissen ist das trotzdem«, sagte Martin, der in diesem Jahr wegen seiner Drogenprobleme noch weiter von seiner Normalform entfernt geblieben war als wir alle. Die Stelle unter seiner Nase hatte sich inzwischen eitrig entzündet.

»Aus die Maus, Schluss im Bus, Ende im Gelände«, stöhnte Volkan mit einer gehörigen Portion Sarkasmus und pfefferte seine Handschuhe gegen den nächstbesten Spind. Dabei verfehlte er Gorans Kopf nur knapp.

»Goran haut dich gleich um«, drohte der.

»Aus die Maus, Schluss im Bus, Ende im Gelände«, das hatte Manni gerne gesagt.

Als wir Volkan böse anguckten, hob er beschwichtigend die Hände: »Schon gut, schon gut. Wollte nur mal reden, wie Manni nach so einem Spiel geredet hätte.«

»Warum sollte man das wollen?«, fragte Mokka scharf.

»Ich wollte sehen, wie sich das anfühlt.«

»Und wie fühlt es sich an?«

»Beschissen.«

Volkan wusste, dass wir mit unseren bösen Blicken seine Wortwahl meinten und nicht die fliegenden Handschuhe. Wir kannten uns alle wirklich lange. Viel zu lange womöglich? Zu lange zumindest, um noch zusammen erfolgreich zu sein?

Trainer Dirk ließ sich nach diesem Spiel nicht in der Kabine blicken, wie so oft nach bitteren Niederlagen. Inzwischen hatten auch seine größten Fürsprecher erste Zweifel an seiner Integrität.

»Dass er sich nach so einem Spiel nicht stellt«, merkte Mokka wie ein Reporter an, »hätte ich wirklich nicht gedacht.«

»Da ist ein klärendes Gespräch fällig mit dem Arschloch«, sagte Kapitän Frank.

»Wie gesagt«, sagte Micha, der in diesem Jahr so viele Spiele absolviert hatte wie nie zuvor, »Dirk hat sein Bestes gegeben …«

»Die Kraft kann er sich jetzt fürs Klo sparen«, sagte Artur und alle lachten.

»… aber wie gesagt«, merkte Micha an, »es hat noch keiner geschafft, mit uns abzusteigen.«

Dirk tauchte einfach nicht auf, dafür stand Matze plötzlich in der Kabinentür. Er hatte rote, verheulte Augen und zitterte am ganzen Körper. Sein Gesicht war blasser als sonst, richtig bleich, ein bisschen wie seine Haarfarbe. Er sah aus wie ein Gespenst.

»Alter«, Sinisa sprang vor Schreck auf und bot Matze seinen Platz an, »was ist denn mit dir passiert?«

Matze winkte ab, sah dabei aber so aus, als würde er gleich zusammenbrechen. Wie ein nasser Sack ließ er sich auf Sinisas Platz fallen.

»Was ist los, du Psycho?«, fragte Mokka. Er meinte es nett.

»Ich wusste nicht, ich …«, stammelte Matze, »ich wusste nicht wohin. Also dachte ich … ich dachte, ich komme am besten zu euch und …« Wieder brach er in Tränen aus, obwohl Tränen in unserer Kabine eigentlich tabu waren. Ausgerechnet Volkan hockte sich neben ihn und legte den Arm um Matzes Schulter.

»Ganz ruhig, Alter«, sagte unser Türke, »locker bleiben.«

»Es ist alles so psycho«, wimmerte Matze.

»Was«, fragte Volkan, »was ist psycho?«
Aus Solidarität – oder um Matze zu verarschen – betonte Volkan es auch *zücho*.
»Mein Dad«, schluchzte Matze, »ist tot.«
Es war einer dieser Momente, in denen alles taub wird. Wenn alles still wird, keiner etwas sagt, man sich nicht mehr bewegen kann und es sich so anfühlt, als könnte man nichts mehr hören, nichts mehr fühlen, nichts mehr schmecken. Wenn die Welt gefriert.
»Jetzt mal ohne Scheiß, Alter«, sagte Volkan, weil er die Stille als Erster nicht mehr aushielt. »Was?«
»Er hatte schon wieder einen … Herzinfarkt«, stammelte Matze, bevor er losheulte, »beim Schwimmen im Volksbad … aber diesmal war … war er sofort tot.«
Es war noch nie so still in der Kabine gewesen. Es fühlte sich an wie ein Film. Es überstieg unsere Vorstellungskraft, dass jemand sterben konnte, den wir kannten. Dass jemand gestorben war, der für uns wie ein Verwandter war. Paschke war für die ganze Mannschaft der erste Tote unseres Lebens.
An diesem Abend kam ich nach Hause und durchstöberte die Plattensammlung meines Vaters. Er besaß an die dreihundert LPs und ein paar Singles, aber ich wusste, dass er das Lied irgendwo hatte. Als ich die Scheibe endlich gefunden hatte, legte ich sie auf und hörte das Lied den ganzen Abend: *Ich will weiter geh'n, keine Tränen seh'n, so ein Abschied ist lang noch kein Tod.*
Dabei dachte ich an Paschke, aber auch an Melanie. Ab und zu kamen mir die Tränen. Mir wurde bewusst, dass Paschkes letzte Worte an mich den Befehl beinhaltet hatten, mir einen Ahlenfelder zu bestellen. Das fand ich schön. Und dann schwor ich mir, dass ich Melanie unter gar keinen Umständen aufgeben würde. Ich hatte noch genau ein Jahr Zeit.

Schönen Gruß, auf Wiedersehn

SAISON 1998/99 (A-JUGEND)

Alles auf Akku

Wer war Werner Paschke wirklich? Eine Frage, die wir uns nie gestellt hatten. Nach seinem Tod wurde sie uns trotzdem beantwortet. Wie die Leichenfledderer stürzten sich die lokalen Medien auf den Patron, als hätten sie auf diese Gelegenheit nur gewartet. Wir konnten nicht glauben, was wir lasen: Von zwei sogenannten Amüsierbetrieben in Dortmund war die Rede, in denen Ukrainerinnen und Lettinnen illegal als Prostituierte beschäftigt wurden. Laut Presse war Paschke der Betreiber dieser Läden. Ebenfalls in Dortmund deckten die Reporter einen Zusammenhang zwischen Paschke und dem *Hohen Ross* auf, der Kneipe unseres alten Trainers Harald Engler. Angeblich war das *Hohe Ross* ein Anlauf-, Dreh- und Angelpunkt der regionalen Sportwettenszene, in dem es schon lange nicht mehr mit rechten Dingen zuging. Im Zuge der Enthüllungen wurde das *Hohe Ross* geschlossen und Harald kurzzeitig in Untersuchungshaft genommen. Nach einigen Gerichtsterminen wurde er aber freigelassen und durfte seine Kneipe wieder eröffnen. Es wurde festgestellt, dass Paschke im *Hohen Ross* seit Jahren die unlauteren Fäden in der Hand hielt. Auch der »lokale Schlagerstar Mark Bein« (O-Ton *Ruhr Nachrichten*) steckte tief drin in der Szene, hieß es in den Artikeln. Er hatte seine Finger beim *Hohen Ross,* in der Spielothek und in mehreren Casinos auf Mallorca, wo er immer noch regelmäßig auftrat, im Spiel. Bein wurde ebenfalls verhaftet, mit dem Un-

terschied, dass ihm der Prozess gemacht und er zu zwei Jahren Haft auf Bewährung verurteilt wurde.
Was Paschke betraf, setzte sich die Liste der Enthüllungen in den folgenden Wochen schier endlos fort. Die Bevölkerung von Diepenbusch zeigte sich überrascht und geschockt, was sie über ihren großen Zampano so alles nicht gewusst hatte. Jahrzehntelang hatte Paschke den Ort (sowie vereinzelte Gegenden in Dortmund) wie ein Provinzmafiaboss beherrscht. Nicht nur *Paschke PS,* die Fortuna und die *Klause,* ihm schien auch sonst alles zu gehören: die *Orion*-Videothek; die Muckibude; das *Absacker;* die Spielothek, in der die Schöners so gerne zockten; die *Pizzeria Pronto,* in der Mikhail, ein armenischer Christ, die Margherita zum Kampfpreis von zwei Mark fünfzig anbot. In all diesen Etablissements hatte Paschke die Kontrolle über die Einnahmen, die Personalpolitik, die Philosophie.
Für uns bei der Fortuna war Paschke ohnehin die prägende Figur, solange wir zurückdenken konnten. Er war die schillernde Persönlichkeit von Diepenbusch, unser Bürgermeister der Herzen. Wie viel Macht er aber wirklich hatte, wurde uns erst nach seinem Tod klar. Das hatte keiner gewusst. Keiner außer Volkan, versteht sich. Ein paar Wochen nach Paschkes Tod lief ich mich vor einer Trainingseinheit mit unserem Torwart warm. Wir trabten gerade auf der dritten von drei Vierhundert-Meter-Runden um den Hauptplatz, als ich schnaufte: »Ich kann immer noch nicht glauben, wie schlecht wir Paschke kannten.«
Volkan seufzte, als habe er es mit einem Begriffsstutzigen zu tun. »Ihr seid einfach dumm«, sagte er. »Mir kam das manchmal so vor, als ob ihr absichtlich auf Durchzug stellt. Als ob ihr für immer zwölf Jahre alt bleiben wollt, sobald ihr am Waldweg seid.«
»Was soll das heißen, Türke?«
Er lachte kühl auf. »Ich glaube, das ist die Sicherheit, die Geborgenheit, von der Harald gelabert hat.«

Bei den Wörtern *Sicherheit* und *Geborgenheit* guckte er angewidert.
Wir bogen auf die letzten hundert Meter ab.
»Willst du damit sagen, dass du alles gewusst hast?«, fragte ich.
Volkan winkte ab und zog das Tempo an. »Was heißt schon *alles,* Alter?«, fragte er keuchend. »Aber hast du wirklich geglaubt, Paschke hat die Kohle nur wegen der Werkstatt? Dann musst du aber noch viel lernen.«
Er legte einen Zwischensprint ein und hängte mich ab. Ich hatte nie geglaubt, dass Paschke die Kohle nur wegen der Werkstatt hat. Aber nicht, weil es mir unrealistisch erschien. Sondern weil ich einfach nie darüber nachgedacht hatte.
»Vielleicht ist es das«, sagte ich zu Mokka und Bum-Bum, als wir am Abend an der Theke im *Absacker* saßen und ein paar Herrengedecke auf den Schreck tranken. »Vielleicht ist es genau das, was Harald damals zu uns meinte.«
Ich verkaufte die These als meine eigene.
»Du meinst, dings, die Fortuna ist unser Alibi, um dumm zu bleiben?«, fragte Bum-Bum und fummelte an seinem Augenbrauenpiercing herum.
»Quatsch«, sagte ich und steckte mir eine Camel an, »dafür brauche ich kein Alibi. Aber wir müssen doch zugeben, dass wir von der echten Welt am Waldweg nicht viel mitkriegen.«
Bum-Bum runzelte die Stirn. »Ich finde, dings, genau das Gegenteil ist der Fall. Alles, was ich über die Welt weiß, habe ich am Waldweg gelernt. Das ist wie so ein Mikrokosmos mit allem Pipapo.«
Mokka schüttelte den Kopf. »Der Paschke war einfach ein perverser Machertyp. Da haben wir noch keine Ahnung von.«
»Wie geht es jetzt weiter?«, fragte ich.
»Womit?«, fragte Mokka. »Mit uns?«
»Mit der Fortuna«, sagte ich, »mit Diepenbusch, mit uns allen.«

»Wie soll es schon weitergehen?«, fragte Mokka. »So wie immer. Als ob sich in Diepenbusch jemals was ändern würde.«
»Der König ist tot«, rief Bum-Bum und hob sein Glas, »lang lebe, dings, der König!«
Wir stießen an und betranken uns an jenem Abend bis zur Besinnungslosigkeit. Alles auf null. Eine Woche später, kurz vor unserem ersten Saisonspiel gegen die Union, wurde Paschkes Testament verlesen. Der Inhalt verbreitete sich am Waldweg wie ein Lauffeuer. Die drei harten Fakten: Fortuna vermachte er eine hohe sechsstellige Summe, den Rest erhielt seine Marion, Matze ging leer aus – offenbar hatte sein Vater ihm den Wechsel zu den Erzfeinden aus Gelsenkirchen nicht verziehen. Oder es waren Dinge vorgefallen, von denen wir keine Ahnung hatten. Gerne hätte ich Matze gefragt, aber wir waren uns schon seit der Weihnachtsfeier nicht mehr über den Weg gelaufen (außer an dem Tag, als Matze weinend zu uns in die Kabine gekommen war).
Währenddessen übernahm Dieter Schöner den Posten des Vereinspräsidenten bei der Fortuna – vorläufig, wie es zunächst hieß, aber allen war klar, dass er den Stuhl nicht mehr freiwillig räumen würde. Sohn Frank als Kapitän der A-Jugend, Vater Dieter als neuer Präsident – die Familienfarben der Schöners leuchteten in diesen Tagen in den grellsten Tönen.
Aber bevor Dieter darüber nachdenken konnte, was er mit dem großzügigen Erbe des Patrons zum Wohle des Vereins anstellen sollte, holte uns endlich der Alltag ein: Der erste Spieltag stand auf dem Programm. Ein sonniger Samstagmittag im Juli, fast hundert Leute am Waldweg, darunter viele unbekannte Gesichter. Wahrscheinlich hatte die Berichterstattung der letzten Wochen dafür gesorgt. In den lokalen Medien gab es kaum ein anderes Thema außer Paschke, dem »Paten von Diepenbusch«, wie er inzwischen genannt wurde. Dem Patron hätte die riesige Aufmerksamkeit sicher gefallen, dachte ich

kurz vor dem Anpfiff, als ich im sommerlichen Staub den Blick schweifen ließ. Gegen die Union hatten wir noch nie gespielt, sie hatte einen Durchmarsch durch mehrere Ligen hinter sich und war jetzt erstmals in der Kreisklasse gelandet, in die wir abgestiegen waren. Die Union war ein Verein vom Heußweg, ihre Anlage stand im Schatten der Hochhäuser (wir waren alle schon auf die Atmosphäre im Rückspiel gespannt), und in ihrer Mannschaft gab es keinen einzigen deutschen Spieler, stattdessen Türken, Polen, Marokkaner, Russen – und einen Albaner. Schon bei der Begrüßung, als wir unser dreifaches

»Fortu-«

»-NA!«

»Fortu-«

»-NA!«

»Fortu-«

»-NA!«

geschmettert hatten und unsere Gegner mit einem dreifachen

»Forza«

»UNION«

»Forza«

»UNION«

»Forza«

»UNION«

gekontert hatten, traute ich meinen Augen kaum. Direkt vor mir stand Akku. Akku von der Bushaltestelle. Akku, den ich noch nie woanders gesehen hatte, vor allem nicht am Waldweg, obwohl er doch immer so gut über unsere Spiele Bescheid wusste. Dieser Akku stand jetzt in Trikot, kurzer Hose und Stutzen vor mir und trug die Rückennummer 4 bei der Union. Er begrüßte mich mit einem förmlichen Handschlag, als gelte es, Etikette zu wahren.

»Alles in Ordnung, Akku?«, fragte ich noch freundlich, aber dann mussten wir bereits unsere Positionen einnehmen. Es kam, wie es kommen musste. Akku spielte als Innenverteidiger gegen den Polen, aber weil ich immer wieder meine gefürchteten offensiven Vorstöße in die Mitte wagte, musste er gleich mehrfach auch gegen mich eingreifen. Er spielte so, wie man es von einem Quadratkörper wie ihm erwarten konnte: knallhart und ungelenk. Wie eine Abrissbirne warf er sich in die Zweikämpfe. Über sein Ballgefühl ließ sich nicht viel sagen, weil er die Kugel immer nur einmal berührte – indem er sie nach vorne bolzte. Er spielte sozusagen einen Albaner britischer Prägung. Nachdem er fast dreißig Minuten so getan hatte, als habe er mich noch nie gesehen, suchte ich kurz vor der Halbzeit nach einem Zweikampf das Gespräch mit ihm.

»Ich wusste gar nicht, dass du auch zockst«, sagte ich.

Er drehte sich im Rückwärtstrab zu mir. »Was hast du gesagt?«

»Na, dass du im Verein spielst«, sagte ich. »Hättest du mir ruhig mal erzählen können.«

Er reagierte nicht weiter auf meinen Small Talk und positionierte sich stattdessen wieder wie ein Wachhund am eigenen Strafraum. Erst in der Halbzeit, auf dem Weg in die Kabinen, quatschte er mich noch einmal von der Seite an.

Er deutete auf die handbetriebene Anzeigetafel, wo das torlose Unentschieden notiert war, und sagte, noch ziemlich außer Atem: »Dabei wird's nicht bleiben, Malaka!« Es klang wie eine Drohung, aber auch selbstgewiss, und dazu lächelte er noch.

»Sehe ich genauso«, sagte ich nur, weil mir nichts Besseres einfiel.

In der Kabine schlug Kapitän Frank mit der Faust gegen einen Spind, um garantiert unsere Aufmerksamkeit zu haben.

»Jetzt mal Klartext, ihr Penner«, rief er, »wer von euch wurde vor dem Spiel aus dem Union-Umfeld angequatscht?«

Plötzlich wich die hektische Halbzeitsbetriebsamkeit einer angespannten Stille. Ich hatte keine Ahnung, was er meinte. Mich hatte jedenfalls niemand aus dem Union-Umfeld angesprochen.

»Was für ein Union-Umfeld?«, fragte Mokka.
»Mein Vater hat es mir gerade gesteckt«, fuhr Frank fort, »dass da ein paar Dinger ans Tageslicht gekommen sind. Dass diese Wichser von der Union ihre Gegner seit Jahren schmieren. Dass sie Geld latzen für Gegentore. Um im *Hohen Ross* und in den anderen Kaschemmen im Ruhrgebiet zu wetten und die dicke Kohle zu machen.«
»Die wetten auf ihre eigenen Spiele?«, fragte ich, aber der müden Reaktion der anderen nach zu urteilen, war ich der Letzte, der es noch nicht mitbekommen hatte.
»Ich will jetzt wissen«, sagte Frank, »wer von euch Hurenböcken von der Union angequatscht wurde – und wie er reagiert hat …«
Schüchtern meldeten sich Volkan, Goran und der Pole. Das Trio schwor, die Angebote abgelehnt zu haben.
»Die wollten mir zweihundert Tacken bar auf die Kralle geben für ein Eigentor«, gab Goran an, »aber Goran lässt sich nicht kaufen. Goran ist keine Nutte!«
»Ich sollte dafür sorgen, dass ich zwei Stück kassiere«, sagte Volkan.
»Ich sollte einfach kein Tor machen«, sagte der Pole.
»Also hast du das Angebot angenommen?«, fragte Artur, und alle lachten.
Als Mannschaft rückten wir in dieser Halbzeit noch enger zusammen, wir schlossen unsere rot-weißen Reihen. So eine himmelschreiende Ungerechtigkeit war uns in acht Jahren noch nie begegnet. Uns war klar, dass die Union es nur dank dieser Mauscheleien in so kurzer Zeit bis in die Kreisliga geschafft hatte. Es war eine ernüchternde Erkenntnis: Die Mannschaft sah nicht nur aus wie eine Ansammlung von Verbrechern, sie war auch eine Ansammlung von Verbrechern.
Vielleicht hatten sie am Heußweg gar keine andere Chance, dachte ich noch, aber für Mitleid war ich zu wütend.

Radek rief uns zum Kreis zusammen, und wir versprachen uns, den Betrügern von der Union mindestens die zwei Stück einzuschenken, die sie von uns kaufen wollten.
»Hat der Sahne!«
Auf dem Weg zurück auf den Platz kreuzten sich die Wege von Akku und mir erneut. Ich zwinkerte ihm zu: »Du hast recht, bei dem Ergebnis bleibt es wirklich nicht!«
Am Ende gewannen wir sogar 3:0, der Pole traf zweimal, als wollte er ein Ausrufezeichen setzen, und der dritte Treffer war ein Foulelfmeter, den Mokkas Vater nach Foul von Akku am Polen gepfiffen hatte. Artur verwandelte sicher.
Wütend verließ die Union die Anlage am Waldweg, nicht ohne die Gästekabine zu demolieren wie eine Rockband nach dem Konzert.
Dieter konnte darüber nur müde lächeln: »Scheißegal, ich wollte die Kabinen mit Paschkes Kohle sowieso erst mal renovieren lassen!«
Nur wenige Wochen später, die Hinrunde war gerade in vollem Gange und wir grüßten von den oberen Tabellenplätzen in einer sportlich wenig fordernden Liga, eskalierte der Skandal um die Union. Vielleicht lag es an der professionelleren Organisation der Kreisliga, dass der Verein ausgerechnet in dieser Saison aufflog. Vielleicht waren solche Machenschaften in irgendeiner Gurkenliga leichter durchzuführen. In unserer Spielklasse formte sich jedenfalls Widerstand, als die Union es auch bei den nächsten Gegnern mit Bestechung versucht hatte. Der folgende selbstreinigende Prozess war ein schöner Beweis dafür, dass man bei uns noch an den ehrlichen Sport glauben konnte. Die Solidarität in der Liga wurde auch auf dem Platz deutlich, denn so faire Spiele wie in der Saison 1998/99 hatten wir noch nicht erlebt. Union ging es dagegen am Grünen Tisch an den Kragen – nach Anzeigen mehrerer Vereine (auch der Fortuna) entschied das DFB-Sportgericht aufgrund der erdrü-

ckenden Beweislage noch vor der Winterpause, die A-Jugend der Union mit sofortiger Wirkung vom Spielbetrieb auszuschließen. Kurz darauf erfuhr ich, dass ausgerechnet Akku noch ein weiteres Verfahren angehängt wurde: Er hatte in seinen sechs Jahren als Spieler der Union insgesamt elf Eigentore verursacht, bevorzugt bei klarer Führung der Union gegen hoffnungslos unterlegene Gegner – die Manipulation wurde ihm schließlich zweifelsfrei nachgewiesen, die Spiellizenz für alle deutschen Spielklassen wurde ihm lebenslänglich entzogen. Ich musste an Vlado Kasalo denken, den jugoslawischen Profi mit dem Raubvogelgesicht, der in der Saison 1990/91 in zwei aufeinanderfolgenden Spielen für den 1. FC Nürnberg jeweils ein Eigentor erzielt hatte, ehe die Polizei wegen Wettbetrugs gegen ihn ermittelte und ihn schließlich verhaftete.
Die Bundesliga und die Kreisliga, Nürnberg und Diepenbusch – am Ende des Tages waren wir uns alle näher, als man vermuten würde.
An der Bushaltestelle habe ich Akku übrigens nie wieder getroffen.

Auf Orange

Um ein Mädchen wie Melanie zurückzuerobern, braucht es einen guten Plan, besonders für eine Flachpfeife wie mich, erst recht bei unserer Vorgeschichte. Dachte ich zumindest. Aber dann kam alles ganz anders.

Als Paschke beerdigt und die Saison langsam ins Rollen gekommen war, legte sich eine seltsame Ruhe über den Waldweg, eine Harmonie, ein Gefühl wie eine Erinnerung daran, dass wir uns alle nicht zu wichtig nehmen sollten. So entspannt war es hier noch nie zugegangen.

Vielleicht bildete ich mir das alles aber auch nur ein, weil ich selbst selten so im Reinen mit mir war wie während der Hinrunde 1998/99. Fast alles schien sich in die richtige Richtung zu entwickeln: Mein Vorvertrag beim SC Freiburg war unterschrieben, was sich positiv auf meine Leistungen auswirkte. Auch Trainer Dirk nahm mich ernst, seit er von meinem bevorstehenden Wechsel erfuhr. Plötzlich fragte er mich nach seiner Meinung und hatte ein offenes Ohr für meine taktischen Ratschläge. Vielleicht war das seine Art, die Ignoranz mir gegenüber als Fehler einzugestehen. Er erwog zwar immer noch nicht, mich in den Sturm zu stellen, aber mir war längst klar, dass ich nicht alles haben kann. Und ich hegte die hehre Hoffnung, in Freiburg endlich offensiv durchzustarten und den guten, alten Traum wiederzubeleben:

Borowski schnappt sich den Ball, kurz hinter der Mittellinie, vorbei an Cinquecento (ein argentinischer Mittelfeldspieler, den ich mir ausgedacht hatte), *vorbei an Arbelao* (argentinischer Abwehrspieler, ebenfalls ausgedacht), *er täuscht einen Schuss an, schlägt einen Haken und – Tooooooooor! Tor durch Borowski! Das 1:0 für Deutschland in diesem Finale von*

München! Das Olympiastadion bebt, wie ich es selten erlebt habe, meine Damen und Herren … 1:0 für Deutschland! Karlheinz Borowski, meine Damen und Herren, und man ist ja fast geneigt zu sagen: Wer sonst?!?

Bis dahin würde ich die Füße stillhalten und in Diepenbusch meine Leistung bringen, was mir in der ersten Saisonhälfte schon mal außerordentlich gut gelang – hätte das Fachmagazin *Kicker* für unsere Liga an jedem Spieltag eine Elf des Tages erstellt, hätte ich sicher an zehn von siebzehn Spieltagen den Sprung auf die linke Verteidigerposition geschafft. Meine Gegenspieler machten keinen Stich gegen mich, zudem lieferte ich die Vorlagen zu fünf unserer Treffer. Nur mein allererstes selbst erzieltes Tor im Trikot der Fortuna fehlte mir immer noch. In dieser Saison würde es so weit sein, es gab gar keine andere Möglichkeit, schließlich war es meine letzte Saison hier. In dieser Spielzeit musste ich treffen, wenn ich mich nicht torlos aus Diepenbusch verabschieden wollte. Und das wollte ich nicht.

Aber nicht nur ich, sondern die ganze Mannschaft zeigte sich gut erholt von den Strapazen der vorangegangenen Abstiegssaison. Wir legten gleich mit vier Siegen in Folge los und beschlossen, diesen Traumstart an einem besonderen Ort zu begießen: Mit einem Mannschaftsausflug auf die Cranger Kirmes, *auf Crange,* wollten wir die guten, alten Feierzeiten aufleben lassen. Wir überlegten sogar für einen Moment, die alten Weggefährten wie Matze oder Manni einzuladen, entschieden letztendlich aber doch, unter uns zu bleiben. Nur die aktuelle Truppe, keine Stargäste, keine ehemaligen Weggefährten.

Die Cranger Kirmes ist nicht irgendeine Kirmes. Das Volksfest in Herne gehörte schon damals zu den größten Veranstaltungen seiner Art – neben dem Oktoberfest in München, dem Cannstatter Wasen und der Größten Kirmes am Rhein in Düsseldorf. Im Vergleich zur Konkurrenz hat der Kirmesplatz am Rhein-Herne-Kanal zwar die kleinste Fläche, aber im Durchschnitt die meisten Besucher. Typisch Ruhrgebiet also: Kein Platz, aber dafür umso mehr Leute.

Von Anfang bis Mitte August landete eigentlich jeder von uns jedes Jahr mindestens einmal auf Crange, für zehn Tage waren die Autoscooter zentraler Treffpunkt für alle Teenager im Ruhrgebiet – egal, ob Gangster, Grunger, Grufti oder Girlie. Diesmal machten wir uns als Mannschaft gemeinsam auf nach Herne. Ich hatte mir für diesen wunderbaren Augustabend etwas ganz Besonderes vorgenommen: Ich wollte Christian abfüllen. Ich wollte mal gucken, wie viel er so verträgt, wenn er gefordert wird. Zur Unterstützung hatte ich Mokka und Bum-Bum in den Plan eingeweiht. Sie waren sofort Feuer und Flamme, insbesondere der abstinente Mokka konnte sich über Betrunkene immer köstlich amüsieren. Und Bum-Bum hatte einfach Bock zu saufen.

Genau wie ich gehörten meine beiden besten Kumpel nicht zu der Fraktion, die kein Fahrgeschäft auslassen konnte. Von diesen Spezialisten hatten wir einige in der Mannschaft: Radek fuhr den ganzen Abend mit der Wildwasserbahn hoch und wieder runter; für Volkan war die Wildwasserbahn dagegen die einzige Attraktion, die er sich ersparte, weil er Angst hatte, das Spritzwasser könnte seine Frisur durcheinanderbringen; Micha und Sinisa drehten auf dem Kettenkarussel eine Runde nach der anderen und tranken dabei Bier, weil sie der Überzeugung waren, auf diese Weise besonders besoffen zu werden. »Wie gesagt«, sagte Micha während einer kurzen Fahrpause und biss schmatzend in seinen Bratfisch, »der Drehwurm macht den Unterschied.«

Den Bremser am Kettenkarussel guckte ich mir ganz genau an, wie jedes Jahr. Irgendjemand hatte mal das Gerücht vom einarmigen Bremser am Kettenkarussel der Cranger Kirmes in die

Welt gesetzt – wahrscheinlich war es einer von uns gewesen, in der Kabine. Seitdem hielt ich Jahr für Jahr Ausschau nach dem Einarmigen, aber ich sollte ihm nie begegnen.
Goran und der völlig zugedröhnte Martin lieferten sich derweil ein heißes Duell auf allen Hochgeschwindigkeitsgeräten. Wie kleine Jungs, die sich etwas beweisen müssen, drehten sie ihre Runden auf der Achterbahn oder im *Breakdancer.*
Mokka, Bum-Bum und ich standen nur daneben und glotzten. Weil auch Christian nicht der wagemutigste Vertreter war, schloss er sich uns gerne an. Er trug immer T-Shirts mit unlustigen Sprüchen, die es erst ein paar Jahre später dank Stefan Raabs Showpraktikanten Elton zum fernsehtauglichen Trend schafften. Da war Christian seiner Zeit voraus. An diesem lauen Sommerabend hieß das Motto auf seinem Shirt: *Mahatma Glück, mahatma Pech, mahatma Gandhi* – inklusive Konterfei des indischen Revolutionärs.
Heute Abend wirst du Gandhi brauchen, dachte ich und lachte hässlich in mich hinein.
»In Stuttgart wurde einem Typen am *Breakdancer* vor ein paar Jahren, dings, der Arm abgerissen«, plauderte Bum-Bum aus dem Nähkästchen seines unnützen Wissens. Bum-Bum war der größte Kirmesgegner von uns. Er hatte noch weniger Bock als Mokka oder ich. Es war ihm völlig schleierhaft, wie Leute sich gegen viel Geld einem so kurzen – und in seinen Augen gefährlichen – Kick aussetzen konnten.
»Wer garantiert mir denn, dass die, dings, Bügel in der *Wilden Maus* halten?«, fragte er rhetorisch. »Kannst du mir das mal bitte verraten?«
Wir hatten uns von der Gruppe der Vielfahrer abgesetzt und schlenderten zu viert über das Gelände, vorbei an Buden mit steinharten Lebkuchenherzen, auf denen »Du bist mein Teddybär« oder »Schöne Frau« zu lesen war. Vorbei am Stand mit den Bömkes, an dem du den Zucker regelrecht riechen konn-

test. Vorbei am Spiegelkabinett. Aus allen Himmelsrichtungen dröhnte eine andere Geräuschkulisse.
Wolltolltolltihrnochochochmal ...
Und jetzt alles anschnallen, Freunde, eine Runde rückwärts, wer hat noch nicht, wer will noch mal ...
Bailando, bailando / Amigos, adios, adios, el silencio loco ...
Tretet ein in die Hölle ...
Bum-Bum zeigte mit dem Finger auf den Erschrecker, der vor der Geisterbahn die vor Vergnügen quietschenden Leute mit einer blutverschmierten Plastikaxt belästigte: »Wer bezahlt denn bitte, dings, Geld, um sich von irgendeinem Loser erschrecken zu lassen, der sich dafür extra geschminkt und verkleidet hat? Wie tief wollen die Leute, dings, denn noch sinken?«
»Kirmesvolk ist Bauernvolk«, sagte ich.
»Dann passen wir doch wunderbar hierher«, sagte Christian und lachte.
Ich guckte ihn an, als würde ich mich wundern, wer ihn gefragt hatte.
Er bemerkte meinen Blick und blieb ganz cool: »Ist doch wahr.«
Mokka kaufte sich allen Ernstes eine Zuckerwatte, weshalb wir ihm eine Viertelstunde lang Sprüche drückten. Schließlich rettete ich ihn, indem ich mir einen Paradiesapfel gönnte. Lecker, aber auch irgendwie ekelhaft.
»Ein Paradiesapfel ist doch genauso schwul«, wetterte Mokka, ehe er meine Absicht bemerkte, »aber ... aber na gut, danke, Bruder!«
»Kennt ihr den schon?«, fragte Christian, ohne eine Antwort abzuwarten: »Zwei Pimmel müssen zur Abschlussprüfung. Der eine Pimmel bekommt eine Eins, der andere eine Fünf. Wer hat mehr Glück?«
Kurze Kunstpause, vorfreudiges Kichern bei Mokka und Bum-Bum, Schulterzucken.

»Na, der mit der Fünf. Der darf anschließend noch zur mündlichen.«

Mokka und Bum-Bum lachten laut los. Ich lächelte nur aus Höflichkeit. Wir spazierten weiter. Vorbei am *Sky Glider,* am *Jumper* und an der Losbude.

Überall dröhnte und blinkte und piepte und hupte und jaulte es.

Heißheißheißeißeißeißeiß, und jetzt aufgepasst …

Kommse rein, könnse rausgucken …

Mandeln, gebrannte Mandeln …

Viva forever, I'll be waiting / Everlasting like the sun …

Am Bayernzelt brachte ich die Gruppe zum Stehen. »Genug rumgelatscht«, verkündete ich, »wir gehen jetzt erst mal schön einen saufen!«

Im Zelt bestellte ich drei große Pils und drei doppelte Jägermeister, Mokka trank natürlich nicht mit. Er hatte seine bisherige Jugend nüchtern überstanden, wofür wir ihn alle sehr bewunderten. Es wäre schön blöd von ihm gewesen, hätte er jetzt, mit achtzehn, noch mit dem Saufen angefangen.

»Prost, ihr Säcke«, rief Christian, und wir hoben die Gläser. Bum-Bum holte gleich die nächste Runde, dann holte Christian noch eine, dann legte ich nach und holte noch eine und noch eine und noch eine. Und noch eine.

»Bruder«, flüsterte Mokka mir ins Ohr, »ihr müsst euch ja nicht gleich totsaufen.«

»Bis einer weint«, gab ich zurück und bedeutete der Thekenkraft, dass sie gleich noch drei Herrengedecke fertig machen konnte.

Es dauerte nicht lange, bis wir lallten. Mokka betrachtete die Szene mit einem lächelnden und einem skeptischen Auge.

»Chris«, rief Bum-Bum und klopfte Christian auf die Schulter, »dings, wo ist eigentlich deine Trulla?«

Das war schon immer das Problem gewesen: In Liebesangelegenheiten hatten die Jungs keine Antennen. Ich wollte das Gespräch auf keinen Fall auf Melanie lenken, ich wollte Christian nicht über Melanie sprechen hören, der Gedanke machte mich ganz krank vor Eifersucht. Aber Bum-Bum dachte über so was gar nicht nach, wahrscheinlich hatte er gar nicht mehr auf dem Schirm, dass ich mal mit Melanie zusammen gewesen war, geschweige denn, dass sie meine große Liebe war. Ich musste mich zusammenreißen, um nicht zu explodieren.

»Sie wollte eigentlich noch vorbeikommen«, antwortete Christian, »mit Sila und Matze. Aber ich habe sie noch nirgendwo gesehen.«

Christian machte ein trauriges Gesicht. Er war so besoffen, dass er schon leicht wankte und schielte. In seinen Mundwinkeln hatte sich ein bisschen Schaum gesammelt. Noch ein Schuss, dachte ich, dann ist er fällig.

»Prostata!«, rief ich und hob meine beiden Gläser, linke Hand der Schnaps, rechte Hand das Bier.

Die Jungs nuschelten irgendwas zurück, dann kippten wir das Zeug weg. Sofort ging Christian in die Hocke.

»Chris«, rief Bum-Bum im Kümmerton, »alles im grünen Bereich?«

»Bruder«, seufzte Mokka genervt, »der Kerl ist voll wie zehn Russen! Genau wie ihr!«

»Ich bin überhaupt nicht voll«, protestierte ich, »von mir aus können wir noch eine Runde …«

»Ist gut jetzt«, fiel Mokka mir ins Wort, »ihr seid doch pervers! Das Letzte, was ihr jetzt braucht, ist noch eine Runde …«

Christian begann zu würgen.

»Jetzt fängt der auch noch an zu kotzen«, stöhnte ich genervt.

Bum-Bum musste lachen und hob die Hand zur *High Five:* »Wir haben ihn plattgemacht, Alter!«

»Ihr seid mir zwei Experten«, schmunzelte Mokka. Er reichte Christian die Hand und half ihm mit einem Ruck auf die Beine. Christian war kaum noch bei Bewusstsein.

»Der Kollege muss ins Bett«, diagnostizierte Mokka.
Auf dem Weg zum Ausgang musste Christian sich noch ein paarmal übergeben, zunächst schoss ein brauner Schwall aus seinem Rachen, später nur noch Wasser. Als wir ihn in ein Taxi gesetzt hatten, kehrten wir zurück zum Zelt. Bum-Bum und ich bestellten noch eine Runde, Mokka schimpfte.
»Was soll der Scheiß überhaupt?«, fragte er. »Nur weil der Typ mit deiner Ex pimpert?«
»Pass auf, was du sagst«, ermahnte ich ihn, »du redest hier immer noch von meiner Ex!«
»Warum wolltest du ihn abfüllen?«, fragte Mokka.
Bum-Bum machte plötzlich wache Augen. »Bist du etwa, dings, noch verknallt in Melanie?«
Mokka und Bum-Bum waren meine besten Freunde, aber ich wollte mit ihnen nicht über Melanie reden. Immerhin war Melanie seinerzeit der Auslöser für unseren Streit gewesen. Natürlich waren wir alle älter geworden, aber Mokka und Bum-Bum hatten immer noch keine Ahnung von Mädchen. Sie hatten keine Ahnung, welche Fähigkeiten Mädchen hatten. Sie wussten nicht, welche übermenschlichen Gefühle Melanie in mir auslöste. Ich hatte ihnen nie gesagt, dass ich nie aufgehört hatte, Melanie zu lieben. Für mich waren Mokka und Bum-Bum immer noch Kekswichser. Sie waren meine besten Freunde, ich liebte sie, aber sie hatten einfach keine Ahnung.
»So ein Quatsch!«, protestierte ich. »Ich will doch nichts mehr von Melanie! Und ich wollte ihn auch nicht abfüllen, also nicht direkt. Ich wollte nur mal gucken, wie viel der Kerl so verträgt. Das ist doch legitim. Schließlich muss er ab sofort immer mit der Mannschaft saufen.«
Ich hatte den Unsinn kaum ausgesprochen, als Melanie mit Matze und Sila um die Ecke bog. Sie erblickten uns sofort. Ich hob mein Glas zum Gruß. Als Melanie näher kam, erhellte sich ihr Gesicht zu einem Strahlen. Sie begrüßte mich mit einer in-

nigen Umarmung, dann fielen wir uns alle um den Hals, Melanie und Mokka, Sila und Bum-Bum, Sila und ich, Matze und Mokka, Matze und ich. Ein großes Hallo. Echte Diepenbuscher Liebe.

»Ewig nicht gesehen, Alter«, rief Matze. Seine gesunde Sommerbräune wurde durch die hellblond leuchtenden Haare betont.

»Aber echt«, rief ich. »Wie läuft's auf Schalke?«

»Alles geschmeidig«, antwortete er, »ich kann nicht klagen.«

Warum hat dein Vater dich enterbt, hätte ich am liebsten gefragt, aber Matze sah gut aus und wirkte glücklich, und außerdem schien mir die Cranger Kirmes nicht der geeignete Ort für eine derartige Frage.

»Ich hab von eurem Saisonstart gehört, Männer«, sagte Matze und boxte uns kumpelhaft in die Rippen, »erste Sahne, voll psycho!«

»Schlechter konnte es auch nicht mehr werden«, sagte ich, und wenn ich Artur gewesen wäre, hätten bestimmt alle gelacht.

»Da hast du auch wieder recht«, sagte Matze nur.

Melanie ließ den Blick schweifen. »Wisst ihr, wo Chris ist? Die anderen Jungs meinten, er wäre mit euch unterwegs?«

Ich hatte ihre fragende Stimme so sehr vermisst.

»Den mussten wir nach Hause schicken«, antwortete Mokka, »der hatte ein paar Schnäpse zu viel und hat hier nur noch rumgegöbelt.«

Die Mädels kicherten.

»Ach so«, sagte Melanie, »dann trinken wir aber trotzdem noch einen, oder? Oder könnt ihr nicht mehr?«

Sie zwinkerte mir zu. Sie zwinkerte mir zu? War das jetzt kumpelhaft gemeint? Oder eine Aufforderung zu irgendwas? Mir wurde ganz flau.

»Auf jeden Fall trinken wir noch einen!«, rief ich hastig. »Was wollt ihr haben?«

Es wurde eine gesellige Kirmesrunde. Im Laufe des Abends suchte Melanie zunehmend meine Nähe. Sie fasste mich immer wieder an, am Arm, an der Hand, an der Schulter, sie drehte sich in mich hinein, sie sah mir immer eine halbe Sekunde zu lang in die Augen, und je betrunkener sie wurde, desto klarer wurde mir, dass ich handeln musste. Das war der Moment, heute war der Abend. Als sich die anderen beim Autoscooter auf zwei Wagen (Mokka und Bum-Bum gegen Sila und Matze) verteilten, packte ich Melanie am Arm und verschwand mit ihr aus dem Scheinwerferlicht. Hinter dem Toilettenwagen stellte ich sie zur Rede.

»Ich muss mit dir reden, Melanie!«

»Wie kann ich Ihnen helfen, Herr Borowski?«

Ich legte meine Hand um ihren Hals und zog sie ganz nah an mein Gesicht.

»Hör zu, also«, versuchte ich einen Satz, »ich, du, ich ... du fehlst mir, also, ich vermisse dich und ...«

Mir gingen die Worte aus, ich stotterte und stammelte, und es war einfach nur peinlich, aber vielleicht war ich auch schon zu betrunken. Melanie lächelte mich lässig an.

»Na, so ein Pech«, sagte sie, bevor sie mich am Kragen packte, zu sich herunterzog und mir ihre nasse Zunge tief in meinen Rachen schob, sie zügellos und schnell kreisen ließ und damit meine steinharte Erektion beförderte. Sie presste ihr Becken gegen meines und öffnete erstaunt und zufrieden die Augen: »Hallooo, Herr Borowski!«, sagte sie mit Begeisterung in der Stimme. Dann tastete sie meinen Schritt mit ihren Händen ab, als wollte sie sich vergewissern, was sie gespürt hatte.

»Du bist so weit, oder?«, fragte sie und grinste wie eine verzogene Göre. Ich gurgelte irgendwelche Bejahungen und glitt mit meinen Händen in ihre Hose. Ihr Hintern fühlte sich prall, fest und kalt an und kündete vom Paradies. Souverän packte sie mich an meiner Gürtelschnalle, zog mich zurück auf das Gelände und drängelnd durch die Menschenmenge, ehe sie uns direkt auf die Damentoilette navigierte.

»Ghetto Supastar, that is what you are«, dröhnte es vom Autoscooter herüber.

Es folgte der schönste Filmriss aller Zeiten. Als ich wieder zu mir kam, fühlte es sich an, als wäre ich einmal in den Himmel und zurück geflogen. Erschöpft und keuchend stand ich hinter Melanie, breitbeinig über sie gebeugt, und ganz langsam begann mein völlig leergepumpter Schwanz in ihr zu schrumpfen.

Sie stöhnte befriedigt auf und schnurrte atemlos: »Das Warten hat sich gelohnt, Herr Borowski?«

Wir mussten beide lachen. Ich zog meinen Schwanz mit einem Ruck heraus und hob Jeans und Boxershorts vom versifften Boden auf, wo sich verschiedenartige, vom bloßen menschlichen Auge nicht identifizierbare Flüssigkeiten zu vielen kleinen, klebrigen, ekligen Pfützen vermischten.

Melanie schüttelte den Kopf, als ob sie es nicht fassen konnte. »Ich hatte fast vergessen, wie gut wir zusammen sind?«

Von wegen: Sie machte ein Gesicht, als hatte sie es überhaupt nicht vergessen, im Gegenteil, als hatte sie es nicht erwarten können, mich wiederzusehen.

Möglicherweise war ich nicht der Einzige von uns beiden, der einen Plan hatte, dachte ich. Aber vielleicht funktioniert im Leben auch einfach gar nichts nach Plan.

Melanie stieß ein mattes, glückliches Seufzen aus. »Das habe ich so vermisst.«

Jetzt bloß nicht nach Christian fragen, ermahnte ich mich in Gedanken. Bloß nicht. Nicht jetzt.

Ich räusperte mich und zog den Reißverschluss meiner Jeans hoch. Melanie drehte sich zu mir um, griff mir zwischen die Beine und gab mir einen festen Kuss. Ihre Lippen waren kalt und trocken vom Orgasmus.

»Sie sind so scharf, Herr Borowski!«
Es war irritierend, dass sie mich ständig »Herr Borowski« nannte, aber hier und jetzt war nicht der Zeitpunkt, sich über Kleinigkeiten zu beklagen. Melanie zog die Jeans über ihre Prachthüfte und rückte ihr Top zurecht.
»Ich will dich wiedersehen«, sagte ich. »So schnell wie möglich.«

Ich so, er so

Wann immer sich ein Moment in das Gedächtnis einbrennt, ahnt man es meistens noch nicht. Während meiner Zeit bei der Fortuna gab es einige Momente, die ich heute noch jederzeit abrufen kann wie einen Film vor dem inneren Auge. Dann fühle, schmecke, erlebe ich diese Momente noch einmal, sooft ich möchte. Es ist eine Gabe. Damals waren die Momente viel intensiver als später mit Ende zwanzig, Anfang dreißig. Heute brennt sich kaum noch etwas ein. So ist wahrscheinlich das Leben. Obwohl ich manchmal insgeheim hoffe, dass ich es nur noch nicht ahne. Dass manche Momente in Zukunft noch an Bedeutung gewinnen werden. Aber selbst wenn: Der Moment des Erlebens ist längst nicht mehr so rauschhaft wie früher, egal, ob es sich um einen Glücksmoment oder puren Horror handelt.

Purer Horror wie an diesem sonnigen Septembersamstag, als ich mich im Spiel gegen die Arminia vordrängelte, weil ich unbedingt den Elfmeter schießen wollte. Artur hatte sich den Ball schon geschnappt, aber ich riss ihm die Kugel aus der Hand und legte sie mir auf dem Punkt zurecht. Keiner meiner Mitspieler protestierte, meine Qualitäten waren bekannt. Und im Gegensatz zu mir hatte wahrscheinlich keiner auf dem Zettel, dass ich in acht Jahren bei der Fortuna noch kein einziges Pflichtspieltor erzielt hatte. Ich stand bereit und wartete auf den Pfiff. Der Torwart der Arminia hampelte auf der Linie herum wie Jahre später Jerzy Dudek, Torwart des FC Liverpool, im Elfmeterschießen des monumentalen Champions-League-Finales 2005 in Istanbul gegen den AC Mailand.

Als die Pfeife von Mokkas Vater erklang, trabte ich an, ein, zwei, drei Schritte, verzögerte kurz, vierter Schritt, und dann schoss ich den Ball mit dem linken Innenrist so, wie man beim

Elfmeter nicht schießen sollte: halblinks, halbhoch, halbarschig. Der Torwart ahnte die Ecke und fing den Ball im Fallen. Er wehrte ihn nicht ab, er faustete ihn nicht weg, er *fing* den Ball und hielt ihn fest. Nie werde ich das Bild vergessen, wie er auf dem Boden lag, den Körper schützend über dem Ball, ganz still, wie eingefroren, während seine Mannschaftskameraden auf ihn zustürzten und ihn begeistert beglückwünschten. Ich stand wie versteinert am Elfmeterpunkt und vergrub das Gesicht in meinen Händen. Mokka wuschelte mir kurz über den Kopf, der Pole gab mir einen aufmunternden Klaps auf den Hintern. »Weiter geht's, komm schon!« – warme Worte und Gesten, aber zum ersten Mal bekam ich es mit der Angst zu tun, womöglich niemals für die Fortuna zu treffen. Als Elfmeterschütze war ich nach dieser Nummer gegen die Arminia verbrannt, da machte ich mir keine Illusionen. Mir wurde bewusst, dass ich womöglich keine größere Chance mehr erhalten würde als diesen Elfmeter. Ich fragte mich, ob ich womöglich der erste Jugendspieler war, der ohne die Empfehlung eines einzigen Tores bei einem Verein aus dem Profifußball anheuern würde. Und ich fragte mich, ob sich der SC Freiburg darüber eigentlich im Klaren war.

Ein anderer Moment, der sich in diesem September einbrannte, war Bum-Bums Ansage. Wenn wir uns heute daran erinnern, nennen wir sie tatsächlich immer noch genau so: Bum-Bums Ansage. Weil er damals zu Mokka und mir sagte: »Männer, ich muss mal eben, dings, eine Ansage machen.«

»Hört, hört«, riefen Mokka und ich unisono und amüsiert, wir hatten ja keine Ahnung, was uns erwartete. Wir hockten auf der Wiese am Waldweg, auf der all die Jahre das Schild mit der Aufschrift »Platz gesperrt« im Rasen steckte, gleich neben dem kleinen Gummiplatz, auf dem wir anschließend noch ein bisschen bolzen wollten. Die Sonne warf weißes Licht, die Luft roch nach Staub. Mokka trank eine Dose Cherry-Coke, ich

rauchte ein paar aufgesammelte Zigarettenstummel, weil ich kein Geld für eine neue Packung dabeihatte.
Bum-Bum stand aufgekratzt vor uns und sagte den Satz, der sich so unwirklich, fast wie ein Witz anhörte, dass er bis heute nachhallt: »Ich gehe zurück nach Südkorea.«
Mokka und ich guckten erst ihn an, dann uns, dann wieder ihn, und wir schmunzelten verständnislos.
»Bruder«, sagte Mokka, als wollte er ihn beruhigen wie einen, der gerade verrückt geworden war, »was redest du da?«
»Dings«, sagte Bum-Bum, »wir ziehen zurück nach Seoul.«
»Wer ist wir?«
»Ich und meine Eltern, dings, meine Familie. Wir ziehen zurück nach Seoul.«
»Alter«, rief ich, und es klang fast wütend, »was soll das überhaupt heißen mit dem *zurück?* Du hast doch noch nie in Seoul gewohnt!«
»Genau«, fiel Mokka ein, »ich höre immer nur *zurück, zurück, zurück* – bist du besoffen oder was?«
Aber natürlich half es nichts, dass wir vorgaben, ihn nicht zu verstehen. Es änderte nichts an den Tatsachen, die Bum-Bum uns anschließend ausführlich erläuterte.
Wir konnten es nicht leugnen, wir konnten Bum-Bum nicht aufhalten. Er hatte immer mit einem Leben in seiner Heimat geliebäugelt, jetzt bot sich ihm die einmalige Chance: pünktlich zum Ende der Schulzeit, rechtzeitig zum Start ins richtige Leben. Er hätte es nicht besser erwischen können.
Für den Rest des Tages bekamen Mokka und ich den Mund nicht mehr zu. Es sollte Wochen dauern, bis ich mich damit abgefunden hatte. Es war noch gar nicht so lange her, da herrschte zwischen Bum-Bum und mir totale Funkstille. Aber trotzdem wusste ich die ganze Zeit, dass er in der Nähe war und dass ich auf ihn zählen konnte, wenn es darauf ankam. Dieses Gefühl ging auch in der Zeit, als Mokka und Bum-Bum

mir die kalte Schulter zeigten, nie völlig verloren. Ich war mit Bum-Bum aufgewachsen, wir hatten zusammen gesoffen, gekifft, gekokst, alles zum ersten Mal, wir hatten uns epische Schlachten auf dem Fußballplatz geliefert, wir hatten zusammen auf Kekse gewichst und Ibiza unsicher gemacht, wir hatten alles zusammen erlebt, was man zusammen erleben kann. Und jetzt wollte dieser Kerl plötzlich abhauen, auf Nimmerwiedersehen, man sieht sich, tschüs, ciao ciao, arrivederci, adios, bye bye, oder was? Was für ein elender Wichser!

»Willst du uns im Stich lassen?«, fragte ich ihn an jenem Nachmittag auf der Wiese, und ich meinte die Frage ganz ernst, aber Bum-Bum blinzelte nur in die Sonne und lachte, als hätte ich einen Witz gerissen.

»Aber woanders ist doch auch scheiße«, gab Mokka zu bedenken.

»Nicht in, dings«, erwiderte Bum-Bum, »nicht in Seoul. Außerdem ist es eine, dings, einmalige Chance: Thyssen und Krupp schließen sich doch im nächsten Jahr zusammen und eröffnen ein neues Konzernbüro in Seoul, und Papa soll die neue Abteilung dort aufbauen und leiten, und im Zuge des Standortwechsels haben sie ihm einen Ausbildungsplatz für mich in Aussicht gestellt. Ich habe Papa gefragt, ob ich mich jetzt darüber freuen soll, und er so: ›Sohn, du solltest dich im Leben lieber immer erst mal freuen, schlimmer wird's von ganz alleine.‹ Und ich so: ›Ich kann mir aber nichts Schlimmeres vorstellen, als aus Diepenbusch wegzugehen, alle meine Freunde wohnen hier.‹ Und er so: ›Freunde findest du überall.‹ Und ich so: ›Ich will aber keine neuen Freunde.‹ Ich wurde, dings, immer wütender, am Ende habe ich Papa sogar beschimpft, weil ich so sauer war. Aber, dings, er ist ganz cool geblieben. Und es hat natürlich alles, dings, nix gebracht. Im nächsten Sommer ziehen wir um. Ich mache hier nur noch mein Abi fertig.«

»Was sollen wir denn ohne dich machen, Bruder?«, fragte Mokka. Er klang so niedergeschlagen, dass ich schlucken musste.
»Ich bin ja nicht aus der Welt«, sagte Bum-Bum, aber das stimmte ja nun mal gar nicht, denn Seoul war wie aus der Welt, »ihr könnt mich besuchen kommen. Südkorea müsst ihr mal gesehen haben.«
Natürlich musste ich Südkorea mal gesehen haben. Schließlich wollte ich die ganze Welt sehen. Aber nicht unter diesen Umständen.
»Pfft«, machte Mokka, »was ist das eigentlich für eine perverse Drecksscheiße? Kalli haut ab nach Freiburg, du nach Korea … warum wollt ihr mich denn unbedingt alleine lassen in diesem Scheißkaff?« Wütend zielte er mit seiner Coladose auf einen fünf Meter entfernten Mülleimer, setzte zum Wurf an wie ein NBA-Profi – und traf.
»Wer weiß«, sagte ich zu Mokka, »wohin es dich verschlagen wird.«
Mokka fletschte die Zähne: »Erst in die Spielothek, dann in den Puff, dann in den Knast.«
Bum-Bum und ich mussten lachen, Mokka nicht. »Wollt ihr wirklich auf keinen Fall in Diepenbusch bleiben?«, fragte Mokka noch mal.
»Es geht nicht um Diepenbusch«, sagte ich, »aber meine Entscheidung ist gefallen.«
»Meine auch«, sagte Bum-Bum.
Sowieso war es ein September der Entscheidungen, einige kündigten sich an, einige wurden getroffen. Innerhalb unserer Mannschaft wurden überall die Weichen für das wahre Leben gestellt, das im nächsten Sommer beginnen sollte, aber schon längst die Kontrolle über uns alle übernommen hatte: Der Pole und die Polin wollten in Krakau studieren; Micha würde seinen Wehrdienst in der Kaserne auf Sylt antreten; Volkan wollte

irgendwas auf Lehramt studieren und nebenbei als Model arbeiten – wobei wir uns innerhalb der Mannschaft einig waren, dass ihm für beides die Voraussetzungen fehlten; Goran wollte entweder nach Kroatien zurück oder eine Disco in Dortmund aufmachen; Sinisa sparte mit Hilfe mehrerer Nebenjobs für eine mehrmonatige Weltreise – »und danach mal weitergucken«, wie er es formulierte; Frank würde bei *Paschke PS* eine Ausbildung anfangen, denn die Schöners hatten auch die Werkstatt übernommen und schwangen sich gerade zur mächtigsten Familie von Diepenbusch hoch.

So hatte jeder seine Träume und Pläne, die – außer bei mir und dem schon verabschiedeten Matze – nichts mit Fußball zu tun hatten. Fußball war unsere Kindheit und Jugend gewesen, Fußball würde immer ein großer Teil von uns bleiben. Aber für die meisten von uns würde er nicht zum Leben reichen, so viel stand inzwischen fest. Dabei hätte ich fast jedem meiner Mitspieler den Sprung nach ganz oben zugetraut. Aber vielleicht vernebelt Freundschaft auch den Blick. Und vielleicht war es auch überhaupt nicht erstrebenswert, von einer Karriere als Torjäger und Star der WM 2006 zu träumen. Andererseits hatte ich mir noch nie aussuchen können, wonach ich mich sehnte. Also stand ich zu meinen Zielen.

Vielleicht war Radek der einzige Teamkollege, dem ich eine Profikarriere nicht zutraute. Er war ein knallharter Defensivspieler und ein Pfundskerl in jeglicher Hinsicht, aber der Fußball wurde immer schneller und Radek immer langsamer und verletzungsanfälliger. Während unserer grandiosen Hinserie war es immer wieder Radek, der durch seine Langsamkeit und Unkonzentriertheit unsere ansonsten makellosen Spiele unnötig spannend gestaltete.

Kurz vor der Winterpause kündigte er seinen Rückzug zum Jahresende an. »Mein Körper macht nicht mehr mit, Männer!«

Er litt inzwischen an einem leichten Bandscheibenvorfall. Wie er später zugab, hatte ihm sein Arzt schon im Sommer die Ausübung jeglichen Sports verboten, nur Schwimmen war erlaubt. Aber Radek hatte es nicht wahrhaben wollen und es trotzdem versucht. Er hatte sich nicht mit dem Gedanken abfinden können, nie wieder für die Fortuna aufzulaufen. Er wollte nicht verzichten auf das Adrenalin des Wettkampfs, auf den Spaß im Training, auf die Rituale in der Kabine, auf den Geruch von Asche und Gummi, der an warmen Tagen über die Anlage am Waldweg wehte. Er hatte es vor uns geheimgehalten, dass er nicht nur seine Gesundheit, sondern damit auch unseren Erfolg aufs Spiel setzte. Daran tat er gut, denn wir hätten ihm beides niemals durchgehen lassen.

Mit einer großen Sause in der *Klause* feierte unser langjähriger Kapitän kurz vor Weihnachten seinen Ausstieg. An dem Abend, als ein völlig zugekokster Martin zu fortgeschrittener Stunde auf die Tartanbahn kackte, konnten wir noch nicht ahnen, dass wir auch auf Martin in Zukunft verzichten mussten. Kurz vor Silvester wurde er verhaftet, nachdem er im Rausch mit einem kleinen Klappmesser mehrmals auf seinen Dealer eingestochen hatte. Notwehr, meinte Martin. Er wurde zu einer Jugendgefängnisstrafe von anderthalb Jahren verurteilt. Wir waren schockiert, aber nicht einmal überrascht, denn wir hatten schon seit Jahren mit so einer Nachricht gerechnet. Zu lange hatte Martin sich im freien Fall befunden. Von uns wollte er sich nicht helfen lassen. Seine Gang vom Heußweg hätte ihn vielleicht retten können, aber die waren so ähnlich unterwegs wie Martin selbst.

Wir hatten es ungeschlagen bis in die Winterpause geschafft, aber jetzt war klar, dass 1999 nichts mehr so sein würde, wie es war. Radek und Martin waren von Anfang an dabei gewesen. Ein deutlicheres Zeichen dafür, dass unsere Ära unwiderruflich zu Ende ging, konnte es nicht geben. Wir waren alle

sehr aufgewühlt und hatten vielleicht sogar ein bisschen Angst vor dem, was uns in der Rückrunde erwarten würde, auf dem Platz und im Leben. Es waren einfach zu viele Veränderungen, zu viele Entscheidungen, zu viele einschneidende Erlebnisse in diesem Herbst 1998.
Aber kein Moment hat sich bis heute so tief in mein Gedächtnis eingebrannt wie Bum-Bums Ansage.

Tamagotchi

Vielleicht wäre Papa ohne das Tamagotchi nicht aufgeflogen. Es war irgendwann im Sommer 1998, als ich das kleine Elektroküken auf dem Schreibtisch in seinem Arbeitszimmer entdeckte. Ein kleines pinkes Plastikei mit gelbem Rand um den leicht beschädigten Bildschirm und drei lilafarbenen Bedienungsknöpfen. Was zur Hölle hatte Papa mit dem Ding vor? Pflegte er es etwa heimlich wie ein virtuelles Haustier? Oder wollte er es womöglich meiner Schwester zum Geburtstag schenken? Die Wahrscheinlichkeit war nicht gering, wenn man bedachte, dass Papa ein ausgesprochen schlechtes Gespür für Geschenke hatte. Er hatte ganz sicher keine Ahnung, dass meine Schwester Tamagotchis hasste. Außerdem waren die Dinger schon seit über einem Jahr nicht mehr angesagt, ich kannte nur zwei Mädchen, die noch eins besaßen: Sila (deren Tamagotchi regelmäßig verhungerte) und Manuela. Es konnte also gut sein. Ich beschloss, den Geburtstag meiner Schwester abzuwarten.

Mein Vater war ein analoger Typ in einer immer digitaler werdenden Welt. Ein Tamagotchi auf seinem Schreibtisch erschien mir so unwahrscheinlich wie Helge Schneider als Bundeskanzler. Nein, es war absolut ausgeschlossen, dass er sich um ein künstliches Küken kümmerte. Ich erinnerte mich an die beiden Babykatzen, die meine Schwester Julia eines Tages ins Haus geschleppt hatte, als sie ungefähr acht Jahre alt war. Mein Papa konnte sich mit den kleinen Kätzchen nicht anfreunden, im Gegenteil, er wurde schon unruhig, sobald sie nur unter dem Esstisch herumkrabbelten. Er nörgelte so lange herum, bis Mama die Tiere völlig entnervt ins Heim brachte. Julias Herz zerbrach in tausend Teile.

Vielleicht wollte Papa sich bei ihr nachträglich entschuldigen – mit einem Tamagotchi. Vielleicht lebte Papa aber auch eine heimliche Neigung zu niedlichem Elektronikspielzeug aus, unbeobachtet von uns, im stillen Kämmerlein. Ein Hobby, das zumindest peinlich genug wäre, es vor uns zu verbergen. Zwischen meinen Eltern lief es immer noch von Tag zu Tag schlechter – hätte meine Mutter mitbekommen, dass Papa ein Tamagotchi in seine Obhut nahm, wäre sie wahrscheinlich freiwillig gegangen. Sie hätte ihn verlassen. Sie hätte resigniert, wie damals mit den Katzen. Es wäre der letzte Schritt hin zur völligen Entfremdung gewesen.

In den nächsten Tagen bis zum Geburtstag meiner Schwester beobachtete ich Papa ganz genau. Ich kam mir vor wie ein Detektiv und versuchte, mich so unauffällig wie möglich zu verhalten. Ich beobachtete ihn beim Frühstück aus dem Augenwinkel (Wirkte er nervös? Abwesend? Anders als sonst?), stattete ihm Überraschungsbesuche im Arbeitszimmer ab (Machte ich sonst nie!), fragte ihn über seine Freizeitgestaltung aus (Interessierte mich normalerweise überhaupt nicht!). Mein Papa bemerkte nicht, dass er observiert wurde, aber mir fiel auch nichts Verdächtiges an seinem Verhalten auf. Der Einzige, der sich auffällig aufführte, war ich.

»Was stellst du deinem Vater so viele Fragen?«, fragte meine Mutter mit prüfendem Blick.

»Ich möchte einfach mehr an euren Leben teilhaben«, flötete ich zur Antwort. »Wie läuft es eigentlich im Tanzkurs, Mama?«

An ihrem Geburtstag schenkte Papa meiner Schwester eine Zehnerkarte für den Reiterhof und ein *Amica*-Abo. Von Tamagotchi keine Spur. Jetzt wollte ich natürlich erst recht wissen, was es mit dem Küken auf sich hatte. Ich nahm mir vor, Papa bei einem meiner Überraschungsbesuche in seinem Arbeitszimmer anzusprechen, aber das Tamagotchi lag nicht mehr auf seinem Schreibtisch. Sherlock Borowski konnte den Fall nicht lösen. Tage und Wochen vergingen.

Es dauerte bis zu einem bitterkalten Samstagabend im Februar 1999. Wir hatten nur 1:1 gegen den Tabellenletzten, den 1. FC, gespielt, und ich hockte mit Bum-Bum an der Theke der *Klause*. Wir tranken noch ein paar Bier und analysierten den Rückrunden-Fehlstart.

»Es ist ja auch, dings, kein Wunder«, sagte Bum-Bum, »mit den ganzen Neuen aus der B-Jugend. Nicht jeder integriert sich so schnell wie Chris. Wir waren jahrelang dieselbe Mannschaft, und Radek und Martin waren, dings, wichtige Spieler, das waren nicht irgendwelche, das waren Leistungsträger.«

»Wir werden nicht so auftrumpfen wie in der Hinrunde«, sagte ich und nickte, »das ist völlig ausgeschlossen. Aber wenn wir es nicht langsam auf die Kette kriegen, sind wir ganz schnell wieder die Bumsbude der Liga.«

»Wir müssen einfach zusehen«, sagte er entschlossen, »dass wir uns hier ordentlich verabschieden. Das lasse ich mir nicht von, dings, von ein paar Zehntklässlern aus der B-Jugend versauen.«

Da waren wir uns einig. Wie zur Bestätigung leerten wir unsere Gläser mit ein paar schnellen Zügen. Sofort war Manuela zur Stelle.

»Noch zwei für euch, ihr Süßen?«

Ich nickte eifrig, während ich auf ihre Brüste starrte. Es gab einfach keine andere Möglichkeit, als auf ihre Brüste zu starren. Sie waren wie ein Energiefeld, dem wir uns nicht entziehen konnten. Ein Magnet.

»Für mich auch«, sagte Bum-Bum.

»Gerne, Jungs«, sagte Manu, als ihr plötzlich das Küken ins Wort fiel. Mit einer Mischung aus Piepen und Brummen machte es sich bemerkbar.

»Hat es Hunger?«, fragte ich.

»Es hat immer Hunger«, sagte Manu und lachte, als sie das Tamagotchi angestrengt aus ihrer hautengen Jeanstasche fingerte. Nach ein paar versierten Knopfdrücken war Ruhe.

»Du hast das Ding immer noch?«, fragte Bum-Bum und guckte fast ein bisschen angewidert. »Die Teile sind doch, dings, total out! Da kannst du ja gleich wieder Game Boy zocken.«

»Game Boy ist doch immer noch geil«, protestierte ich.

»Mir doch scheißegal, was out ist«, entgegnete Manuela. »Außerdem ist das ein neues Küken. Mein altes Tamagotchi ...«

»... ist verhungert?«, fragte Bum-Bum und grinste.

»... habe ich verloren«, sagte Manuela.

»Darf ich mal gucken?«, fragte Bum-Bum und streckte seine Hand aus. »Ich habe so ein Ding noch nie in der Hand gehabt.«

Manu reichte ihm ihr Baby. Bum-Bum hielt es in seiner Hand wie ein rohes Ei und begutachtete es neugierig.

»Du musst es streicheln«, versuchte ich ihm auf die Nerven zu gehen.

»Mensch, Manu«, murmelte er, »du bist doch, dings, du bist doch zu alt für so was.«

Er hielt mir das Tamagotchi unter die Nase.

»Guck dir das mal an«, sagte er, »mit dieser komischen Technik kannst du ...«

Bum-Bum geriet ins Plaudern, ließ sich aus über moderne Technik und Isolation und die Verdummung der Menschheit, über Videospiele und die Realität, er geriet von einem existenziellen Themenbereich in den nächsten, aber ich bekam von seinen bierseligen Ausführungen nichts mehr mit, ich konnte ihm nicht mehr zuhören. Ich musste auf das Tamagotchi starren. Ich kniff die Augen zu kleinen Schlitzen zusammen, dann riss ich sie wieder auf, ich blinzelte, immer wieder, dann rieb ich mir die Augen, als wären sie voller Schlaf – ich versuchte alles, um nicht mehr das zu sehen, was ich sah. Vielleicht würde es sich in Luft auflösen, dachte ich. Aber es half nichts: Es war derselbe beschädigte Bildschirm, dieser kleine Sprung im

Display, an derselben Stelle, es bestand kein Zweifel: Es war das Tamagotchi von Papas Schreibtisch.

Plötzlich fühlte es sich an, als hätte ich die ganze Zeit die Augen vor der Wahrheit verschlossen, als hätte ich es nicht wahrhaben wollen, als wäre ich ein Idiot. Ein Idiot, der nur wissen will, was er wissen will. Dem seine eigene Gefühlswelt wichtiger ist als die Wahrheit. Eine Welt, widdewidde, wie sie mir gefällt. Ich kam mir vor wie ein männlicher Pippi Langstrumpf.

»Alles klar, Kalliboy?«, fragte Bum-Bum, als er meine Verstörung feststellte.

»Na klar, na sicher«, sagte ich hastig, »du hast völlig recht, diese Scheißtechnik.«

Vielleicht wäre es zu viel gesagt, dass ich Papa verstehen konnte, aber ich versuchte trotzdem, mich in seine Lage zu versetzen. Ich liebte ihn, so wie ich meine Mutter liebte – irrational und ohne Einschränkung. Ich konnte nicht tolerieren, was er meiner Mutter, meiner Schwester, unserer Familie antat. Aber ich versuchte, nicht zu vergessen, dass er auch nur ein Mann war. Jedenfalls konnte ich ihn nicht hassen. Natürlich nicht. Wer über achtzehn ist und seine Eltern nicht mag, ist mir suspekt. Ich würde sogar so weit gehen zu sagen: Wer seine Eltern nicht mag oder schlecht behandelt, ist ein schlechter, weil undankbarer Mensch.

Ich habe meine Eltern dagegen immer bewundert, wenn auch aus einem allgemeinen Grund: Ich bewunderte sie dafür, dass sie mehr als die Hälfte ihres Lebens hinter sich hatten und immer noch nicht verrückt geworden waren. Sobald ältere Menschen aufgrund ihres Alters und ihrer Lebenserfahrung vergessen, wie sich das Leben als Kind oder Jugendlicher angefühlt hat, werden sie erst zynisch, dann rücksichtslos und schließlich verrückt, wenn sie Pech haben. Weil die Welt nüchtern und bei klarem Verstand nicht zu ertragen ist. Meine Eltern waren häufiger nüchtern als nicht, oft sogar bei klarem Verstand –

und trotzdem hatten sie es geschafft, die Welt mit Würde zu ertragen, gemeinsam und über Jahrzehnte hinweg.

Ich stellte Papa an seinem Schreibtisch zur Rede. Er gab alles zu, vielleicht sogar mehr, als ich wissen wollte. Er erzählte von seiner Affäre mit Manuela. Mit Manuela!

»Seit ein paar Monaten ist da was zwischen uns«, sagte er, und wenn ich mich konzentriere, kann ich mich noch genau an den Klang seiner Stimme erinnern, wie er *Monaten* betonte und *zwischen uns* nuschelte. Seine Stimme klang matt, als ob er froh war, dass das Versteckspiel endlich ein Ende hatte. Aber sie klang auch ein bisschen stolz, als hätte er seinem Sohn am liebsten gesagt: »Guck mal an, Junge, was ich in meinem Alter noch so für Weiber in die Kiste kriege!«

Außerdem erzählte er von Paschke und Dirk und seiner Männerfreundschaft zu den beiden. Er gab zu, mit ihnen sehr viel Geld versoffen und verzockt zu haben – auch das hatte er stets erfolgreich vor uns geheim gehalten.

»Warum erzählst du mir das alles erst jetzt?«, fragte ich. »Und warum alles auf einmal?«

»Wenn wir schon dabei sind, sollst du auch wirklich alles erfahren«, sagte er.

Ich konnte nicht fassen, was er mir erzählte, aber ich konnte erst recht nicht fassen, dass ich nichts gemerkt hatte. Sicher, manche Sachen waren mir komisch vorgekommen, wenn er mal wieder an der Theke in der *Klause* hockte und sich angeregt mit Manuela unterhalten hatte. Oder wenn er mit Dirk oder Paschke einen auf Kumpel gemacht hatte. Aber nie, nie, nie wäre ich auf die Idee gekommen, er könnte …

Ich wollte gar nicht weiter darüber nachdenken. Wieso hatte ich nichts bemerkt? Hatte ich den Kopf wirklich so tief in meinem eigenen Arsch?

»Du musst es Mama erzählen«, wies ich meinen Vater an. »Ich weiß nicht, was sie schon weiß und was nicht, aber du musst ihr alles erzählen, alles, was du mir gerade erzählt hast. Sonst erledige ich das für dich.«

Er nickte betreten.

Nur ein paar Wochen später wanderte Mama in die Toskana aus. Sie hatte ihre beruflichen und privaten Verpflichtungen aufgekündigt und schien auf diesen Auslöser jahrelang gewartet zu haben, ja, sie schien geradezu erleichtert.

»Ihr seid alt genug«, sagte sie zu meiner Schwester und mir, »und ich bin immer für euch da – aber ich muss jetzt losgehen und mein Leben retten, sonst werde ich verrückt!«

Eine Freundin von ihr war dort die Besitzerin eines Olivenhains, dort wollte sie arbeiten. Sie fand ein Häuschen in Grosseto.

»Ich bin so glücklich wie seit Jahrzehnten nicht mehr«, ließ sie mich ein paar Jahre später wissen, als wir uns auf einer Terrasse an der Piazza Dante in der toskanischen Sonne gegenübersaßen und ihre ausgebleichten Haare fast so hell leuchteten wie damals mit der Brigitte-Nielsen-Frisur. »Es ist so herrlich hier, oder? Ich wusste überhaupt nicht, was für eine Auswirkung gutes Wetter auf die Lebensqualität hat!«

»Kein Wunder«, sagte ich und nickte, »bei dem ewigen Regen in Diepenbusch.«

Meine Schwester blieb bei meinem Vater. Sie hatte ihre Freundinnen, ihre Schule, ihren Reiterhof in Diepenbusch. Sie wollte hier nicht weg, obwohl sie ihre Mama abgöttisch liebte und unter der räumlichen Trennung besonders anfangs schwer litt. Kurz nachdem Mama weggezogen war, versuchten sich Papa und Manuela an einer ernsten Beziehung. Manuela hing jetzt ständig bei uns zu Hause herum und freundete sich sogar mit Julia an. Es war eine surreale Situation, an der ich mit voller Absicht fassungslos vorbeilebte. Nach einem knappen halben Jahr war Schluss mit Papa und Manuela. Sie verließ ihn für einen Fünfundzwanzigjährigen. Nicht wirklich überraschend.

Papa trug es mit Fassung, wahrscheinlich hatte nicht einmal er selbst auf lange Sicht etwas anderes erwartet. Bis heute ist er allein. Ich weiß nicht, ob er immer noch der Meinung ist, dass Manuela es wert war. Ob es sich nur für ein paar Monate mit einer Anfangzwanzigjährigen gelohnt hat, seinem Leben diese Wendung zu geben. Aber ich glaube, insgeheim schämt er sich für das, was er meiner Mama angetan hat.

Auch heute, rund anderthalb Jahrzehnte später, mache ich ihm keine Vorwürfe. Überhaupt ergreife ich niemals Partei für Mama oder Papa. Ihre ewigen Streitigkeiten während meiner Teenagertage, die schroffe Art meiner Mutter und die Antriebslosigkeit meines Vaters, die Tamagotchi-Farce und alles, was mit ihr zusammenhing – es war ein schleichender Prozess, der mir Ende der Neunziger schonungslos aufzeigte, dass Eltern auch nur Menschen sind, und zwar Menschen mit Fehlern, mit Problemen und Neurosen und einer Verletzlichkeit, die man als Kind zunächst nicht bemerkt und später nicht wahrhaben will.

Aber das alles ist fünfzehn Jahre her. Tamagotchis gibt es nicht mehr, und meine Eltern sind immer noch geschieden.

Raus!

An einem Montag im März rückten die Bagger an. Der neue Präsident Dieter hatte lange überlegt, wie er Paschkes Erbe investieren wollte. Er entschied sich für einen zusätzlichen Gummiplatz und einen Rasenplatz anstelle des Ascheplatzes, auf dem wir unsere Heimspiele austrugen. Die Verlegung des Rasens war allerdings erst für die Sommerpause 1999 geplant. Obwohl ich auf diesen Moment jahrelang hingefiebert hatte, würde ich ihn also nicht mehr als Spieler der Fortuna erleben.

Stattdessen mussten wir zusehen, in den letzten Heimspielen auf unserer guten, alten Asche den zweiten Abstieg in Folge zu verhindern. In den ersten Wochen der Rückrunde hatten sich unsere Leistungen (und die Ergebnisse) im Vergleich zur schwachen Hinrunde noch einmal verschlechtert, was bei genauerer Betrachtung der Entwicklung rund um unsere Truppe aber kein Wunder war. Vielmehr erschien der freie Fall fast zwangsläufig: Wir hatten Radek und Martin verloren, stattdessen rückten zum ersten Mal in acht Jahren ein paar Jungspunde aus der B-Jugend in unseren Kader auf. Plötzlich waren wir keine eingespielte Truppe mehr, die Automatismen griffen nicht mehr. Auch das vorhandene Spielermaterial war nicht mehr zu vergleichen mit der Klasse, die uns noch vor ein paar Jahren ausgezeichnet hatte: Trotz der Vorschusslorbeeren erwies sich Christian keineswegs als gleichwertiger Ersatz für einen eiskalten Knipser wie Matze, viel zu fahrlässig ging er mit seinen Torchancen um; und die ehemaligen Bankdrücker Micha und Sinisa, die inzwischen zum festen Stamm der Mannschaft gehörten, lieferten leider im Verlauf einer langen Saison den Nachweis, warum sie jahrelang nicht über den Status der gelegentlichen Einwechselspieler hinausgekommen waren.

Trainer Dirk hatte seine liebe Mühe, unserem Niedergang eine konstruktive Taktik entgegenzusetzen. Weil wir vor allem defensiv immer gefährlicher ins Schwimmen gerieten und regelmäßig lachhafte Lücken offenbarten, klammerte sich Dirk an den letzten Strohhalm.

»Männer«, sprach er, »wir brauchen eine Abseitsfalle! Wir können in der Defensive nicht weiter so auf Café Sorglos agieren.«

Was wir noch nicht ahnten: Nichts ist hoffnungsloser, als einer orientierungslosen Mannschaft die Abseitsfalle nahezubringen. Nach mehreren Experimenten auf der Liberoposition war inzwischen Artur unser letzter Mann. Eine Verantwortung, die ihm eigentlich nur über seinen Monchichi-Kopf wachsen konnte. Ausgerechnet dem notorisch schweigsamen Ex-Mittelfeldmotor wurde es nun zur Aufgabe, die Falle zu stellen und uns deshalb mehrmals pro Spiel mit einem markerschütternden »Raus!«-Ruf aus der Deckung zu schicken, ein Marschbefehl, der aus Arturs Mund ungefähr so klang: »RAAAAAAAAAAAAAAAAHUUUUUUUUUUUUSSSS!«

Weil wir diese Lautstärke von Artur nicht gewohnt waren, erschraken wir zunächst stets für eine Sekunde, wenn er brüllte – eine entscheidende Sekunde, die das Misslingen unserer Falle in achtzig Prozent der Fälle garantierte. Ich weiß nicht mehr, wie viele gegnerische Stürmer in diesem Frühjahr alleine auf unseren Torwart Volkan zuliefen, weil unsere Abseitsfalle mal wieder nicht zugeschnappt hatte. Aber es waren viele.

Während wir also mit einer neu zusammengewürfelten Mannschaft, einer funktionsuntüchtigen Abseitsfalle und allgegenwärtigen Abwanderungsgedanken auf den Tabellenkeller zusteuerten, schwebte ich privat auf Wolke sieben, mindestens. Mein Leben glich einem Song von Bryan Adams. Melanie und ich trafen uns seit Wochen, Monaten inzwischen, heimlich, was sehr aufregend war, obwohl ich gerne der ganzen Welt gezeigt hätte, wer mein Mädchen war und wie glücklich sie mich machte. Aber sie hatte große Schwierigkeiten, sich von Christian zu trennen. Sie spürte eine Verantwortung ihm gegenüber, was mich zu höhnischen Kommentaren verleitete, schließlich war von dieser Verantwortung damals, als sie mich verlassen hatte, nicht viel zu spüren gewesen.

»Eben deshalb«, sagte Melanie dann, »oder denkst du, so unüberlegt und rücksichtslos möchte ich jemals wieder handeln?«

Bis sie mich irgendwann im April an unseren geheimen Lieblingsplatz am Fluss entführte. Im abendlichen Hafenlicht lag auf ihrem aufregenden Gesicht ein blutoranges Leuchten. Wir waren durch das hohe Gras am Ufer spaziert, und hier hockten wir nun, mit Blick auf die Skyline von Dortmund und Umland, auf die Fördertürme der stillgelegten Zechen und die riesigen Schlote der Fabrikanlagen und ließen die Beine über dem Wasser baumeln. Dabei tranken wir Weißwein aus der Flasche und rauchten eine Zigarette nach der anderen. Es ging kein Wind, die Luft war knusprig, der Himmel schimmerte lila. Einen perfekteren Abend konnten wir uns nicht basteln.

Melanie kraulte mein Knie mit ihren schlanken Fingern. »Ich muss dir was sagen.«

»Alles, was du willst«, sagte ich und nahm einen großen Schluck aus der Pulle.

»Ich will mit dir zusammen sein«, sagte Melanie mit dem gewohnten Fragezeichen in der Stimme, »deswegen habe ich mit Christian Schluss gemacht.«

Mein Mund wurde ganz trocken. »Wirklich?«

Sie machte eine wegwischende Handbewegung. »Ach, das war doch überfällig, das weißt du auch.«

»Warum ausgerechnet jetzt?«, fragte ich.

Sie steckte sich eine Zigarette an und blies den Rauch pfeifend in den lauwarmen Aprilabend. »Wenn man auf den richtigen Moment wartet, kann man lange warten«, sagte sie.

»Du hast Schluss gemacht?«, fragte ich noch mal nach, weil ich es kaum glauben konnte. Dann schwiegen wir eine Weile, während mein Herz tanzte. Jedes Molekül bewegte sich. In Melanies Gegenwart fühlte ich mich, als wären alle Ventile gelöst, die zuvor für Spannung in mir gesorgt hatten. Ich atmete langsam, mein Herz schlug gleichmäßig, ich nahm alle Gerüche stärker war (hier und jetzt: Fisch und Schiffsbenzin), und sogar meine Augen, die ich im Abendlicht gerne zu kleinen Schlitzen verkrampfte, waren geöffnet wie Schleusen, wenn Melanie bei mir war. Meine Gesichtsmuskeln waren völlig entspannt. Ich stellte weder mir noch ihr die Frage, was sie diesmal so sicher machte, dass es mit uns klappen würde. Ihre Motivation, ihre Überzeugung blieb genauso rätselhaft wie damals, als sie sich von mir getrennt hatte. Es machte keinen Sinn. Aber das Mysteriöse an Melanie machte sie in meinen Augen nur noch aufregender. Es war unmöglich, sie zu durchschauen. So sollte es sein. An diesem Abend im April schwor ich mir, ein Mädchen nie durchschauen zu wollen. Ich wollte weiter überrascht werden, am liebsten für den Rest meines Lebens. Am liebsten von Melanie.
»Weiß Chris Bescheid?«, fragte ich argwöhnisch und schnippte meine Kippe in den Kanal.
»Er war anwesend, als ich mich von ihm getrennt habe, ja.«
»Nein«, sagte ich und musste schmunzeln, »ich meine, ob er über uns Bescheid weiß.«
»Die Frage musste ja kommen«, seufzte sie. »Nein, ich habe ihm nichts von uns erzählt. Das ist eure Angelegenheit.«
»Mhm«, machte ich.
»Wirst du es ihm erzählen?«, fragte sie.
»Nö«, sagte ich und schüttelte den Kopf. »In ein paar Monaten bin ich sowieso weg.«
Ich hielt den Atem an. Wir sahen uns in die Augen.
»In ein paar Monaten bin ich weg«, wiederholte ich, damit es uns deutlich wurde.

»Ich weiß«, sagte sie. Es war klar, dass unser altes Leben in ein paar Monaten vorbei sein würde. Für mich ging es nach Freiburg, Melanie wartete auf eine Antwort von der LTU.
»Aber wie stellst du dir das vor?«, fragte ich.
»Wir kriegen das schon hin«, sagte sie, und es klang nicht wie eine Frage.
»Sind wir jetzt so richtig zusammen?«, fragte ich. »So wie in einer Beziehung?«
Sie hob die Augenbrauen. »Ich weiß es nicht, aber es ist mir egal, wie wir es nennen, solange ich es so sehr genieße wie im Moment. Wir können es auch *Baum* nennen. Oder *Auto.*«
»Wir haben hier also gerade ein Auto?«, fragte ich. Sie lachte. Dann hielten wir für ein paar Minuten den Mund und starrten in den Frühling.
»Ich genieße es auch«, sagte ich irgendwann.
Sie legte ihren Kopf seitlich auf meine Brust, als wollte sie mich mit ihrem rechten Ohr abhören. »Außerdem ist *Beziehung* ein fürchterliches Wort.«
»Mhm. Stimmt.«
»Worte sind sowieso oft scheiße«, sagte sie.
Innerlich zitterte ich vor Erregung. »Manchmal kann ich gar nicht glauben, dass wir uns getroffen haben. Ich kann nicht glauben, dass das hier wirklich passiert.«
Sie stieß einen wohligen Seufzer aus. »Das ist nicht die Realität.«
»Was ist es dann?«
»Die Realität ist viel zu unromantisch.«
»Meinst du?«
»Realität ist das, was nicht verschwindet, wenn man aufhört, daran zu glauben.«
»Klingt gut.«
»Ist nicht von mir. Ist von Philip K. Dick.«
»Aha. Macht Sinn.«

Melanie blinzelte aufs Wasser.
»Die Erde ist freundlich«, sagte sie gedankenverloren. »Warum wir eigentlich nicht?«
»Weiß nicht«, nuschelte ich und schluckte.
»Den Flüssen ist es egal«, sagte sie. »Die fließen einfach immer weiter raus aufs Meer.«
»Das finde ich beängstigend«, sagte ich.
»Ich glaube an dich«, flüsterte sie und nahm mein Kinn in ihre rechte Hand. Ich hielt die Luft an. Sie schloss ihre Augen, und wir versanken in einen tiefen, feuchten, innigen, zeitlupigen, schlürfenden, prickelnden, schmatzenden, schlabbernden, atemlosen, leidenschaftlichen, langsamen, hektischen, zärtlichen, wilden, weichen, harten, heißen, kalten, ungestümen, seufzenden, stöhnenden, schnurrenden, summenden Kuss. Nach viel zu kurzen, endlosen Minuten hielten wir inne und sahen uns in die Augen.
»Jetzt kann ich sterben«, hechelte ich.
»Bloß nicht!«, protestierte sie. Dann küssten wir uns für den Rest des Abends weiter. Genauer gesagt küssten wir uns für Wochen weiter. Bis Melanie eines Abends mit dem Kopf auf meinem Brustkorb lag. Wir waren nackt und verschwitzt und bliesen den Rauch unserer Zigarette Richtung Decke meines Schlafzimmers. An diesem frühen Nachmittag war Melanie gleich nach der Schule zu mir gekommen und ohne Vorwarnung über mich hergefallen, als wir alleine in meinem Zimmer waren. Sie war auf mich draufgesprungen, hatte mir die Kleider vom Leib gerissen und mich aufs Bett geschmissen. Selbst für eine leidenschaftliche Person war sie diesmal ganz besonders hemmungslos gewesen. Als gäbe es keinen nächsten Tag. Kein Wunder, schließlich wusste sie längst, dass alles auf dem Spiel stand.
»Ich wurde heute in der großen Pause ins Sekretariat bestellt«, sagte sie atemlos. »Meine Mutter war am Telefon.«

Sie schluckte.
»Was war denn los?«, fragte ich erschrocken.
Sie inhalierte tief und qualmte kleine Kreise in die Luft. »Weil dieser Typ bei uns zu Hause angerufen hatte.«
»Und?«
Sie hielt kurz inne und fuhr dann fort: »Sie haben mich genommen.«
»Wie? Was? Wer hat dich genommen?«
»Ich kann die Ausbildung bei der LTU machen …«
Ich reckte die Arme in die Luft wie beim Torjubel. »Gratuliere, Baby! Das ist doch geil!«
»… in Berlin.«
Mir fuhr ein gehöriger Schock durch die Glieder. »Was soll das heißen?«
»Es war eigentlich klar, dass es Düsseldorf oder Berlin wird, wenn sie mich nehmen.«
»Ist nicht dein Ernst!«
»Und ob!«
»Du willst nach Berlin ziehen?«
Sie drückte ihre Zigarette aus. »Ich muss.«
»Du musst überhaupt nichts!«
Sie hob ihren Kopf und sah mich mahnend an. »Diese Chance kann ich mir nicht entgehen lassen. Das ist mein Lebenstraum.«
»Berlin ist ein Drecksloch!«
»Ich weiß.«
»Weißt du, wie weit Berlin von Freiburg entfernt ist?«
»Ich weiß.«
»Viel weiter kann man in Deutschland nicht voneinander entfernt sein.«
»Ich weiß.«
»Ist das eine dieser Türen, die sich nur einmal im Leben öffnet?«, fragte ich gereizt.

Sie funkelte mich wütend an. »Machst du dich lustig über mich?«
»Nein«, sagte ich.
Sie nickte. »Gut, denn es ist tatsächlich eine dieser Türen.«
»Mhm.«
»Du weißt doch genau, was mir die ganze Sache bedeutet.«
Ich stand unter Schock. »Und was ist mit uns?«
Sie atmete schwer und antwortete nicht. Dann lehnte sie ihren Kopf an meine Schulter und küsste mich neben den Mund.

Abpfiff

Wir spielten bis zum letzten Spieltag gegen den Abstieg. Dass wir am Ende überhaupt noch eine Chance auf den Klassenerhalt hatten, konnten wir bei all den Ausfällen und Personalrochaden fast schon als Erfolg werten. Aber vor dem letzten Spiel, einem Heimspiel gegen Westfalia, galt es, die Kräfte zu bündeln und alle Reserven zu mobilisieren (sechs Euro ins Phrasenschwein) – denn jedem von uns, selbst den Neuen, war bewusst, dass diese Partie das Ende einer Epoche bedeutete. Sicher, nicht alle würden den Verein am Saisonende verlassen und wie ich weit weg gehen. Aber die Mannschaft, wie wir sie kannten, brach unweigerlich auseinander.

Als wir den Gegner mit einem dreifachen

»Fortu-«

»-NA!«

»Fortu-«

»-NA!«

»Fortu-«

»-NA!«

begrüßt hatten und er uns mit einem dreifachen

»Westfa-«

»LIA!«

»Westfa-«

»LIA!«

»Westfa-«

»LIA!«

begrüßt hatte, als ich alle meine Jungs noch einmal abgeklatscht hatte, von Volkan bis zum Polen, als ich meine Position auf dem linken, defensiven Flügel eingenommen hatte und mit den Stollen so lange über die trockene Frühlingsasche geschabt hatte, bis ich mal wieder von einer Staubwolke umhüllt

wurde, geriet ich ins Grübeln. Bald würde hier ein Rasenplatz verlegt werden. Mit Paschkes Geld, aber ohne Paschke war der Verein auf dem Weg in ein neues Jahrtausend. Es würden Nachwuchsspieler aufrücken und eine neue Ära begründen, vielleicht sogar eine erfolgreichere als wir, ganz sicher aber nicht so eine ereignisreiche, zumindest nicht aus unserer Sicht. Bald schon würden wir die alten Knacker sein, die erzählten, dass früher alles besser war, während die Bezirkssportanlage am Waldweg längst in »Sport- und Gesundheitszentrum Diepenbusch« umbenannt wurde, Wellnessbereich und Rauchverbot inklusive.
Dieter war der neue starke Mann am Waldweg, mit *Paschke PS* und seinem Netzwerk konnte er auch der neue starke Mann in Diepenbusch werden. Es würde sich alles und nichts ändern, typisch für die Fortuna, typisch für Diepenbusch.
Ich ließ den Blick schweifen. Zwanzig Grad, rund fünfzig Zuschauer, beste Voraussetzungen. Am Spielfeldrand nickte Papa mir aufmunternd zu. Er stand an exakt derselben Stelle wie damals, vor knapp acht Jahren, bei meinem ersten Spiel für die Fortuna.
Ich dachte an mein erstes Training; an die Atmosphäre in der Kabine, die mich in den ersten Monaten so eingeschüchtert hatte; an meine erste Rote Karte; an die hitzigen Derbys gegen Viktoria; an unseren glorreichen Aufstieg; an Harald, an Manni und an Dirk, mit dem ich nie warm geworden war; an die Jungs, die mit mir vom ersten bis zum letzten Match auf dem Platz gestanden hatten, und an die Jungs, die schon längst woanders waren – wir alle waren Veteranen, die unzählige Schlachten zusammen geschlagen hatten. Wir würden uns für den Rest des Lebens freundschaftlich verbunden bleiben. Wir würden diese Freundschaften nicht einmal mehr pflegen müssen, sie würden einfach bleiben. Weil wir so viel zusammen erlebt haben.

Ich dachte an den Traum, den ich damals geträumt hatte, den Traum, an den ich so fest geglaubt hatte:

Borowski schnappt sich den Ball, kurz hinter der Mittellinie, vorbei an Cinquecento (ein argentinischer Mittelfeldspieler, den ich mir ausgedacht hatte), *vorbei an Arbelao* (argentinischer Abwehrspieler, ebenfalls ausgedacht), *er täuscht einen Schuss an, schlägt einen Haken und – Toooooooor! Tor durch Borowski! Das 1:0 für Deutschland in diesem Finale von München! Das Olympiastadion bebt, wie ich es selten erlebt habe, meine Damen und Herren … 1:0 für Deutschland! Karlheinz Borowski, meine Damen und Herren, und man ist ja fast geneigt zu sagen: Wer sonst?!?*

Mit meinem Engagement beim SC Freiburg war ich der Verwirklichung dieses Traumes näher gekommen, als ich es mir bei realistischer Einschätzung jemals erhofft hätte. Trotzdem fühlte es sich nicht so an, als hätte ich irgendetwas erreicht. Ich fühlte mich einfach nur müde und ausgelaugt, als steckten mir acht Jahre Fortuna Diepenbusch auf einmal gebündelt in den Knochen.

»Auf geht's, Männer!«, rief Frank.

»Los jetzt, Männer!«, nuschelte ich und klatschte kräftig in die Hände.

Dann pfiff Mokkas Vater an.

Es wurde ein schweres, ein zähes Spiel. Wir brauchten einen Sieg, um den Abstieg sicher zu vermeiden. Artur und Mokka schossen nach fünfzehn Minuten eine frühe 2:0-Führung heraus. Der Waldweg brodelte, wie er es an besonderen Tagen so gerne tat. Nach und nach kamen auch die Jungs und Mädchen vom TC Diepenbusch wieder zu uns auf die Anlage herüber, um uns lautstark anzufeuern. Eine geile Stimmung, die bei uns immer noch ein paar Prozent Einsatz, Wille und Kampfkraft herauskitzelte. Trotzdem kassierten wir kurz vor der Pause – zu einem psychologisch äußerst ungünstigen Zeitpunkt also (noch mal drei Euro ins Phrasenschwein) – den 1:2-Anschlusstreffer. Gleich nach der Pause erhöhte der Pole aber mit einem herrlichen Volley aus sechzehn Metern auf 3:1. Mit dem Zwei-Tore-Polster im Rücken fühlten wir uns zu sicher, kamen kaum noch in die Zweikämpfe und vergaben beste Torchancen fahrlässig, vor allem Christian scheiterte gleich mehrfach aus aussichtsreicher Position.

»Gips doch nich!«, wurde an der Seitenlinie gezischt, »Den muss er machen!« und »Lecko mio!«.

Immer häufiger schaltete auch ich mich jetzt in die Offensive ein, meine verzweifelte Hoffung auf mein erstes und letztes und einziges Tor für die Fortuna hatte ich immer noch nicht endgültig begraben, sie trieb mich an, aber es sollte nicht sein. Auch in meinem Abschiedsspiel für die Fortuna blieb ich ohne persönliches Erfolgserlebnis. Nicht ein einziges Mal in acht Jahren durfte ich jubelnd abdrehen. Aber das Leben ist kein Wunschkonzert, und man kann nicht alles haben, es ist, wie es ist, da machst du nix, die einen sagen so, die anderen so, das ist es dann immer, das kannst du haben (achtzehn Euro ins Phrasenschwein).

Zehn Minuten vor Schluss verkürzte Westfalia auf 2:3. Die Schlussphase wurde zur Nervenschlacht. Ein Unentschieden würde nicht reichen, so viel stand fest, und uns allen zitterten die Knie. Vor einer Ecke für Westfalia flüsterte sogar der sonst so eisenharte Frank mir ins Ohr: »Scheiße, mir geht richtig der Kackstift!«

Jedem war bewusst, was hier auf dem Spiel stand, welches Erbe wir verteidigten: unser eigenes.

Die ganze Aufregung kulminierte in der Nachspielzeit: Die Westfalia agierte inzwischen nur noch mit langen Bällen – »Passt mir auf den langen Hafer auf!«, wies Dirk uns von der Seitenlinie verzweifelt an – und in einer fatalen Vermengung von Angst und Größenwahn versuchten wir, beim letzten dieser Verlegenheitsschläge den Stürmer von Westfalia in unsere Abseitsfalle laufen zu lassen. Er bedankte sich und netzte am chancenlosen Volkan vorbei ein. Schluss, aus, 3:3, alles vorbei. Dachten wir alle und sanken auf die Knie. Doch dann erfolgte der schrille Pfiff, der den Jubel der Westfalia-Spieler übertönte. Mokkas Vater hob den Arm und entschied allen Ernstes auf Abseits. Er konnte es nicht gesehen haben, es gab keinen Linienrichter, aber für uns alle fühlte es sich an, als habe unsere Abseitsfalle nicht zugeschnappt, mal wieder nicht, wie üblich. Aber Mokkas Vater pfiff. Freistoß für uns. Kaum hatte Volkan den Freistoß mit einem langen Ball in die gegnerische Hälfte ausgeführt, pfiff Mokkas Vater schon wieder – und zwar ab! Aus, aus, das Spiel war aus! Mokkas Vater hatte auf Abseits entschieden, und zum ersten Mal wurde mir klar, dass es im Jugendfußball nicht nur um Sieg oder Niederlage, Fairness und Regeln geht. Es geht vor allem darum, eine gute Geschichte ordentlich zu Ende zu erzählen. Aber darum geht es im Leben ja eigentlich immer und überall.

Abpfiff. Wir hatten den Klassenerhalt geschafft. Ich ließ mich erschöpft auf den Rücken fallen, schickte Dankesgrüße gen Himmel oder irgendwohin und verdrückte ein paar Tränen. Um mich herum explodierte der Waldweg.

»Hat der Sahne!«, rief Volkan immer wieder. »Hat der Sahne, hat der Sahne, hat der Sahne, hat der Sahne! Mann, ey!«

Die Jungs sprangen sich in die Arme, hüpften umher und schrien ihre Freude heraus: »JAAAAAAAAAAAAAAAAAAAAAAAAAAAAAAAAA! JajajaajajajajajajaJAAAAAAAAA AAAAAAAAAAaaa!«

Dirk lief hektisch über den Platz, klatschte jeden seiner Jungs ab und umarmte alles, was ihm in die Quere kam, sogar mich. »Ganz großes Match, mein Lieber!«, flüsterte er mir ins Ohr. »Und alles, alles Gute für dich in Freiburg! Halt unsere Farben hoch, hörst du?«

Das versicherte ich ihm. Seine Wünsche klangen ehrlich.
Vielleicht, dachte ich nach dieser Umarmung, vielleicht hast du dich in Dirk getäuscht. Vielleicht hat er überhaupt keine persönlichen Probleme mit dir. Vielleicht hat er nie viel mit dir geredet, weil er wusste, dass du den Zuspruch nicht so dringend brauchst, weil du inzwischen viel gefestigter bist, als du es dir selbst eingestehst. Vielleicht hat er einfach nicht darüber nachgedacht, dich in den Sturm zu stellen, weil du als Linksverteidiger unverzichtbar warst. Immerhin hatten meine Leistungen keinen Anlass zu einer Veränderung meines Wirkungskreises gegeben.
Vielleicht hatte ich Dirk völlig falsch eingeschätzt. Ich war neunzehn Jahre alt, da konnte das schon mal passieren. Ich beschloss, nicht weiter darüber nachzudenken und ihn entgegen meiner ursprünglichen Absichten in guter Erinnerung zu behalten.
In der Kabine bat Dirk zunächst für eine Sekunde um Ruhe.
»Männer«, sprach er, »das war'n ganz enges Höschen!«
Wir jubelten los, und jetzt konnte er nur noch mit rotem Kopf gegen unser Ausrasten anbrüllen: »... aber jetzt wird gefeiert, als gäb's kein Morgen mehr – nur damit das klar ist!«
Das musste er uns nicht zweimal sagen. DJ Frank aka Metallica drehte die Muckebox bis zum Anschlag auf, und wir hüpften zum flachen Bass des *Flat Beat* von Mr. Oizo in voller Montur unter die Dusche, wo wir die Party starteten.
Später ging die Sause in der *Klause* weiter. Aus der Jukebox erklangen die üblichen Verbrechen, die sich nur hier legal anhörten und -fühlten: Vicky Leandros sang von ihrer Liebe zum Leben, Udo Jürgens über griechischen Wein, Wolfgang Petry davon, dass er Bronze, Silber und Gold nie gewollt hatte.
Ich bestellte ein Bier bei Manuela. Seit Papa konnte ich ihr nicht mehr auf die Brüste starren.
»Hier, Süßer«, sagte sie ungerührt und stellte das vor Schaum überquellende Glas auf die Theke.

Irgendwann ergriff Dieter das Mikrofon, hielt eine kurze Rede, in der er uns zum Klassenerhalt gratulierte, und erinnerte an Paschke: »Er hätte gewollt, dass wir heute Abend alle Fässer leeren, hömma! Aber wirklich alle!«

Dann stimmte er in Gedenken an den Patron das *Steigerlied* an, und alle, wirklich alle, stimmten ein, und sangen aus gut geölten Kehlen mit: *Glück auf, Glück auf, der Steiger kommt …*

»Klarer Fall von Gänsepelle«, sagte Frank anschließend, und ich habe die Augen unseres wütenden Kapitäns selten so leuchten sehen wie in diesem Moment. Uns allen war klar, dass wir diese Nacht inhalieren mussten, weil sie nie wiederkommen würde. Es war die letzte Nacht, und wir hatten die schönste Zeit.

»Ahlenfelder für alle!«, rief Dieter, und es brandete ein Jubelsturm auf, den die *Klause* in dieser Lautstärke wohl noch nie gehört hatte.

Mehr kannst du im Fußball eigentlich nicht erreichen, dachte ich an diesem Abend immer wieder, als ich mit meinen Jungs anstieß, als ich ihre glühenden Gesichter sah, als wir uns die ganzen Geschichten von früher noch einmal erzählten.

Das ist mehr, dachte ich, als ich in Freiburg je erreichen könnte. Das ist mehr, dachte ich, als mir die WM 2006 jemals geben könnte.

In kürzester Zeit sprach sich die Party in Diepenbusch herum, und immer mehr Menschen strömten in die *Klause.* Zu fortgeschrittener Stunde tippte mich ein spitzer Fingernagel von hinten auf die Schulter. Ich drehte mich und erschrak beinahe vor Überwältigung.

»Herzlichen Glückwunsch«, sagte Melanie und strahlte über das ganze Gesicht. Ich vergaß völlig, dass wir uns vor Christian zurückhalten wollten, und fiel ihr um den Hals. Als wir kurz darauf in Erfahrung brachten, dass Christian so viel getrunken hatte, dass er schon vor einer halben Stunde den Heimweg an-

getreten hatte, passte das zu diesem perfekten Tag, zu diesem perfekten Abend, zu diesem perfekten Moment.
Als Melanie und ich später, zu fortgeschrittener Stunde, eng umschlungen auf der Tanzfläche zu den Klängen von Whitney Houstons aktuellem Hit *My Love Is Your Love* schmusten, dachte ich an nichts anderes mehr als an Melanie. Wie sehr ich sie liebte. Wie sehr ich mich immer noch nach ihr verzehrte, wie am ersten Tag nämlich. Wie wenig ich Arizona mit ihr erwarten konnte, nämlich gar nicht. Ich dachte an unsere Ranch, an ein paar Pferde, an Cowboystiefel und ans Ausreiten, an die Weite der Wüste und glutrote Wolken.
»If tomorrow is Judgement Day and I'm standing on the front line«, sang Whitney, *»and the Lord asks me what I did with my life, I will say I spent it with you.«*
Ich legte meinen Mund an Melanies Ohr und flüsterte: »Ich komme mit dir nach Berlin.«

Winke-winke

Der SC Freiburg war nicht amüsiert über meine Absage. Trotzdem pochten die Verantwortlichen nicht auf die Rechte, die ihnen immerhin vertraglich zugesichert waren. Sie lösten den Vertrag klaglos auf.

»Das machen wir im Jugendbereich immer so«, verriet mir ein Verantwortlicher anschließend, »weil wir keinem Jungen den Start in sein richtiges Leben versauen wollen.«

Im Breisgau, dachte ich, ist die Welt vielleicht wirklich noch in Ordnung. Da haben die Leute das Herz noch am rechten Fleck.

»Außerdem«, fügte der Verantwortliche hinzu, »hat ein unzufriedener A-Jugendlicher sportlich keinerlei Wert für uns.«

Papa konnte meine Entscheidung natürlich nicht fassen. »Worauf hast du denn in all den Jahren hingearbeitet?«, fragte er fassungslos. »Was waren all die Jahre bei der Fortuna denn überhaupt wert?«

»Ich bin bei der Fortuna aufgewachsen«, sagte ich, »und ich habe ihr alles zu verdanken. Das ist mehr wert als jeder Profivertrag.«

»Was für ein pathetischer Schwachsinn!«, rief Papa und reckte hilfesuchend die Hände nach oben. »Herr, wirf Hirn vom Himmel!« Es sollte noch ein paar Wochen dauern, bis er sich damit abgefunden hatte. »Keinen Plan hat der Junge«, schimpfte er, als er mich außer Hörweite ahnte, »absolut keinen Plan hat der Junge!«

Mama stellte derweil aus der toskanischen Ferne ihre Diagnose: »Das ist die richtige Entscheidung. Du hättest dich im Fußball auf Dauer nicht wohl gefühlt, Schatz.«

Natürlich beunruhigte es sie ein bisschen, dass ich nicht wusste, was ich stattdessen mit meinem Leben anfangen wollte. Aber die Tatsache, dass ich mich nicht dem menschenfeindlichen Roulette um einen Platz im Profikader eines Bundesligavereins aussetzen würde, ließ sie etwas ruhiger schlafen. Schließlich konnte ich erst einmal irgendwas studieren und so ein paar zusätzliche Jahre zur Entscheidungsfindung gewinnen. So stellte Mama sich das zumindest vor.

Ich machte mir über solche Sachen noch überhaupt keine Gedanken. Einerseits genoss ich Melanies Begeisterung über meine Entscheidung, die so ein deutliches Zeichen für unsere gemeinsame Zukunft war, dass ihre Augen mich fortan noch etwas glitzernder anfunkelten als ohnehin schon. Andererseits bereitete ich mich auf Bum-Bums bevorstehenden Abschied vor.

»Müssen wir irgendwas machen?«, fragte Mokka mich einen Tag vorher.

»Was denn machen?«, fragte ich.

»Na ja«, sagte er, »irgendwas Perverses, ein Banner basteln, ein Lied einstudieren, ein Abschiedskomitee zusammenstellen – was man halt so macht, wenn man jemandem ›tschö‹ sagt.«

»Nö«, antwortete ich, »ich glaube, es reicht, wenn wir winken.«

Mokka musste lachen. Es klang verzweifelt. Ab sofort begegnete er dem nahenden Abschied unseres besten Kumpels mit Galgenhumor und einer aufgesetzten guten Laune, und das, obwohl er sich in all den Jahren nicht gerade als Komödiant hervorgetan hatte.

»Bye-bye, Bum-Bum, bye-bye!«, skandierte er im Stakkato eines Kuttenträgers aus der Kurve, immer wieder und wieder.

»Das nervt wirklich überhaupt nicht«, merkte ich ironisch an.

»Bye-bye, Bum-Bum, bye-bye!«, entgegnete Mokka stoisch.

Irgendwann wurde mir klar, dass er die Show nur abzog, um nicht von seinen Emotionen überwältigt zu werden. Bum-Bum machte sich vom Acker, und ich war bereits auf dem Sprung, zwar nicht mehr nach Freiburg, aber dafür nach Berlin. Mok-

ka würde zunächst alleine in Diepenbusch zurückbleiben, das war auch Bum-Bum und mir bewusst, trotz unserer Aufmunterungsversuche à la: »Du bist hier bald auch weg!«
Mokka hatte große Angst vor einem Diepenbusch ohne uns, er sprach es zwar nicht aus, aber seine Verhaltensauffälligkeiten verrieten ihn. Es war ihm anzumerken, wie sehr ihm der Abschied zusetzte. Am Flughafen erreichte das Theater schließlich seinen Höhepunkt. Hätte ich es nicht besser gewusst, hätte ich Mokka für bekifft gehalten. Immer wieder brabbelte er in der Sprache der Teletubbies daher. Die Teletubbies waren ein paar Wochen zuvor im Fernsehsender KiKa angelaufen und ein großes mediales Thema. Eltern und Pädagogen hatten die Sendung im Verdacht, die Sprachentwicklung der kleinen Kinder zu stören. Universitätsstudien belegten, dass die Kinder durch die Teletubbies keine neuen Wörter lernten.
Aber Mokka konnte sich über den kultigen Kinderquatsch komischerweise köstlich amüsieren und versuchte, den traurigen Moment mit Albernheit zu überspielen.
»Zeit für Tubby-Winke-winke!«, rief er immer wieder, oder: »Nomal, nomal!«
Ich war schwer genervt und ermahnte ihn: »Du müsstest dich mal hören!«
Aber es half alles nichts, Mokka absolvierte den Abschied von Bum-Bum im Paralleluniversum. Ich versuchte seinem Verhalten mit Nachsicht zu begegnen, schließlich handelte es sich um einen Akt des Selbstschutzes, und für Mokka war die Situation schließlich am schwersten.
Wir begleiteten Bum-Bum und seine Eltern bis zur Sicherheitskontrolle. Seine Mutter und sein Vater, die wir in den letzten neun Jahren kaum einmal zu Gesicht bekommen hatten, waren sehr höfliche und zurückhaltende Südkoreaner, die uns mit Handschlag verabschiedeten. Anschließend rückte Bum-Bum seine Brille zurecht – »Keine Kontaktlinsen für den Langstre-

ckenflug«, sagte er –, legte den linken Arm um meine Schulter und den rechten Arm um Mokkas Schulter und zog uns ganz fest an sich.

»Dings, Männer«, sagte er, »ich mach's mal kurz: Passt auf euch auf und seht zu, dings, dass ihr ruck, zuck in Seoul vorbeikommt!« Er sprach mit fester Stimme, es waren gute Worte. Dabei war es wieder einmal eine dieser Situationen, in denen es eigentlich keine Worte gibt, genau wie in der Trauer. Es gibt keine Beileidsbekundungen, und es gibt auch keine Worte, die dem Abschied gerecht werden.

»Sieh zu, dass du in Diepenbusch vorbeikommst, Bruder«, sagte Mokka knapp und in einem kurzen Moment, den er nicht im Teletubby-Land verbrachte.

Ich umarmte Bum-Bum fest, drückte ihm einen Kuss auf die Stirn und sagte nichts.

Als Bum-Bum mit seinen Eltern hinter den Sicherheitsschleusen verschwand, wedelte Mokka hektisch mit den Armen und rief immer wieder: »Winke-winke!«

Die Leute guckten komisch, aber es war ihm egal, er winkte weiter. Er wollte nicht mehr aufhören, und je länger ich ihn dabei beobachtete, desto weniger wollte ich ihn im Stich lassen, ihn in seinem Winken alleine lassen, also machte ich irgendwann einfach mit. Jetzt standen wir beide dort, am Ausgang, an dem die Menschen ihre Verwandten, Bekannten und Liebschaften in die große weite Welt entlassen, wo Taschentücher geschwungen und Luftküsse hinterhergeworfen werden. Wo man auf Wiedersehen hofft. Und wo gewunken wird.

»Winke, winke!«, riefen wir, obwohl Bum-Bum und seine Eltern längst nicht mehr zu sehen waren, aber ich wollte erst aufhören, wenn Mokka sich danach fühlte. »Winke-winke!«

Irgendwann stellte Mokka das Winken ein und ließ den Kopf hängen. Er war erschöpft. Er konnte sich nicht länger verarschen. Ich nahm ihn in den Arm wie nach einem verschossenen

Elfmeter. Langsam schlurften wir durch die Flughafenhalle Richtung Ausgang. Aufmunternd klopfte ich ihm auf die Schulter.

»Der Kerl kommt wieder«, sagte ich, obwohl ich nicht daran glaubte. »Ganz sicher.«

»Warum sollte irgendjemand zurück nach Diepenbusch kommen?«, fragte Mokka.

»Weil woanders auch scheiße ist«, antwortete ich.

Berlin, Berlin, wir fahren nach Berlin

Melanie und ich fanden eine Wohnung in Kreuzberg, bei den ganzen Schwaben, Kölnern und sonstigen zugezogenen Berlinern – wir waren also keinen Deut besser als der Rest, nur ein weiteres Provinzpärchen in der großen Stadt. Es war mir egal. Nach zähen Wochen der Organisation, des Kündigens, des Umziehens, des Abmeldens, des Verabschiedens, des Hin- und Herfahrens zwischen Diepenbusch und Berlin mit dem viel zu kleinen Transporter, nach all diesen anstrengenden Wochen saßen wir irgendwann tatsächlich mit unseren letzten, gemeinsam gepackten Koffern im Zug nach Berlin. Jetzt hatte die Sache etwas Endgültiges. Während der viereinhalbstündigen Fahrt überkam mich hin und wieder eine Gänsehaut. Sosehr ich Berlin auch hasste, die Aufregung und die Vorfreude auf mein neues Leben hatten längst die Oberhand gewonnen. Melanie hatte sich an mich gekuschelt und döste in der tiefstehenden Vorabendsonne, die durch das große Abteilfenster fiel. Ich schloss die Augen und genoss den seltenen Moment der Leichtigkeit. Das hier war besser als alles, besser als Drogen, besser als Paschkes Freibier, Schnaps und Wein, Ahlenfelder und Kronen, Tequila und Wodka. Besser als Fischstäbchen, Bratlatte, Gummiadler, Knastpraline, Mafiatorte, Maurermarmelade, Ruhrpott-Carpaccio. Besser als blasen, besser als Sex. Besser als der Refrain von *Don't Look Back In Anger, TKKG,* die Bundys und die Simpsons, die Supernasen-Filme von Thomas Gottschalk und Mike Krüger an einem verkaterten Samstagnachmittag, das Ende von *Sieben.* Besser als die Brüste von Jennifer Love Hewitt, der Hintern von Kylie Minogue, besser als Alyssa Milano, Kate Moss und alle Spice Girls, sogar Mel B und Victoria. Besser als der Sonnenuntergang über der Ruhr, besser als Bungee vom Florianturm, besser als Diepenbusch im Herbst. Besser als das Tor von Lars Ricken, besser als Zinedine Zidane, Ronaldo, ein Außenseitersieg gegen die Bayern. Besser als *JuZ und Dollerei,* ein Abend im *Absacker,* Kekswichsen mit den Jungs, besser als Rocky und Rambo, die Sprüche vom Polen, die Choreografie der Backstreet Boys und 'N Sync, *Doppelpass* im DSF, die Manic Street Preachers, die *Slim Shady*-LP, die MTV *Video Music Awards.* Besser als Amerika, Malle, Ibiza und woanders. Besser als die Freiheit, besser als das Leben.

Kein einziger Zweifel hatte mich ereilt, seit ich dem SC Freiburg abgesagt hatte. Tatsächlich war ich in meinem Leben noch nie so zufrieden mit einer Entscheidung gewesen wie mit dieser. Mit Melanie. Ich wusste nicht, was mich erwarten würde, jetzt, wo es mit dem Fußball vorbei war. Aber ich fühlte mich seltsam befreit in meiner Sicherheit, nie wieder Fußball zu spielen, nie wieder Fußball spielen zu wollen, nie wieder das Gefühl zu haben, endlich mein erstes Tor schießen zu müssen. Und ich hatte eine beinahe gierige Lust auf das, was kommen würde. Was kommen würde, davon hatte ich wiederum keine Ahnung. Meinen Zivildienst würde ich als Hausmeister in einer Jugendfreizeitstätte in Neukölln ableisten, der Job war mir kurzfristig vermittelt worden. Mehr wusste ich nicht. Aber mehr, dachte ich, muss ich mit meinen neunzehn Jahren auch gar nicht wissen.

Als wir in den berüchtigten Bahnhof Zoo einfuhren, war mir dann aber doch ein bisschen mulmig zumute. Es gab kein Zurück mehr. Berlin und ich, wir mussten jetzt miteinander klarkommen. Ich griff nach unseren Koffern, die verschlafene Melanie hakte sich bei mir ein, und wir fuhren wie in Zeitlupe die Rolltreppen hinab zum Ausgang Hardenbergplatz. Der Bahnhof glich einem Hieronymus-Bosch-Gemälde. Tauben, Ratten, heruntergekommene Menschen. Alles war grau und klamm und kalt und schmutzig, wohin man auch schaute, aber so

wurden die Neuankömmlinge wenigstens auf die Stimmung der Stadt vorbereitet.
Draußen angekommen, winkte Melanie ein Taxi heran. Der Fahrer war ein älterer Türke mit speckiger Schiebermütze, der uns mit einem freundlichen Lächeln begrüßte. Er packte sich unsere Koffer und verstaute sie vorsichtig in seinem alten Mercedes. Ich bedankte mich, und wir stiegen ein, Melanie setzte sich auf den Beifahrersitz, ich ließ mich hinter ihr auf die Rückbank fallen. Sie nannte dem Türken unsere Adresse, er sagte: »Kein Problem!«, und ab ging die Fahrt.

PATRICK SALMEN

Ich habe eine Axt

URLAUB IN DEN MISANTROPEN

Patrick Salmens Geschichten sind eine Hommage an die Absurditäten und Idiotien der Menschheit. Mit staubtrockenem Humor und jeder Menge Selbstironie spricht er über Bärte als letzte Bastion gutmütiger Männlichkeit, über Senseo-Maschinen als die heutigen Volksempfänger und über Sudokus als Beschäftigungstherapie für desillusionierte Hobbymathematiker. Und wenn man im Leben mal nicht weiterweiß, kennt er die Universalantwort auf alle Probleme: Ich habe eine Axt!

»Niemand muss zwingend jung sein. Oder deutscher Meister im Poetry Slam. Oder klug. Aber dieses Buch hätte ich schon gern selbst geschrieben.« *Torsten Sträter*

KNAUR

Besonders. Clever. Colin.

ASHLEY MILLER & ZACK STENTZ

Der beste Tag meines Lebens

ROMAN

Der vierzehnjährige Colin Fischer ist nicht wie andere Jungen in seinem Alter. Denn er hat das Asperger-Syndrom, eine leichte Form von Autismus: Gesichter lesen, Stimmungen erkennen oder Gefühle begreifen – all das ist für ihn eine fremde, verschlossene Welt. Sein Kosmos besteht aus einem streng logischen Fakten- und Zahlenwerk, in dem alles seine Ordnung haben muss und klare Regeln herrschen. Doch als einer seiner Mitschüler zu Unrecht eines Verbrechens beschuldigt wird, wächst Colin über sich hinaus und macht sich mit seiner unvergleichlichen Logik und seinem unbestechlichen Blick daran, den Fall aufzuklären.
Eine außergewöhnliche Geschichte über einen Jungen, der uns die Welt auf ganz neue Weise sehen lässt.

KNAUR